TAMARA LEIGH

Bis aller Haß erlischt

Aus dem Englischen
von Wilfried Oppermann

BASTEI-LÜBBE-TASCHENBUCH
Band 12426

Deutsche Erstveröffentlichung
Titel der amerikanischen Originalausgabe:
»Warrior Bride«
Copyright © 1994 by Tammy Schmanski
Published by arrangement with Bantam Books, a division
of Bantam Doubleday Dell Publishing Group Inc., New York
Copyright © 1995 für die deutsche Übersetzung
by Gustav Lübbe Verlag GmbH, Bergisch Gladbach
Printed in Great Britain November 1995
Einbandgestaltung: Theodor Bayer-Eynck
Titelillustration: John Ennig / Bantam-Agentur T. Schlück
Satz: Fotosatzstudio »Die Letter«, Hausen/Wied
Druck und Bindung: Cox & Wyman, Ltd.
ISBN 3-404-12426-x

Der Preis dieses Bandes versteht sich einschließlich
der gesetzlichen Mehrwertsteuer

»Für alle, die mir bei der Verwirklichung dieses Traumes geholfen haben, und ganz besonders für David, der mir gezeigt hat, daß Liebe keine Grenzen kennt.«

PROLOG

England, 1152

»Gilbert!« schrie Lizanne auf. Ohne sich um die Banditen zu kümmern, die ihren Wagen mit ihrer Mitgift plünderten, riß sie sich von ihrer Zofe los und eilte an den blutüberströmten Körpern vorbei, die auf dem Boden lagen. Hattie, ihre alte Zofe, wollte sie zurückhalten, aber Lizanne achtete nicht auf ihr inständiges Flehen.

Sie sank neben ihrem reglos daliegenden Bruder auf die Knie, umfaßte seine Schultern und sah ihm prüfend ins Gesicht. "Nein", schrie sie. Er durfte nicht tot sein! Sie schüttelte ihn. »Bitte, bitte, sag doch etwas!«

Schluchzend begann sie, ihn abzutasten. Sein Kettenhemd war zerrissen, und Blut sickerte durch die feinen Maschen. Und sein Bein...

O Gott! Halb ohnmächtig vor Entsetzen sah sie ihre blutverschmierten Hände an.

Plötzlich wurde sie hochgerissen und brutal an eine Brust gedrückt. Aus ihrer Erstarrung erwachend, begann sie sich mit Händen und Füßen zu wehren.

»Nein!« protestierte sie lautstark. Aber schon wurde sie in die Arme ihrer zitternden Zofe gestoßen und sank zu Boden. Weinend verbarg sie ihren Kopf in Hatties Röcken, während die Wegelagerer einen lauten Streit darüber begannen, wer sie als erster haben sollte.

Doch plötzlich erstarben die lauten Stimmen. Lizanne

hob den Kopf und sah verängstigt an ihrer Zofe vorbei. Ihr Blick fiel auf ein Paar schmutzige Stiefel.

»Nein, Mylady«, flüsterte Hattie und versuchte, das Gesicht ihrer Herrin wieder an sich zu drücken. »Seid still.«

Aber Lizanne wehrte die alte Frau ab, die vor vierzehn Jahren ihrer Mutter bei ihrer, Lizannes, Geburt beigestanden hatte. Mutig richtete sie ihren Blick auf den Mann, der vor ihr stand. Er hatte einen schlanken, muskulösen Körper und war ungewöhnlich groß – fast so groß wie Gilbert.

Ein bisher nie gekannter Haß, der sie fast erstickte, stieg in ihr auf. Das war der Mann, der ihren Bruder getötet hatte.

Ohne zu ahnen, daß der Haß sich in ihrem Gesicht widerspiegelte, ließ sie ihren Blick von seinem breiten Mund über seine lange, gerade Nase bis zu den grausam blickenden dunklen Augen und dem hellen Haar wandern.

Seine Haarfarbe war etwas ganz Besonderes – eine Mischung zwischen Blond und Weiß. Das Haar umrahmte ein gutaussehendes Gesicht, das von der Sonne gebräunt war. Bei Gott, viele Frauen würden schon allein bei seinem Anblick schwach werden.

Nicht so Lizanne. Sie konnte nichts Anziehendes an ihm finden. Nein, das stimmte nicht. Die lange, blutige Wunde an seinem Haaransatz fand sie faszinierend. Sie stammte von Gilberts Schwert.

»Was verbirgt sich denn hier für eine Schönheit?« fragte der Mann in dem ungeschliffenen Englisch des einfachen Bürgers. Seine Kumpane brachen in schallendes Gelächter aus. Ein breites Grinsen erschien auf dem Gesicht des Mannes, und Lizanne sah, daß er zwar gerade gewachsene, aber verfärbte Zähne hatte.

Der Mann drehte eine Locke von Lizannes schwarzem Haar um den Finger. »Ah!« sagte er heiser und strich über ihren Kopf. »Du bist wirklich eine Schönheit, Mädchen. Das hat sich gelohnt.«

Hattie, der nicht nicht entgangen war, daß Lizannes Körper bei der Berührung vor Angst zitterte, kam ihrer Schutzbefohlenen zu Hilfe. »Nehmt Euch, was Ihr wollt, aber laßt das Kind in Ruhe.«

Der Mann warf den Kopf zurück und lachte laut.

Mit klopfendem Herzen sah Lizanne ihn an.

Der Mann beruhigte sich. »Ja, alte Frau«, zischte er. »Ich werde es mir nehmen.« Er hob seinen Arm und versetzte Hattie einen Schlag auf den Kopf. Ohne einen Laut brach die alte Frau zusammen.

»Nein!« schrie Lizanne und warf sich über ihre Zofe. Aber schon wurde sie rauh hochgerissen. Sie kämpfte gegen den Mann, aber er war zu stark für sie. Er zwang sie, ihn anzusehen.

Sie haßte das teuflische Grinsen, das noch breiter wurde, als er seinen Blick auf den Ausschnitt ihres Kleides richtete. Mit einer Hand befühlte er ihre Brüste.

»Laßt das!« protestierte sie und versuchte, ihm das Gesicht zu zerkratzen.

Er umfaßte sie so fest, daß sie sich nicht mehr rühren konnte und ihm hilflos ausgeliefert war. »Ja, meine Schöne, ich werde dich nehmen«, murmelte er und beugte sich hinunter, um ihre noch unberührten Lippen zu küssen.

Hilflos mußte sie zulassen, daß seine Hände gierig über die intimsten Stellen ihres Körpers strichen – ihre Brüste, ihre Schenkel und weiter, zwischen ihren Beinen. Sie wäre am liebsten gestorben.

Heiße Tränen liefen ihr über die Wangen. Wie aus dem Nichts griffen noch andere Hände nach ihr, zerrten, rissen und kneteten ihre zarte Haut.

Aber der Mann war nicht bereit, sie mit den anderen zu teilen.

Wütend fuhr er seine Leute an, hob sie dann hoch und bahnte sich seinen Weg durch die herumstehenden Männer.

Außer sich vor Entsetzen drückte Lizanne ihr Gesicht an seine Brust, um diesen furchtbaren, lüsternen Gesichtern zu entkommen.

Sie verließen die Lichtung. Sobald sie außer Sichtweite waren, ließ der Mann Lizanne auf den Boden gleiten, kniete sich hin und beugte sich über sie. Aus seiner Wunde an der Stirn lief immer noch Blut, und Lizanne bemerkte, daß die Verletzung schlimmer war, als sie zuerst gedacht hatte. Vielleicht hatte Gott sie doch noch nicht verlassen, und er würde einfach tot umfallen.

Aber weder Gott noch der Mann taten ihr den Gefallen.

Im Hintergrund hörte sie immer noch das Gelächter und die schlüpfrigen Kommentare der anderen Männer. »Wenn du mit ihr fertig bist, Darth«, rief einer, »bin ich dran.«

Darth. Lizanne wiederholte in Gedanken den Namen immer und immer wieder und klammerte sich daran fest. Denn inzwischen war ihr klargeworden, was der Mann vorhatte. Dieses Tier wollte sie vergewaltigen – er wollte ihre Unschuld rauben!

Der Gedanke daran war so entsetzlich, daß sie ihre Kraftanstrengungen verdoppelte. Sie schlug nach ihm und versuchte, sich unter ihm hervorzuwinden. Als ihre Nägel eine lange Spur durch sein unrasiertes Gesicht zogen, zuckte er zurück und versetzte ihr einen Schlag, der sie fast ohnmächtig werden ließ.

Benommen blieb sie liegen, legte eine Hand auf ihre schmerzende Wange und richtete ihren Blick auf ihren widerwärtigen Peiniger. Haßerfüllt prägte Lizanne sich jede Einzelheit seiner Gesichtszüge ein.

Wie ein Tier in der Falle blickte sie gehetzt um sich. Vielleicht könnte sie sich losreißen und weglaufen. Das Schloß ihres Verlobten war nur einige Meilen entfernt.

Aber der Mann gab ihr keine Chance, ihr Vorhaben auszuführen. Bevor sie etwas unternehmen konnte, drückte er sie mit seinem Gewicht auf den Boden, seine Lippen preßten sich auf ihren Mund, und seine Hände tasteten gierig über ihren ganzen Körper.

Lizanne wurde klar, daß sie gegen ihn machtlos war. Sie schloß die Augen, verbannte sein Gesicht aus ihren Gedanken und zog sich in sich zurück. »*Das ist nur mein Körper*«, flüsterte sie immer und immer wieder.

Plötzlich fühlte sie das schwere Gewicht nicht mehr auf sich.

Sie riß die Augen auf und sah voller Entsetzen, daß der Mann seine Kleidung ablegte. Sie hatte noch nie einen unbekleideten Mann gesehen, und seine Größe erschreckte sie.

Sie wollte wegsehen, aber ihre Augen gehorchten nicht. Sie wanderten zu einer langen, gezackten Narbe, die sich über seinen Unterleib zog.

Häßlich ...

Drohend ragte der Mann über ihr auf. »Wenn du dich weiter wehrst, wird es nur schlimmer für dich«, drohte er.

Sie beobachtete, wie er den Kopf schüttelte und eine Hand auf die Wunde legte. Anscheinend machte ihm die Verletzung zu schaffen. Aber ihre Hoffnung erstarb schnell, denn einen Augenblick später war er wieder über ihr. Er schob ihren Rock hoch und zwängte sich zwischen ihre Beine.

Verzweifelt versuchte sie, ihre Schenkel zusammenzupressen, aber es gelang ihr nicht. Dabei fiel ihr Blick auf das Körperteil, das die Frau vom Mann unterscheidet. Sie wußte nur sehr wenig über diese Dinge – nur das, was Hattie für eine Lady, die bald heiraten sollte, für notwendig erachtet hatte –, und bis zum jetzigen Zeitpunkt hatte sie nicht gewußt, was auf sie zukommen würde.

Schluchzend wand sie sich unter ihm und bemühte sich, ihren Rock nach unten zu ziehen. Sie durfte das nicht zulassen! Das war das Vorrecht von Philip, ihrem zukünftigen Ehemann.

»Hör mir genau zu, Mädchen.« Der Mann legte ihr die Hand um die Kehle und kam mit seinem Gesicht ganz nahe an sie heran. »Ich werde dich nehmen, und ich möchte deine Schönheit nicht beschädigen, es sei denn, zu zwingst mich dazu. Hast du das verstanden?«

Ja, das hatte sie, aber das hielt sie trotzdem nicht davon ab, sich zu wehren. Ohne vorher darüber nachzudenken, riß sie mit aller Kraft ihre Faust nach oben. »Für Gilbert!« schrie sie.

Ihre Faust traf genau seine Kopfwunde, und ein furchtbarer Schmerz durchzuckte ihre Hand. Der Mann brach über ihr zusammen, aber sie bemerkte es kaum. Sie hatte die Augen geschlossen und drückte ihre schmerzende Faust gegen ihre Wange. Warum tat es so weh? Wieso hatte sie das Gefühl, als ob sie ihre Hand auf glühende Kohlen gelegt hatte?

Vorsichtig öffnete sie die Augen. Der Kopf des Mannes lag auf ihrer Schulter. Ein leichter Windhauch spielte mit seinem blonden Haar. Er rührte sich nicht.

Halb erstickt stöhnte Lizanne auf. Hatte sie es wirklich geschafft? Hatte sie ihn wirklich bewußtlos geschlagen?

Lauf! dachte sie. Du darfst jetzt an nichts anderes denken!

Lizanne befreite sich von seinem Körper, der sie zu Boden drückte. Er stöhnte, als er zur Seite rollte, und voller Schreck hielt sie den Atem an. Aber er erlangte das Bewußtsein nicht wieder.

Taumelnd kam sie auf die Beine. Sie warf noch einen letzten Blick auf den Mann. Wenn sie jetzt eine Waffe gehabt hätte ... und den Mut ..., dann hätte sie ihn getötet. Aber sie hatte weder das eine noch das andere.

Sie hob ihren Rock und lief tiefer in den Wald hinein. Zweige schlugen ihr ins Gesicht, und spitze Steine und Tannennadeln stachen durch die Sohlen ihrer dünnen Schuhe. Sie wußte nicht, wie weit oder wie lange sie gelaufen war, als sie plötzlich in einen Graben stürzte. Keuchend blieb sie liegen und lauschte angestrengt. Aber sie hörte nur die Geräusche des Waldes – das Summen der Insekten, das Zwitschern der Vögel und von irgendwoher das Plätschern von Wasser.

Waren sie ihr schon auf der Spur? fragte sie sich verzweifelt. Oder hatte sie sie hinter sich gelassen? Eins wußte sie: Sie durfte nicht länger liegenbleiben. Lizanne kämpfte gegen die Müdigkeit an, die sie überwältigen wollte, und versuchte, aufzustehen. Sie schaffte es nicht. Sie versuchte es noch einmal. Wieder gelang es ihr nicht. Sie konnte einfach nicht mehr weiter.

Aber bevor sie sich ausruhte, mußte sie noch nach etwas suchen, das sie als Waffe benutzen konnte. Sie grub mit ihrer unverletzten Hand einen großen, runden Stein aus und drückte ihn fest an die Brust. Erst dann schloß sie die Augen und überließ sich ihrer Müdigkeit. Kurz bevor sie einschlief, hatte sie noch den blutüberströmten Körper ihres Bruders vor Augen. »Ach, Gilbert«, schluchzte sie, »ich werde dich rächen!«

1. Kapitel

England, 1156

Nach und nach gewöhnten sich Ranulf Wardieus Sinne an seine Umgebung. Ein widerlich modriger Geruch stach in seine Nase, und er mußte würgen.

Gott, war er durstig!

Er schluckte schwer, um das trockene Gefühl in seinem Mund und seiner Kehle loszuwerden, und lehnte sich gegen die kalten, feuchten Steine.Sein Kopf schmerzte. Aber während er noch überlegte, weshalb, nahm er Bewegungen und leise Stimmen um sich herum wahr.

Vorsichtig öffnete er die Augen und blickte sich in dem Raum um. Obwohl es sehr dunkel war, erkannte er sofort, daß es sich um ein Verlies handelte. Als sich seine Augen an die Dunkelheit gewöhnt hatten, sah er Gestalten, die sich schemenhaft im Licht einer Fackel hin- und herbewegten.

Das kann doch nur ein Traum – nein, eher ein Alptraum sein, dachte er. Aber das unverwechselbare Geräusch von klirrenden Ketten überzeugte ihn schnell vom Gegenteil. Jetzt bemerkte er auch den dumpfen Schmerz in seinen Armen und das taube Gefühl in seinem ganzen Körper.

Als die schaffenhaften Gestalten feststellten, daß ihr Gefangener erwacht war und sich bewegte, unterbrachen sie ihre leise Unterhaltung. Das Flackern der Fackel war für lange Zeit die einzige Bewegung im Raum.

Ranulf beobachtete sie verstohlen. Warum zeigten sie sich nicht? Wer waren sie?

Plötzlich kam wieder Bewegung in die regungslos dastehenden Gestalten. Sie sprachen, aber Ranulf war zu weit entfernt, um etwas verstehen zu können.

Stirnrunzelnd beobachtete er, wie eine Tür am anderen Ende des Verlieses geöffnet wurde. Die Schatten entpuppten sich als drei bewaffnete Männer, die den Kerker verließen, die Tür hinter sich schlossen und ihn wieder in fast vollständiger Dunkelheit zurückließen.

Mein Gott, er befand sich wirklich in Gefangenschaft! War er allein hier? Seine Augen und seine Ohren wollten es ihn glauben lassen, aber sein Instinkt protestierte – und dieser Instinkt hatte ihm schon so oft das Leben gerettet.

Nein, er war nicht allein. Er konnte die Gegenwart des anderen deutlich spüren. Er verfluchte die Fackel, die nur ihn beleuchtete und den Rest des Verlieses in Dunkelheit hüllte.

Aber er konnte warten ...

In der Zwischenzeit würde er darüber nachdenken, wie er überhaupt in diese Situation gekommen war.

Er war gefangen – das war klar. Man hatte ihn fast vollständig ausgezogen und aufrecht stehend an eine Wand gekettet. Die Handfesseln schnitten in seine Handgelenke. Seine Knie war eingeknickt, und seine Arme hatten das Gewicht seines zusammengesackten Körpers getragen – wie lange schon?

Auch seine Knöchel waren gefesselt, aber die Ketten schnitten nicht ins Fleisch. Er senkte den Kopf und blickte angestrengt nach unten. Schemenhaft erkannte er, daß seine Knöchel aneinandergekettet waren.

Was war bloß geschehen? Er schüttelte den Kopf, und langsam kam die Erinnerung zurück.

Er war auf Burg Langdon gewesen. Auf den Wink eines gutgebauten Dienstmädchens war er ihr nach reichlichem Wein- und Biergenuß und getrieben von einem enormen Verlangen in einen engen Gang gefolgt. Sie hatte ihn geneckt und ihm tiefe Einblicke gewährt – aber immer, wenn er zugreifen wollte, war sie zurückgewichen. Das hatte ihn nur noch mehr erregt – und er war unvorsichtig geworden.

Als er um eine Ecke bog, wurde er von jemandem angegriffen. Sein Gegner hatte ihm keine Möglichkeit zur Gegenwahr gelassen. Der Schlag auf den Hinterkopf schickte ihn sofort zu Boden. Kurz bevor er bewußtlos geworden war, hatte er noch eine Gestalt mit einer dunklen Kapuze gesehen, die sich über ihn beugte.

Jetzt wurde ihm erst richtig bewußt, wie weh ihm sein Kopf tat. Als er ihn zu drehen versuchte, durchzuckte ihn ein scharfer Schmerz, und Wut stieg in ihm hoch.

Entschlossen biß er die Zähne zusammen. Er würde nicht stöhnen. Vorsichtig richtete er sich auf und öffnete und schloß seine Hände. Das taube Gefühl verschwand, und ein Teil seiner Energie kam zurück. Er bewegte beide Arme nach vorne, aber bis auf ein lautes Kettenrasseln erreichte er nichts, die Fesseln hielten.

Als das Geräusch erstorben war, hörte er etwas – eine Bewegung zu seiner Linken. Mit zusammengekniffenen Augen versuchte er, die Dunkelheit zu durchdringen.

»Zeigt Euch!« befahl er. Dumpf hallte seine Stimme von den Zellenwänden wider. Er wartete, aber der andere reagierte nicht. Er wollte ihn wohl reizen ...

Wo in Gottes Namen war er, und wer wagte es, ihn wie ein Tier anzuketten? Er würde diesen Kerl eigenhändig erwürgen.

Die Wut übermannte ihn. Er brüllte und warf seinen Körper nach vorne. Den rasenden Schmerz in seinen Schultern und Handgelenken bemerkte er kaum.

Immer und immer wieder kämpfte er gegen die Ketten an, bis seine Kraft schließlich verbraucht war. Fluchend lehnte er sich an die kalte Steinwand zurück.

»Fehlt Euch etwas, Mylord Ranulf?« unterbrach eine honigsüße Stimme seine Schimpftirade.

Hastig drehte er den Kopf nach links. Und da, nur eine Armlänge von ihm entfernt, stand eine dunkelgekleidete Gestalt – eine Frau. Das Gesicht war unter einer Kapuze verborgen, aber er konnte ihre Augen sehen, die ihn kalt musterten.

Irgendwie kam die Frau ihm bekannt vor, und seine Gedanken kehrten wieder zu dem Abend auf Schloß Langdon zurück. Sie mußte es gewesen sein ...

»Ein Lord, tatsächlich«, fuhr sie fort. »Damit hätte ich nicht gerechnet.«

»Wer seid Ihr?« wollte Ranulf wissen.

Obwohl sie ungefähr einen Kopf kleiner war als er – und damit immer noch groß für eine Frau –, ließ sie sich nicht beeindrucken. »Nur eine alte Bekannte.« Die Ironie in ihrer Stimme war unüberhörbar. Sie ging zu ihm, stellte sich auf Zehenspitzen und überprüfte seine Ketten.

Es war zum Verrücktwerden! Sie stand so nahe bei ihm, daß er ihre süße weibliche Ausstrahlung wahrnehmen konnte, ohne sie berühren zu können. Seine Hände ballten sich zu Fäusten.

»Die Fesseln halten«, stellte sie nüchtern fest, und ihre Hand berührte kurz die seine, als sie zurücktrat. »Ihr solltet Eure Kraft nicht so unnötig verschwenden ..., Mylord.« Das letzte Wort kam kaum über ihre Lippen.

Herausfordernd zerrte Ranulf wieder an den Ketten. »Ich will wissen, warum ich hier gefangengehalten werde.«

Wortlos drehte die Frau sich um und ging davon.

Äußerlich ruhig blickte Ranulf ihr nach. Als sie unter der Fackel stehenblieb, bemerkte er, daß sie nicht wie eine Dame gekleidet war, für die er sie ihrer Stimme nach gehalten hatte. Sie trug enge Hosen und den Waffenrock eines Mannes, der all ihre weiblichen Rundungen verbarg.

Er beobachtete, wie sie die Fackel aus der Halterung nahm und drei andere Fackeln entzündete. Bald darauf war das Verlies hell beleuchtet.

Ranulf sah sich um. Er war allein mit der Frau.

Sofort prägte er sich alle Einzelheiten seines Gefängnisses ein. Er war an die Wand des Hauptraums gekettet, in dem Wachen untergebracht werden konnten. Zu seiner Linken, jenseits der eisenbeschlagenen Tür mit einem Gitter in Augenhöhe, sah er eine Reihe von Zellen. Zu seiner Rechten verlor sich ein dunkler Gang im Nichts, aus dem er vermeinte, das Geräusch rinnenden Wassers zu hören.

Er wandte seine Aufmerksamkeit wieder der Frau zu. Sie stand in der Mitte des Verlieses mit weitgespreizten Beinen, wie ein Mann. Ihr Gesicht war immer noch unter der Kapuze verborgen, und er fragte sich, ob sie wohl einen besonderen Grund hatte, es zu verstecken. Welche Frau verkleidete sich schon als Mann und spielte mit solch einer Leichtigkeit den Gefängniswärter?

»Darf ich jetzt wissen, welcher Verbrechen ich hier angeklagt werde?«

Ohne erkennbare Eile kam die Frau auf ihn zu und baute sich vor ihm auf. Jetzt konnte er ihre gerade gewachsene Nase und die geschwungenen, vollen Lippen ausmachen.

Sein Blick richtete sich auf ein Lederband, das um ihren Hals befestigt war und auf das zwei Schlüssel gezogen waren, die wohl zu seinen Handfesseln paßten. Seine Wut entbrannte von neuem. Wollte sie ihn verspotten?

»Ihr seid hier, Lord Ranulf«, begann sie, »um Sühne für die Verbrechen zu leisten, die Ihr begangen habt.«

Sein Blick richtete sich auf ihr liebliches, blasses Gesicht. Wieder hatte er das Gefühl, sie bereits zu kennen – es konnte noch gar nicht lange her sein. Er ließ seinen Blick über ihre grünen, so haßerfüllt blickenden Augen zu ihrem tiefschwarzen Haar wandern.

Und plötzlich wußte er, wo er sie schon einmal gesehen hatte. Aber ja, er erinnerte sich noch gut an Lady Lizanne. Er hatte sie ein einziges Mal in der Burg von Lord Bernard Langdon getroffen und bei der Gelegenheit gleich ein paar

Erkundigungen über sie eingezogen. Seine Gedanken kehrten zu dem kurzen Treffen zurück.

Er und sein Vasall Sir Walter Fortesne hatten mit Lord Bernard und seinem Verwalter in der großen Halle zusammengesessen. Eine plötzliche Unruhe am anderen Ende des Raumes hatte ihre Unterhaltung unterbrochen. Ranulf, der gerade zwei Tage und zwei Nächte ohne Schlaf im Dauerregen im Sattel verbracht hatte, war mehr als wütend über die Unterbrechung gewesen. Mit finsterem Blick hatte er sich umgedreht, um den Störenfried in Augenschein zu nehmen.

Und dann hatte er sie gesehen, mit ihrem offenen herunterhängenden, wundervollen schwarzen Haar, das um ihren Kopf flog, als sie energisch eine Dienerin beschimpfte, die es gewagt hatte, Hand an ihre Zofe zu legen. Ranulf war sofort von ihr hingerissen.

»Lady Lizanne«, rief Lord Bernard und sprang so schnell auf, daß sein Stuhl nach hinten kippte.

»Entschuldigt, Mylord, ich wußte nicht ...« Ihre Stimme erstarb, als ihr Blick auf Ranulf fiel. Ranulf lächelte sie an und versuchte erst gar nicht, sein Interesse zu verbergen. Aber ihre Reaktion erstaunte ihn. Alle Farbe wich aus ihrem Gesicht. Sie gab einen erstickten Laut von sich, drehte sich um und floh aus der Halle, als ob der Teufel selbst hinter ihr her wäre.

Lord Bernard tat das ungewöhnliche Verhalten der Lady mit einem verächtlichen Schulterzucken ab. »Ich muß mich für Lady Lizanne entschuldigen«, murmelte er. »Wenn Ihr wüßtet, was für eine Bürde sie für mich ist!«

»Ist sie Eure Tochter?« fragte Ranulf neugierig.

Lord Bernard brach in schallendes Gelächter aus. »Um Gottes willen, nein! So eine Tochter? Der schlimmste Fluch kann nicht schlimmer sein als sie! Nein, sie ist die Cousine meiner Frau. Gott sei Dank kehrt sie morgen wieder zu ihrem Bruder zurück.«

Interessiert hakte Ranulf nach. »Die Lady ist also nicht verheiratet?«

Entgeistert starrte Lord Bernard ihn an. »Ich gebe Euch einen guten Rat, Lord Ranulf. Haltet Euch an die willigen Mädchen hier in meiner Burg. Bleibt bloß weg von ihr. Sie ist bösartig!«

Seine Warnung trug wenig dazu bei, Ranulfs Begehren zu dämpfen, dessen Neugier nur noch weiter angestachelt wurde. Aber die Lady war am Abend nicht zum Essen erschienen, und Ranulf hatte sie auch später nicht wiedergesehen, denn gleich darauf war er dem verheißungsvollen Wink des Dienstmädchens gefolgt und in die Falle gelaufen.

Aber warum? Strafe für welches Verbrechen? Für sein Begehren?

Er zwang sich, wieder in die Gegenwart zurückzukehren.

»Lady Lizanne«, sagte er und versuchte immer noch, den Grund für seine Zwangslage herauszufinden.

Ihre dunklen Augenbrauen hoben sich fragend. »Mylord kennt mich?« Ihre Stimme triefte vor Hohn.

»Nein«, gab er zurück. »Aber ich habe einiges über Euch erfahren.«

»Ach«, seufzte sie, »mein lieber Cousin Bernard konnte wieder einmal seinen Mund nicht halten.« Sie schüttelte den Kopf. »Eines Tages wird ihm jemand die Zunge herausschneiden. Ich wünschte, ich wäre derjenige!«

Mit ausdruckslosem Gesicht ließ sie ihren Blick über seinen Körper wandern. »Ich frage mich ...« Sie kam ins Stokken und schluckte schwer. »Erinnert Ihr Euch nicht mehr an unser erstes Treffen?«

Irrte er sich oder hörte er in ihrer Stimme ein unterdrücktes Schluchzen?

Langsam hob sie den Kopf und starrte ihm herausfordernd in die Augen.

»Aber ja, und es war sehr beeindruckend.« Auch Ranulf

konnte den spöttischen Unterton nicht unterdrücken, als er an ihren Auftritt in der Halle von Lord Bernards Burg denken mußte.

Sie riß erstaunt die Augen auf, und ihr Kopf zuckte zurück, so als ob sie einen Schlag ins Gesicht bekommen hätte.

Trotz seiner Zwangslage begann Ranulf, die Situation zu genießen. »Sagt mir, sperrt Ihr die Männer, mit denen Ihr ins Bett gehen wollt, immer erst vorher ein?«

Sie ignorierte seine Frage. »Dann gebt Ihr es also zu – dieses erste Treffen?« Ihre Stimme klang ungläubig.

Ranulf runzelte die Stirn. Es ärgerte ihn, daß sie sich durch seine Fragen nicht hatte aus der Reserve locken lassen.

»Zugeben?« Sein Tonfall war gefährlich sanft. Und plötzlich fauchte er: »Was soll ich zugeben? Ihr wart es doch, die sich vor Lord Bernard und seinen Gästen lächerlich gemacht hat.«

»Dieses Treffen meine ich nicht!«

»Es gab kein anderes Treffen als das auf Burg Langdon – wenn man das überhaupt ein Treffen nennen kann!«

Sie lachte bitter, und unwillkürlich streckte sie die Hand nach ihm aus, berührte seine Brust und ließ die Finger nach unten wandern.

Ranulf versteifte sich. Er war es nicht gewohnt, daß eine Frau, mit der er noch nicht das Bett geteilt hatte, ihn so verwegen berührte.

»Ich werde unser erstes Treffen nie vergessen«, sagte sie mit leiser, abwesender Stimme. »Obwohl es so aussieht, daß Ihr Euch nicht mehr erinnern könnt.«

Sie biß sich auf die Unterlippe und richtete den Blick auf den Boden.

Ja, dachte Ranulf, sie ist wunderschön, viel schöner als ich zuerst gedacht hatte. Wie eine wild wachsende Rose mit spitzen Dornen. Aber ihre Blätter sind sanft und dufteten süß, und ihre Dornen werden sicherlich noch so manchen Mann zugrunde richten. Wie gerne wäre er derjenige, der ihren dornigen Schutzwall durchbrach. Er ...

Die plötzliche Erkenntnis, daß er trotz aller Umstände von dieser Frau so fasziniert war, erschreckte ihn und stieß ihn ab. Er hätte sie tatsächlich in sein Bett genommen, statt sich bei ihr für das Unrecht zu rächen, das ihm zugefügt worden war.

Wütend auf sich selbst ballte er die Fäuste. »Ich will sofort den Herrn dieser Burg sprechen.«

»Ach ja?« gab sie zurück und blickte ihm wieder ins Gesicht. »Wenn Ihr Lord Bernard meint, muß ich Euch enttäuschen. Ihr seid nicht länger sein Gast, Lord Ranulf. Ihr befindet Euch in meiner Burg.«

Ranulf ließ sich seine Überraschung nicht anmerken. »Dann will ich mit dem Herrn *dieser* Burg sprechen.«

»Das ist leider nicht möglich. Er kommt erst in einer Woche zurück. Und dann ...« Ihre Stimme erstarb. Erschrocken wollte sie zurückspringen. Aber es war zu spät. Noch bevor sie zurückweichen konnte, hatte Ranulf seine Beine hochgerissen und mit seinen muskulösen Schenkeln ihre schlanke Taille umklammert. Mit einem Schrei fiel sie gegen ihn.

»Also«, befahl er und sah auf sie nieder, »nehmt die Schlüssel und befreit mich von den Ketten.«

Trotzig stemmte sie die Hände gegen seine Brust und warf den Kopf zurück. »Das nutzt Euch gar nichts«, keuchte sie. »Ihr kommt hier nicht lebend heraus.«

»Gehorcht mir, oder ich werde Euch die Luft aus Eurem hübschen Körper pressen.« Um es ihr zu beweisen, verstärkte er den Druck seiner Beine.

Sie reagierte blitzschnell. Sie riß die Arme hoch und zerkratzte mit ihren Nägeln sein Gesicht.

Ranulf drückte noch stärker zu.

Mit einem Schmerzensschrei ließ sie sich nach hinten fallen.Sie ließ die Hände sinken und versuchte, seine Beine auseinanderzudrücken. Es gelang ihr nicht. Ihre Hand griff nach dem kleinen Dolch, der an ihrer Taille befestigt war. Ohne zu zögern, zog sie ihn aus der Scheide, hob ihn und stieß ihn tief in Ranulfs Oberschenkel.

Ranulf brüllte vor Schmerz, und er ließ sie los.

Lizanne landete hart auf dem Steinboden. Der Aufprall nahm ihr den Atem. Aber blitzschnell war sie wieder auf den Beinen und funkelte ihren Gefangenen wütend an.

»Ihr ... Ihr ... Dafür werdet Ihr in der Hölle schmoren!«

Ranulf blickte auf den Dolch in seinem Oberschenkel. Das würde sie ihm büßen! »Bin ich nicht schon in der Hölle – du Hexe?«

Sie richtete ihre Augen auf den Dolch, und zu Ranulfs Überraschung war sie sichtlich erschrocken, als sie die blutende Wunde sah. Ihre Hand fuhr zum Mund, sie wirbelte herum und lief zur Zellentür. Sie riß sie weit auf und verschwand, ohne sich noch einmal umzudrehen.

Mit zusammengebissenen Zähnen kämpfte Ranulf gegen die Ohnmacht an, die ihn zu überfallen drohte. Noch nie in seinen neunundzwanzig Jahren hatte er eine Frau so begehrt und sie gleichzeitig so gehaßt. Frauen waren zum Vergnügen da. Sie waren hilflos und mußten beschützt werden.

Aber diese Frau war anders – bösartig, wie Lord Langdon sie beschrieben hatte ... Aber da war noch mehr – ein verräterisches Verlangen. Der Gedanke war so abwegig, daß er beinahe laut losgelacht hätte.

Ein großer Mann betrat das Verlies, ging zu Ranulf und baute sich vor ihm auf.

»Mein Name ist Samuel«, stellte er sich vor. »Ich bin Euer Wärter.« Grinsend beugte er sich nach vorn und besah sich Ranulfs zerkratztes Gesicht genauer. »Hmmm«, brummte er, und seine Augen blitzten belustigt auf.

Ranulf schenkte ihm keinerlei Aufmerksamkeit. Samuel seufzte enttäuscht und untersuchte dann den Oberschenkel seines Gefangenen. »Sie hat es Euch aber gezeigt, was? Ihr müßt sie sehr aufgeregt haben. Was ...«

»Ich brauche einen Arzt«, unterbrach Ranulf ihn schnell.

Samuel richtete sich wieder auf. Nachdenklich kratzte er seinen Kopf. »Lady Lizanne hat nichts von einem Arzt gesagt. Aber ich habe damit Erfahrung. Wenn Ihr wollt, will ich versuchen, ob ...«

»Ich möchte mein Bein gerne behalten«, schrie Ranulf aufgebracht.

»Vielleicht möchte sie gerade das nicht. Sie scheint ja eine unbändige Wut auf Euch zu haben.«

Ranulf beruhigte sich und stellte die Frage, die ihn im Augenblick am meisten beschäftigte: »Warum bin ich hier?«

Samuel zuckte mit den Schultern. »Mylady hat mich nicht ins Vertrauen gezogen.«

»Dann haltet auch den Mund!«

Samuels Grinsen wurde noch breiter. Kichernd beugte er sich wieder über Ranulfs Bein. »Die Wunde ist nicht sehr tief.« Dann drehte er sich um und verschwand.

Etwas später kam er mit einigen Tüchern zurück. Mit einer schnellen Bewegung zog er den Dolch aus der Wunde und warf ihn zur Seite. Dann preßte er ein Tuch auf die Stelle, um die Blutung zu stoppen.

Ranulf stöhnte laut. Mit zusammengepreßten Zähnen ertrug er Samuels ungeschickte Hände.

»Haltet doch still«, befahl der Mann, während er so etwas wie einen Verband anlegte.

Ranulf zwang sich, tief durchzuatmen. Dann blickte er auf sein bandagiertes Bein und brummte: »So verliere ich mein Bein bestimmt.«

»Auch noch undankbar, wie?« schimpfte Samuel, aber ihm war anzumerken, daß er Ranulf nur auf den Arm nahm. »Ich finde, das sieht sehr gut aus.«

Als er Ranulfs wütendes Gesicht sah, fing er an zu lachen. »Macht Euch keine Gedanken. Nach dem Mittagessen schicke ich Euch meine Frau. Sie wird die Wunde reinigen. Sie kennt sich gut damit aus.« Mit diesen Worten ließ der Mann Ranulf allein in seiner Zelle zurück.

Ranulf wartete, aber da niemand kam, begann er, mit seinen Augen den Boden des Verlieses abzusuchen, bis er den juwelenbesetzten Griff des Dolches entdeckt hatte, den Samuel so nachlässig weggeworfen hatte. Vielleicht würde er ihn später noch brauchen.

Er löste mit seinem Fuß einige Brocken aus dem festgestampften Fußboden und trat sie in Richtung Waffe. Es dauerte lange, aber als er sein Werk beendet hatte, war der Dolch nicht mehr zu sehen. Er war über und über von einem unverdächtig erscheinenden Haufen Schmutz bedeckt.

Zufrieden lächelte er und legte den Kopf zurück. Trotz seiner Schmerzen begannn er, Pläne zu schmieden – Flucht- und Rachepläne. Die Lady würde sich noch wundern.

2. Kapitel

Lizanne schaffte es gerade noch, die Abgeschiedenheit ihrer Kammer zu erreichen, bevor sie das einfache Mahl, das sie am Morgen zu sich genommen hatte, wieder erbrach.

Zitternd schlug sie beide Hände vor das Gesicht. »Warum nur?« stöhnte sie laut. Wieso hatte sie solche Schuldgefühle? Sie hatte sich doch bloß gegen dieses Tier verteidigt! Weshalb hatte es sie so erschüttert, die Wunde zu sehen, die sie ihm beigebracht hatte? Das war doch genau das, was er verdiente – dieser skrupellose Mann, der ihr alles genommen hatte, was ihr lieb und teuer war. Warum fühlte sie sich so schlecht?

Müde strich sie sich das Haar aus der Stirn und ging zum Fenster. Abwesend starrte sie auf den inneren Burghof. Zum ersten Mal seit der Entführung von Ranulf Wardieu machte sie sich Gedanken über die Konsequenzen, die ihr Verhalten haben würde. Bisher hatte sie nur eins beherrscht: der Gedanke an Rache.

Zu ihrem Erstaunen hatte sie feststellen müssen, daß Ranulf Wardieu ein Adliger war, aber sie war so besessen gewesen, Vergeltung zu üben, daß diese Tatsache sie nicht weiter berührt hatte. Es hatte sie auch nicht interessiert, daß er vom König persönlich gesandt worden war, um einen Streit zwischen Lord Bernard und einem seiner Vasallen zu schlichten.

Es wäre alles so leicht gewesen, wenn er nur der einfache Räuber gewesen wäre, für den sie ihn damals gehalten hatte. Aber jetzt ... Sie konnte nicht hoffen, daß sie und ihr Bruder für die Entführung nicht zur Rechenschaft gezogen werden würden. Sie wußte nur wenig von Ranulf Wardieu, aber eins war klar: Er würde vermißt werden, und das bald.

Wie so oft in den letzten Jahren drängte sich ihr wieder die Erinnerung an ihn auf. Körperlich hatte er sich nur wenig verändert. Sein Adelstitel, seine Manieren und seine Kleidung überdeckten viel, aber Lizanne hätte ihn in jeder Verkleidung wiedererkannt. Dieses lange, blonde Haar. Der große, muskulöse Körper. Und diese Augen, die sie so wütend anstarrten – genauso schwarz, wie sie sie in Erinnerung hatte, aber doch irgendwie anders. Es war fast, als ob ...

»Soll er auf ewig verdammt sein!« fluchte sie. Er *mußte* es sein. Sie konnte sich nicht irren. Die Rache, für die sie die letzten vier Jahre gelebt hatte, war so nahe – vier Jahre, in denen sie ihren Körper gestählt und ein Geschick im Umgang mit Waffen erworben hatte, das ihr erlaubte, es mit den besten Männern ihres Bruder aufzunehmen. Sie mußte nur die Hand ausstrecken, um ihn seiner gerechten Strafe zuzuführen. Aber konnte sie es? Würde sie es wagen?

Wenn nur Gilbert nicht aufgehalten worden wäre! Er hätte den Mann zum Duell gefordert und dafür gesorgt, daß die Gerechtigkeit siegte. Ihr Bruder hatte sogar noch mehr Grund als sie, Wardieu zu hassen, denn er trug die Male dieser furchtbaren Nacht für immer an seinem Körper.

Mit zusammengekniffenen Augen zwang sie sich, an ihren Bruder und seinen humpelnden Gang zu denken – und an seinen Schmerz. Sein Lachen, das früher so ansteckend gewesen war, war erstorben. Wardieu hatte ihm das angetan.

Und was war mit ihr? Hatte nicht auch sie gelitten? Hatte nicht ihr Verlobter, der Mann, den sie zu lieben geglaubt hatte, sich geweigert, sie zu heiraten, weil er sie nicht länger für unschuldig hielt? Sie lachte bitter. Ja, auch sie hatte gelitten, aber nicht so wie Gilbert. Nichts konnte ihm seine Gesundheit wiedergeben.

Lizanne biß sich auf die Lippe und suchte verzweifelt nach einer Lösung für ihr Problem. Wie sollte sie sich rächen? Denn Rache nehmen mußte sie.

Tränen der Enttäuschung stiegen ihr in die Augen. Plötzlich fiel ihr Blick auf einen jungen Knappen, der sich unten im Burghof mit einer der Wachen einen Schwertkampf lieferte. Und plötzlich hatte sie eine Idee. Ein kleines Lächeln umspielte ihre Lippen. »Das ist gut«, sagte sie leise. Sie würde ihre Rache bekommen. Sie würde...

Ein lautes Klopfen unterbrach ihre Gedanken. »Mylady!« rief Mellie, ihre Zofe. »Ihr werdet gebraucht!«

»Kann das nicht warten?« gab Lizanne unwillig zurück, denn sie wollte gründlich über ihren Plan nachdenken.

»Es geht um ein Kind, Mylady. Das Mädchen hat sich verletzt.«

Lizanne reagierte sofort. Sie rannte zu der Truhe, die ihr Vater ihr vererbt hatte und die Arzneien enthielt.

»Einen Moment noch«, rief sie Mellie zu. Wie jedesmal, wenn sie die Truhe öffnete, kamen die Erinnerungen an ihren Vater zurück.

Obwohl die Heilkunst eigentlich Aufgabe der Frauen war, war ihr Vater von der heilenden Kraft der Kräuter fasziniert gewesen. Er hatte das Interesse seiner Tochter an der Medizin immer gefördert und sie schon von klein auf zum Kräutersammeln mitgenommen.

Aber nichts hatte die furchtbare Krankheit des alten Barons heilen können, die seinen Körper ausgezehrt hatte. Der Überfall auf Lizanne und Gilbert hatte seinen Lebenswillen endgültig gebrochen. Noch ein Grund, warum Wardieu für seine Verbrechen bezahlen mußte...

Lizanne wischte sich die Tränen weg, die über ihre Wangen liefen, und sammelte schnell die verschiedenen Töpfe ein, die sie vielleicht benötigen würde. Sie vergaß auch ihre feine Nädnadel und frische Tücher nicht. Sie packte alles in einen Beutel, lief zur Tür und riß sie auf.

»Wo ist das Kind?« fragte sie Mellie.

»In der Halle, Mylady. Ein Hund hat sie gebissen.«

Eilig machte Lizanne sich auf den Weg. Die Mutter des Kindes saß auf einer Bank, drückte ihre Tochter an die Brust und weinte. Dienstboten hatten sie umringt.

Als Lizanne erschien, machten sie ihr Platz. Lizanne kniete sich neben die Frau und befahl ihrer Zofe, die ihr gefolgt war: »Ruf Lucy.«

»Ist bereits geschehen, Mylady«, informierte Mellie sie.

»Und warum ist sie noch nicht hier?« Vorsichtig löste Lizanne das Kind aus dem Griff der Mutter und drehte es herum. Es war ein hübsches Mädchen, das noch nicht viel älter als vier sein konnte. Lizanne zog das blutdurchtränkte Tuch vom Arm des Kindes und begutachtete die Wunde.

Mellie beugte sich zu ihrer Herrin hinunter und flüsterte ihr ins Ohr: »Lucy behandelt den anderen, Mylady.«

Den anderen? Stirnrunzelnd wischte Lizanne das Blut ab. Die Wunde war nicht so tief, wie sie befürchtet hatte, aber sie würde sie nähen müssen. Es würde eine Narbe zurückbleiben. Plötzlich sah Lizanne auf und schaute Mellie scharf an, denn ihr wurde schlagartig klar, was das Mädchen meinte. »Den anderen«?

Das Mädchen nickte und bestätigte Lizannes Vermutung, daß es Wardieu war, um den Lucy sich gerade kümmerte.

Aber Lizannes Ärger war nur von kurzer Dauer, denn die Heilerin in ihr gewann die Oberhand. Der Mann war verwundet – es war egal, welche Verbrechen er begangen hatte. Nicht einmal ein Tier ließ man blutend und voller Schmerzen liegen.

Nein, ihre Rache würde anders ausfallen. Wardieu würde Gelegenheit bekommen, sich zu verteidigen.

Lizanne richtete ihre Aufmerksamkeit wieder auf das Mädchen. »Wie heißt du denn?« fragte sie und strich ihr das Haar aus dem Gesicht.

Das kleine Mädchen starrte sie an und versuchte tapfer, die Tränen zurückzuhalten. »An... Anna.«

»Anna«, wiederholte Lizanne und zwang sich, jeden Gedanken an Wardieu zu verbannen. Sie lächelte das Kind an und griff nach ihrem Beutel mit den Arzneien. »Du bist sehr tapfer.«

Ein zögerndes Lächeln erschien auf Annas Gesicht. »Wirklich?«

»Ja. Du hast mit dem bösen Hund gekämpft und gewonnen, oder?«

Fragend blickte das Kind zu seiner Mutter auf. »Habe ich wirklich gewonnen, Mama?«

Die Frau sah dankbar zu Lizanne, lächelte dann ihre Tochter an und nickte.

»Also gut«, sagte Lizanne und öffnete mit einer Hand eine Flasche, »ich möchte, daß du mir alles erzählst.«

Unsicher sah Anna von Lizanne auf die Flasche, deren Inhalt einen stechenden Geruch verbreitete, und dann wieder zu Lizanne. »Wird es weh tun?«

Beruhigend streichelte Lizanne dem Mädchen über die Wange. »Ein bißchen«, antwortete sie ehrlich, »aber du bist doch tapfer, stimmt's?«

Anna nickte.

3. Kapitel

Nachdem Lizanne Annas Arm verarztet hatte, war sie wieder in ihre Kammer gegangen. Es wurde Abend, und noch immer schmiedete sie an ihrem Racheplan. Sie strich mit der Hand über ihre Wangen und war überrascht, daß sie naß waren von Tränen. Sie wischte sie weg und blickte durch den schmalen Fensterschlitz hinaus in die Dunkelheit.

Aufmerksam suchte sie den Wehrgang ab, bis sie schließlich die dunkle Gestalt eines Mannes entdeckte, der langsam vor der inneren Burgmauer patrouillierte. Beunruhigt hielt sie nach weiteren Wachen Ausschau, aber vergeblich. Wahrscheinlich gab es nur diese eine.

Es war eine verhältnismäßig friedliche Zeit unter der Regierung von König Henry II., so daß Gilbert, nachdem er seine Schwester unter den Schutz von Lord Bernard gestellt hatte, nur wenige Männer zur Verteidigung der Burg zurückließ, als er sich auf den Weg zum König machte. Unglücklicherweise hatte er nicht damit gerechnet, daß er aufgehalten und sie vor ihm zurückkehren würde – ganz zu schweigen von dem Gefangenen, den sie mitgebracht hatte.

Wenn herauskam, daß Ranulf sich auf Penforke befand, würde es sicher einen Befreiungsversuch geben. Sie würden das Schloß nicht halten können, nicht mit so wenigen Männern.

Seufzend stand sie auf und tastete sich zu ihrem Bett. Müde begann sie, sich auszuziehen. Erst als sie im dünnen

Hemd dastand, fiel ihr auf, daß ihr wertvoller Dolch fehlte, den Gilbert ihr geschenkt hatte. Fieberhaft versuchte sie sich zu erinnern, wo er geblieben war.

Richtig, sie hatte ihn gegen Wardieu gerichtet. Was war mit dem Dolch geschehen? Wahrscheinlich hatte Samuel ihn an sich genommen, aber es war besser, noch einmal nachzusehen. Der Dolch war nicht nur wertvoll, sondern es wäre auch gefährlich, wenn er Wardieu in die Hände fiele.

Sie warf einen Umhang über und trat hinaus auf den nur spärlich beleuchteten Gang, wo sie eine Fackel aus der Halterung nahm. Dann machte sie sich auf den Weg zum Verlies. Obwohl sie befohlen hatte, eine Wache davor aufzustellen, war niemand zu sehen. Wütend biß sie die Zähne zusammen und blickte durch das Gitter in die dunkle Zelle. Die Fackeln waren schon lange erloschen, und es war stockdunkel.

Sie entriegelte die Tür, öffnete sie einen Spalt und schlüpfte, die Fackel vor sich haltend, hinein.

Das Herz schlug ihr bis zum Hals, als ihr Blick den Gefangenen suchte. Wütend stellte sie fest, daß er vollständig angezogen war und die Handfesseln tiefer an der Wand befestigt waren.

»Verdammt, Samuel«, fluchte sie leise.

Vorsichtig ging sie zur anderen Seite des Raumes, wo ein Tisch und ein paar Bänke standen. Vielleicht hatte Samuel den Dolch dort hingelegt. Als sie ihn nicht fand, vermutete sie, daß Samuel den Dolch mitgenommen hatte.

Obwohl ihr Verstand ihr befahl, die Zelle sofort zu verlassen, wurde sie doch unwiderstehlich von ihrem Gefangenen angezogen. Sie ging zu ihm. Sein Kopf lag auf seiner Brust, und er schlief. Ihr Blick wanderte von seinem blonden Haar hinunter zu seinem Bein. Die Hose war zerschnitten worden, und sie konnte die bandagierte Wunde sehen.

Ob er wohl, genau wie Gilbert, von diesem Tag an humpeln würde? Das wäre doch mehr als passend ...

Lizanne kniete sich neben ihn und senkte die Fackel, um den Verband in Augenschein zu nehmen. Es war kein Blut zu sehen, und der Verband war auch nicht naß, was darauf hindeutete, daß sich die Wunde nicht entzündet hatte.

Der Verband war ganz eindeutig von Lucy, Samuels Frau, angelegt worden. Lizanne fragte sich, wie sie wohl mit Wardieu zurechtgekommen waren. Sogar mit seiner Verletzung war er immer noch ein ernstzunehmender Gegner. Aber Samuel war kräftig, und zweifellos hatte er ein paar Wachen zur Unterstützung mitgenommen.

Nein, die Wunde war nicht tief gewesen. Jetzt, wo sie gut versorgt worden war, würde sie heilen.

Seufzend vor – wie sie nie zugeben würde – Erleichterung hob Lizanne den Kopf und starrte direkt in tiefschwarze Augen.

Keuchend zuckte sie zurück und verlor das Gleichgewicht. Die Fackel fiel ihr aus der Hand, rollte über den Boden, ging aber nicht aus.

Ärgerlich über ihre eigene Ungeschicklichkeit stand sie auf, während er ein tiefes, lautes Lachen von sich gab, das von den Wänden widerhallte. Mit pochendem Herzen holte sie die Fackel und leuchtete ihn an.

Er saß da, und ein höhnisches Lächeln lag auf seinem Gesicht. Ein Zittern überlief sie, als er begann, über ihren nur spärlich bekleideten Körper zu spotten.

Vielleicht war sie wirklich eine Hexe, aber dann war er der leibhaftige Teufel. Voller Angst wirbelte sie herum und wollte die Flucht ergreifen.

»Halt!« brüllte er.

Sie hielt inne, wandte sich um und sah ihn an.

»Kommt her!« befahl er barsch.

Sie zögerte. Mit einer Hand umklammerte sie die Fackel, während sie mit der anderen ihren Umhang zusammenhielt. Warum bloß fühlte sie sich so verletzlich – fast wie ein kleines Kind? Er war doch *ihr* Gefangener.

»Ich kann Euch doch gar nichts zuleide tun«, fuhr er spöttisch fort. Wie zum Beweis rasselte er mit den Ketten.

Unsicher blickte Lizanne ihn einen Augenblick an. Doch dann kam ihr Mut zurück, sie hob das Kinn und ging auf ihn zu. »Ja, Mylord?« fragte sie höhnisch.

Ranulf dachte an den Dolch. Das war sicher der Grund, warum sie ihm zu nächtlicher Stunde einen Besuch in der Zelle abstattete.

Nach dem Abendessen, das Samuel ihm gebracht und er heißhungrig verschlungen hatte, war er plötzlich von einer starken Müdigkeit überfallen worden – ohne Zweifel hatten sie ihm ein Schlafmittel ins Essen gemischt. Als er wieder wach wurde, war er wieder vollständig angezogen, saß auf dem Boden seiner Zelle, und sein Bein war fachmännisch versorgt.

Innerhalb kürzester Zeit hatte er den Dolch mit dem rechten Fuß herangezogen, aber ihn unter sein Bein zu schieben, dauerte wesentlich länger. Leider konnte er die Waffe nur benutzen, wenn seine Hände frei waren, und deshalb vergaß er erst einmal den Dolch und konzentrierte sich auf die Frau.

»Setzt Euch doch.«

Lizanne schüttelte den Kopf und kniff die Augen zusammen. »Ich stehe lieber.«

Auch gut. Er zuckte mit den Schultern. »Ich möchte Euch um einen Gefallen bitten.«

»Einen Gefallen?« Lizanne dachte, sie hätte sich verhört.

»Ja. Ich möchte wissen, warum und wo ich gefangengehalten werde.«

Sie sah ihn neugierig an. »Würde es Euch etwas nutzen, Mylord?« Ihr aufreizendes Mylord brachte ihn in Rage. Am liebsten hätte er sie erwürgt, aber er zwang sich, ganz ruhig zu antworten. »Reine Neugier, *Mylady*.«

Er beobachtete mit unverhohlenem Interesse, wie ihre Augen vor Wut zu funkeln anfingen. »Nennt mich nicht so!«

»Meint Ihr Mylady?« fragte Ranulf ganz unschuldig. »Das ist nur eine höfliche Form der Anrede.«

»Ich bin nicht Eure Lady!«

»Das stimmt«, beeilte er sich zu entgegnen, »Ihr seid überhaupt keine Lady!«

Sie zuckte zusammen. Seine Worte hatten sie tiefer getroffen, als sie zugeben wollte. Woher hatte er die Macht, sie so zu verletzen? Sie war doch diejenige, die ihn gefangenhielt. Sie konzentrierte sich wieder auf die Aufgabe, die vor ihr lag.

»Ich habe Euch einen Vorschlag zu machen.«

Er blickte sie an, sagte aber nichts.

»Ich lasse Euch frei, wenn Ihr mit einem Gegner meiner Wahl ein Duell mit Schwertern austragt – und gewinnt.« Nervös wartete sie auf seine Antwort.

Sie bekam keine. Er starrte sie an, und nur das bedrohliche Funkeln in seinen Augen ließ erkennen, daß er sie verstanden hatte.

Lizanne hielt das Schweigen nicht mehr aus. »Ein Kampf auf Leben und Tod«, flüsterte sie heiser.

Ranulf runzelte die Stirn. »Und wer ist dieser Dummkopf, der bereit ist, für Euch zu sterben?«

Stolz hob sie den Kopf. »Das geht Euch nichts an«, entgegnete sie mit gespielter Leichtigkeit. »Er ist Eurer würdig.«

Seine aufgestaute Wut explodierte so unerwartet wie ein Blitzschlag. »Miststück!« brüllte er und bäumte sich in seinen Fesseln auf. »Glaubt Ihr wirklich, daß Ihr ungestraft davonkommt, nachdem ich diesen Mann getötet habe? Ich hasse sinnloses Blutvergießen!«

Lizanne ließ sich nicht einschüchtern. »Ihr werdet verlieren. Es ist nicht schwer, jemanden wie Euch zu schlagen

– verletzt wie Ihr seid. Geschick allein reicht nicht, auch Schnelligkeit ist wichtig. Muß ich Euch wirklich an Eure Wunde erinnern, Mylord? Das ist ein eindeutiger Nachteil für Euch.« Honigsüß lächelnd deutete sie auf den Verband.

Ranulfs Gesicht lief rot an. »Er wird einen grausamen Tod erleiden«, schrie er. »Und dann werdet Ihr und Eure Familie für das büßen, was Ihr mir angetan habt.«

Auch Lizanne war klar, daß Wardieu als Sieger aus dem Duell hervorgehen konnte, und sie hatte diese Möglichkeit bereits in Betracht gezogen. »Die Abmachung lautet folgendermaßen: Auf Leben und Tod, und wenn Ihr gewinnen solltet, versprecht Ihr, Euch nicht an meiner Familie zu rächen.«

Wütend riß Ranulf an den Ketten, aber sie hielten.

Kühl beobachtete Lizanne seine Bemühungen, aber sie erfreute sich nicht daran. Sie wunderte sich selbst über ihre Schwäche.

Es dauerte einige Minuten, bis er sich beruhigte. Er nahm den Kopf hoch und sah sie mit haßerfüllten Augen an.

Trotz ihrer Furcht trat Lizanne näher. Sie sah ihm lange ins Gesicht, und ein bedeutungsschweres Schweigen stand im Raum.

»Solch eine Wut«, murmelte sie schließlich.

Ihre Stimme klang nicht spöttisch, und Ranulf runzelte verwirrt die Stirn. Sie schien sich in sich zurückgezogen zu haben, und auch ihre Augen waren plötzlich leer und ohne Leben.

Vielleicht ist die Lady verrückt, dachte er. Das würde natürlich so einiges erklären ...

Wieder sprach sie, aber ihre Stimme war so leise, daß er angestrengt lauschen mußte, um sie zu verstehen. »Auch ich kenne diese Wut, Mylord. Das ist der Grund, warum Ihr hier seid.« Gepeinigt schloß sie die Augen.

Ranulf rührte sich nicht.

»Ich werde meine Rache haben«, fuhr sie fort und richtete den Blick wieder auf ihn.

Sie kniete sich neben ihn und berührte sein unrasiertes Kinn. Er zuckte nicht zurück, aber seine Muskeln spannten sich.

»Glaubt mir, Ranulf Wardieu, meine Familie und ich haben mehr als genug unter Euch gelitten«, flüsterte sie. »Jetzt präsentieren wir Euch die Rechnung.«

Die beiden Gegner sahen sich in die Augen. Etwas Tiefes, Unaussprechliches ging zwischen ihnen vor. Es war mehr als Rache, mehr als aufgestaute Wut. Ranulf nannte es Verlangen, aber Lizanne wollte es nicht wahrhaben und riß ihre Hand zurück.

»Gebt mir Euer Wort. Sofort.«

Ranulf hatte beschlossen, nicht noch einmal nach den Verbrechen zu fragen, die er begangen haben sollte. Er schüttelte den Kopf. »Nein«, gab er barsch zurück. »Auch ich habe genau wie Ihr ein Recht auf Rache, und das lasse ich mir nicht nehmen.«

Wieder trat sie ganz nahe an ihn heran und drohte: »Gebt mir Euer Wort, oder Ihr werdet morgen den Tod eines Feiglings sterben. Das schwöre ich Euch.«

Die Fackel beleuchtete ihr wütendes Gesicht. Sein Blick wanderte über ihren schlanken Hals bis hin zu ihrem dünnen Umhang, der kaum etwas von ihr verhüllte. Er lachte leise.

»Also gut, Hexe, Ihr habt mein Wort. Aber ich kann nicht versprechen, daß ich es auch halten werde.« Er lächelte hinterhältig. »Vielleicht lasse ich Eure Familie in Ruhe, aber es wird sich noch zeigen, ob Ihr genausoviel Glück habt.«

Lizanne fühlte sich unter seinem starren Blick unbehaglich. »Das reicht mir.« Sie wußte, daß sie nicht mehr erreichen konnte.

»Dann bis morgen«, rief sie ihm über die Schulter zu, als sie eilig die Zelle verließ.

4. Kapitel

Am nächsten Morgen erwachte Ranulf von lautem Gepolter und dem Geruch von Essen. Samuel kam, gefolgt von zwei Wachen, in die Zelle.

»Ihr beiden«, befahl Samuel den Männern, »zündet die Fackeln an.«

»Einen schönen guten Morgen«, begrüßte Samuel den Gefangenen gleich darauf fröhlich und stellte ein Tablett neben ihn auf den Fußboden. Dann richtete er sich auf, stemmte die Hände in die Hüften und sah prüfend in Ranulfs Gesicht. »Anscheinend habt Ihr letzte Nacht nicht besonders gut geschlafen – und das, obwohl ich mir soviel Mühe gegeben habe, es Euch bequem zu machen.«

»Es war nicht besonders fair, mich zu betäuben.«

Samuel zuckte mit den Schultern. »Es war nur ein leichtes Schlafmittel. Da ich nur meine Frau als Hilfe hatte, schien es mir so am einfachsten.«

»Ihr habt doch nicht etwa Angst vor mir?«

Der große Mann blickte ihn finster an. »Der Mann, der mir Angst einjagt, ist noch nicht geboren worden. Es war Lucy, meine Frau, die darauf bestanden hat.«

»Wie auch immer – ich bin Euch sehr dankbar, Samuel, und Eurer Frau Lucy natürlich auch. Mein Bein schmerzt nicht mehr, und Sitzen ist viel bequemer als Stehen.«

Samuel strahlte. »Lucy kennt sich gut mit Arzneien aus. Die Lady selbst hat es ihr beigebracht.«

»Lady Lizanne?« fragte Ranulf ungläubig.

»Ja. Sie mag zwar wild sein, aber sie versteht die Heilkunst besser als jeder andere. He, ihr«, rief er den Wachen zu, »es kann doch wohl nicht so lange dauern, die Fackeln anzuzünden! Muß ich denn alles selbst machen?« Die Männer beeilten sich, seinem Befehl nachzukommen.

»Dummköpfe«, brummte Samuel und richtete seine Aufmerksamkeit wieder auf seinen Gefangenen. »Bin ich froh, wenn Lord Gilbert wieder zurück ist. Er ist an den Hof gerufen worden und hat die besten Männer mitgenommen. Zu dumm, daß er aufgehalten worden ist.«

Ranulf tat so, als ob ihn Samuels Worte gar nicht interessierten, aber in Wirklichkeit war er hocherfreut. Dieser Mann war eine gute Informationsquelle. Vielleicht konnte er noch mehr erfahren.

Samuel enttäuschte seine Hoffnungen nicht. »Es ist mehr als unglücklich, daß Lady Lizanne hier ganz allein und ohne Schutz auf Penforke ist. Und dadurch, daß sie uns herumkommandiert, macht sie alles noch viel schlimmer.«

Penforke... Fieberhaft überlegte Ranulf, wo sich diese Ländereien befanden. Dann fiel es ihm ein: im Süden des Landes, nicht weit von Schloß Langdon entfernt.

Samuel beugte sich hinunter und schloß die Handfesseln auf, die um Ranulfs linkes Handgelenk lag. »Sie weiß natürlich, daß ihr keiner Vorwürfe macht. Ihr Bruder frißt ihr aus der Hand und läßt ihr alles durchgehen. Warum das so ist, weiß ich nicht.«

Dankbar nahm Ranulf das frische, noch warme Brot, das Samuel ihm hinhielt.

»Er müßte es eigentlich besser wissen. Die Lady braucht eine starke Hand, das könnt Ihr mir glauben. Und dann Ihr hier in Ketten – was für ein Durcheinander. Das gefällt mir überhaupt nicht.«

Am liebsten hätte Ranulf dazu einen Kommentar abgegeben, aber er hatte Angst, das er Samuels Redefluß bremsen würde. Er biß in das Brot und lauschte interessiert, aber seine Augen suchten die beiden bewaffneten Männer. Sie saßen am Tisch und waren in ein Würfelspiel vertieft.

Samuel schüttelte den Kopf und seufzte tief. »Hier, probiert etwas von dem Bier hier. So ein gutes findet Ihr nicht alle Tage.«

Gehorsam führte Ranulf den Krug an die Lippen und nahm einen großen Schluck. Hoffentlich ließ Samuel noch mehr verlauten.

Aber im gleichen Augenblick ertönte ein lauter Freudenschrei. Samuel drehte sich um und blickte zu den beiden Wachen. Einer von ihnen warf gerade ein paar Münzen hoch, die er seinem Freund im Spiel abgenommen hatte. Samuel lächelte Ranulf entschuldigend an, schlurfte dann davon und setzte sich zu den beiden Männern.

Aber auch so war Ranulf mehr als zufrieden mit dem, was er erfahren hatte. Und jetzt, wo er unbeaufsichtigt war, hatte er nur einen Gedanken: den Dolch sicher zu verstecken. Er holte die scharfe, juwelenbesetzte Waffe unter seinem Bein hervor, zog sein Hemd ein wenig in die Höhe und steckte den Dolch in den Bund seiner Hose. Dann griff er ruhig nach einem zweiten Stück Brot und tat so, als ob nichts Ungewöhnliches geschehen sei.

*

Gekleidet wie ein Mann saß Lizanne auf ihrer grauen Stute und spähte durch die Bäume, die die Wiese umstanden. An jeder Seite des Sattels hing ein Schwert in einer Scheide. Die Stute bewegte sich ruhelos unter ihr und warf den Kopf abwechselnd nach rechts und links.

»Ruhig, Lady«, beruhigte Lizanne das Tier und beugte sich vor, um das Pferd zu streicheln. »Es dauert nicht mehr lange.«

Die Stute war erst vor kurzem zugeritten worden. Ihre Anmut und ihre Energie waren Lizanne sofort aufgefallen, und sie hatte Gilbert so lange bekniet, bis er ihr das Tier zu ihrem Geburtstag geschenkt hatte.

Lizanne richtete sich auf und fragte sich zum wiederholten Male, ob Samuel ihre Anweisungen falsch verstanden hatte – vielleicht sogar absichtlich. Der Gedanke daran verbesserte ihre Laune nicht gerade.

Aber dann hörte sie Hufschlag. Drei Männer ritten auf die Wiese. Samuel vorneweg, dann kam Ranulf Wardieu, und ein bewaffneter Mann bildete die Nachhut. Er trug einen langen Umhang und Stiefel.

Als sie die Mitte der Wiese erreicht hatten, zügelten die Männer ihre Pferde. Lizanne beobachtete, wie Samuel stirnrunzelnd den Wald absuchte.

Er war von ihren Anweisungen, die sie ihm mittags erteilt hatte, ganz und gar nicht begeistert gewesen und hatte vorgeschlagen, daß sie auf die Rückkehr ihres Bruders warten sollte. Aber Lizanne hatte sich nicht umstimmen lassen und ihm befohlen, den Gefangenen auf die Wiese zu bringen und dort freizulassen. Samuel blieb nichts anderes übrig, als zu gehorchen.

Ranulf stieg ab und warf Samuel die Zügel zu. Er sagte etwas, woraufhin die Männer in lautes Gelächter ausbrachen. Sie wechselten noch ein paar Worte, und dann überreichte Samuel Ranulf einen Sack – ohne Zweifel Vorräte.

Wütend schnappte Lizanne nach Luft. Samuel hatte schon wieder ihre Befehle mißachtet! Ein Wunder, daß er dem Schurken nicht auch noch das Pferd gelassen hatte!

Samuel und die Wache ritten davon, und Ranulf blieb allein auf der Wiese zurück. Die Hände in die Hüften gestemmt stand er da, und sein blondes Haar leuchtete in der Sonne.

Aber immer noch rührte Lizanne sich nicht. Ein plötzliches Angstgefühl hatte sie überfallen, und sie war sich nicht mehr sicher, ob sie noch den Mut hatte, ihr Vorhaben auszuführen. Am liebsten wäre sie zurück in die Burg geflüchtet.

Es war Lady, die ihr die Entscheidung abnahm. Ungeduldig geworden, verließ sie den Schutz der Bäume und trabte auf Ranulf zu.

Schicksal, dachte Lizanne und spornte mit wiedergefundenem Mut ihr Pferd zu einem Galopp an. Die Kapuze ihres Umhangs glitt hinunter, und ihr schwarzes, langes Haar flatterte im Wind.

Ranulf fuhr herum und starrte das Pferd und den Reiter an. Er versuchte, seinen Gegner einzuschätzen, aber der Mann war noch zu weit weg.

Als das Pferd näherkam, blitzte Stahl in der Sonne auf, und Ranulf verzog das Gesicht, als er an die grausame Aufgabe dachte, die vor ihm lag. Der Gedanke an die Lady, die sicher hinter ihren Burgmauern saß und ohne nachzudenken jemanden für sich in den Tod schickte, machte ihn nur noch wütender.

Er wollte den Mann nicht töten. Lady Lizanne war das Objekt seiner Rache. Er würde wie versprochen ihre Familie verschonen, aber sie würde sein werden – selbst wenn er dafür gegen ihren Bruder kämpfen mußte!

Zu seinem großen Erstaunen stand er wenig später nicht einem Mann, sondern der Lady selbst gegenüber. Lizanne brachte das Pferd direkt vor ihm zum Stehen. Es war das erste Mal, daß er sie ohne Kapuze sah, und er konnte nicht umhin zu bemerken, wie wunderschön sie war.

»Willkommen, Mylord Ranulf«, begrüßte sie ihn. »Heute ist ein guter Tag zum Sterben.«

Ohne mit der Wimper zu zucken blickte er sie an. »Ich muß sagen, Ihr erstaunt mich. Ich hätte nicht gedacht, daß Ihr an diesem Blutvergießen teilnehmen würdet. Aber ich habe ganz vergessen – Ihr seid ja keine Lady.«

Er richtete seine Aufmerksamkeit auf die Waffen, die an ihrem Sattel befestigt waren. »Und wo ist der Mann, der gleich das zweifelhafte Vergnügen hat, für Euch zu sterben?«

»Mann?« Sie schüttelte den Kopf. »Es gibt keinen Mann.«

Mit zusammengekniffenen Augen dachte Ranulf über

ihre Antwort nach. »Habt Ihr wirklich niemanden gefunden, der dumm genug wäre, für Euch zu sterben, Mylady?«

Aber Lizanne ließ sich nicht provozieren. »Ich bin eben so häßlich, daß sich keiner dazu bereit erklärt hat.«

»Und was ich jetzt mit unserer Abmachung?«

»Sie besteht weiter.«

»Wollt Ihr mich festhalten, bis Euer Bruder zurückkommt? Denkt daran, ich bin ein unbequemer Gefangener. Freiwillig gehe ich nicht in die Zelle zurück.«

»Ich weiß.« Ihr Blick hielt dem seinen stand. »Euer Gegner steht vor Euch.«

Ranulf brauchte einige Zeit, um die Antwort zu verarbeiten, aber dann brach er in schallendes Gelächter aus. So etwas Lächerliches! Eine schwache Frau fordert einen Ritter zum Duell! Aber bei Lady Lizanne mußte man mit allem rechnen!

Langsam erstarb sein Lachen. Er wischte sich die Tränen der Heiterkeit ab, die ihm über das Gesicht liefen, und war immer noch ganz außer Atem.

Lizanne war empört. »Ich finde das überhaupt nicht komisch. Vielleicht könnt Ihr mir erklären, worüber Ihr lacht, Lord Ranulf?«

»Ich glaube kaum, daß Ihr über meine Erklärung glücklich sein werdet, Mylady.«

Stolz hob sie ihr Kinn. »Ihr glaubt nicht, daß ich ein würdiger Gegner bin?«

»Mit Eurer spitzen Zunge vielleicht, aber ...«

»Dann werde ich Euch nicht länger auf die Folter spannen«, zischte sie böse, zog ein Schwert aus der Scheide und warf es ihm zu.

Instinktiv fing Ranulf es auf. Seine Hand umfaßte den kühlen Metallgriff. Die Waffe war gut gearbeitet, allerdings nicht so schwer wie das Schwert, an das er gewöhnt war.

»Und was soll das hier sein? Ein Kinderspielzeug?« höhnte er.

Geschmeidig glitt Lizanne von ihrem Pferd und funkelte ihn finster an. »Das ist die Waffe, die euch töten wird, Mylord.« Sie zog ihr eigenes Schwert, das dem glich, das er in der Hand hielt.

Ranulf senkte das Schwert und schüttelte den Kopf. »Ihr glaubt doch nicht, daß ich gegen eine Frau kämpfe?«

»Wir haben eine Abmachung.«

»Ich habe mich bereit erklärt, gegen einen Mann zu kämpfen ...«

»Nein, Ihr habt Euch bereit erklärt, gegen einen Gegner meiner Wahl zu kämpfen. Ich steht jetzt vor Euch und bin bereit, unsere Abmachung zu erfüllen.«

»Wir haben keine Abmachung«, protestierte er wieder.

»Wollt Ihr Euer Wort brechen? Seid Ihr so unehrenhaft?«

»Es ist gerade die Ehre, die mich davon abhält.« Noch nie hatte jemand Ranulfs Ehre in Frage gestellt. Ein gefährliches Lächeln erschien auf seinem Gesicht.

»Ehre?« Sie lachte, ging auf ihn zu und blieb vor ihm stehen. »Ist es Eure Verletzung, oder seid Ihr ein Feigling? Ihr werdet doch wohl noch ein Schwert heben können, oder?«

Feigling? Die Muskeln in seinem Gesicht verhärteten sich. Sie schaffte es immer wieder, ihn in Wut zu versetzen. »Wenn Ihr ein Mann wäret, dann wäret Ihr jetzt nicht mehr am Leben.«

»Dann stellt Euch vor, ich wäre einer«, gab sie zurück und hob ihr Schwert.

Allein der Gedanke war schon lächerlich. Sogar in Männerkleidung war Lady Lizanne immer noch durch und durch eine Frau.

»Nein, ich kann nicht.« Entschlossen stützte er sich auf sein Schwert. »Das hier kann man doch auch gut als Stock benutzen, oder?«

Lizanne achtete gar nicht auf seine spöttischen Worte. »Ihr könnt nicht ablehnen.«

»Das kann ich sehr wohl.«

»Dann schlitze ich Euch auf wie ein Schwein«, schrie sie und sprang nach vorn.

Instinktiv riß Ranulf sein Schwert hoch und parierte den Schlag. Die Kraft, mit der sie das Schwert führte, überraschte ihn. Wenn er etwas langsamer gewesen wäre, hätte sie sein Genick getroffen. Er konnte es kaum glauben.

Aber immer noch hielt er sie für keine ernsthafte Bedrohung, sondern war sich sicher, daß er sie mit Leichtigkeit schlagen konnte. Weshalb also sollte er sich nicht den Spaß gönnen und so lange mitspielen, bis sie müde wurde!

Er lächelte bei dem Gedanken und stieß kraftvoll ihr Schwert zur Seite.

Sie sprang einen Schritt zurück und führte ihr Schwert sofort in einem großen Bogen nach oben. Die Schwertspitze traf ihn oberhalb seines rechten Auges und hinterließ einen langen, dünnen Schnitt.

Geschockt legte Ranulf eine Hand auf die Wunde. Als er sie wieder herunternahm, war sie blutig.

»Unterschätzt mich nicht, Mylord«, warnte sie ihn und griff wieder an.

Ranulf kochte vor Wut auf sich selbst. Er hatte sie wirklich unterschätzt – ihr Geschick, aber auch ihren starken Willen. Es war schon lange her, daß ihm jemand eine Wunde zugefügt hatte, und daß es auch noch eine Frau war, verletzte seinen Stolz zutiefst.

Den nächsten Schlag wehrte er mit Leichtigkeit ab.

Aber sie ließ sich nicht beeindrucken. Ganz und gar unweiblich schnaubte sie wütend und setzte nach.

Sie war schnell und genau und nutzte seine Verletzung erbarmungslos aus. Obwohl sie hervorragend mit dem Schwert umgehen konnte, lag ihr größer Vorteil in ihrer Schnelligkeit und Anmut, mit der sie sich bewegte. Einmal attackierte sie ihn von links, dann blitzschnell von rechts, aber dank seiner langjährigen Erfahrung konnte Ranulf alle ihre Schläge abwehren, und sie wurde langsam müder.

Einmal geriet sie ins Stolpern. Sofort setzte Ranulf nach. Er hätte sie töten können, aber er wußte genau, wie er das Schwert führen mußte, um sie nicht schwer zu verletzen. Die Spitze seines Schwertes durchtrennte ihre Tunika und hinterließ einen kleinen, dünnen Schnitt, der von ihrem Schlüsselbein bis zum Ansatz ihrer vollen Brüste reichte.

Sie würdigte ihre Verletzung keines Blickes, sondern hob das Schwert und attackierte von neuem.

Trotz des pochenden Schmerzes in seinem Bein bewegte Ranulf sich schnell und sprang zur Seite. Wohlüberlegt drängte er sie mit immer schnelleren Attacken zurück, und nun war ihrem Gesicht die Kraftanstrengung anzumerken. Sie benutzte jetzt beide Hände, um das Schwert zu führen, und ihr Atem kam in kurzen Stößen.

Mit wachsender Zufriedenheit beobachtete Ranulf, wie das Schwert in ihrer Hand immer schwerer wurde und Schweiß auf ihre Stirn trat. Auch der gehetzte Blick, der in ihre Augen trat, entging ihm nicht. Gnadenlos nutzte er den Vorteil und trieb sie in die Defensive.

Er hatte sie ...

Er beschloß, diesen sinnlosen Kampf zu beenden. Er hob seine Waffe und schlug mit voller Kraft gegen den Stahl ihres Schwertes.

Und dann geschah das Undenkbare ...

Sein Schwert brach an der Verbindung zwischen Griff und Blatt, und er konnte nur noch hilflos auf seine jetzt unbrauchbar gewordene Waffe starren.

»Schlechter Stahl«, sagte er trocken, als er sich von seiner Überraschung erholt hatte, und warf den Griff achtlos zur Seite.

Mit ausgestreckten Händen ging er auf Lizanne zu, die das Geschehen mit weitaufgerissenen Augen beobachtet hatte. Er war dankbar für ihren Dolch, den er unter seinen Kleidern verborgen hatte, er würde ihn sicher noch brauchen, um sie zu überwältigen. »Ich ergebe mich in mein

Schicksal, Hexe. Habt Mitleid und macht ein schnelles Ende.«

Sie zwinkerte ungläubig, einmal, zweimal, dreimal, und ging dann unsicher einen Schritt zurück, das Schwert immer noch gegen ihn gerichtet.

Mit einem breiten Grinsen auf dem Gesicht ging Ranulf auf sie zu. Bei jedem Schritt, den er machte, ging sie zwei zurück. Ihre Unentschlossenheit war ihr deutlich anzumerken. Ranulf konnte nicht anders, als sich über ihre Zwangslage zu freuen.

Jetzt, wo Lizannes große Chance gekommen war, hatte sie jeden Gedanken an Rache vergessen. Sie hatte noch nie jemanden getötet – nur Wild, und das auch nur mit ihrem Bogen. In diesem Augenblick erkannte sie, was Ranulf bereits wußte: Sie konnte ihn nicht umbringen.

»Auf Leben und Tod«, spottete er und ging schneller. »War das nicht unsere Abmachung?«

Sie schüttelte den Kopf, wirbelte herum und rannte auf ihr Pferd zu.

Ranulf zögerte, machte sich dann jedoch an die Verfolgung. Aber sein Bein schmerzte und behinderte ihn beim Laufen, so daß Lizanne Zeit genug zur Flucht hatte.

Eilig steckte sie ihr Schwert in die Scheide zurück und bestieg ihre Stute. Sie griff nach den Zügeln und zog hart daran. Lady bäumte sich auf, und ihre Hufe schlugen wild in die Luft. Ranulf blieb in sicherer Entfernung stehen.

»Ich gebe Euch Euer Leben zurück, Ranulf Wardieu«, rief sie laut. »Es ist vorbei ... vorbei ...« Und dann galoppierte sie davon, ohne sich noch einmal umzublicken.

Ranulf blickte ihr hinterher, bis sie verschwunden war. »Nein«, flüsterte er, »es hat erst angefangen, Lizanne von Penforke.«

5. Kapitel

»Ach, Mellie! Es ist doch nur mein Bruder, der kommt, und kein Verehrer«, protestierte Lizanne, als ihre junge Zofe sie auf einen Stuhl drückte und begann, ihr langes Haar zu kämmen.

»Richtig, und Ihr habt ihn jetzt seit mehr als zwei Monaten nicht mehr gesehen«, erinnerte Mellie sie. »Ihr wißt, er möchte gerne, daß Ihr wie eine Lady ausseht.«

Mellie hatte recht. Es war kein Geheimnis, daß Gilbert – auch wenn er noch nie etwas gesagt hatte – ihr wirres Haar und ihre geliebte Männerkleidung als höchst unpassend erachtete.

Für ihn würde sie sich damenhaft kleiden, aber er war auch der einzige! Sie hoffte inständig, daß ihre Bemühungen nicht wieder umsonst waren und er heute wirklich zurückkehren würde – sechs Tage nach der Freilassung von Ranulf Wardieu. Ihr Innerstes zog sich zusammen, wenn sie nur an diesen Mann dachte.

Die Tage nach dem Duell waren ohne Zwischenfälle verlaufen, und sie wurde immer zuversichtlicher, daß ihr Bruder rechtzeitig nach Hause kommen würde, um Wardieus Rachepläne zu vereiteln. Für den Fall, daß sie sich irrte, hatte sie alles, was in ihrer Macht stand, getan, um das Schloß baldmöglichst verteidigen zu können. Aber Wardieu war nicht gekommen.

Endlich hörte Mellie mit dem schmerzhaften Ziehen auf! Erleichtert wollte Lizanne sich erheben, aber ihre Zofe drückte sie wieder auf den Stuhl zurück. Finster vor sich hinbrütend, gehorchte sie und ertrug es, daß Mellie ihr Haar mit einem heißen Eisen in Locken drehte. Am Ende der Tortur steckte das Mädchen ihr einen kurzen Schleier ins Haar, der von einem silbernen Diadem gehalten wurde.

»Ihr seht wunderschön aus«, sagte Mellie bewundernd und drückte ihr einen kleinen Spiegel in die Hand. Lizanne besah sich von allen Seiten und mußte zu ihrer Beschämung zugeben, daß ihre Zofe recht hatte. Du bist eitel, warf sie sich vor. Aber in ihrem besten, grünen Samtkleid und dem gebändigten Haar sah sie von Kopf bis Fuß wie eine richtige Lady aus ... Genau richtig für Gilbert.

Während sie in die Halle hinunterging, kam ein etwa zwölfjähriger Junge auf sie zugelaufen. Als er sie in ihrem Kleid sah, starrte er sie mit weitaufgerissenen Augen an. Am liebsten wäre sie in ihre Kammer geflüchtet und hätte sich umgezogen, aber seine Worte ließen sie ihr Vorhaben vergessen.

»Reiter kommen auf die Burg zu, Mylady!«

Lizanne hob ganz undamenhaft die Röcke an und rannte hinaus auf den inneren Burghof und von da über die Zugbrücke auf den äußeren Hof. Zwei Stufen auf einmal nehmend, lief sie die Treppe zum Wehrgang empor. Sie bahnte sich einen Weg durch die dort stehenden Männer und schaute zwischen die Zinnen hindurch auf die große Gruppe von Reitern, die sich von Osten näherte.

Obwohl sie zu weit entfernt waren, um ihre Standarten ausmachen zu können, war Lizanne sicher, daß es ihr Bruder war.

Erleichtert wandte sie sich um und befahl Robert Coulter, dem Hauptmann ihrer Wache: »Laßt die Zugbrücke herunter!«

»Aber Mylady ...«, stotterte der alte Mann.

»Streitet nicht mit mir!« unterbrach sie ihn. »Wir wollen meinen Bruder willkommen heißen.«

Brummend gehorchte er.

Lizanne richtete ihre Aufmerksamkeit wieder auf die herannahenden Reiter. Die goldenen, blauen und roten Standarten flatterten im Wind, und die Rüstungen der Männer blinkten in der Sonne.

Lizanne strahlte, doch innerhalb von Sekunden erstarb ihr Lächeln, denn inzwischen konnte sie die Standarten deutlich ausmachen. Sie wurde bleich, und ihre Augen weiteten sich. Ein erstickter Laut entrang sich ihren Lippen. In diesem Moment begann die Zugbrücke, sich langsam zu senken.

Das Geräusch brachte sie wieder zu sich. Sie drehte sich um und packte den Mann, der neben ihr stand, am Arm. »Sorgt dafür, daß die Zugbrücke wieder hochgezogen wird, und zwar sofort.« Lizanne gab ihm einen Stoß, und er lief die Treppen hinunter.

Die Zugbrücke war bereits zur Hälfte heruntergelassen, als sie quietschend zum Stehen kam. Atemlos beobachtete Lizanne, wie sie sich langsam wieder nach oben bewegte. Sie betete, daß ihre Männer schnell genug sein würden. Ängstlich flog ihr Blick von den Reitern zur Brücke und wieder zurück.

Die mehr als hundert Männer der anrückenden Armee gaben ihren Pferden die Sporen. Das Donnern der Hufe dröhnte über das Land. Obwohl Lizanne die Farben von Ranulf Wardieu nicht kannte, wußte sie doch, daß ihre schlimmsten Befürchtungen wahr geworden waren.

Er war zurückgekehrt.

Fieberhaft suchte sie die Reihen der Männer nach ihrem Anführer ab. Es dauerte nicht lange, bis sie ihn entdeckt hatte. Er ritt vorne in der Mitte, und sogar aus dieser Entfernung überragte er alle anderen. Obwohl sein Haar von einem Helm bedeckt war, erkannte sie ihn sofort. Er saß auf einem riesigen Streitroß, das schwarz wie die Nacht war.

Zu Lizannes großer Erleichterung schloß sich die Zugbrücke, und die Männer zügelten ihre Pferde außerhalb der Reichweite von Pfeilen. Ranulf richtete seine Aufmerksamkeit auf die Zinnen der Burg. Er war überrascht, daß nur wenige bewaffnete Männer zu sehen waren, denn er hatte damit gerechnet, daß Gilbert Balmaine inzwischen zurückgekehrt war. Allerdings konnte der Schein auch trügen. Nachdenklich kniff er die Augen zusammen.

»Was haltet Ihr davon?« fragte Sir Walter Fortesne und unterbrach Ranulfs Gedanken.

Ranulf ignorierte die Frage. Er hielt seinen Blick immer noch auf die Befestigungen der Burg gerichtet. Obwohl sich alles in gutem Zustand befand, war es dennoch unmöglich, die Burg mit nur wenigen Männern zu verteidigen. Er ging die Möglichkeiten durch, die er hatte, falls er sich zu einem Angriff entschließen sollte. Es gab mehrere.

»So wie es scheint, ist der Herr dieser Burg mit seinen Männern noch nicht zurückgekehrt«, meinte Walter. »Sie wird eine leichte Beute für uns.«

Ranulf lächelte. »Da habt Ihr recht. Ich schwöre, daß ich bis mittag mein Ziel erreicht habe.«

Er betrachtete wieder die Zinnen und zählte sechs bewaffnete Männer. War sie unter ihnen? In diesem Augenblick erregte eine einsame Gestalt auf der linken Seite seine Aufmerksamkeit.

Er sah eine elegant gekleidete Frau, die bewegungslos auf dem Turm stand. Ihr weißer Schleier wehte im Wind. Flüchtig fragte er sich, wer sie wohl war. Er wußte aus sicherer Quelle, daß es neben den Dienstbotinnen nur eine einzige Frau auf Penforke gab: Lizanne.

Plötzlich hob der Wind das untere Ende des Schleiders, und er erkannte sie.

Er gab einen Laut des Erstaunens von sich und sah sie genauer an. Obwohl die Entfernung zwischen ihnen beträchtlich war, vermutete er, daß auch sie ihn beobachtete. Wie gerne hätte er ihre Reaktion auf sein Kommen miterlebt! Ihrer Kleidung nach zu urteilen, hatte sie mit ihrem Bruder gerechnet. Also war Gilbert wirklich noch nicht zurück. Um so besser. Penforke würde ihm ohne Schwierigkeiten in die Hände fallen.

Walter folgte Ranulfs Blick und entdeckte Lizanne. »Mylord, ist das die Frau?«

»Ja, das ist Lady Lizanne.«

Walter war der einzige, dem Ranulf gestanden hatte, weshalb er so plötzlich verschwunden war, denn Walter war ein treuer Freund und absolut loyal. So war er auch der einzige, der wußte, daß Ranulf in Wirklichkeit nicht so ruhig war, wie zu sein er nach außen hin vorgab.

Einen Tag nach seiner Freilassung war Ranulf auf den von Walter organisierten Suchtrupp gestoßen. Obwohl er seine Rachepläne am liebsten gleich ausgeführt hätte, gebot ihm doch der Auftrag, der ihm vom König gegeben worden war, nach Burg Langdon zurückzukehren und die Verhandlungen zu Ende zu führen.

Er hatte dem überreizten Lord Langdon keine Erklärung für sein plötzliches Verschwinden gegeben, sondern sich sofort in die Arbeit gestürzt. Tag und Nacht hatte er versucht, die Streitigkeiten zwischen dem Lord und seinem Vasallen zu schlichten, und während der Mahlzeiten soviel Zeit wie möglich mit Rachael, der Frau des Lords und – wie er erfahren hatte – Lizannes Cousine, verbracht. Obwohl die Frau zuerst nicht über Lizanne sprechen wollte, denn sie mochte sie nicht besonders, hatte sie wenig später doch seinem Drängen nachgegeben. Die Informationen waren sehr aufschlußreich gewesen.

Von besonderem Interesse für ihn war das enge Verhältnis zwischen Lizanne und ihrem Bruder. Ranulf hatte erfahren, daß die beiden unzertrennlich waren und Lizanne ihn oft auf seinen Feldzügen begleitete. Das erklärte ihr Geschick im Umgang mit Waffen, aber es erklärte noch lange nicht, warum ein Mann seiner Schwester erlaubte, sich so undamenhaft zu benehmen. Normalerweise hätte er sie schon längst verheiraten müssen.

Ranulf richtete seine Aufmerksamkeit wieder auf den Turm, mußte zu seiner Überraschung allerdings feststellen, daß Lizanne verschwunden war. Wo war sie? Er drängte sein Pferd nach vorne und bedeutete Walter, ihm zu folgen.

Ein paar seiner Gefolgsleute zogen ihre Waffen und ritten ihnen hinterher. Bald darauf waren sie in Reichweite der Pfeile. Ranulf und Walter nahmen die Schilde, die ihre Knappen ihnen reichten, und näherten sich bis auf wenige Schritte dem Burggraben.

»Ich bin Baron Ranulf Wardieu«, rief er mit lauter Stimme. »Ergebt Euch und laßt die Zugbrücke herunter.«

Keine Antwort.

»Wer spricht für diese Burg?«

»Ich!«

Ranulf drehte den Kopf und entdeckte eine Bewegung zwischen den Zinnen des Torhauses. Er war nicht überrascht, Lizanne zu sehen.

»Gebt Ihr auf?«

Ihre Antwort war ein Pfeil, der durch die kühle Morgenluft schnitt und sich direkt vor seinem Pferd in die Erde bohrte. Erschreckt bäumte es sich auf und wäre durchgegangen, wenn er es nicht geschickt im Griff gehabt hätte.

Sofort ergoß sich ein Pfeilhagel auf Lizanne, die schnell in Deckung ging. Ärgerlich befahl Ranulf seinen Männern, den Angriff zu beenden.

Lizannes Stimme war klar und fest. »Das war nur eine Warnung, Ranulf Wardieu. Der nächste Pfeil trifft Euer Herz.«

»Ich würde es nicht ausprobieren, wenn ich Ihr wäret«, flüsterte Walter.

Ranulf preßte wütend die Lippen zusammen und gab ihm mit einem Blick zu verstehen, daß er keine Ratschläge benötigte.

»Zeigt Euch, Lady Lizanne«, befahl Ranulf.

»Es tut mir leid, aber das muß ich ablehnen.«

»Zeigt Euch«, wiederholte er, »es wird Euch nichts geschehen.«

»Ha!«

Ranulf bekämpfte seine aufsteigende Wut. »Wir wollen wegen dieser Angelegenheit kein Blut vergießen.«

»Es ist Euer Blut, das vergossen wird«, gab sie mutig zurück. »Mein Bruder ist bereits auf dem Weg hierher, um sein Heim zu verteidigen.«

»Das glaube ich nicht«, erwiderte er. Er hatte sie eigentlich nicht belügen wollen, aber er konnte diesem kleinen Täuschungsmanöver nicht widerstehen.

Seine Worte hatten die gewünschte Wirkung. Vorsichtig kam Lizanne aus ihrer Deckung. Ihr Bogen mit dem eingelegten Pfeil war auf Ranulf gerichtet.

»Großer Gott, Ranulf, nehmt Euren Schild hoch«, rief Walter. »Sie will auf Euch schießen.«

Ranulf bewegte sich nicht. Ungerührt blickte er Lizanne in die Augen. Es war ein Kräftemessen ihrer Willensstärke, und er war entschlossen, es zu gewinnen.

»Was habt Ihr mit meinem Bruder gemacht?« fragte sie schließlich.

»Er lebt«, gab Ranulf zurück und überhörte geflissentlich Walters Laut der Überraschung.

Lizannes Hand, die den Bogen hielt, begann zu zittern. »Wo ist er?«

»Ich kann Euch versichern, daß er in Sicherheit ist – noch jedenfalls.«

Ihr Keuchen war deutlich zu hören. »Wo ist er?« wiederholte sie.

Ranulf ritt an den Rand des Grabens. »Vielleicht bringe ich Euch zu ihm.«

»Ich habe nicht vor, mit Euch irgendwohin zu gehen.«

»Und ich habe nicht vor, ohne Euch wieder abzuziehen,

auch wenn Eure Leute deshalb sterben müßten.« Er ließ ihr einen Augenblick, um das zu verdauen. »Ihr Schicksal und das Eures Bruders liegt in Euren Händen, Lizanne von Penforke. Gebt auf, und ich gebe Euch mein Wort, daß am heutigen Tag kein Blut vergossen wird.«

Lizanne dachte lange nach. Als sie schließlich wieder sprach, war ihre Stimme so leise, daß er sie kaum verstand.

»Ich bin bereit, mit Euch zu verhandeln.«

Ranulfs Lippen verzogen sich zu einem dünnen Lächeln. »Ihr seid nicht in der Position, um verhandeln zu können, Lady Lizanne.«

»Wollt Ihr mit tot oder lebendig, Ranulf Wardieu?« fragte sie zornig und warf den Kopf zurück.

»Lebendig natürlich.«

»Dann werdet Ihr meine Forderungen erfüllen.«

Er hatte nicht vor, dieser Frau Zugeständnisse zu machen, schon gar nicht vor seinen Männern. Erbost ballte er seine Hände zu Fäusten.

»Und was sind das für Forderungen?«

Eine kurze Pause, dann: »Ich erkläre mich bereit, aus freien Stücken mit Euch zu kommen. Als Gegenleistung verpflichtet Ihr Euch, diese Burg nicht zu betreten.«

Er dachte darüber nach und nickte dann zustimmend. »Was noch?« Das war doch noch nicht alles!

»Ihr laßt meinen Bruder frei. Er kann nichts für meine Handlungen.«

»Was noch?«

»Das ist alles.«

Ranulf verzog das Gesicht. Sie hatte nichts für sich persönlich gefordert – er hatte sich in diesem Punkt in ihr getäuscht. Es hätte ihm gefallen, ihr wenigstens eine ihrer Forderungen abzuschlagen, aber sie hatte ihm keine Gelegenheit dazu gegeben. Er sah Walter an, der ihrer Unterhaltung mit unverhohlener Neugier gelauscht hatte und sich sehr zu amüsieren schien.Ranulf fand das ganze überhaupt nicht lustig.

Er richtete den Blick wieder auf Lizanne.

»Ich habe nur mit Euch eine Rechnung zu begleichen, Lizanne Balmaine. Daher werde ich Eure Bedingungen akzeptieren. Ergebt Euch, dann lassen wir Penforke unbehelligt.«

»Was ist mit meinem Bruder?«

»Das gilt auch für Gilbert.«

»Ich möchte Euer Wort darauf.«

Seine Hand umklammerte den Griff seines Schwertes. »Ich gebe Euch mein Wort.«

Sie senkte den Bogen, überraschte aber plötzlich alle, als sie ihn mit einer geschmeidigen Bewegung hochriß und den Pfeil mit einem lauten Schrei abschoß. Er durchbohrte eine der aufgestellten Standarten.

»Ihr werdet es mit mir nicht einfach haben, Ranulf Wardieu«, versprach sie und verschwand.

»Damit habe ich auch nicht gerechnet«, murmelte er. Aber er hatte gesiegt, und das war alles, was im Augenblick zählte.

Ungesehen von ihren Feinden, ließ Lizanne ihren Bogen fallen und fiel auf die Knie. Sie faltete die Hände und sandte ein stilles Gebet zum Himmel. »Wenn du mich jetzt hörst, hilf mir bitte!«

Der bloße Gedanke an das, was Wardieu mit ihr vorhatte, ließ sie erzittern. Wenn sie sich ihm ergeben hatte, würde er sich das nehmen, was er ihr schon vor vier Jahren hatte nehmen wollen – und noch mehr. Und wenn er fertig mit ihr war, würde er sie töten. Oder sie seinen Männern überlassen ... Tränen schossen ihr aus den Augen. Mehr als alles andere schmerzte es sie, daß es ihr Verlangen nach Rache gewesen war, das sie in diese Lage gebracht hatte.

Dann faßte sie sich und stieg langsam die Treppe zum äußeren Burghof hinab. Vor dem Torhaus hatten sich die Burgbewohner versammelt und warteten auf sie. Schweigend starrten sie Lizanne an.

Sie hatten Angst. Die Frauen preßten ihre Kinder an sich, und die Männer hatten die Köpfe gesenkt und wagten nicht, ihr in die Augen zu sehen.

»Es ist alles in Ordnung.« Ihre Stimme verriet nichts von ihrer Furcht. »Lord Gilbert wird bald zurückkommen. Er weiß, was zu tun ist.« Sie richtete das Wort an den Hauptmann der Wache. »Robert, bitte laßt die Zugbrücke herunter. Danach öffnet das Fallgitter nur so weit, daß ich hinausschlüpfen kann. Sobald ich draußen bin, schließt Ihr es wieder.«

»Ja, Lady Lizanne«, sagte er und machte sich auf den Weg.

»Nein, Mylady«, schrie Mellie, rannte auf Lizanne zu und warf die Arme um sie. »Das könnt Ihr nicht machen!«

Lizanne umarmte ihre Zofe und machte sich dann sanft los. »Ich muß.«

»Dann komme ich mit Euch.«

»Nein, ich gehe allein.«

Mellie trat zurück und kaute an ihrer Unterlippe. Sie schien über eine Sache von größter Wichtigkeit nachzudenken. Dann kam sie zu einer Entscheidung.

»Ihr werdet etwas zu Eurem Schutz brauchen«, verkündete sie, hob ohne Scham ihre Röcke und suchte etwas in ihnen. Gleich darauf hielt sie stolz einen kleinen Dolch hoch, den sie Lizanne in die Hand drückte.

Lizanne zögerte nur kurz, dann nahm sie dankbar die Waffe entgegen. Sie hob ihre eigenen Röcke und versteckte den Dolch in einem ihrer Strümpfe. In diesem Augenblick begann die Zugbrücke, sich zum zweiten Mal an diesem Tag zu senken.

Mit einer Hand glättete Lizanne ihre Röcke und versuchte ein halbherziges Lächeln. »Danke.« Sie konnte Mellie nicht in die Augen sehen.

Als sie sich umwandte, um zu gehen, hielt das Mädchen sie zurück und zog Lizannes Schleier gerade.

»Wenn Ihr ausseht wie eine Lady«, erklärte Mellie der überraschten Lizanne, »dann muß er Euch auch wie eine Lady behandeln.«

Lizanne hatte da wenig Hoffnung, aber sie brachte es nicht über das Herz, das Mädchen zu enttäuschen. Mit klopfendem Herzen wandte sie sich der Zugbrücke zu, die Stück für Stück die Sicht auf die beiden Männer freigab, die vor dem Burggraben auf sie warteten. Dann war die Brücke unten. Lizanne nahm ihren ganzen Mut zusammen und unterdrückte ihre wachsende Panik. Sie hob ihr Kinn und starrte geradeaus.

Rasselnd hob sich das Fallgitter. Auf Brusthöhe blieb es stehen. Sie duckte sich und betrat die festen hölzernen Bohlen. Hinter ihr schloß sich das Gitter geräuschvoll.

Aufrecht und stolz blieb Lizanne stehen und begegnete Ranulfs durchdringendem Blick. Keiner machte eine Bewegung.

Es war Lizanne, die den ersten Schritt machte – und den schwierigsten. Mit dem bißchen Würde, das ihr noch geblieben war, warf sie den Kopf zurück und ging mit schnellen Schritten über die Brücke. Als sie das Ende erreicht hatte, blieb sie jedoch entschlossen stehen. Er sollte ihr auf dem letzten Stück des Weges entgegenkommen.

Ranulf ließ die Zügel fallen und stieg ab. Die metallenen Ringe seines Kettenhemdes klirrten leise, als er langsam auf sie zuging.

Lizanne bemerkte, daß er nicht mehr humpelte. Seine Wunde schien gut verheilt zu sein. Sie verschränkte die Arme vor der Brust und studierte sein Gesicht, das durch den Helm und das Visier teilweise verdeckt war. Obwohl sie nach außen hin ihre Furcht sehr gut verbarg, war sie innerlich doch einer Ohnmacht nahe.

Ranulf war mehr als überrascht von ihrer Weiblichkeit. Ja, sie war wild und rebellisch, aber durch und durch eine Frau. Im gefiel das Funkeln in ihren sehr grünen, sehr klagen Augen, die unter vollendet geformten Augenbrauen von dichten, seidigen Wimpern beschattet wurden. Und ihm gefielen diese roten, perfekt geschwungenen Lippen ...

Gott im Himmel, das konnte doch nicht dieselbe Frau sein? Hatte sie vielleicht eine Schwester? Er ließ seine Augen tiefer wandern, hin zu ihren vollen Brüsten unter dem eleganten Kleid. Stirnrunzelnd betrachtete er ihr Haar, das in Locken beinahe bis zu ihren sanft geschwungenen Hüften fiel. Er mußte seine ganze Selbstbeherrschung aufbieten, um sie nicht gleich hier und jetzt zu nehmen.

Ohne vorherige Warnung riß er ihren Schleier herunter und warf ihn und das Diadem in den ausgetrockneten Burggraben.

Von seiner Reaktion überrascht, zuckte Lizanne zurück und hätte fast das Gleichgewicht verloren, wenn Ranulf nicht so schnell reagiert hätte. Er legte seine Hände auf ihre Schultern und zog sie an sich, bis ihr Gesicht nur noch wenige Zentimeter von seinem entfernt war.

Ohne Furcht zu zeigen, erwiderte Lizanne seinen Blick. Das waren die kalten, wütenden Augen, die sie während ihrer vielen schlaflosen Nächte verfolgt hatten.

»Ihr habt doch nicht etwa Angst vor mir?« spottete er.

Doch, das hatte sie, aber sie würde es nie zugeben. »Angst vor Euch?« gab sie stolz zurück. »Tragt Ihr nicht mein Zeichen, Ranulf Wardieu?«

Seine Finger gruben sich tiefer in ihre Schultern, und sein Mund verzerrte sich.

Sie zuckte vor Schmerz zusammen, aber sie gab nicht nach. »Nein, ich werde nie Angst vor Euch haben«, log sie. »Und ich möchte Euch warnen: Dreht mir niemals Euren Rücken zu.« Was, wenn er es doch tut? fragte sie sich. Willst du ihn erstechen? Du konntest deine Rache noch nicht einmal vollziehen, als er völlig in deiner Gewalt war!

Ja, es war dieselbe Person, dachte Ranulf, obwohl diesmal wie eine Lady gekleidet. Er hatte nicht erwartet, daß sie unterwürfig sein würde, aber er hatte geglaubt, daß sie vernünftig genug wäre, ihre feindselige Haltung aufzugeben. Jede andere hätte ihren Charme und ihre Schönheit eingesetzt, um ihn zu betören, aber nicht Lizanne Balmaine. Eine solche Frau war ihm noch nicht begegnet. Er würde noch viel über sie lernen müssen.

»Ihr habt Glück, daß wir nicht allein sind«, brummte er.

Sie zog fragend die Augenbrauen hoch. »Ihr wollt mich doch nicht vor Euren Männern schlagen, oder, Mylord?«

»Ihr lernt schnell«, sagte er und lächelte über ihre Anrede.

Als sie ihn verständnislos ansah, hob er mit seiner Hand ihr Kinn. »Ich bin jetzt tatsächlich Euer Lord, Lizanne. Ihr gehört mir.«

Sie wollte gerade lautstark protestieren, aber er ließ sie nicht zu Wort kommen.

»Seid Ihr bewaffnet?«

Sie zögerte. »Ihr braucht Euch keine Sorgen zu machen. Ich habe meinen Bogen in der Burg gelassen«, antwortete sie ausweichend. Das war wenigstens nicht gelogen.

Er wußte, daß sie nicht die ganze Wahrheit sagte. Seine Hände umfaßten ihre Taille und strichen suchend über ihr Kleid.

Empört versuchte Lizanne, sich aus seinem Griff zu winden, aber es gelang ihr nicht.

Ranulf richtete sich auf und zog seine Handschuhe aus. »Ich will wissen, was Ihr unter Eurem Kleid verbergt. Hebt Eure Röcke.«

Lizanne stemmte trotzig die Hände in die Hüften. Ihre Augen funkelten. »Niemals!« schrie sie.

Er machte einen Schritt auf sie zu. Sie wich zurück.

»Ihr müßt mir gehorchen, Lizanne«, befahl er, »oder ich reiße Euch das Kleid vom Leib.«

»Das wagt Ihr nicht.«

»Ihr werdet es sehen«, drohte er mit finsterer Stimme.

Sie hätte sich weigern können, aber ein Blick in sein Gesicht riet ihr davon ab. Er würde seine Drohung erbarmungslos wahrmachen. Mit zusammengebissenen Zähnen hob sie ihre Röcke bis zu den Knien.

Ranulf bückte sich und strich mit seinen Händen ihre Beine von den Knöcheln an nach oben.

Hilfesuchend blickte Lizanne, von dieser Demütigung tief errötet, um sich, aber Ranulfs Männer schienen ihre mißliche Lage auch noch zu genießen. Verdammt sollten sie alle sein!

Zu ihrem Entsetzen und ihrer Beschämung mußte sie feststellen, daß ein angenehmes Gefühl sie überlief, als Ranulfs warme Finger auf der Innenseite ihrer Schenkel zu liegen kamen und er begann, sie zu streicheln. Mit aufgerissenen Augen starrte sie zu ihm hinunter.

Er lächelte! Dieser Schurke lächelte einfach – ein breites, hinterhältiges Lächeln, das sie zur Raserei brachte. Und ohne auf ihren Protest zu achten, zog er den Dolch aus ihrem Strumpf.

Als er sich aufrichtete, zitterte sie am ganzen Körper und wich seinem Blick aus. Sie war sich zwar nicht sicher, was in ihren Augen geschrieben stand, aber sie wußte, daß es nur Verletzlichkeit sein konnte.

Ranulf betrachtete den kleinen Dolch und sah sie dann mit hochgezogenen Augenbrauen fragend an.

Sie glättete ihre Röcke. »Ich mußte es einfach versuchen.«

»Ihr enttäuscht mich«, erwiderte er. »Ich dachte, Ihr würdet schwerere Geschütze auffahren.«

Sie errötete. »Eine Waffe ist so gut wie die Person, die sie führt.«

»Hmmm.« Er dachte über die versteckte Drohung nach und lächelte dann. »Wie Ihr schon sagt: wie die Person, die sie führt.«

Er warf den Dolch zur Seite und richtete seine stechenden Augen wieder auf sie. »Dreimal, Lizanne von Penforke, hattet Ihr die Gelegenheit, mich zu töten. Einmal mit einem Dolch, dann mit einem Schwert und als letztes mit einem Pfeil. Und dreimal habt Ihr versagt.«

»Das wird sich ändern.«

»Darüber bin ich mir im klaren.« Er wollte nicht länger seine Zeit mit Reden verschwenden. Er packte sie am Arm und zog sie zu seinem Pferd.

»Halt!« rief sie und wand sich in seinem Griff. »Was ist mit meinem Bruder?«

Ranulf beachtete sie gar nicht. »Walter, sie reitet mit Euch«, befahl er, und ihm entging nicht, daß der Mann von seiner Anweisung ganz und gar nicht begeistert war.

Er hätte sie zu sich aufs Pferd nehmen können, aber was sie betraf, so traute er sich selbst nicht. Obwohl er nie auf die Idee gekommen wäre, eine Frau zu schlagen, hatte sie ihn in den letzten Minuten so gereizt, daß er sehr nahe daran gewesen war. Wenn sie mit ihm reiten würde, dann würde sie ihn sicher weiter beschimpfen. Irgendwann würde ihm die Hand ausrutschen. Nein, er mußte sich von ihrer spitzen Zunge erst einmal erholen.

Nur widerwillig legte Walter einen Arm um Lizannes Taille und zog sie vor sich aufs Pferd. Trotz der stahlharten Umklammerung begann Lizanne sich zu winden, während sie wüst und undamenhaft fluchte.

Ranulf packte ihren Arm. »Ihr solltet daran denken, Lizanne, daß wir einen Handel abgeschlossen haben. Ihr haltet Euer Wort und ich das meine. Zeigt etwas Würde und akzeptiert Euer Schicksal!«

Sie gab ihren Widerstand auf. Aber ihren Stolz hatte er nicht gebrochen. Sie hob trotzig ihr Kinn. »Bringt Ihr mich zu meinem Bruder? Ich will mit eigenen Augen sehen, daß ihm nichts geschehen ist.«

Ranulf ließ sie los. »Nein«, sagte er und wandte sich ab. Jetzt war nicht der Zeitpunkt, um seine Lüge richtigzustellen. Zweifellos würde sie noch viel störrischer werden, wenn sie die Wahrheit erfuhr.

Lizanne sah mit tränenblinden Augen über die Schulter zurück, bis sie ihr Zuhause nicht mehr sehen konnte. Verzweifelt unterdrückte sie ein Schluchzen und schloß die Augen.

6. Kapitel

Obwohl Lizanne es eigentlich nicht wollte, war sie irgendwann doch eingeschlafen – ein Wunder, wenn man bedachte, daß Ranulf sich und seine Leute unerbittlich antrieb.

Noch benommen vor Müdigkeit, überließ sie sich den Händen, die ihr aus dem Sattel halfen. Sie hob ihren Kopf und blickte genau in Ranulfs finsteres Gesicht.

Sie riß ihre Hände hoch, drückte sie gegen sein Kettenhemd und versuchte, sich aus seinem Griff zu befreien. Zu ihrem Erstaunen ließ er sie los. »Kommt mit«, befahl er barsch und führte sein Pferd zu dem Platz, wo die anderen Männer gerade ihre Tiere anbanden.

Sie dachte ja gar nicht daran! Empört verschränkte sie die Arme über der Brust und starrte ihm nach.

»Wenn es sein muß, ziehe ich Euch hinter mir her.« Er blickte sie nicht einmal an, als er diese Drohung aussprach, und verlangsamte seine Schritte auch nicht.

Eine solche Demütigung hätte sie nicht ertragen. Also blieb nur die Kapitulation. Sie atmete tief durch und folgte ihm zum Lager, das auf der Lichtung errichtet wurde – allerdings mit gebührendem Abstand. Sie bemerkte ungefähr sechs Wagen, die sie vorher nicht gesehen hatte. Anscheinend waren sie dazugestoßen, während sie schlief.

Unverwandt nach vorne starrend, wich sie den Soldaten aus, die ihr im Wege standen. Jeden interessierten Blick, der ihr zugeworfen wurde, quittierte sie mit einem weiteren Hochrecken des Kinns, bis sie kaum noch etwas sehen konnte und fast über eine Wurzel gefallen wäre.

Mit zusammengebissenen Zähnen funkelte sie die grinsenden Männer an, die das Aufrichten eines Zeltes unterbrochen hatten, um sich an ihrer Ungeschicklichkeit zu weiden. Sie grinsten nur noch breiter. Lizanne spürte, wie ihr die Röte ins Gesicht schoß.

»Mylord«, rief Ranulfs Knappe. »Ich habe das Seil, nach dem Ihr verlangt habt.«

Ranulf blieb stehen und nahm das Seil entgegen. Er beugte sich zu seinem Knappen hinunter, der aufgeregt auf ihn einsprach. Lizanne konnte nichts verstehen. Neugierig ging sie etwas näher, blieb aber sofort stocksteif stehen, als Ranulf sich aufrichtete.

»Gib ihm genug Wasser und Hafer, Geoff«, wies Ranulf seinen Knappen an und streichelte über den Kopf des Pferdes.

»Ja, Mylord.« Geoff warf Lizanne einen verstohlenen Blick zu und führte dann das Pferd weg.

Ranulf wandte sich Lizanne zu. Er rollte das Seil zusammen, steckte es in seinen Gürtel und stemmte dann die Hände in die Hüften. Dabei sah er sie unverwandt an.

Lizanne verschränkte die Arme über der Brust und drehte ihm den Rücken zu.

Mit drei langen Schritten war Ranulf bei ihr, packte sie am Oberarm und zog sie wortlos zu einer Gruppe von Bäumen.

Lizanne taumelte hinter ihm her und suchte fieberhaft nach Flüchen, die sie ihm an den Kopf schleudern konnte. Aber dann bemerkte sie, wohin er sie zerrte. Entsetzt begann sie sich zu wehren. Jetzt würde das geschehen, was ihm vor vier Jahren nicht geglückt war: Er würde sie vergewaltigen!

»Nein«, protestierte sie laut und versuchte, sich zu befreien. Bitte, lieber Gott, laß es nicht zu!

Er griff noch fester zu und ging schneller. Sie war gezwungen, ihm zu folgen.

Zu ihrer großen Überrraschung hielt er am Rande der Lichtung inne, ließ sie los und gab ihr einen Stoß. »Erleichtert Euch«, befahl er. »Aber beeilt Euch, meine Geduld ist nicht grenzenlos.«

Sie starrte ihn mit weit aufgerissenen Augen an. Dann wollte er doch nicht ...?«

Erleichtert ging sie tiefer in den Wald hinein. Jetzt wäre ein günstiger Augenblick für eine Flucht gewesen. Sie hatte ein paar Minuten Vorsprung und konnte schneller laufen als er in seiner Rüstung. Aber solange Gilbert sich noch in seiner Gewalt befand, waren ihr die Hände gebunden.

Sie wollte Ranulf keine Gelegenheit geben, sie noch weiter zu demütigen, und so beeilte sie sich.

»Ihr nutzt meine Geduld wirklich schamlos aus«, schimpfte er, als sie wieder vor ihm stand. »Wenn es noch eine Minute länger gedauert hätte, hätte ich Euch geholt.«

»Eine Lady hat es eben schwerer als ein Mann!«

»Wenn Ihr eine wäret, würde ich darauf Rücksicht nehmen. Aber, wie gesagt, Ihr seid keine.«

Wieder trafen seine Worte sie zutiefst. Aber sie zeigte ihren Schmerz nicht. »Trotzdem gibt es eben gewisse Unterschiede.«

»Ich kann Euch versichern, daß mir das klar ist.«

»Das scheint mir aber nicht so.«

Ohne Warnung packte er sie, zog sie in den Schutz der Bäume und preßte sie fest an sich.

»Wenn Ihr mir nicht glaubt«, zischte er mit zusammengebissenen Zähnen, »dann überzeuge ich Euch gerne vom Gegenteil.«

Er senkte den Kopf und bemächtigte sich rauh ihrer Lippen. Die panische Angst, die in ihre Augen sprang, entging ihm.

Er wollte sie eigentlich nur für ihre Halsstarrigkeit bestrafen, aber als er sie spürte und ihren zarten Mund berührte, erstarb sein Zorn, und seine Zunge versuchte, sanft ihre Lippen zu öffnen.

Er zog sie noch näher an sich, legte eine Hand in ihren

Nacken und wanderte mit der anderen ihren Rücken hinunter. Sie reagierte nicht, ihr Körper blieb unter seiner Berührung regungslos und steif.

Stirnrunzelnd hob er den Kopf und blickte ihr ins Gesicht. Seine Leidenschaft erstarb sofort. Mit weitaufgerissenen Augen starrte sie ihn an.

Nein, berichtigte sich Ranulf, sie starrte direkt durch ihn hindurch! Diese Frau hatte es doch tatsächlich geschafft, sich ganz in sich zurückzuziehen. Sie hatte noch nicht einmal seine Berührungen gespürt. Wenn er sie jetzt losließe, würde sie ohne Zweifel zu Boden fallen.

Es wäre ihm nie in den Sinn gekommen, daß sie gefühlskalt sein könnte. Sogar jetzt, wo er den eindeutigen Beweis dafür hatte, konnte er es immer noch nicht glauben, denn sie hatte zuviel Feuer in sich.

Es konnte nur ein Trick sein – ein schlauer Trick, um das Verlangen der Männer abzukühlen. Aber er konnte sehr geduldig sein.

»Lizanne!« Er packte und schüttelte sie. Sie reagierte nicht. Er schüttelte sie noch einmal.

Lizanne, die das, was sich vor vier Jahren ereignet hatte, noch einmal zu erleben glaubte, wurde unsanft aus ihren Gedanken gerissen. Sie zwinkerte. Die Vergangenheit und die Gegenwart verschmolzen, als sie ihren Blick auf das Gesicht über ihr richtete. Es war dasselbe Gesicht, das sie in ihren Träumen verfolgte ... Aber irgendwie auch nicht. Die Erkenntnis verwirrte und erschreckte sie zugleich.

Ranulf lächelte, aber das Lächeln spiegelte sich nicht in seinen Augen wider. »Ich glaube, Ihr seid es, die die Unterschiede zwischen Mann und Frau nicht kennt. Ihr habt noch viel zu lernen. Ich freue mich schon darauf, Euch zu unterweisen!«

Der letzte Satz riß sie endgültig aus ihrer Erstarrung. Außer sich vor Wut trat sie nach ihm und verfluchte ihn lautstark.

Ranulf hatte mit dieser Reaktion gerechnet, und er hielt sie fest, während sie vergeblich versuchte, ihn zu schlagen. Es dauerte lange, bis sie sich beruhigt hatte, aber schließlich ermüdete sie und rührte sich nicht mehr.

Seufzend faßte er unter ihr Kinn und hob ihr Gesicht. Sanft berührte er ihren Mundwinkel. »Erste Lektion«, begann er, »Ihr öffnet den Mund, wenn ich Euch küsse.«

»Ihr ... Ihr ... seid unerträglich«, keuchte sie.

Er lachte schallend. Dann ließ er sie los und wandte sich ab. Ihr blieb nichts anderes übrig, als ihm zu folgen.

Aufgebracht hob sie ihre Röcke und lief ihm nach. Er blieb stehen, und sie sah, daß er das Seil aus seinem Gürtel geholt und entrollt hatte.

Er winkte sie zu sich.

Sie rührte sich nicht.

»Müßt Ihr Euch wirklich bei jeder Gelegenheit weigern?« fragte er ungeduldig. »Ich habe genug von Euren Spielen, Lizanne. Kommt her.«

Sie wußte genau, was er vorhatte, und schüttelte energisch den Kopf.

»Ich warne Euch. Wenn ich Euch erst holen muß, wird es Euch schlecht ergehen.«

Sie sah ihn schweigend an und gab dann, wenn auch widerwillig, nach.

»Eure Hände«, befahl er.

Sie streckte sie aus und schluckte schwer, als er ihre Handgelenke fesselte. »Ihr braucht mich nicht zu fesseln. Außerdem bindet Ihr sie zu stramm«, beschwerte sie sich und versuchte, ihre Hände zu befreien.

»Ich verfahre mit Euch nur wie Ihr mit mir.« Finster blickte er auf seine Handgelenke hinab, die immer noch die Spuren der Ketten trugen.

Lizanne ließ sich nur ungern an das Geschehene erinnern. Sie wich seinem Blick aus. »Solange Ihr Gilbert gefangenhaltet, werde ich nicht fliehen«, versprach sie kleinlaut.

Geschickt verknotete Ranulf das Seil und zwang sie, sich mit dem Rücken an einen Baum gelehnt, hinzusetzen. »Genau deswegen muß ich es ja tun«, murmelte er, als er sie am Baumstamm festband.

Lizanne konnte sich auf diese Worte zuerst keinen Reim machen, aber dann stieg plötzlich ein Verdacht in ihr auf.

Er setzte sich auf seine Hacken und betrachtete sein Werk. »Außerdem kann ich es nicht zulassen, daß Ihr Unruhe unter meinen Männern stiftet. Es ist noch viel zu erledigen, bevor die Sonne untergeht, und Ihr würdet sie nur von ihren Pflichten ablenken.«

Lizanne deutete mit dem Kopf auf das Seil. »Glaubt Ihr nicht, daß ich mich hiervon befreien kann?« fragte sie ihn trotzig.

»Das könnt Ihr gerne versuchen, aber ich kann Euch versprechen, daß Ihr damit nur Eure Kraft vergeudet.«

»Was ist mit Gilbert?« wollte sie wissen, als er sich erhob. »Ihr habt versprochen, ihn freizulassen. Habt Ihr Euer Wort gehalten?«

Widerwillig ging er wieder in die Hocke und rieb mit der Hand über sein Gesicht. Dann schüttelte er langsam den Kopf. »Nein.«

Empört über seinen Verrat suchte sie nach Worten.

»Ihr lauft ganz rot an«, bemerkte er interessiert. »Das steht Euch überhaupt nicht.«

Das Rot vertiefte sich. »Ihr habt mir Euer Wort gegeben!« brachte sie schließlich heraus.

»Ja. Ich habe zugesagt, daß weder Penforke noch Eurem Bruder etwas geschieht. Ich habe mein Wort gehalten.«

Energisch schüttelte sie den Kopf. »Ihr habt auch eingewilligt, Gilbert freizulassen. Ihr habt das Versprechen vor Euren eigenen Leuten gegeben.«

Ranulf blickte auf seine Hände. Als er schließlich eine Antwort gab, war seine Stimme ruhig, und er sah ihr di-

69

rekt in die Augen. »Ich kann keinen Mann freilassen, den ich nicht gefangenhalte.«

Es dauerte einen Augenblick, bis Lizanne die Bedeutung dieser Worte erfaßte. Aber dann verzerrte sich ihr Gesicht vor Wut, und sie glaubte, ersticken zu müssen.

»Ihr habt mich belogen«, zischte sie.

Er zuckte mit den Schultern.

Obwohl sie an den Baum gefesselt war, trat sie mit ihren Füßen nach ihm. »Ihr ehrloses Schwein!« schrie sie mit sich überschlagender Stimme.

Er streckte seine Hand aus, um den Schwall von Flüchen zu bremsen, der zweifellos gleich kommen würde. »Bevor Ihr es vergeßt: Ihr wart diejenige, die dachte, daß ich Euren Bruder gefangenhalte. Ich habe diese Tatsache weder bestätigt noch geleugnet.«

Seine Erklärung ließ ihre Wut nur noch heller aufflammen. »Nein, Ihr habt mich mit Absicht getäuscht.«

»Das stimmt.« Er richtete sich auf. »Ich habe Euch getäuscht, damit Eure Leute nicht ihr Leben für Eure unbedachten Taten lassen mußten.«

»Unbedacht?« Ihre Stimme war heiser.

Ranulf sah, daß sie am ganzen Körper zitterte – mit weit aufgerissenen Augen, bleichem Gesicht und vorgestrecktem Kinn stand sie vor ihm. Er war fasziniert von ihr. Es stimmte, sie war wild, aber sie war auch wunderschön.

»Ja«, gab er zurück. »Ich hätte Euch auf jeden Fall gefangengenommen. Deshalb war es gut, daß Ihr Euch ergeben habt, denn so habt Ihr unsinniges Blutvergießen vermieden. Ihr seid es nicht wert, daß jemand für Euch stirbt, Lizanne von Penforke.«

Ihre Reaktion auf seine Worte überraschte ihn. Er entdeckte in ihren Augen eine Verletzlichkeit, mit der er nicht gerechnet hatte. Schnell schlug sie die Augen nieder. Als sie wieder aufblickte, sah er nur noch blanken Haß in ihnen.

»Wenn Ihr heute nacht in mein Zelt kommt«, sagte er kühl, »erwarte ich, daß Ihr Euch beherrscht.«

»Dann solltet Ihr besser nicht nach mir schicken!«

»Fügt Euch in das Unvermeidliche, Lizanne«, empfahl er, wandte sich um und wollte zu seinen Männern zurückgehen.

Sofort warf Lizanne ihm alle Flüche an den Kopf, die ihr einfielen. Ein besonders unflätiges Wort brachte ihn dazu, stehenzubleiben und sich umzudrehen.

»Wenn es sein muß, werde ich Euch knebeln«, drohte er und ließ sie allein.

Lizanne schwieg und sah ihm nach, bis er verschwunden war. Erst dann überließ sie sich ihren aufgestauten Gefühlen, die sie zu überwältigen drohten.

»Oh, Gilbert«, rief sie, während Tränen ihre Wangen hinabliefen, »was habe ich bloß angerichtet?«

Aber es war keiner da, der ihr diese Frage beantworten konnte.

✱

Erst nach Einbruch der Dunkelheit kam jemand, um sie zu holen. Ihre Tränen war schon lange getrocknet. Argwöhnisch blickte Lizanne die beiden Knappen an, die sie zu Ranulf bringen sollten.

Die beiden jungen Männer trugen Fackeln. Lizanne erkannte in einem von ihnen Geoff, Ranulfs Knappen. Sie bemerkte, daß er sich nur mühsam ein Grinsen verbiß.

Lizanne hatte sich in den langen Stunden einen Plan zurechtgelegt, und so schenkte sie den beiden ihr strahlendstes Lächeln und zwinkerte verheißungsvoll mit den Augen.

Es funktionierte. Die jungen Männer erwiderten ihr Lächeln.

Der größere der beiden trat vor. »Ich bin Geoff, Lord Ranulfs Knappe. Und das hier ist Roland, Sir Walters Knappe.«

Lizanne nickte. »Geoff und Roland«, murmelte sie und lächelte noch lieblicher. »Ihr könnt mich Lizanne nennen.«

Roland errötete und stotterte: »L... Lord Ranulf hat uns befohlen, Euch zu ihm zu bringen.«

Mit gespielter Schüchternheit senkte sie den Kopf. »Gleich zu zweit? Ich fühle mich geehrt.«

Geoff kniete sich neben sie, löste das Seil, das sie an den Baum band, und half ihr beim Aufstehen.

»Danke«, sagte sie und streckte ihm bittend ihre Hände entgegen.

Der Knappe schüttelte den Kopf und trat einen Schritt zurück. »Lord Ranulf hat uns nicht befohlen, Eure Handfesseln zu lösen.«

Ihre Augen weiteten sich. »Wie soll ich mich dann erleichtern? Ihr sollt mir doch wohl nicht dabei helfen, oder?«

Geoff und Roland sahen sich unbehaglich an.

»Nein, aber ...«, begann Roland.

»Lord Ranulf hat gesagt, daß wir Euch sofort zu ihm bringen sollen«, unterbrach Geoff seinen Freund.

Verschämt schlug Lizanne die Augen nieder. »Ich befürchte, daß ich es so lange nicht mehr aushalte.« Ein verlegenes Schweigen entstand, das Lizanne richtig auskostete. Schließlich erbarmte sie sich und schlug vor: »Vielleicht kann mich ja einer von euch begleiten – aber er muß versprechen, nicht hinzusehen.«

Geoff und Roland blieb nichts anderes übrig, als dem zuzustimmen.

Roland zerschnitt ihre Handfesseln. Erleichtert seufzte Lizanne.

Zu ihrem Verdruß war es Geoff, der größere der beiden, der sich bereit erklärte, sie in den Wald zu begleiten. »Dort hinten«, sagte er und zeigte auf eine Gruppe Büsche.

»Nein«, entgegnete sie. »Sie sind giftig. Weißt du das nicht?« Entschlossen ging sie an ihm vorbei tiefer in den Wald hinein.

»Hier«, verkündete sie. Sie spähte hinter einer großen Eiche hervor und bedeutete Geoff, sich umzudrehen. Er gehorchte sofort.

Lizanne hätte vor Freude am liebsten gejubelt, als der Knappe anfing zu pfeifen und damit ihre lauten Geräusche überdeckte.

Im Nu hatte sie das hinderliche Kleid ausgezogen. Achtlos ließ sie es auf den Waldboden fallen. Jetzt trug sie nur noch ihren Unterrock. Sie beugte sich hinunter und suchte den Boden nach einer Waffe ab, bis sie einen großen Ast gefunden hatte. Prüfend hielt sie ihn in der Hand. Ja, er war genau richtig für ihre Zwecke.

Sie vergewisserte sich, daß Geoff ihr immer noch den Rücken zudrehte, und schlich sich dann aus ihrem Versteck. Ein Ast knackte laut unter ihren Füßen, und sie zuckte zusammen.

Aber der junge Mann hörte sie nicht, und bevor er sich versah, lag er schon bewußtlos auf dem Boden.

Schnell griff Lizanne nach der Fackel, die ihm aus der Hand gefallen war, steckte sie in die Erde und kniete sich neben den jungen Mann. Erleichtert stellte sie fest, daß er regelmäßig atmete. Sie hatte also nicht zu fest zugeschlagen. Prüfend betastete sie seinen Kopf. Er hatte eine große Beule. Wenn er wieder zu sich kam, würde er gewaltige Kopfschmerzen haben.

»Entschuldigung«, sagte sie leise zu ihm. Ohne zu zögern entkleidete sie sich und zog seine Sachen an. Dann nahm sie seinen Dolch und floh tiefer in den Wald.

✳

Schäumend vor Wut starrte Ranulf auf seinen bewußtlosen Knappen. Er konnte sich nur schwer beherrschen. Am liebsten hätte er diesen Dummkopf die Hände um den Hals gelegt und sein erbärmliches Leben beendet. Ohnmächtig ballte er die Fäuste.

Trotz der jahrelangen Ausbildung, die er dem Jungen zuerst als Pagen und seit kurzem als Knappen hatte angedeihen lassen, hatte der Junge versagt. Er hatte seinen Befehl mißachtet und Lizanne dadurch die Flucht ermöglicht. Vielleicht hatte er Geoffs Fähigkeiten überschätzt ...

Nein, korrigierte er sich ungehalten, er hatte Lizanne unterschätzt – und das nicht zum ersten Mal. Ein tiefes Knurren entrang sich seiner Kehle.

Um bei der Wahrheit zu bleiben: Er ärgerte sich mehr über sich selbst als über diese einfältigen Knappen, die er geschickt hatte. Dumm, wie er gewesen war, hatte er geglaubt, daß zwei fast erwachsene Männer in der Lage waren, eine einzige Frau zu ihm zu bringen. Das war sein größter Fehler gewesen. Gut, die Jungen würden auf jeden Fall bestraft werden, weil sie seinen Befehlen nicht gehorcht hatten, aber er war derjenige, der für diesen Zwischenfall die Verantwortung trug.

Ungeduldig fragte er sich, warum es so lange dauerte, bis Roland seine Männer alarmiert hatte und ein Suchtrupp bereitstand. Er hatte den verschreckten Knappen doch schon vor langer Zeit losgeschickt. Wenn sich nicht gleich etwas tat, würde er sie selbst holen.

Geoff stöhnte und bewegte sich. Ranulf trat auf ihn zu und warf ihm Lizannes Sachen ins Gesicht. Immer noch benommen kämpfte sich der Knappe frei.Er rieb seine Beule und blickte auf.

»Mylord!« rief er und versuchte, einen klaren Kopf zu bekommen. Als ihm bewußt wurde, was geschehen war, wurde aus seiner Verwunderung Entsetzen. Taumelnd kam er auf die Beine, fiel aber wieder auf die Knie. Erst dann stellte er fest, daß er kaum noch etwas anhatte.

Ungläubig sah er an sich hinunter und lief knallrot an. Stöhnend zwang er sich, aufzustehen und senkte betreten den Kopf.

Ranulf konnte verstehen, wie sein Knappe sich jetzt

fühlte. Hatte Lizanne ihm nicht das gleiche angetan? Trotzdem mußte er lernen, daß er einen unentschuldbaren Fehler begangen hatte.

»Was hast du zu sagen?«

»Mylord, die Lady wollte nur ...«

»Und du hast ihr geglaubt?«

»Sie hat mich hereingelegt«, gab Geoff beschämt zu.

»Nein, du hast es zugelassen, daß sie dich hereinlegt. Was hat sie getan? Euch angelächelt?«

Der Knappe starrte auf seine Füße.

In diesem Augenblick kamen zwei Dutzend von Ranulfs Männern. Walter führte sie an. Er hielt Ranulfs Pferd am Zügel. Mit schamrotem Gesicht und niedergeschlagenen Augen ritt Roland hinter ihm.

Die Männer versammelten sich um Ranulf und warteten auf seine Befehle. Obwohl der Anblick von Geoff sie äußerst belustigte, enthielten sie sich klugerweise jeden Kommentars.

Geschmeidig bestieg Ranulf sein Pferd. »Geoff, du reitest mit Roland. Er hat dir etwas zum Anziehen mitgebracht. Sei dankbar, daß ich dich nicht zwinge, Lizannes Sachen anzuziehen.«

Der Knappe wandte sich verlegen ab. Ranulf teilte seine Männer in zwei Gruppen. Er übernahm eine der Gruppen, Walter die andere. Dann trennten sie sich und ritten in verschiedene Richtungen davon.

Ranulf führte seine Männer durch den dichten Wald. Sie kamen nur langsam voran. Trotzdem – so beruhigte er sich – waren sie zu Pferd immer noch schneller als Lizanne zu Fuß.

Er verfluchte die Nacht und das nur schwache Mondlicht. In der Dunkelheit war es für Lizanne ein leichtes, sich zu verstecken. Grimmig ritt er weiter. Je mehr Zeit verstrich, desto unruhiger wurde er.

War sie ihm wirklich entkommen? Warum nur hatte er ihr von Gilbert erzählt? Warum hatte er nicht gewartet? Sie hätte keinen Fluchtversuch unternommen, wenn sie geglaubt hätte, daß ihr geliebter Bruder immer noch sein Gefangener war. Wenn sie es wirklich zurück bis Penforke schaffte, würde er sie wieder an den Haaren aus der Burg herauszerren – und wenn er alle Mauern niederreißen müßte!

»Mylord«, rief jemand und kam auf ihn zugeritten. Es war ein Mann von Walters Suchtrupp.

»Wir haben sie gefunden!«

Obwohl Ranulf nach außen hin ein grimmiges Gesicht machte, überkam ihn doch ein Gefühl der Erleichterung. »Wo ist sie?«

Der Mann zögerte. »Es tut mir leid, aber sie ist in eine Schlucht gestürzt.«

Ranulfs Herz blieb beinahe stehen. »Ist sie verletzt?«

»Nein, Mylord, soweit wir es beurteilen können, nicht. Sir Walter hat jemanden nach unten geschickt, um sie heraufzuholen.«

Es dauerte nicht lange, bis sie die Schlucht erreicht hatten, aber Ranulf hatte das Gefühl, daß eine Ewigkeit vergangen war. Als er das entfernte Leuchten von Fackeln auf einer Anhöhe sah, überholte er den Boten und galoppierte allein weiter.

Als Ranulf abstieg, kam Walter bereits auf ihn zugelaufen. »Kendall ist bei ihr, Mylord.«

Ranulf nickte, und beide begaben sich an den Rand der Schlucht. Ranulf blickte in die Tiefe. Weit unten hörte er Wasser rauschen. Es ging sehr tief hinunter – weiter, als er befürchtet hatte.

Er brauchte einen Augenblick, bis sich seine Augen an die Dunkelheit gewöhnt hatten und er das schemenhafte Geschehen verfolgen konnte. Er entdeckte den Ritter, der an einem Seil gute dreißig Meter nach unten gelassen worden war. Dann sah er Lizanne. Sie klammerte sich an einer vorstehenden Wurzel fest. Wer weiß wie viele Meter unter ihr rauschte bedrohlich das Wasser. Ranulf stockte der Atem.

Lizanne hatte bemerkt, daß sich oben etwas tat und blickte hinauf. Das Licht der Fackeln beleuchtete ihr Gesicht.

Der unbändige Zorn in ihrem Gesichtsausdruck war es, der Ranulf am meisten erstaunte. Er runzelte die Stirn. Sie hätte eigentlich weinen, schreien und bitten müssen – aber nichts dergleichen!

Sie hätte Angst haben müssen, verdammt noch mal!

Lizanne hatte ihn entdeckt. Einen Augenblick später klang ihre Stimme klar und deutlich durch die Nacht: »Seid Ihr auch schon hier!«

Das durfte doch nicht wahr sein! Sie wagte es schon wieder, ihn zu verspotten! Wenigstens war er jetzt sicher, daß sie wirklich nicht verletzt war.

Inzwischen hatte Kendall Lizanne erreicht. »Mylady«, bat er, »gebt mir Eure Hand.«

»Nein.« Ihre entschlossene Stimme hallte laut von den Wänden der Schlucht wider.

»Ich möchte Euch doch nur helfen«, versuchte der Mann ihr geduldig zu erklären, und griff nach ihrem Arm.

Verblüfft beobachtete Ranulf, wie Lizanne seine Hand abschüttelte. »Ich habe nicht um Hilfe gebeten.«

»Lizanne!« brüllte Ranulf, dem jetzt endgültig der Geduldsfaden riß. »Jetzt ist nicht die Zeit, einen Streit vom Zaun zu brechen. Gebt Sir Kendall Eure Hand ... sofort!«

Sie schüttelte den Kopf. »Laßt mich in Ruhe. Ich komme auch ohne Eure Hilfe wieder nach oben.«

Der Ritter griff erneut nach ihr, aber es war zu spät. Durch ihre Gegenwehr hatte sich die Wurzel gelöst. Unter dem Aufschrei der Zuschauer rutschte Lizanne in einem Hagel von Steinen die steile Böschung hinunter. Fieberhaft suchte sie nach einem Halt. Wie durch ein Wunder wurde ihr Fall gleich darauf gebremst, als sie gerade noch einmal eine Wurzel zu fassen bekam.

»Zieht ihn herauf!« befahl Ranulf mit lauter Stimme. Als Kendall wieder auf sicherem Boden stand, nahm Ranulf ihm das Seil ab und band es sich um. Ohne zu zögern ließ er sich langsam herunter.

Lizanne sah ihn kommen und drehte den Kopf weg. Auch als er direkt neben ihr hing, sagte sie kein Wort.

Ranulf hielt ihr Schweigen für eine weitere Trotzreaktion, und sein Zorn steigerte sich noch. Aber er würde keine Zeit mehr mit Streitereien verschwenden, sondern handeln. Er umklammerte mit einem Arm ihre Taille und zog sie zu sich heran. Ihr Unterkörper folgte seiner Bewegung, ihr Oberkörper aber nicht.

»Bei Gott, Lizanne, laßt endlich los!«

Als sie nicht gehorchte, umklammerte er sie mit seinen Beinen, ließ ihre Taille los und begann, ihre Finger zu öffnen. Verblüfft über ihren Widerstand verfluchte er die Tatsache, daß er nur eine freie Hand hatte, denn mit der anderen mußte er das Seil geradehalten.

»Lizanne«, brüllte er, als er sich eingestehen mußte, daß er ihre Finger nicht lösen konnte. »Gehorcht mir, oder ich schwöre Euch, ich werde Euch die Tracht Prügel Eures Lebens verabreichen, wenn das hier vorbei ist! Laßt los!«

Sie wandte ihm das Gesicht zu, und zu seiner Überraschung sah er, daß Tränen über ihre Wangen liefen und eine Spur auf ihrem verschmutzten Gesicht hinterließen. »Ich ... ich kann nicht«, schluchzte sie.

Sie hatte panische Angst.

Ranulfs Zorn verflog sofort. Er zog seinen Dolch aus der Scheide und hieb damit auf die Wurzel ein, die sie so fest umklammerte. Wenig später fiel Lizanne ihm entgegen, und erleichtert atmete er auf.

Er legte einen Arm um sie und drückte sie an sich. »Legt Eure Arme um meinen Hals.«

Zu seiner Überraschung gehorchte sie sofort. Sie umschlang ihn und legte ihren Kopf an seine Brust. Damit hatte er nicht gerechnet. Er fragte sich, ob er diese Frau wohl jemals verstehen würde.

Während sie langsam nach oben gezogen wurden, sprachen sie kein Wort. Als er wieder festen Boden unter den Füßen hatte, wollte Ranulf Lizanne vorsichtig absetzen, aber sie klammerte sich weiter verzweifelt an ihn.

So nahm er sie auf seine Arme und trug sie zu seinem Pferd. Sanft löste er ihre Arme und hob sie in den Sattel. Geoff eilte auf ihn zu, um ihm zu helfen, und hielt Lizanne fest, während sein Herr hinter ihr aufs Pferd stieg.

Ranulf wollte sie an seine Brust ziehen, aber sie drehte sich um, zog die Knie an, legte die Arme um seine Hüften und barg ihr Gesicht in der flauschigen Wolle seiner Tunika.

Als sie das Lager erreichten, umklammerte sie ihn immer noch, aber sie schlief tief und fest. Er trug sie in sein Zelt und legte sie vorsichtig auf sein Feldbett. Im Schlaf sah sie so unschuldig, beinahe kindlich aus, und er hätte sie am liebsten beschützend in den Arm genommen.

Seufzend stand er auf und ging zu einem kleinen Tisch, auf dem Fleisch, Käse, Brot und warmer Met standen. Er hatte keinen Hunger, nahm aber einen großen Schluck Met. Dann ging er zum Zelteingang und blickte hinaus. Walter gab gerade einem Mann Anweisungen, der nach Chesne reiten sollte, um die Bewohner vor eventuellen Vergeltungsmaßnahmen Gilbert Balmaines zu warnen.

Zufrieden wandte Ranulf sich ab. Er nahm seinen Gürtel ab und warf ihn zur Seite. Dann beugte er sich hinunter und zog seine Stiefel aus. Als er sich wieder aufrichtete, blickte er geradewegs in Lizannes Augen. Sie war wach und beobachtete ihn. Stirnrunzelnd verschränkte er die Arme über der Brust, spreizte die Beine und erwiderte ihren durchdringenden Blick.

Das Schweigen zwischen beiden zog sich hin. Ranulf suchte in ihrem Gesicht nach einem Anzeichen für Reue, fand aber nur Feindseligkeit. Sein Stirnrunzeln vertiefte sich. Nein, sie hatte nichts gelernt. War ihre Umarmung nur gespielt gewesen?

»Was habt Ihr zu Eurer Verteidigung zu sagen«, fuhr er sie an.

Seufzend stand sie auf. »Ich habe Euch gewarnt.«

»Mich gewarnt?«

Sie nickte. »Ja. Ich habe Euch gewarnt, daß Ihr es mit mir nicht einfach haben werdet.« Sie strich Geoffs Tunika glatt und bemerkte dabei, daß der Dolch nicht mehr an seinem Platz war. Sie fuhr hoch und sah in Ranulfs selbstzufrieden lächelndes Gesicht.

»Vermißt Ihr etwas?« spottete er.

Wortlos drehte sie ihm den Rücken zu.

»Ihr habt mir eine Menge Schwierigkeiten gemacht. Habt Ihr wirklich geglaubt, daß Ihr mir so einfach entkommen könnt?«

Sie ging zu seiner Truhe, setzte sich und zog die Beine an. »Nein. Ich hatte es mir viel schwieriger vorgestellt. Vielleicht solltet Ihr das nächste Mal vier Männer schicken, um mich zu holen. Das wäre eine echte Herausforderung.«

Ranulf lief rot an. Diese Frau trieb ihn noch in den Wahnsinn! »Ihr werdet keine zweite Chance zur Flucht bekommen, das verspreche ich Euch. Ich werde Euch nie wieder unterschätzen.«

»Doch, das werdet Ihr – ganz sicher.«

Er ging gar nicht auf ihre spöttische Bemerkung ein. »Ich hoffe, daß Ihr etwas aus Eurem Fluchtversuch gelernt habt. Immerhin ist er Euch mißlungen.«

Sie kaute nachdenklich auf ihrer Unterlippe. »Wenn diese kleine Schlucht nicht gewesen wäre, wäre es mir gelungen.«

Er hob die Augenbrauen. »Muß ich Euch erst daran erinnern, daß Ihr Euch fast den Hals gebrochen habt in dieser *kleinen* Schlucht?«

»Wenn Eure Männer mich nicht wie ein Stück Vieh gejagt hätten, wäre ich nicht ausgerutscht!«

»Ihr seid vor ihnen davongelaufen?« fragte er ungläubig.

»Aber sicher! Glaubt Ihr, ich würde mich so einfach ergeben? Ich habe mich wirklich bemüht, Euch zu entkommen!«

Wo war die verängstigte Frau, die sich während des ganzes Rittes zurück zum Lager so verzweifelt an ihn geklammert hatte? »Ihr gebt wirklich keine Ruhe«, brummte er.

»Das werde ich nie, denn Ihr seid nicht fair zu mir gewesen. Warum sollte ich dann fair zu Euch sein?«

»Nein, Lizanne, Ihr wart diejenige, die nicht fair zu mir war. Daran solltet Ihr denken!«

»Ich? Ich habe nichts Unrechtes getan.«

»Tatsächlich?« Er lachte laut und war mit wenigen Schritten bei ihr. »Ihr habt mich überfallen, niedergeschlagen, entführt, an eine Wand gefesselt, mit einem Dolch verletzt ... Ist das fair?«

Lizanne sprang auf. »Dafür gibt es gute Gründe!«

Er schnaubte verächtlich. »Gründe, die Ihr mir nicht erklären wollt. Ich gebe Euch jetzt eine allerletzte Chance: Sagt mir, warum!«

Sie hatte schon darüber nachgedacht, es ihm zu sagen, aber sie wußte, daß sie sich damit in noch größere Gefahr begeben würde. Wenn ihm klarwurde, daß sie von seinen Raubzügen wußte, würde er sie als Bedrohung ansehen – ja, er würde sie wahrscheinlich sogar töten.

»Würdet Ihr mich dann freilassen?« fragte sie.

Er ging auf sie zu und legte ihr eine Hand unter das Kinn. »Ihr gehört mir.« Sein Daumen strich über ihre Lippen. »Ich habe mir viel Mühe gegeben, Euch zu bekommen, und ich werde Euch nicht aufgeben.«

Lizanne konnte ihn nur anstarren. Was war das bloß für ein Gefühl, das seine Berührung bei ihr auslöste? Es hätte doch unangenehm sein müssen!

Ohne daß sie es wollte, berührte sie mit der Zunge seinen Finger. Voller Entsetzen über ihre Tat schloß sie den Mund wieder. Wie konnte sie nur!

Auch Ranulf war überrascht. Er riß seine Hand weg, als

»Wenn ich mit Euch fertig bin«, zischte er, »werde ich Euch vielleicht zu Eurem Bruder zurückschicken, aber nicht vorher.«

Wenn er mit ihr fertig war ... Lizanne schloß die Augen, damit er die Furcht in ihnen nicht sehen konnte. Wenn er sie in sein Bett genommen hatte und sie vielleicht sogar ein Kind von ihm erwartete – erst dann würde sie nach Penforke zurückkehren können. Wann würde das sein? In zwei Wochen, einem Monat, einem Jahr?

Sie öffnete die Augen und reckte stolz das Kinn. »Dann habe ich nichts davon, wenn ich Euch aufkläre.« Sie ging an ihm vorbei zum anderen Ende des Zeltes, wo auf einem Hocker eine Schüssel mit kaltem Wasser stand. Sie nahm einen Lappen, tauchte ihn ins Wasser und begann, sich das Gesicht zu waschen. Sie ließ sich Zeit. All ihre Sinne waren auf Ranulf gerichtet. Als er hinter ihr stand, mußte sie sich mit Macht zwingen, ruhig stehenzubleiben und ihm den Rücken zuzudrehen.

»Paßt auf«, sagte er nahe an ihrem Ohr, »daß Ihr Eure Schönheit nicht mit wegreibt!« Sein Atem strich über ihr Haar, und wohlige Schauer liefen ihr über den Rücken. Was war nur mit ihr los? Sie betete um Gelassenheit und schrubbte noch fester.

Er streckte die Hand aus und nahm ihr das Tuch ab. »Ihr seid sauber. Zieht die schmutzigen Sachen aus und legt Euch ins Bett.«

Voller Angst wich sie zurück. Sie stieß gegen den Hocker und hätte beinahe die Schüssel mit Wasser umgestoßen.

Er wußte, was sie befürchtete. »Es ist spät, Lizanne, und wir müssen morgen früh aufstehen.« Er sprach geduldig wie mit einem Kind. »Ihr könnt nicht in diesen schmutzigen Sachen schlafen, seht sie Euch doch an.«

Mit kreidebleichem Gesicht verschränkte sie entschlossen die Arme vor der Brust und schüttelte den Kopf.

»Ich gebe Euch mein Wort«, er versuchte, ihr die Angst

zu nehmen, »daß Ihr in dieser Nacht nichts von mir zu befürchten habt.« Gestern noch hatte ihm der Gedanke, daß sie Angst vor ihm hatte, gefallen. Jetzt merkte er zu seinem Erstaunen, daß er heute anders dachte.

Lizanne preßte die Arme fester an ihren Körper, und ihr Mund wurde plötzlich trocken. »Ich werde nicht mit Euch das Bett teilen.«

»Euch wird nichts anderes übrigbleiben – es sei denn, Ihr wollt wieder an den Baum gefesselt werden.«

»Dann schlafe ich auf dem Boden.«

Seufzend hob er das Gesicht gen Himmel und schüttelte den Kopf. Und plötzlich bewegte er sich mit solcher Schnelligkeit, daß er sie total überrumpelte.

Als sie merkte, was er vorhatte, und versuchte, sich zu wehren, war es schon zu spät. Blitzschnell hatte er ihr die Tunika ausgezogen und sie über seine Schultern geworfen. Sie trommelte mit ihren Fäusten auf seinen Rücken und trat mit den Beinen, als er ihre Stiefel und dann die Hose auszog. Ihr Widerstand berührte ihn gar nicht.

Als sie nur noch ihr dünnes Hemd trug, löschte er alle Kerzen. In völliger Dunkelheit trug er sie zum Bett und ließ sie fallen.

Lizanne richtete sich sofort wieder auf und wollte auf die andere Seite des Bettes kriechen, aber er preßte seine Hand zwischen ihre Brüste und drückte sie zurück. Er hielt sie mit einer Hand fest, während er sich mit der anderen auszog. Als er seine Tunika ablegte, ließ er sie einen Augenblick los. Aber wieder kam sie nicht weit.

Ranulf legte sich auf das Bett und drehte Lizanne auf die Seite, mit dem Rücken zu ihm. Er zog sie an seine Brust. Sein Körper reagierte sofort auf die Berührung, sein Glied wurde hart und drückte gegen ihre Schenkel.

Sein Verlangen war beinahe unerträglich. Er unterdrückte ein Stöhnen und drückte seinen Kopf in ihr volles

Haar. Obwohl sie nicht parfümiert war, roch sie gut. Er fuhr mit einer Hand durch ihr Haar. Er spürte, wie sie keuchend atmete, und dann durchzuckte ihn ein scharfer Schmerz, denn sie hatte ihn gebissen.

»Lizanne«, stöhnte er und zog sein Hand zurück, »gebt endlich Ruhe.« Er zog ihren steif daliegenden Körper noch näher an sich heran und legte einen Arm direkt unter ihre Brüste.

Mit voller Krat trat sie gegen sein Schienbein. Er fluchte laut und legte ein Bein über ihre Hüfte. Aber das war keine gute Idee, wie er gleich feststellen mußte, denn die Bewegungen, mit denen sie ihm entkommen wollte, erregten ihn nur noch mehr.

»Wenn Ihr Euch weiter so windet«, zischte er, »kann ich für nichts mehr garantieren.«

Mehr brauchte er nicht zu sagen. Sie gab jeden Widerstand auf und lag stocksteif in seinen Armen. »Ich bekommen keine Luft«, protestierte sie.

»Entspannt Euch, und ich brauche Euch nicht so fest zu halten.«

Nur widerwillig gehorchte sie und versuchte, seinen Körper zu ignorieren, der sich gegen ihre weichen Rundungen preßte.

Er hielt sie weiter in den Armen, lockerte aber den Griff.

Sie begann zu zittern, nicht vor Kälte, sondern weil ihre Sinne erwachten. Zum ersten Mal spürte sie den Teil seines Körpers, der sich fordernd an sie preßte. Was war bloß los mit ihr? War er nicht ihr Feind? Obwohl ihr Verstand ihn als solchen erkannte, verriet ihr Körper sie und reagierte schamlos auf seine Berührung. Ohne es zu wollen, stöhnte sie auf, und ein erneuter Schauer ließ sie erbeben.

»Ist Euch kalt?« fragte er und strich mit seiner Hand über ihren Oberarm.

Sie versteifte sich und entzog ihm den Arm. »Nein,

mir ist warm, danke. Sogar zu warm.« Aber noch während sie sprach, überlief ein verräterisches Zittern ihren Körper.

Wissend lächelte Ranulf. Wenn sie nicht fror, dann ...

Beide lagen noch lange wach, Ranulf voller Verlangen und Lizanne gepeinigt von einem Gefühl, das sie nicht einordnen konnte. Erst als Ranulf merkte, daß ihr Körper ganz entspannt war und er ihren tiefen, leisen Atem vernahm, gelang es ihm, einzuschlafen.

7. Kapitel

Der Tag war gerade angebrochen, als Lizanne erwachte. Etwas kitzelte ihre Nase. Sie hob die Hand und ertastete einen Haarschopf. Verwirrt öffnete sie die Augen und sah in Ranulfs schlafendes Gesicht.

Sie zuckte nicht zurück, als sie feststellte, daß seine Brust ihr als Kissen gedient hatte, aber die Erkenntnis vertrieb die letzte Müdigkeit. Am liebsten wäre sie aufgestanden, aber er hatte seinen Arm besitzergreifend um ihre Taille geschlungen.

Er hatte wirklich Wort gehalten! Er hatte sie zwar die ganze Nacht festgehalten, um sie an einer Flucht zu hindern, aber er hatte ihr keine Gewalt angetan.

Warum? Der Feind, den sie kannte, hätte ohne darüber nachzudenken sein Wort gebrochen. Nein, er hätte ihr noch nicht einmal sein Wort gegeben. Hatte er sich wirklich so geändert? Welche Kraft war in der Lage, einen Mann von einem so teuflischen Weg abzubringen?

Wieder blickte sie in sein Gesicht. Es kam ihr auf einmal nicht mehr so bekannt vor. Ähnlich ja, aber trotzdem ... Er drehte seinen Kopf, und sie sah sein Profil. Sein Arm rutschte von ihrer Taille.

Das war ihre Chance. Sie griff über ihn hinweg und stützte sich mit einer Hand auf dem Bett ab. Vorsichtig drückte sie sich hoch, um sich über ihn zu rollen, aber sie kam nicht weit.

Geschmeidig drehte er sie auf den Rücken und legte sich auf sie. Sein Gewicht drückte sie in die Kissen.

Lizanne gab einen Laut des Erschreckens von sich und starrte ihn an. Obwohl sein Gesicht teilweise von seinem Haar verdeckt war, das nach vorne fiel und über ihre Haut strich, konnte sie mühelos seine glitzernden dunklen Augen ausmachen.

«Wollt Ihr irgendwohin?« fragte er mit verschlafener Stimme.

Sie drückte mit beiden Händen gegen seine Brust und versuchte vergeblich, ihn wegzuschieben. »Laßt mich los«, befahl sie.

Er packte ihre Handgelenke und legte sie über ihren Kopf. »Zuerst fordere ich einen Kuß.«

»Ihr habt Euer Wort gegeben, daß Ihr mich nicht anrührt«, erinnerte sie ihn. Die Panik in ihrer Stimme war nicht zu überhören.

»Ja, das war gestern. Aber ab heute haben wir andere Spielregeln.«

Also wollte er sie doch vergewaltigen. Er hatte sich nicht geändert. Sie blickte ihm in die Augen. »Wollt Ihr mich zu Eurer Geliebten machen? Soll das meine Bestrafung sein?«

Ranulf lächelte. »Nein, das ist ein Vergnügen – für Euch und für mich. Ich werde meine Rache auf andere Art bekommen.« Er würde ihr natürlich nicht verraten, daß er jeden einzelnen seiner so sorgfältig ausgedachten Rachepläne längst aufgegeben hatte. Er wußte noch nicht einmal, was genau er mit ihr machen sollte, wenn er sie erst einmal auf seine Burg gebracht hatte.

Seine Arroganz ließ Lizannes Zorn aufflammen. »Eine Vergewaltigung ist Rache genug. Bringt es endlich hinter Euch und laßt mich dann gehen.«

»Vergewaltigung? Nein, Lizanne, solcher Methoden bediene ich mich nicht. Ihr werdet mich anflehen, Euch zu nehmen. Aber erst wenn ich dazu bereit bin, werde ich Euch den Gefallen tun.«

Er wollte sie nicht vergewaltigen? Aber hatte er nicht gesagt, daß die Spielregeln sich geändert hatten? Sie wußte nicht, was sie noch glauben sollte, und so benutzte sie die einzige Verteidigung, die ihr noch geblieben war – ihr Haß. »Dann könnt Ihr bis zum Jüngsten Gericht warten«, sagte sie mit zusammengebissenen Zähnen. »Ihr widert mich an.«

Er blieb gelassen. »Ihr werdet Euch an meine Berührungen gewöhnen, ja sie sogar mögen.«

»Ich werde Euch nie begehren.«

»Das tut Ihr bereits. Ich habe es in Euren Augen gesehen, es an Eurer Berührung gespürt. Wißt Ihr so wenig von der Leidenschaft, daß Ihr sie nicht erkennt? Oder spielt Ihr nur wieder eines Eurer vielen Spielchen?«

»Ihr seid widerlich! Ich verachte Euch!«

»Ja, das mag sein, aber tief in Eurem Innersten begehrt Ihr mich.«

Sie holte keuchend Luft. »Ich würde Euch eher ein Messer in die Brust rammen.«

»Das bezweifle ich nicht, daß Ihr das gern tun würdet, aber Ihr werdet es nicht tun können.« Sein Atem strich über ihr Haar. »Warum kenne ich Euch eigentlich besser als Ihr Euch selbst?«

»Das stimmt gar ...«

»Jetzt hole ich mir meinen Kuß«, unterbrach er sie. Er senkte den Kopf, um sich ihrer Lippen zu bemächtigen.

Sie warf den Kopf zur Seite, so daß sein Mund ihre Wange traf. Ohne zu zögern, wanderten seine Lippen zu ihrem Ohr.

Als seine warme, feuchte Zunge diesen hochempfindlichen Bereich liebkoste, schrie sie laut auf und warf ihren Kopf zur anderen Seite.

Er lachte und wiederholte das gleiche am anderen Ohr. Dann glitten seine Lippen weiter zu ihrer Kehle.

Ein wohliger Schauer überlief Lizanne. Sie schloß die Augen und bemerkte zum ersten Mal das tiefe, rhythmische Klopfen, das in ihren Ohren lauter und lauter wurde, so als ob sie eine lange Strecke gelaufen wäre. Ihr wurde heiß – man konnte es fast schon fiebrig nennen.

Etwas geschah mit ihr, und sie registrierte dieses Gefühl mit wachsender Beunruhigung. Der Zorn, der sie so viele Jahre beherrscht hatte, schien zu verrauchen, und machte etwas anderem Platz, das sie erregte und zugleich erschreckte.

Ihr Geist kämpfte mit ihrem Körper. Sie wimmerte, als sie bemerkte, daß ihr selbsterrichteter Schutzwall zu zerbrechen drohte. Nein, es durfte nicht sein! Sie haßte diesen Mann ...

Siegessicher hob Ranulf seinen Kopf und legte seine Lippen auf ihren Mund. Geduldig wartete er auf ihre Reaktion. Als er spürte, wie ihr Widerstand schwand, ließ er ihre Handgelenke los und legte eine Hand auf ihre Brust.

Sie erbebte unter dieser Berührung und kam ihm entgegen. Sie atmete schnell, und die Erregung war ihr deutlich anzumerken.

»Öffnet Euren Mund, Lizanne«, bat er mit heiserer Stimme. Sein ganzer Körper schrie nach Erfüllung.

Aber Lizanne war so überwältigt von ihren Gefühlen, die seine Berührungen bei ihr auslösten, daß sie seiner Bitte nicht nachkam.

Ranulf zwang seine Zunge zwischen ihre Lippen und genoß den süßen Nektar der geheimen Winkel ihres Mundes.

Stöhnend ergab sie sich ihm und vergrub ihre Hände tief in seinem Haar. Ihre Zunge fand die seine. Später wußte Ranulf nicht mehr, wie er es geschafft hatte, sich zurückzuziehen, aber irgendwie gelang es ihm. Er stützte sich auf einen Ellbogen und betrachtete sie eingehend.

»Lizanne, seht mich an«, befahl er.

Sie gehorchte. Das Grün ihrer Augen hatte einen kraftvollen, hellen Ton angenommen. So hatte er sie noch nie gesehen, und der Anblick faszinierte ihn. Aber dann verdunkelte sich das Grün wieder, und der ihm so gut bekannte, wütende Ausdruck erschien in ihren Augen.

Es war so einfach, sagte sich Lizanne, als das Gefühl der

Leidenschaft durch das Gefühl des Hasses abgelöst wurde. Sie mußte ihm nur ins Gesicht sehen, und schon hatte sie ihren Körper wieder unter Kontrolle. Diese Erkenntnis erfreute sie.

Sie lächelte spöttisch. »Seid Ihr fertig?«

Seine Augen verengten sich, und er starrte sie ungläubig an. Dann packte er sie bei den Schultern. »Was seht Ihr, wenn Ihr mir ins Gesicht blickt?«

»Ich befürchte, daß meine Antwort Euch nicht besonders gefallen wird.«

Wenn er sie in diesem Augenblick erwürgt hätte, wäre sie nicht verwundert gewesen. Aber zu ihrem Erstaunen fluchte er nur und ließ sie los. »Ich werde schon herausfinden, was Ihr vor mir verbergt«, drohte er und erhob sich.

»Das geht Euch gar nichts an«, gab sie zurück. »Meine Geheimnisse gehören nur mir, Ranulf Wardieu. Ich teile sie nur mit Personen, die *ich* auswähle. Und *Ihr* gehört gewiß nicht dazu!«

Ranulfs Geduld war erschöpft. Mit gefährlich sanfter Stimme sagte er: »Ich bin Euren Spott leid. Ab sofort nennt Ihr mich nur noch ›Mylord‹ – denn Euer Herr bin ich jetzt. Nur im Bett werdet Ihr mich mit meinem Namen anreden. Habt Ihr das verstanden?«

»Dann nennt Ihr mich ›Mylady‹?« Kaum hatte Lizanne diese unbedachten Worte gesagt, da tat es ihr auch schon leid. Sein Gesicht verfinsterte sich, und er machte einen Schritt auf sie zu.

Jetzt würde er sie schlagen. Mit einem erstickten Schrei sprang sie aus dem Bett und rannte zum Zelteingang. Sie stürmte nach draußen, nur um gleich wie angewurzelt stehenzubleiben.

Geoff stand vor ihr. Er trug ein Tablett, und seine Kinnlade fiel herab, als er ihrer ansichtig wurde. Beschämt fiel ihr ein, daß sie nur sehr spärlich bekleidet war. Auch ein paar von Ranulfs Männern unterbrachen ihre Arbeit und starrten sie mit unverhohlener Neugier an. Da kam Ranulf ihr zur Hilfe. Er tauchte hinter ihr auf und zog sie ins Innere des Zeltes zurück. Er packte sie bei den Schultern und schüttelte sie. »Habt Ihr denn völlig den Verstand verloren? Was rennt Ihr hier halb nackt herum?«

»Ich hatte vergessen ...« Sie versuchte sich zu verteidigen, und Tränen traten ihr in die Augen.

Ranulf seufzte müde und verdrehte die Augen. Er zog sie zum Bett, brachte sie dazu, sich hinzulegen und wickelte die Decke um sie. Kopfschüttelnd ging er dann zum Zelteingang und winkte Geoff, hereinzukommen.

»Guten Morgen, Mylord«, begrüßte der Knappe ihn. Er trug das Tablett zum Tisch. Sorgsam vermied er es, in Lizannes Richtung zu blicken. Ranulf reichte ihm die Sachen, die Lizanne ihm am Tag zuvor abgenommen hatte und schickte ihn wieder hinaus.

Ranulf brach ein Stück Brot ab und nahm einen Apfel. Er ging zu Lizanne und reichte ihr beides.

Sie zögerte, stellte dann aber doch fest, wie hungrig sie war. »Danke«, murmelte sie und biß kräftig in den Apfel.

Während Ranulf zu seiner Truhe ging, sie öffnete und ihr saubere Kleidung entnahm, beugte sich Lizanne vor, um den Inhalt der Truhe besser sehen zu können, aber außer Kleidung war nichts zu entdecken.

Ranulf war ihre Neugier nicht entgangen. »Ihr werdet in dieser Truhe nichts finden, was Ihr mir zwischen die Rippen stoßen könnt, Lizanne. Haltet Euch also von meinen Sachen fern.«

Schulterzuckend wandte sie den Blick ab. »Glaubt ja nicht, daß Ihr irgend etwas besitzt, was mich interessieren könnte.« Wieder biß sie in den Apfel.

Gut, daß ich ein so geduldiger Mann bin, dachte Ranulf. Er ging zum Bett, legte seine Sachen darauf und zog sich aus.

Beim Anblick seines nackten, muskulösen Körpers stockte Lizanne der Atem. Schnell blickte sie in die andere Richtung, aber sie konnte nicht verhindern, daß ihr die Röte ins Gesicht stieg. Entschlossen, ihn zu ignorieren, schlang sie die Decke fester um sich, stand auf und ging zum Tisch. Sie drehte ihm den Rücken zu, während er sich fertig ankleidete.

Ranulf setzte sich wenig später zu ihr. Sie sprachen kein Wort, bis schließlich Geoff erneut um Einlaß bat. Er trug ein Bündel unter dem Arm, gab es Ranulf, räumte das Tablett ab und ließ sie wieder allein.

»Eure Sachen«, sagte Ranulf.

Verächtlich musterte sie das zusammengefaltete Kleid, Hemd und die Schuhe, die er in der Hand hielt. Sie hatte gedacht, die Sachen ein für allemal los zu sein, aber anscheinend war ihr das nicht gelungen.

»Ich ziehe Hose und Tunika vor«, entgegnete sie hochmütig. »Das hier ist viel zu hinderlich.« Sie stemmte die Hände in die Hüften und weigerte sich, die Sachen entgegenzunehmen.

»Das weiß ich. Und gerade das ist ja der Vorteil.«

Sie machte ein finsteres Gesicht und schüttelte den Kopf.

Schulterzuckend warf er die Sachen auf das Bett. »Wenn Ihr nicht angezogen seid, wenn ich zurückkomme, werde ich Euch anziehen.« Mit diesen Worten verließ er das Zelt.

Ein paar Minuten rang sie mit sich, gestand sich schließlich aber doch ein, daß sie keine andere Wahl hatte. Als Ranulf zurückkam, kämpfte sie gerade mit dem Verschluß ihres Kleides.

Wortlos schob er ihre Hände beiseite und schloß mühelos ihr Kleid. Dann trat er einen Schritt zurück und betrachtete sie.

Lizanne gefiel es überhaupt nicht, daß er sie so anstarrte. Stolz hob sie den Kopf. »Nun, gefalle ich Euch?«

»Nein.«

Er ging zu seiner Truhe, öffnete sie und holte einen Kamm und einen kleinen Spiegel heraus. Er ließ beides auf das Bett fallen. »Kämmt Euch. Ihr seht furchtbar aus.«

Lizanne nahm den Spiegel hoch und sah hinein. »Ich weiß gar nicht, was Ihr habt. Es ist doch alles in Ordnung«, log sie. In Wirklichkeit war sie bestürzt über ihr Aussehen. Immer dieses verdammte, unbändige Haar!

»Kämmt Euch«, befahl er wieder. »Wir reiten in einer Stunde.« Dann ließ er sie allein.

Lizanne ignorierte den Befehl. Sie konnte der Versuchung nicht widerstehen, herauszufinden, ob sie nicht doch eine Möglichkeit zur Flucht hatte. Sie wartete noch ein paar Minuten, ging dann zum Zelteingang und spähte hinaus. Direkt gegenüber lehnte Geoff an einem Baum. Breit grinsend zeigte er auf zwei bewaffnete Männer, die rechts und links neben dem Zelt standen.

Mit finsterem Gesicht zog sich Lizanne wieder ins Innere zurück. Ärgerlich vor sich hinfluchend, nahm sie den Kamm und begann, ihr Haar zu bändigen.

＊

Eine Stunde später saß Lizanne vor Ranulf im Sattel, und sie machten sich auf den Weg nach Norden. Sie hätte zu gerne gewußt, wohin sie ritten, aber lieber hätte sie sich die Zunge abgebissen als zu fragen. Und so herrschte ein unbehagliches Schweigen zwischen ihnen.

Sie ritten nicht ganz so hart wie am Tag zuvor, aber der Ritt war für Lizanne trotzdem eine Tortur, denn sie versuchte krampfhaft, sich so weit wie möglich von Ranulf fernzuhalten, und bald schmerzten ihr alle Muskeln.

Gegen Mittag hielten sie an einem Fluß, um die Pferde zu tränken. Steif ließ sie sich von Ranulf aus dem Sattel helfen. Sie verbiß sich einen Schmerzenslaut, als er sie auf den Boden stellte.

»Ihr seid eine halsstarrige Frau, Lizanne Balmaine«, meinte er und ließ sie stehen.

Lizanne massierte sich die schmerzenden Schultermuskeln und blickte sich um. Links und rechts von ihr standen die beiden Männer, die auch schon am Morgen das Zelt bewacht hatten. Auch Geoff hatte sie im Auge, während er seinem Pferd eine Handvoll Eicheln gab.

Plötzlich räusperte sich jemand hinter ihr. Sie fuhr herum und fand sich Sir Walter gegenüber, der sie mit deutlichem Widerwillen anblickte.

»Was wollt Ihr?« fragte sie leichthin.

Er runzelte die Stirn, sagte aber nichts. Dann hielt er ihr einen Wasserschlauch hin.

Lizanne tat es weh, so behandelt zu werden, aber sie ließ es sich nicht anmerken. In den vergangenen Jahren hatte sie gelernt, daß die beste Verteidigung Männern gegenüber ihre scharfe Zunge war, und deshalb verschränkte sie die Hände hinter ihrem Rücken und sah ihm direkt in die Augen.

»Ihr wollt mir doch nicht etwa etwas zu trinken anbieten?« fragte sie mit übertrieben ungläubiger Stimme.

Sein Gesicht verfinsterte sich, aber er sagte immer noch nichts.

Sie machte einen Schritt auf ihn zu. »Diese Freundlichkeit habe ich gar nicht erwartet.«

»Ich versichere Euch, Mylady«, zischte er, »ich biete es Euch nicht aus Freundlichkeit an, sondern weil es mir befohlen wurde.«

Diese Feindseligkeit erschreckte sie, aber sie war froh, daß sie ihn überhaupt dazu gebracht hatte, mit ihr zu sprechen. Sie nahm ihm den Schlauch aus der Hand. »Ihr mögt mich wohl nicht besonders?« fragte sie und trank einen großen Schluck Wasser.

»Ich mag keine Schlangen, Mylady.«

Sie hätte sich fast verschluckt. Schlangen? War es das, hielt er sie für eine Schlange? Seine Bemerkung verletzte sie zutiefst.

Zum ersten Mal betrachtete sie ihn genauer. Er war mindestens zehn Jahre älter als Ranulf, sein dunkles Haar war von silbernen Strähnen durchsetzt, aber er war immer noch ein sehr gut aussehender Mann. Seine stechenden blauen Augen erinnerten sie an Gilbert.

Sie trank noch einen Schluck und reichte den Schlauch dann an ihn zurück. »Ich kann nicht sagen, daß ich überrascht bin. Aber ich glaube, daß Ihr Abneigung mit Furcht verwechselt.«

»Furcht?«

Sein Gesichtsausdruck sagte ihr, daß er sie am liebsten geschlagen hätte. Sie trat einen Schritt zurück und nickte. »Ja. Es wäre nicht das erste Mal, daß ein Mann Angst vor etwas hat, das er nicht versteht«, erklärte sie. »Obwohl – ich vergebe Euch, denn Eure unangebrachte Loyalität Eurem Lord gegenüber hat Euren gesunden Menschenverstand getrübt.«

Gut gemacht, dachte Lizanne, das mußte er erst einmal verdauen.

Walter ballte die Fäuste, drehte sich um und ließ sie stehen.

Mit hocherhobenem Kopf ging Lizanne zum Flußufer und kniete sich hin. Sie schob die langen Ärmel ihres Kleides zurück und hielt ihre Hände in das kühle Wasser. Nach dem langen Ritt war das genau die richtige Erfrischung.

Sie schöpfte etwas Wasser mit der Hand und ließ es über ihr Gesicht laufen. Sie seufzte zufrieden und rieb sich dann mit dem Ärmel das Gesicht trocken.

»Was habt Ihr zu Sir Walter gesagt?«

Lizanne zuckte zusammen und wäre fast in den Fluß gefallen. Sie hatte Ranulf gar nicht kommen gehört. Für einen Mann seiner Größe bewegte er sich mit unglaublicher Leichtigkeit. Aber sie faßte sich schnell.

»Das geht Euch gar nichts an.«

Er kniff die Augen zusammen. »Ich will nicht, daß Ihr Unruhe unter meinen Männern stiftet. Ab sofort werdet Ihr nicht mehr mit ihnen sprechen. Und jetzt kommt mit.«

Widerwillig folgte sie ihm.

Ein paar Minuten später sagte er: »Ihr könnt Euch jetzt erleichtern.« Er zeigte auf eine Gruppe Bäume.

Sie hob spöttisch die Augenbrauen. »Wie nett von Euch.«

Ihr Hohn prallte an ihm ab. »Stellt meine Geduld nicht zu hart auf die Probe.«

Warum eigentlich nicht, dachte sie.

Nachdem Lizanne ein paar Minuten später immer noch nicht zurück war, wurde Ranulf unruhig. Er drehte sich um und suchte die Gegend nach ihrem grünen Kleid ab. Leise fluchend mußte er sich eingestehen, daß sie in dem Grün des Waldes perfekt getarnt war.

»Lizanne«, rief er, »beeilt Euch.«

Er bekam keine Antwort. Er schloß die Augen und war der Verzweiflung nahe. Sie hatte doch nicht schon wieder einen Fluchtversuch unternommen? Hatte er sie schon wieder unterschätzt?

Wieder rief er nach ihr, aber sie antwortete nicht. Mit einem wütenden Fluch lief er los. Sie konnte noch nicht weit gekommen sein.

»Verdammt«, schrie er, als er die Stelle erreichte, wo er sie zum letzten Mal gesehen hatte. Sie war verschwunden.

Obwohl sie kein Geräusch von sich gegeben hatte, das ihn auf sie hätte aufmerksam machen können, blickte er instinktiv nach oben. Er schirmte seine Augen mit der Hand ab, um besser sehen zu können, und suchte die Bäume ab. Es dauerte nicht lange, bis er sie entdeckt hatte. Sie hockte auf dem dicken Ast eines alten Baumes, der gefährlich weit vom Boden entfernt war.

Wie war es ihr nur gelungen, da hochzuklettern – und das auch noch in diesem langen, hinderlichen Kleid? Kopfschüttelnd ging er auf den Baum zu. Sie war wie ein Junge, ein ungehorsamer, kleiner Junge, der sich andauernd in Schwierigkeiten brachte.

»Ihr seid nicht besonders schnell«, empfing sie ihn und grinste spöttisch auf ihn herunter. »Hätte ich geahnt, daß Ihr so lange braucht, hätte ich vielleicht doch einen Fluchtversuch gewagt.« Ihre Beine baumelten herab, und er erhaschte einen Blick auf ihre schlanken Fesseln.

»Was macht Ihr da oben?« wollte er wissen und ärgerte sich über das Verlangen, das von ihm Besitz ergriff.

»Von hier oben hat man eine schöne Aussicht«, antwortete sie und zeigte mit der Hand auf das Panorama, das sich ihr bot. »Ich kann sogar ...«

»Kommt herunter!«

Sie verzog das Gesicht. »Mir gefällt es hier oben. Vielleicht solltet Ihr auch heraufkommen.«

Zu ihrer großen Überraschung legte er sein Schwert ab und begann, auf den knorrigen Baum zu klettern.

Lizanne beobachtete ihn. Sie kam nicht umhin, die Leichtigkeit zu bewundern, mit der er sich bewegte. Selbst wenn sie Männerkleidung getragen hätte, wäre sie nicht in der Lage gewesen, den Aufstieg so elegant zu bewältien. Sie war froh, daß er nicht gesehen hatte, wie sie auf den Baum gekommen war.

Gleich darauf hatte er den Ast erreicht, auf dem sie saß, und er reichte ihr seine Hand. »Ich helfe Euch beim Herunterklettern.«

»Ihr seid nicht wütend?« fragte sie enttäuscht.

»Nein. Wolltet Ihr mich denn wütend machen.«

Sie nickte. »Ja.«

»Weswegen?«

Sie verzog das Gesicht. »Wegen des elenden Rittes natürlich.«

Er hätte beinahe laut gelacht. »Wenn Ihr Euch entspannen würdet, wäre es auch nicht so unbequem.«

»Ich möchte gerne ein eigenes Pferde haben.« Sie machte eine hastige Bewegung, und der Ast schwankte bedrohlich.

Sofort wurde er wieder ernst. »Wir sprechen darüber, wenn wir wieder unten sind. Nehmt jetzt meine Hand.«

Sie rückte weiter von ihm ab. »Ich bin allein hier

heraufgekommen und komme auch wieder allein hinunter.«

»Ihr werdet Euch das Genick brechen!« Der ihm so gut bekannte Zorn stieg wieder in ihm auf. Was hatte diese Frau nur an sich, daß sie ihn immer so reizte! Zorn war eine Schwäche, die er sich nicht leisten konnte.

Sie sah ihm direkt in die Augen. »Würde es Euch etwas ausmachen?«

Obwohl er es nie zugeben würde, mußte er sich doch eingestehen, daß es ihm sehr viel ausmachen würde.

Als er nicht antwortete, sagte sie schulterzuckend: »Seit Jahren übe ich mich im Bäumeklettern, im Bogenschießen und im Schwertkampf, Ranulf Wardieu. Ich kann mir selbst helfen.«

Ranulf atmete tief durch, um sich zu beruhigen. Dann lehnte er sich an den Baumstamm und dachte über ihre Worte nach. Als er wieder sprach, war seine Stimme sanft. »Erzählt mir von Eurer Kindheit, Lizanne.«

»Was, jetzt?«

Er zuckte mit den Schultern. »Warum nicht?«

Sie dachte lange darüber nach, kam aber dann doch zu dem Entschluß, daß sie sich damit nichts vergeben würde. »Obwohl Ihr es mir sicher nicht glauben werdet: Ich bin wie eine richtige Lady erzogen worden. Früher einmal konnte ich sogar gut nähen.« Nachdenklich kaute sie auf ihrer Lippe. »Aber ich habe mich immer schon für Dinge interessiert, die eigentlich Männern vorbehalten sind.« Ein besonders lustiger Vorfall kam ihr in den Sinn, und sie lachte laut: »Einmal habe ich Gilbert zum Duell herausgefordert – mein Stock gegen sein Schwert. Er fand das gar nicht witzig.«

Ranulf lauschte gebannt. Er hätte so viele Fragen stellen können, aber er wollte sie nicht unterbrechen.

»Als ich vierzehn war – kurz nach dem Tode meines Vaters ...« Sie stockte und schluckte schwer, sprach dann aber doch weiter. »Gilbert gab schließlich nach und unterrichtete mich heimlich in der Kunst des Kämpfens.«

»Warum?« Ranulf konnte sich die Frage nicht verkneifen. Was war das für ein Mann, der sich auf so etwas einließ?

Ihr Gesichtsausdruck änderte sich plötzlich, das verträumte Lächeln verschwand. Sie blickte auf ihre Hände. »Um mich zu verteidigen, natürlich.«

Verwirrt schüttelte er den Kopf. »Das gehört zu den Aufgaben des Mannes, Lizanne.«

Sie blickte ihn an, und in ihren Augen stand tiefer Schmerz. »Aber manchmal gelingt es ihm eben nicht.« Ihre Stimme war nur noch ein Flüstern.

Ranulf hatte plötzlich das unwiderstehliche Verlangen, sie in den Arm zu nehmen und zu trösten. »Wem ist es nicht gelungen? Gilbert?«

Ihre Augen weiteten sich, und dann verschloß sich ihr Gesicht wieder. Es war, als wäre eine Tür zugeschlagen. »Ich klettere jetzt nach unten.«

Mit Bedauern reichte Ranulf ihr die Hand.

Sie kroch den Ast entlang auf ihn zu. Diesmal nahm sie seine Hilfe ohne zu zögern an. Wortlos legte sie ihre Hand in seine und ließ es zu, daß er sie an sich zog.

»Lizanne«, sagte er leise, »was soll ich nur mit Euch machen?«

»Laßt mich gehen«, flüsterte sie.

Er schüttelte den Kopf. »Nein, das kann ich nicht. Dafür ist es zu spät. Die Würfel sind gefallen.«

Sie lächelte bitter, machte aber keinen Versuch, ihm auszuweichen, als er den Kopf senkte und seine Lippen auf ihren Mund drückte. Der Kuß war süß, aber nur kurz. Danach verbarg sie ihr Gesicht an seiner Brust und bemühte sich, nicht über die Gefühle nachzudenken, die er bei ihr hervorrief.

8. Kapitel

Wutentbrannt fegte Gilbert Balmaine den langen Tisch leer. Bierkrüge und Teller flogen wie Geschosse durch den Raum. Jeder, der sich in Reichweite befand, ging in Deckung, was ihn nur noch mehr erzürnte.

Laut fluchend stellte er den Hauptmann der Wache und seinen Verwalter zur Rede. »Wenn meiner Schwester etwas geschehen sein sollte, werde ich euch persönlich zur Rechenschaft ziehen«, drohte er. »Fangt lieber schon einmal an zu beten, daß sie sicher hierher zurückkehrt!«

Angesichts einer derartigen Wut brachten die Männer kein Wort heraus. »Wer ist dieser Schuft, der sie gefangenhält?« schrie Gilbert. »Ich will eine Antwort, sofort!«

Robert Coulter reagierte als erster. Zaghaft trat er einen Schritt vor und zwang sich, seinem Herrn in die Augen zu blicken.

»Er nannte sich Wardieu. Ranulf Wardieu, Mylord.«

Wardieu? Zähneknirschend dachte Gilbert über diesen Namen nach. Irgendwie kam er ihm bekannt vor. Und plötzlich erinnerte er sich wieder an den großen, blonden Ritter, den er vor etwa zwei Wochen am Tisch des Königs hatte sitzen sehen. Die Damen nannten ihn nur den weißen Ritter.

Gilbert interessierte das Geschwätz der Frauen nicht, und daher hatte er nicht weiter darüber nachgedacht, aber ihm war nicht entgangen, daß der Mann bei den Höflingen ein beliebtes Gesprächsthema war. Ohne es zu wollen, war Gilbert das eine oder andere zu Ohren gekom-

men. Dieser Wardieu besaß anscheinend große Länderei-
en im Norden – Chesne –, und er sollte ein gefährlicher
Gegner sein. Seine Frau war anscheinend vor kurzem gestorben, und die Damen am Hofe hatten schamlos versucht, seine Aufmerksamkeit auf sich zu lenken. Aber er
schien davon unbeeindruckt zu sein.

Gilbert stemmte seine Hände in die Hüften und versuchte herauszufinden, was der Grund für Lizannes Entführung sein konnte. Was hatte diesen Wardieu zu einer
solchen Tat veranlaßt? Gut, seine Schwester war schön,
aber ihr wildes Wesen war für jeden leicht zu erkennen,
und die meisten Männer ließen lieber die Finger von ihr.

Ian, sein Verwalter, unterbrach Gilberts fieberhafte Gedanken. »Samuel weiß mehr, Mylord. Er hat sich um den
Mann gekümmert, als Lady Lizanne ihn hier gefangenhielt.«

Gilbert dachte, er hätte sich verhört. »Gefangen?« brüllte er. »Meine Schwester hat diesen Wardieu hier gefangengehalten? Einen Ritter?« Als der Verwalter nickte,
schlug sich Gilbert mit der Hand an die Stirn. »Samuel soll
sofort kommen.«

»Ich bin hier, Mylord.« Der große Mann löste sich aus
der Gruppe aufgeschreckter Dienstboten und ging zu seinem Herrn.

Gilbert kannte ihn gut, denn Lizanne schätzte ihn und
seine Frau sehr. »Samuel«, sagte er und zwang sich ruhig
zu bleiben, »ich möchte mit dir allein sprechen.« Finster
blickte er die Leute im Raum an.

»Und schickt mir noch Mellie«, fügte er hinzu.

Schweigend verließen die Bediensteten, der Hauptmann und der Verwalter die Große Halle.

Gilbert ließ sich schwer in seinen Sessel fallen und rieb
sein schmerzendes rechtes Bein.

Samuel war ihm gefolgt und hatte sich auf Gilberts ungeduldige Handbewegung hin auf eine Bank, seinem Herrn gegenüber, gesetzt.

»Erzähle mir alles«, befahl Gilbert. »Und zwar von Anfang an.«

Gehorsam berichtete Samuel. Er begann mit Lizannes Rückkehr von Lord Bernards Burg, als sie ihm den bewußtlosen Gefangenen übergeben hatte. Er ließ nichts aus und unterbrach sich nur, wenn der Baron laut fluchte und mit seinen Fäusten auf die Lehnen seines Sessels schlug.

Während Samuel noch erzählte, betrat die verängstigte Mellie die Große Halle.

Gilbert zeigte wortlos mit dem Finger auf die Bank, auf der Samuel schon hockte.

Sie sank darauf nieder, legte ihre zitternden Finger in ihren Schoß und schlug die Augen nieder.

»Sie hat was getan?« brüllte Gilbert. Die arme Mellie zuckte zusammen und wäre fast von der Bank gefallen.

»Ja, Mylord«, sagte Samuel. »Sie hat sich den Männern allein gestellt und mit einem Pfeil auf den Mann geschossen.«

»Hat sie den Bastard wenigstens verwundet?«

Samuel schüttelte den Kopf. »Nein, aber wenn sie gewollt hätte, wäre es ihr auch gelungen. Ihr wißt ja, daß sie sehr gut ...«

Mit einer ungeduldigen Handbewegung gebot Gilbert dem Mann zu schweigen. »Und sie ging aus freien Stücken?«

Wieder nickte Samuel. »Sie hatte keine andere Wahl, Mylord. Wir waren hoffnungslos unterlegen, und der Ritter gab vor, Euch gefangenzuhalten.«

»Dieser verlogene Schuft!« Er unterbrach sich, denn plötzlich war ihm ein anderer Gedanke gekommen. »Verdammt sollst du sein, König Henry!« fluchte er, denn ihm war wieder eingefallen, daß der König, scheinbar zusammenhangslos, nach Lizannes Aufenthaltsort gefragt hatte. Gilbert beugte sich vor, seine Hände zu Fäusten geballt.

102

Ahnungslos hatte Gilbert dem König erzählt, daß Lizanne bei ihrer Cousine auf Burg Langdon zu Besuch war. Henry hatte gelächelt – und dann etwas davon gemurmelt, daß er einen würdigen Ritter finden würde, der sie schon zu bändigen verstünde. Hatte er dabei an diesen Wardieu gedacht?

Und sonderbarerweise hatte sich seine Rückkehr immer weiter verzögert. Erst zwei Wochen später als geplant konnten sie nach Penforke zurückreiten. Zu der Zeit hatte er sich noch nichts dabei gedacht, aber jetzt war es mehr als wahrscheinlich, daß er absichtlich festgehalten worden war – vom König.

»Er steckt dahinter«, murmelte Gilbert voller Überzeugung. »Aber warum hat Lizanne diesen Wardieu gefangengehalten – und vor allem wie?«

Ranulf Wardieu war immerhin kein schwächlicher Mann. Wie hatte sie ihn bewußtlos geschlagen? Und die wichtigste Frage: Warum hatte sich seine männerhassende Schwester soviel Mühe gegeben?

»Mylord«, begann Mellie zaghaft.

Gilbert blickte sie an. »Was weißt du von dieser Angelegenheit, Mellie?«

Er hatte sich inzwischen beruhigt. Zum ersten Mal, seit er von der Entführung seiner Schwester gehört hatte, dachte er wieder klar.

Mellie rang die Hände. »Nun, Mylord, ich war es, der den Ritter in die Falle gelockt hat.«

»Du?« fragte Gilbert ungläubig. »Warum solltest du so etwas tun?«

»Weil meine Herrin mich darum gebeten hat«, schluchzte sie.

»Du redest wirr, Mädchen!« Gilbert schlug mit der flachen Hand auf die Sessellehne.

Ihre Unterlippe zitterte. »Lady Lizanne hat mir den Grund nicht gesagt, Mylord, aber sie hat mich gebeten, den Mann auf Lord Langdons Burg in einen dunklen Gang zu locken. Er wollte mich gerade packen, als sie aus ihrem Versteck sprang und ihm einen Schlag versetzte.«

»Allein?« fragte Gilbert stirnrunzelnd. Er kannte zwar die Fähigkeiten seiner Schwester, aber er konnte sich nicht vorstellen, daß sie so leicht mit einem solchen Mann fertig wurde.

»Ja.« Mellie nickte ernst. »Er hatte viel getrunken, Mylord. Er versuchte zwar, den Schlag abzuwehren, aber Mylady war zu schnell für ihn. Er fiel um wie eine gefällte Eiche.«

Gilbert stellte sich die Szene vor und konnte sich ein Grinsen nicht verkneifen. Was in Gottes Namen hatte sie bloß dazu getrieben?

»Und wie hat sie ihn nach Penforke gebracht, ohne daß Lord Bernard etwas bemerkt hat?«

»Wir haben ihn in einem der Wagen versteckt und sind in aller Frühe am nächsten Morgen abgefahren. Zu der Zeit wurde er noch nicht vermißt.«

»Und er ist nicht aufgewacht? Immerhin braucht man anderthalb Tage bis Penforke.«

Mellies Augen glitzerten vor unterdrückter Heiterkeit. »Ja, Mylord, aber jedesmal, wenn er sich rührte, mußte ich ihm nur einen von Lady Lizannes Tränken unter die Nase halten, und schon«, sie schnippte mit den Fingern, »schlief er wieder ein.«

Gilbert stöhnte. Das Ganze gab doch keinen Sinn. »Hat Lady Lizanne dir gesagt, warum sie diesen Ritter entführte?«

Mellie schüttelte den Kopf. »Sie hat nur gesagt, daß er ihrer Familie großes Unrecht zugefügt hat und sie ihn für seine Verbrechen bestrafen wollte.«

Das klang nach seiner Schwester, aber trotzdem ... »Wie viele Tage Vorsprung hat Wardieu?«

»Drei Tage, Mylord. Er ist nach Norden geritten«, entgegnete Samuel.

Drei Tage? Wollte er nach Chesne zurück? Von einer

plötzlichen Müdigkeit übermannt, legte Gilbert die Hände auf die Augen. Seine Leute mußten sich erst ausruhen, bevor sie die Verfolgung aufnehmen konnten – und verfolgen mußte er sie. Er würde Lizanne nicht ein zweites Mal im Stich lassen.

Er stand auf, durchquerte die Große Halle und stieg müde die Stufen zu seiner Kammer hinauf. Sein Hungergefühl ignorierend begann er mit großen Schritten auf- und abzugehen.

»Warum, Lizanne?« fragte er die Mauern. Aber er bekam keine Antwort. Schließlich protestierte sein verletztes Bein, und er ließ sich in einen Sessel fallen und massierte es.

Du hast ihr einfach zu viele Freiheiten gelassen, warf er sich vor. Müde schloß er die Augen. Sobald er seine Schwester wieder in Sicherheit gebracht hatte, würde er hier einiges ändern.

Es war Zeit, daß sie beide die Vergangenheit vergaßen, und jeder die ihm zustehenden Aufgaben auf der Burg übernahm. Zu lange schon hatten sie ihr Leben von den Geschehnissen dieser furchtbaren Nacht beeinflussen lassen.

Seine Gedanken kehrten wieder zurück zu der Zeit vor vier Jahren, als es soviel Blutvergießen gegeben hatte und er Lizanne nicht hatte helfen können.

Mit zwanzig Mann waren sie im Morgengrauen über sie hergefallen. Gilbert und seine Männer griffen zwar sofort nach ihren Schwertern, aber es war zu spät.

Überall um sich herum hörte Gilbert die Rufe der kämpfenden Männer und ihre Todesschreie, als sie starben. Sein Schwert war voller Blut, der erste Angreifer lag tot zu seinen Füßen, und er richtete seine Aufmerksamkeit auf die beiden Gegner, die sich ihm näherten. Eiskalte Wut erfüllte ihn und gab ihm die Kraft, sich gegen sie zu wehren, als sie zusammen auf ihn einschlugen.

Es gelang ihm, sie zurückzudrängen. Die grimmige Befriedigung, die er fühlte, als er den kleineren Mann mit

105

einem gewaltigen Hieb tötete, war nicht von langer Dauer. Das Schwert des anderen bohrte sich in sein Bein, und er fiel auf die Knie.

Der Schmerz war unerträglich, aber er durfte nicht aufgeben. Nur ein Gedanke trieb ihn weiter: Er mußte seine Schwester schützen. Mühsam kam er wieder auf die Beine und konnte gerade noch rechtzeitig den Schlag abwehren, der sein Ende bedeutet hätte.

Während er noch kämpfte, bemerkte er im Augenwinkel eine Gestalt mit blondem Haar, das sogar in der Dunkelheit hell leuchtete. Aber er hatte keine Zeit, sich den neuen Gegner näher anzusehen, denn der Angreifer, mit dem er es zu tun hatte, drang wieder auf ihn ein.

Der starke Schmerz und der Blutverlust hatten Gilbert geschwächt. Die Hand, die das Schwert führte, wurde schwerer, und ihm wurde schwarz vor Augen. Wie blind schlug er um sich. Sein Schwert hatte Kontakt, aber er wußte nicht, womit. Im gleichen Augenblick durchfuhr ihn ein glühendheißer Schmerz in der Brust. Mit einem Schrei brach er zusammen, das Schwert immer noch in der Hand. Und als sich die Dunkelheit langsam über ihn senkte, hörte er den Schrei, den er sein Lebtag nicht mehr vergessen würde.

Lizanne!

Er kämpfte gegen die Finsternis an, die ihn zu verschlingen drohte, aber sie war stärker. Bevor er unterging, klammerte er sich an einen Gedanken: Rache!

Gilbert entfuhr ein keuchender Laut, er riß die Augen auf und umfaßte die Lehnen des Sessels so fest, daß die Knöchel seiner Hand weiß wurden.

Das war es! Obwohl er den Anführer der Banditen nur ganz kurz gesehen hatte, hatte Lizanne ihn doch genau beschrieben. War er es wirklich? Hellblondes Haar war äußerst selten.

Nachdenklich schüttelte er den Kopf. Warum sollte sich ein

Adliger als Räuber verkleiden? Der Gedanke war mehr als abwegig, aber ihm fiel kein anderer Grund für Lizannes Verhalten ein. Hatte sie nicht von ganzem Herzen geschworen, daß sie sich eines Tages an dem Mann für das Leid rächen würde, das er über ihre Familie gebracht hatte?

Und warum hatte Wardieu sie entführt? Was hatte er mit ihr vor? Gilbert brauchte über die Antwort auf diese Frage nicht lange nachzudenken. Er würde sie töten. War sie vielleicht schon tot?

Er sprang auf, verließ sein Gemach und eilte die Treppe hinunter. Jetzt war nicht die Zeit zum Ausruhen. Er und seine Männer würden noch in dieser Nacht reiten.

107

9. Kapitel

»Ihr habt noch nie eine Wunde behandelt?« fragte Ranulf Lizanne ungläubig.

»Nur den einen oder anderen Kratzer.«

Er runzelte die Stirn. »Das gehört aber normalerweise zu den Aufgaben einer Burgherrin.«

Sie blickte zur Seite. »Das stimmt«, gab sie zu, »aber ich habe diese Pflichten schon lange aufgegeben.«

Ranulf wußte es besser. Samuel hatte ihn bestimmt nicht angelogen. Aber er würde ihr Spiel mitspielen – jedenfalls vorerst.

»Dann muß ich es Euch wohl beibringen.« Belustigt beobachtete er, wie sie entrüstet das Gesicht verzog.

»Nein!« Sie schüttelte den Kopf und wich zurück. »Wenn ich Blut sehe, werde ich ohnmächtig. Das wollt Ihr doch nicht, oder?«

Er umfaßte ihre Hand und zwang sie, sich neben ihn zu setzen. Er legte die Hand auf sein bandagiertes Bein.

»Es ist fast verheilt«, versicherte er. »Es war ein sauberer Stich – erinnert Ihr Euch denn nicht mehr?«

Sie schlug die Augen nieder. »Wenn Ihr mich nicht angegriffen hättet, wäre es nicht geschehen.«

»Nein, es wäre nicht geschehen, wenn Ihr mich nicht gefangengehalten hättet.«

Mit zusammengekniffenen Lippen wickelte sie vorsichtig den Verband ab.

Sie beugte sich über das Bein und untersuchte die Wunde. Lizanne war jetzt nur noch eine Heilkundige und dachte an nichts anderes mehr. Die Wunde war tatsächlich fast verheilt dank Lucys feiner Stiche, mit denen sie sie genäht hatte. Und sie konnte auch keine Rötung oder Schwellung mehr entdecken – ein sehr gutes Zeichen.

Ranulf hielt ihr einen kleinen Topf hin. Lizanne nahm ihn entgegen und wunderte sich, warum er ihr so bekannt vorkam. Stirnrunzelnd öffnete sie ihn und blickte auf eine cremige, weiße Salbe. Sie hatte einen leicht stechenden Geruch. Es war eine ihrer eigenen Salben.

Ihr Kopf schnellte hoch. »Woher habt Ihr das?«

Er grinste. »Von Lord Bernards Frau. Ihre Cousine hat die Salbe für ihren Haushalt gemischt – sie soll übrigens eine hervorragende Heilkundige sein.«

Er wußte es.

Mit zusammengepreßten Lippen starrte sie den verhaßten Mann an. »Was hat Euch meine Cousine sonst noch erzählt?«

»Ihr gebt Euch aber schnell geschlagen, Lizanne«, sagte er mit gespielter Enttäuschung. »Ich dachte, wir spielen dieses Spiel noch ein bißchen weiter.«

Sie ignorierte seine spöttischen Worte. »Ihr habt meine Frage nicht beantwortet.«

Er ließ sie noch ein wenig länger zappeln. Als er sich schließlich doch herabließ, ihr zu antworten, beugte er sich verschwörerisch nach vorne und flüsterte in ihr Ohr: »Ich wage nicht, ihre genauen Worte zu wiederholen, aber es hat ganz den Anschein, als ob die Dame nicht gerade große Zuneigung für ihre Cousine empfindet.«

Lizanne keuchte. Sie hatte bemerkt, daß Ranulf sich ein Lachen kaum verkneifen konnte. Dieser Schuft machte sich über sie lustig!

»Ihr seid verabscheuungswürdig und ein Lügner!«

Der amüsierte Ausdruck auf seinem Gersicht verschwand. Er legte seine Hand unter ihr Kinn. »Nein, Lizanne, Ihr habt mich belogen. Ich möchte jetzt Euer

Wort, daß Ihr mir keine Lügen mehr auftischt und Euch ab jetzt vernünftig benehmen werdet – wie eine Lady!«

Sie schlug seine Hand weg. »Was immer ich zu meinem Schutz tun muß, werde ich tun. Und dazu gehört mit Sicherheit nicht, daß ich mich wie eine Lady benehme.«

Seine Augen verengten sich. »Euer Wort!«

»Wenn Ihr glaubt, daß ich ein unter Zwang gegebenes Wort halte, dann seid Ihr noch dümmer als ich gedacht habe.« Wütend drückte sie beide Hände gegen seine Brust und stieß ihn zurück. Dann beugte sie sich wieder über die Wunde und trug die Salbe auf. »Ich brauche Verbandszeug.«

Ranulf reichte ihr frische Tücher.

Sie nahm sie und bandagierte sein Bein mit kundigen Händen. »In zwei Tagen werde ich die Fäden ziehen«, sagte sie, als sie fertig war.

»Dann hegt Ihr keine Fluchtgedanken mehr?«

Sie zögerte, schüttelte dann aber den Kopf. »Ich habe keine bestimmten Fluchtpläne. Ich warte einfach auf die nächste Gelegenheit. Ihr werdet mir eine geben, da bin ich sicher.«

»Nein, das werde ich nicht.« Er stand auf und zog seine Hose an. »Ihr werdet mich nicht ein zweites Mal zum Narren halten.«

»Habe ich das wirklich erst einmal getan?«

»Lizanne!« Er machte einen Schritt auf sie zu.

Nur ein Ruf von draußen rettete Lizanne vor seinem Zorn. »Mylord, kann ich eintreten?«

Ranulf warf ihr einen warnenden Blick zu. »Ja, Walter.«

Der Ritter betrat das Zelt. Er bedachte Lizanne mit keinem Blick.

»Die Patrouille, die Ihr ausgeschickt habt, ist zurück«, informierte er seinen Lehensherrn.

»Und?« Ungeduldig drehte Ranulf Lizanne demonstrativ den Rücken zu.

Walter blickte Lizanne aufmerksam an, wars ihr nicht entging.

»Keine Spur, Mylord.«

»Wovon keine Spur?« fragte Lizanne, die ihre Neugierde nicht zügeln konnte.

»Das geht Euch gar nichts an«, wies Ranulf sie barsch zurecht.

»Das stimmt nicht!« protestierte sie und stemmte die Hände in die Hüften. »Ich möchte schon wissen, ob mein Bruder uns verfolgt.«

Langsam drehte er sich um. »Widersprecht mir nicht immer!«

Aufgebracht ging sie mit großen Schritten zur Truhe hinüber und ließ sich darauf fallen. Sie zog die Beine an und funkelte die beiden Männer finster an.

Ranulf war versucht, ihr eine Lektion in damenhaftem Benehmen zu erteilen, besann sich aber dann doch eines Besseren. Statt dessen wandte er sich wieder Walter zu, und die beiden Männer begannen, sich über die Vorbereitungen für die morgige Weiterreise zu unterhalten.

»Wohin reiten wir?« wollte Lizanne wissen, als sie die Namen Henry und Eleanor vernahm. Die beiden Männer taten so, als ob sie ihre Frage überhaupt nicht gehört hätten.

Ranulf begleitete Walter zum Zelteingang. Sie wechselten noch ein paar leise Worte, dann verabschiedete sich der Ritter.

Wütend wandte sich Ranulf an Lizanne. »Ihr werdet mir keine weiteren Fragen stellen! Und Ihr werdet mir in Gegenwart meiner Männer den mir zustehenden Respekt erweisen!«

»Ja, *Mylord*. Aber erst, wenn Ihr ihn verdient habt.«

In Sekundenschnelle war er bei ihr. Er riß sie hoch, setzte sich auf die Truhe und legte sie über sein Knie.

Lizanne war zuerst zu verblüfft, um an Gegenwehr zu denken. Aber als sie sich von ihrer Überraschung erholt hatte, begann sie, wie wild um sich zu schlagen. Allerdings ohne Erfolg.

Ranulf hielt sie mit einer Hand fest und hieb ihr mit der anderen fest auf ihr Hinterteil.

Lizanne schrie auf und wehrte sich noch entschlossener.

»Eins«, zählte er und schlug sie wieder, »zwei. Werdet Ihr mir jetzt gehorchen?«

»Nein!«

Wieder schlug er zu. »Und jetzt?«

Lizanne stellte ihren Widerstand ein, schüttelte aber energisch den Kopf.

Wieder versetzte er ihr einen Schlag. »Und?«

Sie zögerte, und als sie schließlich mit »nein« antwortete, war ihre Stimme tränenerstickt.

Er hatte erneut zum Schlag ausgeholt, aber ihre Stimme ließ ihn unschlüssig werden. Er seufzte tief, drehte sie um und zog sie in seine Arme. Obwohl sie sich wehrte, drückte er ihren Kopf gegen seine Brust.

»Ihr habt mich geschlagen«, schluchzte sie anklagend.

»Nein, ich habe Euch den Hintern versohlt – das ist ein Unterschied.«

»Und warum habt Ihr mich nicht geschlagen?« fragte sie herausfordernd. »Immerhin seid Ihr ein kaltblütiger Schuft!«

»Ich bin weder kaltblütig noch ein Schuft, Lizanne. Jeder andere Mann hätte Euch für Euer unverschämtes Benehmen geschlagen.«

»Und warum habt Ihr es nicht getan?«

Ranulf dachte über ihre Frage nach. Eine Frau zu schlagen war etwas, was ihm nie in den Sinn kommen würde. «Obwohl ich schon viele Männer töten mußte«, sagte er schließlich, »habe ich noch nie einer Frau Leid zugefügt.«

Sie versteifte sich. »Euch einer Frau mit Gewalt aufzudrängen, ist dann Eurer Meinung nach kein Leid?«

Er schob sie von sich und sah ihr in die Augen. »Ich habe mich Euch nicht aufgedrängt, Lizanne, und ich werde es auch nicht. Wenn wir uns lieben – und das werden wir –, dann nur mit Eurer Zustimmung.«

112

Sie wich seinem Blick aus. Es stimmte. Er hatte sich ihr nicht aufgedrängt, genau wie er es versprochen hatte. Er hatte auch keine weiteren Zärtlichkeiten von ihr gefordert. Zu ihrer Verwirrung fiel es ihr immer schwerer zu glauben, daß dies der Mann war, der sie vor vier Jahren vergewaltigen wollte.

»Aber jetzt haben wir genug geredet, Lizanne. Morgen ist wieder ein langer Tag. Zieht Euch aus und geht ins Bett«, befahl Ranulf und ließ sie los.

Lizanne sprang auf. »Es ist zu kalt ohne Kleidung.« Mit einer dramatischen Geste legte sie ihre Arme um sich.

»Keine Widerrede«, sagte er ungeduldig. »Zieht Euch aus.« Er stand auf, drehte ihr den Rücken zu und öffnete seine Truhe. Als er sich wieder umdrehte und sie immer noch vollständig angezogen war, verfinsterte sich sein Gesicht.

Beschwichtigend hob Lizanne beide Hände. »Ich weiß, ich weiß. Wenn ich es nicht tue, dann tut Ihr es. Stimmt's?«

Er nickte.

Seufzend öffnete sie ihr Kleid und zog es über den Kopf.

Er zeigte auf ihr Hemd. »Das auch.«

Ohne ihre Empörung zu verbergen, zog sie auch das zweite Kleidungsstück aus, lief blitzschnell zum Bett, glitt unter die Decke und zog sie bis zum Kinn hoch.

»Ihr könnt das hier tragen.« Ranulf hielt ein langes Hemd hoch, das er aus der Truhe geholt hatte, und warf es auf das Bett.

Sie war verblüfft. Wieso auf einmal diese Rücksicht? Aber sie wußte, daß es sinnlos war, über seine Motive nachzudenken. Dankbar nahm sie das Kleidungsstück und zog es schnell über den Kopf.

»Ich habe noch etwas zu erledigen«, sagte er. »Seht zu, daß Ihr etwas Schlaf bekommt. Wir haben morgen einen langen Ritt vor uns.«

»Wann kommt Ihr wieder?« wollte sie wissen und bemühte sich dabei, so gleichgültig wie nur irgend möglich zu klingen.

»Bald. Ihr braucht Euch keine Sorgen zu machen. Aaron und Harold sind draußen vor dem Zelt. Wenn Ihr etwas benötigen solltet, sagt nur Bescheid.«

Sie verstand die versteckte Warnung. »Wegen mir brauchen sie sich nicht die Nacht um die Ohren zu schlagen«, gab sie schnippisch zurück. Sie zog die Decke wieder hoch, legte sich auf die Seite und drehte ihm den Rücken zu.

✳

Ranulf kam erst Stunden später zurück. Leicht benommen von seinem Versuch, sein Verlangen nach Lizanne mit Alkohol zu betäuben, taumelte er ins Innere des Zeltes, wo nur eine Kerze brannte.

Er zog sich noch im Gehen aus und ließ die Kleidungsstücke achtlos auf den Boden fallen. Beim Bett angekommen, setzte er sich auf den Rand und blickte auf Lizanne. Sie lag auf der Seite, ihre langen, nackten Beine waren fast bis zur Brust hochgezogen, und ihr Po zeichnete sich nur zu deutlich ab. Sofort erwachte sein Verlangen wieder.

Er beugte sich vor und ließ seine Hand über ihren Oberschenkel und dann zur Wade gleiten. Die Haut fühlte sich heiß und feucht an. Er zog die Hand zurück und rieb seinen Daumen gegen die Fingerspitzen. Langsam merkte auch sein umnebeltes Gehirn, daß irgend etwas nicht stimmte.

Stirnrunzelnd legte er seine Hand auf ihre Schulter und merkte, wie ihr glühender Körper unter seiner Berührung erzitterte. Dann wimmerte sie, und dieser leise, bis ins Mark gehende Laut erschreckte ihn zutiefst.

»Lizanne«, rief er und drehte sie auf den Rücken.

Sollte er sie wecken oder nicht? Er berührte ihr Haar und stellte fest, daß es feucht war. Einzelne Strähnen klebten an ihrem Gesicht. Als er sie ihr aus dem Gesicht streichen wollte, schlug sie wie wild nach ihm und schrie gellend. Einen Augenblick später sank sie in sich zusammen und begann zu schluchzen.

Er packte ihre Schultern und schüttelte sie.

»Nein!« schrie sie und versuchte, sich loszureißen.

Er rief wieder ihren Namen und schüttelte sie noch stärker. Wieder schlug sie um sich und traf dabei sein Gesicht. Der Ring an ihrem Finger hinterließ einen kleinen, blutenden Riß an seiner Wange.

Er legte eine Hand auf die Wunde und bemerkte, wie das Blut über seine Finger lief. Gütiger Gott, nicht schon wieder! Und noch während er darüber nachdachte, wie viele Wunden sie ihm wohl noch beibringen würde, zog er sie sanft auf seinen Schoß.

Immer noch weinend klammerte sie sich an ihm fest.

»Lizanne«, flüsterte er und strich ihr über das Haar. »Ihr seid in Sicherheit.«

Er glaubte gesehen zu haben, daß sie den Kopf schüttelte, aber er war sich nicht ganz sicher. Er hob ihren Kopf und küßte sie leicht auf die Schläfen und die Augenlider. Schließlich versiegten ihre Tränen.

Sie immer noch im Arm haltend, legte Ranulf sich zurück. Sofort kuschelte sie sich fester an ihn und legte ein Bein über ihn. Dabei streifte ihr Schenkel seine Männlichkeit, die sofort darauf reagierte. Stöhnend schob er ihr Bein wieder nach unten.

Sie murmelte etwas Unverständliches und zog das Bein wieder hoch.

Ranulf verfluchte die Tatsache, daß der Wein und der Met, den er getrunken hatte, wenig dazu beigetragen hatten, sein Verlangen nach ihr zu dämpfen. Er fand sich damit ab, daß er in dieser Nacht nur wenig Schlaf bekommen würde. Er starrte in die Dunkelheit und fragte sich, ob er jemals mit Lizanne in seinem Bett eine Nacht durchschlafen könnte. Bei diesem Gedanken mußte er lächeln. Wenn die Umstände anders gewesen wären, hätte er auch gar keinen Wert darauf gelegt.

10. Kapitel

Früh am nächsten Morgen machten sie sich auf den Weg. Ranulf dachte noch lange über Lizannes Alptraum nach. Er sprach nicht mit ihr darüber, denn als sie wissen wollte, woher der Schnitt an seiner Wange kam, wurde ihm klar, daß sie sich an die Ereignisse der Nacht nicht erinnern konnte.

Am frühen Nachmittag erreichten sie die Burg von Sir Hamil Forster, Lord Bernards Vasallen. Obwohl Ranulf am liebsten sofort nach Hause zurückgekehrt wäre, hatte er keine andere Wahl, als die Anweisungen des Königs zu befolgen. Auf jeden Fall wollte er den Streit zwischen den beiden Parteien so schnell wie möglich schlichten.

Sir Hamil hatte sich erdreistet, diese Burg, sie gehörte Baron Langdon, für sich zu beanspruchen. Hätte der Vasall nicht so enge familiäre Bindungen zu König Henry gehabt, dann hätte Langdon die Angelegenheit mit der Waffe ausgefochten, was sehr wahrscheinlich mit der Gefangennahme und Hinrichtung von Sir Hamil geendet hätte. Aber Langdon hatte sich klugerweise an den König gewandt und ihn gebeten, ihm bei der Vertreibung des auf Abwege geratenen Ritters zu helfen. Da Henry anderweitig beschäftigt war, hatte er Ranulf geschickt, um die Sache aus der Welt zu schaffen.

Da sie erwartet wurden, erhielten Ranulf und eine Gruppe seiner Männer die Erlaubnis, die Burg zu betreten. Den anderen wurde der Eintritt verwehrt.

»Ich erwarte von Euch absoluten Gehorsam, Lizanne«,

sagte Ranulf, nachdem sie abgestiegen waren. Er winkte Geoff, der sie am Arm packte und festhielt. Empört versuchte sie, sich loszureißen, aber Geoff war zu stark. Sie wollte laut gegen diese Behandlung protestieren, doch der Knappe legte ihr eine Hand auf den Mund und zischte ihr eine wütende Warnung ins Ohr.

»Baron Wardieu«, hörte sie ihren Gastgeber sagen, und sie gab ihren Widerstand auf, um ja kein Wort zu verpassen. »Willkommen auf Killian.«

»Es war eine lange Reise«, entgegnete Ranulf. »Meine Männer sind müde. Sie sollten schnellstmöglich untergebracht werden.«

»Man wird sich sofort um sie kümmern. Ich habe die Köche angewiesen, eine Mahlzeit vorzubereiten.«

Ranulf nickte dankend.

»Ich muß mich für den Empfang entschuldigen«, fuhr Sir Hamil fort, »aber wir haben Euch schon vor Tagen erwartet und hatten schon gedacht, Ihr würdet nicht mehr kommen.«

»Ich bin aufgehalten worden«, erklärte Ranulf knapp.

»Wie weit sind die Verhandlungen gediehen?«

Ranulfs eisiges Schweigen sagte mehr als alle Worte. »Wir sprechen später davon«, sagte er schließlich kurz angebunden. »Ich würde jetzt gern ein Bad nehmen.«

»Selbstverständlich. Kommt, ich gehe voraus.«

Ranulf und Walter folgten ihrem Gastgeber in den Hauptturm.

Geoff nahm die Hand von Lizannes Mund. »Kein Wort«, warnte er und zog sie hinter sich her.

Die Große Halle war riesig, und Lizanne betrachtete beeindruckt die Teppiche, die von den Wänden hingen. Aber Sir Hamils nächster Satz ließ sie aufmerksam werden.

»Meine Tochter Elspeth wird Euch Eure Kammer zeigen, Baron Wardieu.«

Lizanne verrenkte sich den Hals, um die Frau besser

sehen zu können, die Sir Hamil gerade vorgestellt hatte. Obwohl sie von Ranulfs großem Körper halb verdeckt wurde, erkannte Lizanne auf den ersten Blick, daß die Frau wunderschön war.

Langes, glattes braunes Haar, das Lizanne sofort vor Neid erblassen ließ, umrahmte ein herzförmiges Gesicht mit großen Augen. Obwohl sie klein war – sie ging Ranulf gerade bis zur Brust –, war ihr Körper makellos und so unbeschreiblich weiblich, daß Lizanne, ohne zu wissen warum, ganz unruhig wurde.

»Ich hoffe, daß Eure Reise ohne Zwischenfälle verlaufen ist, Mylord?« fragte Elspeth mit honigsüßer Stimme. Lizanne knirschte mit den Zähnen.

»Leider nicht.« Ranulf beugte sich über ihre Hand und küßte sie.

Lizanne empfand ein plötzliches, schmerzhaftes Gefühl der Leere, das sie sich nicht erklären konnte.

»Eifersüchtig?« flüsterte Geoff ihr ins Ohr.

Sie fuhr herum und blickte ihn giftig an. Der Knappe zuckte mit keiner Wimper. »Besser er nimmt sie mit in sein Bett als mich«, flüsterte sie zurück.

Er grinste. »Ich glaube nicht, daß er das tun wird. Sie ist schließlich eine Lady.«

Seine bissige Bemerkung verletzte Lizanne. Ihr traten Tränen in die Augen. Sie senkte den Kopf und starrte auf den Boden.

Elspeths nächste Worte rissen sie aus ihrer Erstarrung. »Ihr reist mit einer Lady, Mylord?«

Ranulf drehte sich nach Lizanne um und tat so, als ob er sie ganz vergessen hätte. Verächtlich ließ er den Blick über sie wandern. Dann drehte er sich wieder zu Elspeth um. »Nein.«

»Was ist sie dann?« Elspeth zeigte auf Lizanne.

Plötzlich stand Lizanne im Mittelpunkt der Aufmerksamkeit. Sie war sich ihrer unordentlichen Kleidung und

Haare schmerzlich bewußt und wäre am liebsten in den Boden versunken.

Ranulf überlegte. »Ein Dienstmädchen«, antwortete er schließlich.

Lizanne keuchte und wollte protestieren, aber Geoff grub seine Finger in ihren Arm. Sie biß die Zähne zusammen und richtete ihren Blick starr auf die Frau.

Elspeth wandte ihre Aufmerksamkeit wieder Ranulf zu und lächelte kokett. »Ihr müßt ein reicher Mann sein, Mylord, wenn Ihr schon Eure Dienstboten so erlesen kleidet.«

Sir Hamil mischte sich ein. »Elspeth, zeige Baron Wardieu seine Kammer – und nimm ein Mädchen mit. Sie soll sich um ein Bad kümmern.«

»Das ist nicht notwendig«, unterbrach Ranulf schnell. »Mein Dienstmädchen Lizanne kümmert sich um all meine Bedürfnisse.«

Elspeth zog die Augenbrauen hoch, als sie erst Ranulf und dann Lizanne ansah. Mit einem wissenden Lächeln auf den Lippen drehte sie sich dann um und führte die Besucher zur Treppe.

Mit einer vor Wut kochenden Lizanne im Schlepptau folgte Geoff der Gruppe.

»Es ist nicht groß«, sagte Elspeth gerade, als Geoff und Lizanne den engen Gang entlangkamen. »Aber gut eingerichtet, wie Ihr sehen könnt, Mylord.«

»Es ist mehr als ausreichend, danke.«

»Ich werde heißes Wasser für Euer Bad heraufbringen lassen«, fuhr Elspeth fort. »Wenn Ihr noch etwas benötigen solltet, gebt mir Bescheid, ich werde mein Bestes tun, um Euch zufriedenzustellen.«

Lizanne sträubten sich die Haare. Am liebsten hätte sie der Lady einen Schlag auf die kleine Nase verpaßt.

Mit einem gewinnenden Lächeln und mit schwingenden Hüften verließ Elspeth das Gemach. Ranulf brachte sie zur Tür.

»*Meine Zähne sind wenigstens gerade*«, tröstete sich Lizanne, der Elspeths schiefes Gebiß nicht entgangen war.

»Lizanne!« Ranulf riß Lizanne aus ihren Gedanken.

»Was ist?« fragte sie streitlustig.

»Kommt herein.«

Geoff zog sie nach vorn und gab ihr noch einen kleinen Stoß.

Lizanne rieb die Stelle, an der der Knappe sie festgehalten hatte, und schlenderte aufreizend langsam an Ranulf vorbei. Dabei schwenkte sie übertrieben die Hüften als Parodie auf Elspeth.

Das Bett war der größte Einrichtungsgegenstand im Raum. Obwohl Lizanne sich gerne hingelegt hätte, gab sie ihrem Verlangen nicht nach, sondern blieb mit vor der Brust verschränkten Armen breitbeinig in der Mitte des Raumes stehen. Sie wartete, bis Ranulf die Tür hinter sich geschlossen hatte. Wie zwei Gegner standen sie sich gegenüber.

Lizanne bewegte sich als erste. Sie rannte auf Ranulf zu und warf sich mit ihrem ganzen Gewicht gegen ihn. Aus dem Gleichgewicht gebracht, fielen beide gegen die Tür. Ranulf schaffte es gerade noch, festen Halt zu finden, als Lizanne schon ihren wütenden Angriff fortsetzte.

Er ignorierte die Schmerzen, die ihre Zähne, Nägel, Fäuste und Beine ihm zufügten. Er packte sie mit festem Griff um die Taille, hob sie hoch und warf sie aufs Bett.

Keuchend richtete sie sich auf und wollte wieder auf ihn losgehen, aber er war schneller. Er hob einen Fuß, setzte ihn auf ihre Brust und drückte sie zurück.

»Hört auf zu kämpfen«, befahl er.

Sie ignorierte ihn, griff nach seinem Fuß und wollte ihn wegschieben, aber es gelang ihr nicht.

Es war nicht das erste Mal, daß Ranulf sich über ihre unglaubliche Zähigkeit wunderte. Gott, würde sie denn nie müde werden?

Er lachte leise. Ja, so wütend hatte er sie noch nie gesehen, und dabei hatte er gedacht, daß er ihren schlimmsten Temperamentsausbruch schon hinter sich hatte.

War vielleicht Eifersucht mit im Spiel? überlegte er. Er hatte gesehen, wie sie Elspeth angeblickt hatte – und dann ihre Parodie auf die Frau.

Schließlich gab Lizanne den Kampf auf und drehte den Kopf zur Seite. »Wie könnt Ihr es wagen, mich als Dienstmädchen zu bezeichnen?« fragte sie ihn mit heiserer Stimme. »Und ... und anzudeuten, ich sei Eure Geliebte. Auch wenn Ihr es nicht glaubt – ich bin eine Lady!«

»Seit wann denn das?«

Sie richtete ihren Blick fest auf ihn. »Ich bin Lady Lizanne Balmaine von Penforke.«

Kopfschüttelnd nahm er den Fuß von ihrer Brust, blieb aber wachsam. »Nein, Lizanne.Durch Euer Verhalten habt Ihr das Anrecht auf diese Anrede verspielt.«

Sie richtete sich auf und unterdrückte die Tränen, die ihr in die Augen traten. Er sollte ihre Schwäche nicht sehen. »Wenn ich Eurer Meinung nach schon keine Lady bin, dann bin ich aber noch lange nicht Eure Dienstbotin – geschweige denn Eure Geliebte!«

»Doch, das seid Ihr«, widersprach er. »Vergeßt nicht, daß Ihr meine Gefangene seid. Als solche kann ich Euch zu allem machen, was ich will – Dienstbotin, Geliebte oder beides.«

Ein Klopfen an der Tür unterbrach ihren hitzigen Wortwechsel.

»Herein«, rief Ranulf.Drei Dienstmädchen betraten den Raum. Jedes von ihnen trug einen großen Kübel mit heißem Wasser. Mit abgewandten Augen gossen sie es in die hölzerne Wanne, die vor dem Kamin stand, und zogen sich dann eilig zurück.

Weder Lizanne noch Ranulf sprachen in den nächsten Minuten, während die Mädchen noch zweimal wiederkamen und die Wanne ganz füllten.

Ranulf dankte ihnen, lächelte über ihr Gekicher und

schloß die Tür hinter ihnen. Ohne Lizanne anzusehen, ging er zur Wanne, kehrte ihr den Rücken zu und zog sich aus.

Errötend blickte Lizanne auf ihre Hände. Es war nicht nur Furcht, die sie überkam. Es war noch etwas anderes. Etwas Neues, noch nie Erlebtes, das sie mehr erschreckte als der Gedanke, daß er sie vielleicht vergewaltigen könnte.

Erst als sie hörte, wie er in die Wanne stieg, sah sie wieder auf. Er war untergetaucht. Als er wieder hochkam, war sein langes Haar tropfnaß.

In den nächsten Minuten wusch er sich gründlich. In der Zwischenzeit wurde auch seine Truhe hereingebracht.

»Ihr könnte mir die Haare waschen«, befahl er.

Es war nicht seine Person, die sie dazu brachte zu gehorchen. Es war der Anblick des Dolches inmitten seiner auf einem Stuhl abgelegten Kleidung – der Dolch, mit dem sie sich in Penforke verteidigt hatte.

Warum hatte sie noch nicht früher bemerkt, daß er ihn trug? Sie hatte seit langem nicht mehr an die Waffe gedacht. Er hatte ihn also doch an sich genommen. Und als sie ihren Schwertkampf ausgefochten hatten, hatte er ihn auch getragen. Sie erinnerte sich gut an den Blick in seinen Augen, als er auf sie zugegangen war und von ihr verlangt hatte, ihre Abmachung einzuhalten. Jetzt verstand sie ..., und sie wurde wütend.

Sie stand langsam auf und ging auf ihn zu, während sie fieberhaft nachdachte. Mit abgewandtem Blick kniete sie neben der Wanne nieder und nahm die Seife, die er ihr reichte. Während sie sein Haar wusch, überlegte sie, wie sie am besten an die Waffe kommen würde.

Aber was sollte sie mit dem Dolch anfangen, wenn sie ihn in der Hand hatte? Würde er sie freilassen, wenn sie ihn bedrohte? Wohl kaum, aber sie mußte es einfach versuchen.

»Fertig«, sagte sie schließlich. »Es kann jetzt ausgespült werden.«

Er zeigte auf einen Kübel neben dem Stuhl, der sauberes Wasser enthielt. »Nehmt das.«

Für einen Moment aus dem Konzept gebracht, starrte Lizanne auf den Kübel, doch gleich darauf reagierte sie. Sie griff nach ihm und goß Ranulf das ganze Wasser über den Kopf, das zusammen mit der Seife in Strömen über sein Gesicht lief. Dann warf sie den Kübel zur Seite, sprang auf und griff nach ihrem Dolch. Aber sie hatte keine Gelegenheit, ihn aus der Scheide zu ziehen. Ranulfs Hand packte sie und brachte sie aus dem Gleichgewicht. Mit einem lauten Schrei fiel sie mit dem Gesicht nach unten in die Wanne und landete auf ihm, während das Wasser über ihr zusammenschlug.

Prustend tauchte sie wieder auf, nur wenige Zentimeter von Ranulfs Gesicht entfernt. Kalte Wut spiegelte sich in seinen Augen wider.

»Ich hätte Euch getötet«, verkündete sie, obwohl sie genau wußte, daß sie noch nie eine größere Lüge erzählt hatte.

Ranulf fragte sich, ob er sich nicht doch in ihr getäuscht hatte. Vielleicht war sie tatsächlich in der Lage, zu töten. Aber er glaubte nicht daran. »Eure Warnung, daß ich auf meinen Rücken aufpassen soll, war sehr wertvoll«, brachte er schließlich heraus. »Dafür habt Ihr etwas gut.«

Sie belegte ihn mit lauten Flüchen und schlug wie wild um sich, so daß das Wasser in der Wanne überschwappte.

Ohne Vorwarnung drückte er ihren Kopf unter Wasser. Er zählte bis zehn und ließ sie dann los. Keuchend kam sie an die Oberfläche.

»Wie könnt Ihr es wagen! Ihr boshafter ... Ihr ...«

Ranulf mußte feststellen, daß sie ihre Lektion immer noch nicht gelernt hatte. Er griff nach ihr, um sie ein zweites Mal unterzutauchen.

Sie sprang zurück und landete hart mit ihrem Hinterteil zwischen seinen Füßen, was sie aber nicht hinderte, ihm wütende Blicke zuzuwerfen.

Mit einer schnellen Handbewegung wischte sie sich das Haar aus dem Gesicht. »Das da«, sie zeigte auf den Dolch, »gehört mir.«

»Nein, jetzt nicht mehr.« Ranulf griff zur Seite, holte die Waffe aus der Scheide und hielt sie vor sich. »Er gehört jetzt mir, Lizanne. Und ich werde nie vergessen, woher ich diesen Dolch habe.«

Seine Drohung stand eine lange Zeit zwischen ihnen. Schließlich nahm Lizanne ihren ganzen Mut zusammen und sagte: »Ich hasse Euch!«

»Das ist ja wohl offensichtlich«, erwiderte er. »Aber Ihr solltet eines bedenken, Lizanne: Haß ist ein genauso starkes Gefühl wie die Liebe. Paßt auf, daß Ihr beides nicht verwechselt.« Mit diesen Worten erhob er sich aus der Wanne.

Darauf fiel Lizanne keine Antwort ein. Zutiefst verwirrt senkte sie den Kopf, damit sie seinen nackten Körper nicht sehen mußte.

Was hatte er bloß damit gemeint? Glaubte er etwa, daß sie sich in ihn verliebt hatte? Glaubte er wirklich, daß sie so für einen Mann fühlen konnte, den sie früher am liebsten tot gesehen hätte? Nie würde sie diesen Mann lieben können. Ein Verlangen nach seinem Körper spüren, das vielleicht, mußte sie schließlich ehrlich zugeben, aber Liebe? Sie schloß die Augen. Wenn er bloß nicht der Mann wäre, der Gilbert und ihr soviel Schmerz zugefügt hatte. Wenn ...

»Ihr seht aus wie eine nasse Ratte«, sagte er schonungslos, hob seine Kleider auf und begann, sich anzuziehen. »Wascht Euch und geht ins Bett. Wenn ich zurückkomme, will ich Euch nicht mehr in der Wanne vorfinden.«

»Ich wasche mich, wenn Ihr weg seid.«

»Auch gut. Aber tut es wirklich.« Er drehte sich um und verließ die Kammer, nicht ohne ihr dabei einen Blick auf die zwei Wachen zu ermöglichen, die vor der Tür postiert waren.

Draußen auf dem Gang zögerte Ranulf. Er achtete nicht auf die neugierigen Blicke seiner Männer, sondern lauschte angestrengt, ob aus der Kammer etwas zu hören war – ein Geräusch, das beweisen würde, daß Lizanne genau wie alle anderen Frauen auch weinen konnte.

Er mußte nicht lange warten, bis ein unterdrücktes Schluchzen an seine Ohren drang. Obwohl er es nicht mochte, wenn eine Frau weinte, erfreute es ihn, daß Lizanne verwundbar war, wenn sie es auch nie zugeben würde.

Er holte tief Luft, öffnete die Tür und betrat leise den Raum. Lizanne hörte ihn nicht. Sie hatte ihren Kopf in den Armen vergraben, die sie auf den Rand der Wanne gelegt hatte.

Ranulf blieb in der Nähe der Tür stehen und starrte auf ihr schwarzes Haar und ihre bebenden Schultern. Ein paarmal kam ein leiser, wimmernder Ton über ihre Lippen, und als sie erneut laut aufschluchzte, ging er zu ihr und kniete sich neben sie.

Dann streckte er die Hand aus und strich über ihre nassen Haare. Zu seiner großen Überraschung wehrte sie sich nicht, sondern versteifte sich nur.

Lizanne war so überrascht von Ranulfs Anwesenheit, daß sie nicht wußte, wie sie sich verhalten sollte. Fieberhaft versuchte sie, ihre Beherrschung wiederzugewinnen. Warum war er zurückgekommen? Um sie zu erniedrigen? Um über sie zu spotten, weil sie weinte? Freute er sich, sie so schwach zu sehen?

Nein, das konnte sie sich nicht vorstellen. Die Hand auf ihrem Haar spendete Trost und war keine Bedrohung. Das paßte so gar nicht zu dem kaltblütigen Mann, an den sie sich erinnerte. Wie konnte sich ein Mann so ändern?

Langsam hob sie den Kopf und sah ihm in die Augen.

Er lächelte und wischte eine Träne von ihrer Wange. »Ist es wirklich so schlimm?«

Schlimm? Nein, es war noch nicht schlimm genug. Darin lag ja ihr Problem. »Ich hätte Euch nicht getötet«, flüsterte sie, und ihre Stimme zitterte.

Sein Lächeln wurde breiter. »Ich weiß. Obwohl ich Euch immer noch nicht kenne, weiß ich doch eines: Ihr seid nicht das, was Ihr so angestrengt versucht zu sein.«

Stirnrunzelnd kaute sie auf der Unterlippe. »Ich verstehe Euch auch nicht, Ranulf Wardieu. Ihr seid nicht so, wie Ihr hättet sein müssen.«

»Und wie hätte ich sein müssen?«

Lizanne wußte, daß es besser gewesen wäre zu schweigen, aber die Worte rutschten ihr einfach heraus. »Teuflisch. Ein Mann ohne Gewissen. Ein Mann, der nur Vergnügen empfindet, wenn andere leiden. So hättet Ihr sein müssen. Deshalb habe ich Euch auch ...« Sie preßte die Lippen zusammen und blickte zur Seite.

»Eingesperrt, damit Ihr Euch an mir rächen könnt«, beendete er den Satz für sie. Er nahm ihre Hand. »Erzählt es mir, Lizanne. Was soll ich getan haben, das Euch soviel Schmerz bereitet hat?«

Mit Tränen in den Augen blickte sie wieder auf. »Ich kann nicht.« Die Qual in ihrer Stimme war unüberhörbar.

Obwohl er enttäuscht war, wußte Ranulf, daß sie sich ihm früher oder später anvertrauen würde. Also schluckte er seinen aufsteigenden Ärger hinunter. »Eines Tages werdet Ihr zu mir kommen, Lizanne. Ihr werdet mir vertrauen.« Dann zog er sie an sich.

Sie drückte ihr Gesicht an seine Brust und schwieg lange. Schließlich entgegnete sie: »Ich weiß. Und das ist es, was ich am meisten fürchte.«

Ranulf lächelte. Lizanne gestand es sich zwar nicht ein, aber ihre Antwort zeigte es: Sie begann bereits, ihm zu vertrauen. Es war ein Anfang.

»Man erwartet mich in der Halle.« Sanft schob er sie von sich.

Mit abgewandtem Blick entzog sie ihm ihre Hand und lehnte sich in der Wanne zurück.

»Ich werde Euch etwas zu essen heraufschicken lassen.«

Sie nickte. »Danke.«

Er wäre gerne noch bei ihr geblieben und hätte ihr beim Waschen zugesehen, aber er hatte andere Verpflichtungen, die wichtiger waren als sein Vergnügen. Er wandte sich ab und verließ den Raum.

11. Kapitel

Lizanne erwachte sehr früh am nächsten Morgen. Sie fror.

Nie hätte sie zugegeben, daß ihr das Gefühl von Ranulfs Körper, der sich gegen ihren Rücken schmiegte, fehlte. Sie blickte über ihre Schulter und stellte fest, daß sie allein im Bett lag. Diese Erkenntnis rief ganz tief in ihrem Inneren ein Gefühl hervor, über das sie lieber nicht nachdenken wollte.

Stirnrunzelnd richtete sie sich auf. Also hatte Ranulf woanders geschlafen. Unbewußt rümpfte sie die Nase, als sie sich vorstellte, daß er die Nacht mit einer der Mägde verbracht hatte – oder vielleicht sogar mit Elspeth. Sonderbarerweise freute sie der Gedanke gar nicht, daß er sich mit einer anderen Frau amüsiert hatte.

Seufzend knotete sie das Laken vor der Brust zusammen und stand auf. Sie ging zu ihren Sachen, die sie am Abend zuvor noch gewaschen und am Kamin aufgehängt hatte.

Das Kleid war noch etwas feucht, aber die anderen Sachen rochen frisch und sauber. Mit einem freudigen Lachen vergrub sie ihr Gesicht darin. Ihr war gar nicht klargewesen, wie sehr sie diesen frischen Geruch vermißt hatte!

Sie löste das Laken und ließ es auf den Boden fallen. Ihre Haut reagierte sofort auf die Kälte. Sie rieb ihre Arme und griff dann zitternd nach ihrem weichen Hemd.

Sie zog es über den Kopf und beeilte sich, die Bänder zu binden. Danach strich sie mit den Fingern durch das Haar. Es war ganz verfilzt. Ob Ranulf wohl den Kamm in seiner verschlossenen Truhe hatte?

Sie verzog das Gesicht. Gestern abend hatte sie bereits ihr Glück versucht, aber das Schloß hatte all ihren Bemühungen standgehalten. Nun, dann mußte es eben so gehen.

Sie warf das Haar über die Schulter nach vorn und begann es zu flechten. Sie hatte gerade die Hälfte geschafft, als das Sonnenlicht, das durch das Fenster hereinschien, weiterwanderte und auf den Mann fiel, der dem Kamin gegenüber zurückgelehnt in einem Sessel saß.

Sie erstarrte. Eine böse Vorahnung überfiel sie. Sie ließ ihren Blick von den ausgestreckten Beinen des Mannes bis hin zu seiner breiten Brust wandern. Und dann blickte sie direkt in Ranulfs dunkle Augen.

Er hatte die Nacht also doch nicht mit einer anderen verbracht! Ihr Gefühl der Erleichterung verflog schnell, als ihr voller Scham klarwurde, daß er sie nackt gesehen hatte. Sie ließ die Arme sinken und schlug die Augen nieder.

»Ihr seid schöner als ich es mir vorgestellt hatte«, sagte er schließlich, und seine Stimme war heiser vor Verlangen.

Wütend fuhr sie auf, aber sie wußte nicht, was sie entgegnen sollte.

Ranulf lächelte und streichelte mit seinen Augen jeden Teil ihres Körpers. Als er sie vor ein paar Minuten in voller Schönheit gesehen hatte, war er zu gebannt gewesen, um sich bemerkbar zu machen. In den letzten Tagen hatte er zwar schon viel von ihr gesehen, aber er hätte nie gedacht, daß ihr Körper – schlank und fraulich zugleich – so anziehend sein konnte.

Unter ihrer Haut zeichneten sich ihre Muskeln wie bei einer Raubkatze ab. Ihre langen Beine waren perfekt geformt. Und diese Brüste ..., voll, rund, mit dunklen Höfen ..., luden sie einen Mann zum Liebkosen ein. Ihr ganzer Körper war eine unbeschreibliche Mischung aus Kraft und Fraulichkeit. So etwas hatte er noch nie gesehen.

Sie starrten sich immer noch unverwandt an. Die so lange unerfüllt gebliebene mächtige Begierde wurde immer größer, wie eine Welle, die höher und höher stieg und über ihnen beiden zusammenschlug.

Lizannes Zorn hatte sich gelegt. An seine Stelle war ein anderes Gefühl getreten, das sie nicht benennen konnte. Sie sah nicht mehr ihren Feind vor sich, sondern nur noch den Mann, der sie gestern abend getröstet hatte. Sie sah den Mann, der nicht nur ihren Körper zum Brennen brachte, sondern auch tief in ihrem Herzen etwas berührt hatte.

Vergeblich versuchte sie, nicht in den verräterischen Wellen der Zuneigung zu ertrinken. Sie wich zurück und schüttelte den Kopf.

Begierde! Schonungslos fand sie einen Namen für dieses Gefühl. Du begehrst deinen Feind! Sieh ihn doch an, er ist es! Ihre Hände ballten sich zu Fäusten, als sie sein Gesicht aufmerksam musterte. Das war der Mann, der für all ihren Schmerz verantwortlich war. Er hatte versucht, sie zu vergewaltigen. Er hatte Gilberts Blut vergossen ...

Aber ihr Körper und ihr Herz weigerten sich, daran zu glauben. Sie sahen einen anderen, einen Mann voller Zärtlichkeit und Geduld. Einen Ehrenmann. Einen Mann, der nie nehmen würde, was ihm nicht freiwillig gegeben wurde. Gott, wie konnte er genauso aussehen wie der, der sie in ihren Träumen verfolgte, aber trotzdem ein anderer sein?

Ranulf beobachtete die wechselnden Gefühlsregungen, die sich auf Lizannes Gesicht abzeichneten. Schweigend streckte er die Hand aus.

Obwohl ihr Verstand noch schwach protestierte, hatte ihr williger Körper alle Bedenken über Bord geworfen. Wie von allein trugen ihre Beine sie auf ihn zu.

Ranulf blickte sie unverwandt an. Er umfaßte ihre Hand, zog sie näher und zwang sie auf die Knie.

Mit großen Augen sah Lizanne ihn an. Als sie das Verlangen sah, das sich auf seinem Gesicht widerspiegelte, wurde ihr Mund trocken.

Verlangen? überlegte sie. War es das, dieser starke, süße Schmerz, der ihren Puls zum Rasen brachte, bis sie nur noch das Blut in ihren Ohren rauschen hörte?

Er hob seine Hand und strich mit seinen Fingern eine Haarsträhne aus ihrem Gesicht.

Sie genoß die leichte Berührung seiner Hand, die langsam über ihre Augen, ihre Nase, ihren Kiefer, ihren Hals und dann hoch zu ihren Lippen wanderte. Sie erbebte und atmete stoßweise.

»Du bist wundervoll«, murmelte er. Er beugte sich zu ihr hinunter, und seine Lippen suchten ihren Mund.

Ihre Reaktion verblüffte ihn. Sie öffnete sich ihm, und ihre Zunge suchte die seine erst ganz vorsichtig, dann mit wachsender Erregung. In diesem Augenblick wußte er, daß sie tief in ihrem Herzen eine leidenschaftliche Frau war.

Er vergrub eine Hand in ihrem Haar und umschloß mit der anderen ihr Gesäß. Er zog sie näher heran. Sein wachsendes Verlangen drückte gegen ihren Bauch. Er ließ eine Hand bis zu ihrer festen Brust wandern und umfaßte sie. Mit dem Daumen streichelte er die aufgerichtete Warze, die gegen den dünnen Soff ihres Hemdes drückte.

Überwältigt von der Berührung schrie Lizanne auf, löste ihre Lippen und warf den Kopf in den Nacken.

Ranulf zog mit seiner Zunge einer Feuerspur von ihrer Kehle bis zum Ausschnitt ihres Hemdes. Wimmernd krümmte sie sich, und ihre Hände öffneten und schlossen sich.

Der dünne Stoff gab nach, das Geräusch, als er riß, war kaum zu hören. Beim Anblick ihrer Brüste keuchte Ranulf laut auf. Er sah die kleine dünne Linie, die sein Schwert während des Duells gezogen hatte. Ja, sie trugen beide das Mal des anderen. Aber er war es, der sie zähmen würde ...

Er nahm ihre Brüste in seine Hände und saugte erst an der einen, dann an der anderen. Sie wand sich und machte mit ihren Hüften langsame kreisende Bewegungen gegen sein vor Verlangen pochendes Glied, so daß er beinahe hier und jetzt gekommen wäre.

Er ließ seine Hände ihren Körper hinunterwandern. Als er eine Hand zwischen ihre sich öffnenden Schenkel schob, fand er sie weich und feucht.

Ein Schauer überlief sie, und sie bäumte sich ihm entgegen. Wie aus weiter Entfernung hörte er plötzlich ihre bittende Stimme. »Ran ... Ran ...«

Er hob seinen Kopf und sah in ihre wundervollen Augen. »Sag es«, forderte er mit heiserer Stimme.

Lizanne war so gebannt von den neuen Gefühlen, die er in ihr erweckte, daß sie ihn zuerst gar nicht hörte. Sie hätte nie gedacht, daß es so etwas geben konnte. Und jetzt brannte ein Feuer in ihr, das gelöscht werden wollte. Wenn sie bloß wüßte, wie ...

Ranulf schüttelte sie leicht. »Sag es«, wiederholte er.

Stirnrunzelnd richtete sie ihre Aufmerksamkeit auf ihn. Sie schüttelte den Kopf, aber gleichzeitig berührte sie mit ihren Fingern seine Lippen. Dann beugte sie sich vor und wollte ihn küssen.

Aber Ranulf nahm den Kopf zurück. »Nein. Ich möchte es hören. Sag mir, daß du mich willst, Lizanne.«

Lizanne war verletzt von seiner Zurückweisung, die sie nicht verstand. Tränen stiegen in ihre Augen. »Ich ... ich weiß nicht, was ich will.«

Sie war so verdammt unschuldig! »Soll ich das Verlangen stillen, das du fühlst, wenn ich dich hier berühre?« fragte Ranulf sanft, und seine Finger streichelten den verheißungsvollen, süßen Teil ihres Körpers.

Sie erbebte. »Ja, Ranulf. Ich brenne.« Eine leise Stimme in ihren Gedanken sagte ihr, daß das, was sie tat, falsch war, aber sie war zu verwirrt, um den Grund dafür herauszufinden.

Dieses Geständnis reichte Ranulf. Widerstrebend zog er die Hand weg und setzte sie auf seinen Schoß. Sofort

132

preßte sie sich gegen ihn, legte ihre Arme um seinen Hals und drückte ihre Lippen an seine Kehle.

Ranulf kämpfte mit aller Entschlossenheit gegen sein eigenes, kaum noch zu bändigendes Verlangen an. Seufzend drückte er ihren Kopf zur Seite, bis er gegen seine Schulter lehnte. Obwohl er nichts lieber getan hätte, um ihr – und sein – Verlangen zu stillen, war er sich doch darüber im klaren, daß der Zeitpunkt nicht der richtige war.

Er wollte mehr von ihr als nur einen Augenblick der Leidenschaft. Er wollte, daß sie Tag und Nacht nach ihm verlangte, genauso wie er nach ihr. Er wollte, daß sich ihre Gedanken nur noch um ihn drehten. Hatte sie ihm nicht genau das gleiche angetan?

»Ist es jetzt besser?« fragte er ein paar Minuten später.

Sie nickte. »Ja, etwas.« Die Enttäuschung in ihrer Stimme war nicht zu überhören.

Seufzend lehnte er seinen Kopf gegen ihren und schloß die Augen.

»Ranulf?«

»Hmmm?«

»Hast ... Hast du nicht auch ... Ich meine ...« Sie schüttelte den Kopf.

»Was?« drängte er, nicht bereit, ihr zu helfen.

Sie errötete. »Hast du es auch gefühlt?«

Er lächelte. »Was soll ich gefühlt haben?«

Sie seufzte enttäuscht. »Anscheinend nicht.«

Er hob den Kopf und blickte in ihre großen Augen. Dann nahm er ihre Hand und legte sie auf seine pochende Männlichkeit. »Das hier ist der Beweis meines Verlangens, Lizanne.«

Die Größe erschreckte sie. Sie keuchte und versuchte, die Hand wegzuziehen, aber er hielt sie fest.

»Du kannst sicher sein, daß ich dich will«, flüsterte er mit heiserer Stimme und küßte ihre Schläfe. »Wenn der

Zeitpunkt gekommen ist, werde ich dein Bedürfnis stillen – aber nicht eher.«

»Wann?« fragte sie atemlos.

»Wenn du erwachsen bist.«

Seine Worte zerstörten den Bann. Sie runzelte die Stirn. »Ich bin achtzehn.«

»Das stimmt, aber du bist immer noch ein Kind.«

»Nein, ich bin eine erwachsene Frau.«

Er schüttelte nur den Kopf und beobachtete amüsiert, wie sich ihre Augen verengten und ihr Mund sich zu einer schmalen Linie zusammenzog. Die alte Lizanne kam wieder zum Vorschein.

»Ist das deine Rache?« fragte sie und klang dabei genau wie das trotzige kleine Kind, das sie nicht sein wollte.

Er dachte über ihre Frage nach. Er hatte es eigentlich so nicht gesehen, aber je länger er darüber nachdachte, desto besser gefiel ihm der Gedanke. Es war die süßeste Rache, die er sich ausdenken konnte – auch wenn es bedeutete, daß er ebenfalls leiden mußte.

»Ja«, antwortete er, »aber es ist eine grausame Rache, zu der ich uns beide verurteilt habe. Du mußt nicht allein leiden.«

Er hielt sie nicht zurück, als sie sich aus seinen Armen löste und sich mit dem Rücken vor den Kamin stellte. Sie verbarg das Gesicht in ihren Händen. »Ich verstehe das nicht«, sagte sie mit erstickter Stimme. »Ich hasse dich, aber mein Körper verrät mich. Was ist bloß los mit mir?«

Ranulf stand auf und stellte sich hinter sie. Aber er berührte sie nicht.

»Kämpfe nicht dagegen an«, sagte er. »Du wirst genauso scheitern wie ich.« Er wandte sich ab, ließ sie stehen und zog sich um. »Lizanne«, rief er dann, »zieh dich an, du kannst mich zum Frühstück in die Halle begleiten.«

Dazu hatte sie nun ganz und gar keine Lust. Sie wollte lieber allein sein. Sie mußte den Haß wiederfinden!

Sie atmete tief durch und ließ die Hände sinken. Das zerrissene Hemd gab ihr die Entschuldigung, nach der sie suchte. Sie hielt es vor der Brust zusammen und drehte sich zu ihm um. »Ich kann nicht«, murmelte sie. »Ich brauche erst Nadel und Faden, um mein Hemd zu nähen.«

Mit hochgezogenen Augenbrauen sah Ranulf sie an. »Dein Kleid verdeckt das.«

»Das ist aber noch feucht.«

Ungeduldig ging Ranulf zum Kamin und faßte das Kleid an. »Das geht auch so«, erklärte er. »Heb deine Arme.«

Sie zögerte, aber sie hatte keine andere Wahl. Gehorsam hob sie einen Arm. Mit dem anderen hielt sie ihr zerrissenes Hemd zusammen.

Ranulf verzog das Gesicht angesichts dieser – wie er meinte – unnötigen Sittsamkeit und streifte ihr das Kleid über den Kopf.

Als sie bedeckt war, ließ Lizanne ihr Hemd los und fuhr mit den Händen durch die Ärmel. Schweigend ließ sie es zu, daß er das Kleid herunterzog, glattstrich und schloß.

»Schuhe«, erinnerte er sie.

Sie zog die Schuhe an und wandte sich ihm dann wieder zu.

»Fertig«, stellte er fest und ging zur Tür.

»Mein Haar«, protestierte sie und begann, es zu Ende zu flechten.

Ärgerlich über die dauernden Verzögerungen funkelte Ranulf sie böse an, aber sie achtete nicht auf ihn. Mit verschränkten Armen lehnte er an der Tür und wartete ungeduldig. Stirnrunzelnd beobachtete er, wie sie nach dem Flechten das Haar verknotete.

»Hast du kein Band?«

Sie schüttelte den Kopf. »Es wird sich nicht lösen. So ist mein Haar eben.«

»Ja, wenn es so fein wäre wie Elspeths Haar, dann würde das nicht lange halten.« In dem Augenblick, als er diese

Worte ausgesprochen hatte, wußte er, daß er Lizannes Gefühle richtig erraten hatte. Obwohl sie wegsah, entging ihm doch nicht die Röte, die in ihr Gesicht stieg.

Ranulf war hocherfreut. Es war ganz eindeutig Eifersucht, die sie empfand. Das konnte er zu seinem Vorteil nutzen ...

Lizannes Laune verbesserte sich kein bißchen, denn gleich, als sie die Große Halle betraten, tauchte Elspeth an Ranulfs Seite auf. Ihr kurzer Schleier saß perfekt auf dem glatten Haar, das tatsächlich jedem Knoten widerstanden hätte. Bittend blickte sie Ranulf an. »Ihr sitzt doch wieder neben mir, Baron?«

»Es ist mir eine Ehre«, antwortete er und ging mit ihr zum Tisch am anderen Ende des Raumes.

Stumm sah Lizanne dem Paar hinterher. Sollte sie den beiden folgen oder wieder zurück in ihre Kammer gehen? Eine Berührung an ihrem Arm ließ sie herumfahren.

Geoffs spöttisches Grinsen verschwand, als er ihr unglückliches Gesicht sah.

Er räusperte sich. »Ihr könnt Euch zu Roland und mir setzen.« Und er zeigte auf den langen Tisch hinter sich.

Sie nickte und folgte ihm.

Ohne sie eines Blickes zu würdigen, rutschte Roland zur Seite und ließ sie Platz nehmen. Geoff setzte sich neben sie.

Lizanne senkte den Kopf, als der Geistliche ein schnelles Tischgebet sprach. Sie stocherte in dem einfachen Mahl, das ihr vorgesetzt wurde, und behielt dabei immer Ranulf im Auge, der zwischen Sir Hamil und seiner schönen Tochter saß. Diese Frau scharwenzelte wirklich um ihn herum! Sie berührte ihn, sooft sie konnte, und kicherte über alles, was er sagte.

Wie kindisch! dachte Lizanne und stopfte sich ein Stück kaltes, zähes Fleisch in den Mund. *Sie* war das Kind! Lizanne kicherte schon seit ihrem vierzehnten Lebensjahr nicht mehr. Wie konnte Ranulf ihr nur so etwas vorwerfen!

Kochend vor Wut kaute und kaute Lizanne, bis das

136

Stück Fleisch endlich so weich war, daß sie es schlucken konnte. Sie schob den Teller von sich, setzte sich zurück und faltete die Hände in ihrem Schoß.

Plötzlich hatte sie das Gefühl, daß sie beobachtet wurde. Sie blickte sich um und fand Geoffs Augen auf sich gerichtet.

Sie lächelte ihn an. »Du hältst mein Lächeln sicher für falsch, oder?«

Er runzelte die Stirn. »Ja. Spart Euch Euer Lächeln für Lord Ranulf auf. Er kann mehr damit anfangen als ich.«

»Das kann ich mir nicht vorstellen.«

»Dann irrt Ihr Euch.« Damit war für Geoff die Unterhaltung beendet, und er beugte sich an ihr vorbei zu Roland hinüber. »Vielleicht sollten wir heute morgen ein bißchen mit der Schleuder üben«, schlug er vor.

Auch Roland beugte sich vor, um seinen Freund besser sehen zu können. »Ich würde lieber mit den Schwertern trainieren.«

Geoff lächelte. »Du wirst nie besser werden, wenn du es nicht übst.«

»Eine Schleuder ist nur ein Kinderspielzeug. Aber ein Schwert ...«

Es war so, als ob Lizanne überhaupt nicht existieren würde. Keiner achtete auf sie, sogar als sie sich absichtlich nach vorne beugte, um ihnen die Sicht zu versperren. Sie lehnten sich einfach zurück und setzten ihre Unterhaltung hinter ihrem Rücken fort.

»Ich bin immer noch besser mit dem Bogen als du«, behauptete Roland großspurig.

»Ha, ha!« Geoff lachte.

Lizanne schürzte die Lippen und sah von einem zum anderen. »Ich könnte euch helfen«, bot sie an, was ihr die sofortige Aufmerksamkeit der beiden Knappen einbrachte.

»Wirklich!« versicherte sie. »Ich kann mit der Schleuder gut umgehen. Habt ihr eine dabei?«

Die beiden sahen sich an und richteten dann ihre Aufmerksamkeit wieder auf das Essen.

Lizanne wollte sich so nicht abspeisen lassen und packte Geoff am Arm.

Mißbilligend blickte er erst auf die Stelle, wo sie ihn festhielt, und dann in ihr Gesicht.

Kleinlaut ließ sie ihn los. »Es schadet doch nichts, wenn ich es euch einmal zeige.«

»Eine Frau will mir beibringen, wie ich meine Waffen zu gebrauchen habe?« fragte er ungläubig, aber dann fiel ihm wieder der Pfeil ein, den sie abgeschossen hatte. Der Schuß durch die Standarte auf solch eine Entfernung war mit Sicherheit beabsichtigt gewesen, obwohl er lieber geglaubt hätte, daß es reiner Zufall gewesen war. Aber er schaffte es einfach nicht, es sich einzureden.

»Ihr wollt mich doch nur wieder hereinlegen.«

Sie schüttelte den Kopf. »Nein, ich schwöre, daß das nicht der Grund für mein Angebot ist.«

Er dachte darüber nach und kam zu einer Entscheidung. Er sprang auf und verließ mit großen Schritten die Halle.

Niedergeschlagen blickte Lizanne ihm hinterher. Wahrscheinlich hatte die Erwähnung ihrer kleinen Täuschung ihn erzürnt. Sie zuckte mit den Schultern. Dann eben nicht. Sie wandte ihre Aufmerksamkeit wieder den Leuten in der Halle zu.

Ein gutaussehender, blonder junger Mann saß am unteren Ende von Sir Hamils Tisch, und zu ihrer Überraschung beobachtete er sie. Als sich ihre Blicke trafen, lächelte er.

Wenigstens ein freundliches Gesicht unter so vielen, dachte sie, schenkte ihm ihr gewinnendstes Lächeln und sah zu Ranulf. Zum ersten Mal, seit sie die Halle betreten hatte, fand sie seine Aufmerksamkeit auf sich gerichtet. Der Ausdruck auf seinem Gesicht sagte ihr, daß er das Geschehen verfolgt hatte und nicht besonders erfreut war.

Trotzig warf sie den Kopf in den Nacken und blickte in die andere Richtung. Wie konnte er es wagen! Er hatte sie stehenlassen, saß jetzt da, hatte dieses Weib praktisch auf seinem Schoß und dachte sich noch nicht einmal etwas dabei. Aber wenn *sie* einmal einem Fremden zulächelte ... Verdammt sollst du sein, Ranulf!

»Hier.« Geoff nahm seinen Platz wieder ein und ließ verstohlen etwas in ihren Schoß fallen.

Überrascht blickte Lizanne erst auf die Schleuder und dann auf Geoff.

Er lächelte, nahm ein Stück Käse und reichte es ihr. »Keine Steine. Ich glaube nämlich nicht, daß Ihr Euch genug beherrschen könnt, um nicht auf Lady Elspeth zu feuern.«

Lizanne sah wieder zu Ranulf hinüber. Er hatte seine Aufmerksamkeit erneut auf die Lady gerichtet. Eine große Beule würde bei diesem verzogenen Kind bestimmt Wunder wirken!

Sie strich mit ihren Fingern über das weiche Leder der Schleuder. »Eigentlich wäre es besser, wenn ich es euch draußen zeige.«

»Könnt Ihr es etwa nur mit einem Stein?« forderte Roland sie heraus.

»Mit einem Stein geht es am besten. Aber egal.« Sie nahm den Käse, rollte ihn zu einem kleinen Ball zusammen und legte ihn in das Leder. »Genauso müßt Ihr den Stein einlegen.«

Die Knappen tauschten belustigte Blicke aus, und Roland kicherte hinter vorgehaltener Hand.

Lizanne drohte ihnen mit dem Finger. »Das ist das wichtigste überhaupt. Ihr wollt doch treffen, oder?«

Ernüchtert nickten die beiden und beugten sich interessiert vor, um besser sehen zu können.

Ranulf, der gerade Elspeths hirnlosem Geplapper lauschte und hin und wieder abwesend nickte, warf einen Blick in Lizannes Richtung, Das, was er sah, gefiel ihm gar nicht, und er runzelte die Stirn. Roland und Geoff saßen dicht neben ihr und hatten die Köpfe über ihren Schoß gebeugt. Sie nickten, während sie ihnen eifrig etwas zu erklären schien.

Als sie ihre Hand über den Tisch hob, sah er flüchtig etwas Langes in ihrer Hand, das aber gleich wieder verschwunden war. Er wußte nicht, worüber die drei sich so angeregt unterhielten, aber er ahnte, daß es ihm nicht gefallen würde.

Sein Unmut steigerte sich noch, als er Augenblicke später Lizannes Lachen hörte und beobachtete, wie sie Geoff und Roland anstrahlte. Auch die Knappen lachten, wieder ganz in ihrem Bann.

Bis zum Ende der Mahlzeit behielt Ranulf Lizanne im Auge, fand aber nicht heraus, was sie in ihrem Schoß verbarg. Als Sir Hamil endlich die Tafel aufhob, entschuldigte Ranulf sich eilig, um zu ihr zu gehen, aber Walter hielt ihn zurück.

»Ich muß mit Euch sprechen, Mylord«, sagte er so leise, daß nur Ranulf es hören konnte.

Ranulf funkelte ihn ungeduldig an. »Was ist denn so dringend, daß es nicht warten kann?«

»Die Verhandlungen, Mylord.«

Ranulfs Miene verfinsterte sich noch mehr. »Ja, ich weiß. Aber ich muß mich erst um etwas anderes kümmern. Ich treffe Euch gleich bei den Ställen.«

Walter nickte und ließ Ranulf gehen.

Geoff, Roland und Lizanne waren bereits aufgestanden und hatten die Halle schon halb durchquert, als Ranulf sich ihnen in den Weg stellte.

»Guten Morgen, Myl...«, setzte Geoff an.

»Habt ihr euch gut unterhalten?« unterbrach Ranulf ihn. Er verschränkte die Arme vor der Brust.

Geoffs Lächeln erstarb. »Mylord, Lady Lizanne hat uns nur gezeigt, wie man am besten eine Schleuder hält. Sie weiß viel über ...«

»Eine Schleuder! Habt ihr denn immer noch nichts gelernt? Sie versucht doch nur wieder einen ihrer Tricks!«

Das konnte Lizanne nicht auf sich sitzenlassen. »Im Gegensatz zu gewissen anderen Männern läßt sich Euer Knappe nicht zweimal hereinlegen, Mylord.« Sie drückte die Schleuder in Ranulfs Hand und drehte ihm hochmütig den Rücken zu.

Ranulf nahm die Schleuder näher in Augenschein. Seine Lippen zuckten, als der Käseball in seine Hand rollte und auf den Boden fiel. Sofort fiel ein abgemagerter Hund darüber her.

»Du hast also geübt«, sagte Ranulf zu Geoff und schlug ihm auf die Schulter. »Aber du solltest in Zukunft dein Waffentraining Männern überlassen.«

Grinsend nickte der Knappe und nahm die Schleuder, die sein Herr ihm reichte.

Ranulf packte Lizanne am Arm. Beim Weggehen rief er dem Knappen über die Schulter zu: »Und nenne sie nicht ›Lady‹. Sie ist keine.«

Wieder zurück in ihrer Kammer zwang sich Lizanne zu einer Gelassenheit, die sie in Wirklichkeit gar nicht besaß. Sie ging zum Bett, setzte sich auf den Rand und wartete geduldig auf die Strafpredigt.

»Was hattest du dieses Mal vor, Lizanne?«

Sie schwieg.

»Willst du dich gar nicht verteidigen?«

Sie schüttelte den Kopf, preßte die Lippen aufeinander und richtete ihren Blick auf die Decke.

»Auch gut«, sagte er schulterzuckend. »Ich habe keine Zeit, jetzt mit dir zu streiten, aber eins kann ich dir versprechen: Das letzte Wort in dieser Angelegenheit ist noch nicht gesprochen.«

Sie seufzte laut und nickte ergeben.

Ranulf warf ihr einen scharfen Blick zu. Dann wandte er sich um und verließ den Raum.

✻

Die Langeweile brachte Lizanne dazu, ihre Kammer näher in Augenschein zu nehmen. Nachdem sie ihr Hemd genäht, aufgeräumt und einige Knappen beobachtet hatte, die sich unten im Hof im Schwertkampf übten, wußte sie nicht mehr, was sie noch tun sollte.

Da fiel ihr Blick auf einen Wandteppich. Und plötzlich kam ihr ein Gedanke.

Neugierig stand sie auf und hob eine Ecke des Teppichs hoch. Staub drang in ihre Nase, und sie mußte niesen. Sie hob den Teppich noch höher. Bis auf Schmutz war nichts zu sehen.

Sie wollte schon aufgeben, aber plötzlich bemerkte sie einen Luftzug. Vielleicht habe ich doch recht, dachte sie, und strich mit einer Hand über die Wand. Wenig später fanden ihre Finger die verborgene Tür. Aufgeregt suchte sie nach der versteckten Klinke und fand sie auf der rechten Seite. Sie drückte sie hinunter, und die Tür öffnete sich knarrend. Lizanne blickte in ein dunkles Loch.

Ohne zu zögern ging sie weiter und zog die Tür fest hinter sich zu.

Die Wendeltreppe war sehr eng, und daher konnte sie sich beim Heruntersteigen an den Wänden abstützen.Sie traf noch auf zwei weitere Treppenabsätze mit jeweils einer Tür, aber da es sie am meisten interessierte, wo die Treppe hinführte, ging sie an ihnen vorbei, ohne ihre Neugierde zu befriedigen. Sie würde sie auf dem Rückweg erkunden.

Bei diesem Gedanken blieb sie stocksteif stehen. Auf dem Rückweg? Nein, wenn sie hier einen Weg hinaus finden würde, dann würde sie ihn auch nutzen. Entschlossen ging sie weiter.

Am Ende der Treppe erspähte sie einen Lichtschimmer. Ihre Erregung wurde immer größer, und sie eilte die letzten Stufen hinunter, ohne sich um ihre Sicherheit Gedanken zu machen. Sie erreichte eine Tür, die einen Riß hatte, und schaute hindurch. Durch die kleine Öffnung konnte sie grüne Blätter erkennen.

Sie drückte die Klinke hinunter und öffnete vorsichtig die Tür. Das Grüne entpuppte sich als ein großer Rosenbusch. Sie war in einem Blumengarten. Leise schloß sie die Tür hinter sich und trat hinaus in den warmen, wundervollen Sonnenschein. Sie lauschte. Es war nichts zu hören.

Immer nach einer Fluchtmöglichkeit suchend, blickte sie sich um. Die Mauern waren hoch, aber nicht so hoch, daß man im Notfall nicht hätte darüberklettern können. Da keiner in der Nähe zu sein schien, beschloß sie, den Garten auszukundschaften.

Er war als Irrgarten angelegt, mit breiten und engen Wegen, die oft im Nichts endeten.

Lizanne beugte sich hinunter, um eine besonders schöne Rose abzupflücken. Sie steckte sie sich ins Haar und ging um eine Ecke. Erschrocken blieb sie stehen. Auf einer Bank, mitten auf einem grasbewachsenen, rechtwinkligen Hof, saß der Mann, der ihr beim Frühstück zugelächelt hatte.

Sie wich zurück, aber es war zu spät. Er hatte sie bereits gesehen und sprang auf.

»Es ... es tut mir leid«, stammelte sie. »Ich wollte Euch nicht stören.«

»Ihr stört nicht«, erwiderte er und machte einen Schritt auf sie zu. »Wollt Ihr Euch nicht zu mir setzen?«

Mit einem warmen Lächeln zeigte er auf die Bank.

Sie wich weiter zurück. »Ich muß wieder zurück in meine Kammer.«

Er folgte ihr. Die Neugierde stand ihm ins Gesicht geschrieben. »Wie seid Ihr in den Garten gelangt? Es gibt doch nur einen Eingang.« Er deutete mit dem Finger auf die Tür am anderen Ende des Hofes.

Nur ein Eingang, und der führte wieder zurück zum Hauptturm. Also blieb ihr doch nichts anderes übrig, als

143

über die Mauer zu klettern ... Verlegen trat sie von einem Fuß auf den anderen und beschloß, das Thema zu wechseln. »Wer seid Ihr?«

Er ging auf sie zu und verbeugte sich galant. »Ich bin Sir Robyn Forster, der älteste Sohn von Lord Hamil.«

Das überraschte sie, denn im Gegensatz zu Elspeth hatte er mit seinem Vater überhaupt keine Ähnlichkeit. »Ich bin Lady Lizanne Balmaine von Penforke«, stellte sie sich vor und machte einen kleinen Knicks.

Das Lächeln auf seinem Gesicht erstarb. »Lady?« wiederholte er. »Ich dachte, Ihr seid das ... uh ... Dienstmädchen von Lord Ranulf.«

Sie hatte ganz vergessen, daß Ihr diese Ehre auch zuteil geworden war. »Na ja, in gewissem Sinne bin ich das wohl auch«, gab sie widerwillig zu.

Erstaunt hob Robyn die Augenbrauen. »Vergebt mir meine Dummheit, aber ich fürchte, ich verstehe das nicht so ganz.« Er nahm ihren Arm und zog sie zur Bank.

»Vielleicht könntet Ihr es mir erklären«, bat er sie mit einem gewinnenden Lächeln.

Lizanne fühlte, wie Ärger in ihr aufstieg. In letzter Zeit war sie nur noch von irgendwelchen Männern hin und her gestoßen worden, und so langsam verging ihr die Lust. Sie hätte ihm beinahe auf die Hand geschlagen, aber sie besann sich eines Besseren. Vielleicht konnte sie ihn zu ihrem so dringend benötigten Verbündeten machen.

Also ließ sie sich – wenn auch widerwillig – auf die Steinbank ziehen.

»Ich würde gerne mehr über Euch erfahren«, begann er, zog ihre Hand an seine Lippen und küßte sie.

In diesem Augenblick betrat Ranulf den Hof.

12. Kapitel

Ranulf blieb wie angewurzelt stehen und blickte ungläubig auf die Szene, die sich ihm bot. Dieser Bastard hatte doch tatsächlich Lizannes Hand an seine Lippen geführt und küßte sie!

Nackte Wut überfiel ihn und löschte alle Vernunft aus. Das war mehr, als er ertragen konnte. Er stieß einen lauten Wutschrei aus, umfaßte den Griff seines Schwertes und ging mit großen Schritten auf die Bank zu.

Lizanne und Robyn sprangen erschrocken auf. Kalte Mordlust glitzerte in Ranulfs Augen. Er war wie ein Tier, wild und gefährlich.

Robyn zögerte keine Sekunde. Schützend stellte er sich vor Lizanne.

»Robyn von Killian«, Ranulfs Stimme war kalt wie Eis, »nehmt Euer Schwert. Ihr werdet heute die Schärfe meiner Klinge spüren.«

Robyn stand regungslos da. Mit einem so mächtigen Gegner hatte er es noch nie zu tun gehabt. Der Gedanke an ein Duell mit einem Gesandten des Königs erschreckte ihn, aber seine Ehre verlangte es, daß er seine Furcht nicht offen zeigte. Er versuchte ein Lächeln und hob die Hände. »Ich bin unbewaffnet, Baron Wardieu.«

»Dann holt Euch ein Schwert, Grünschnabel.«

Robyn rührte sich nicht vom Fleck. Langsam ließ er seine Hände sinken. »Welchen Vergehens beschuldigt Ihr mich?«

»Ihr habt Euch an meinem Eigentum vergriffen«, brüllte Ranulf. »Ich verlange Genugtuung für diese Beleidigung.«

»Beleidigung? Wenn Ihr damit mein Zusammensein mit Lady Lizanne meint, dann irrt Ihr Euch. Wir haben uns nur unterhalten – und nichts weiter. Es war keine Beleidigung, noch sollte es eine sein.«

»Haltet Ihr mich für blind und dumm?« fauchte Ranulf und kam drohend näher. »Holt Euer Schwert, Mann!«

Lizanne hatte noch nie viel von der Rolle der Frau als hilfloses Angstbündel gehalten. Deshalb drängte sie sich an Robyn vorbei und stellte sich Ranulfs Wut. Sie nahm ihren ganzen Mut zusammen, stemmte ihre Hände in die Hüften und baute sich vor ihm auf. »Es wird kein Blutvergießen geben«, sagte sie mit einer Stimme, die – wie sie fürchtete – alles andere als fest klang. »Wenn jemand hier schuldig ist, dann ich, denn ich bin hier unrechtmäßigerweise eingedrungen.«

»Glaube ja nicht, daß ich deine Beteiligung an dieser Sache unterschätze, Lizanne. Um deine Bestrafung kümmere ich mich später – nachdem ich mit diesem Grünschnabel hier fertig bin.« Er stieß sie zur Seite und wandte sich wieder Robyn zu. »Euer Schwert.«

Der junge Ritter warf erst Ranulf, dann Lizanne einen Blick zu. Röte stieg in sein Gesicht. »Ja«, sagte er schließlich mit gepreßter Stimme, »ich werde gegen Euch kämpfen.«

»Nein!« schrie Lizanne und warf sich zwischen die beiden Männer.

»Mach deinen Liebhaber nicht zum Feigling«, schnauzte Ranulf.

Diese Anschuldigung ließ Lizanne erblassen. »Ranulf«, bat sie, »es war nichts. Sir Robyn spricht die Wahrheit.« Sie legte ihre Hand auf seinen muskulösen Arm, der den Griff des Schwertes immer noch umklammert hielt.

Er sah sie nicht einmal an.

»Ich bitte dich, hör auf.«

Er schüttelte ihre Hand ab und stieß sie erneut beiseite.

146

Ohne nachzudenken rannte sie wieder auf ihn zu und legte ihre Arme um ihn. »Ranulf, bitte«, flüsterte sie. »Ich hatte nur vor, Sir Robyn als Verbündeten für meine Flucht zu gewinnen, nicht mehr.«

Sie spürte sein Zögern. Er entspannte sich etwas, aber sah sie immer noch nicht an.

»Ich bin es nicht wert, daß man für mich stirbt«, erinnerte sie ihn.

Ja, er erinnerte sich an diese Worte. Er hatte sie gesagt und war damals auch fest davon überzeugt gewesen, aber jetzt war er sich nicht mehr so sicher. Trotz ihres Hasses auf ihn und ihrer Art, die ihn zur Raserei trieb, wollte er diese Frau. Er wollte sie mehr als alles andere, und wenn er dafür um sie kämpfen mußte, dann sollte es so sein. Diese Erkenntnis erschütterte ihn.

Er blickte ihr ins Gesicht und erinnerte sich daran, wie sie erst heute morgen um etwas ganz anderes gebeten hatte. »Ich habe nicht vor zu sterben«, sagte er, und sein Zorn ebbte ab. »Auch wenn dir der Gedanke nicht gefallen wird.«

»Ich will deinen Tod nicht«, gab Lizanne zurück und gestand sich zum ersten Mal ein, daß es stimmte. Egal, wieviel Leid er ihrer Familie zugefügt hatte – sie könnte es nicht ertragen, wenn er sterben würde. »Du hast recht, du kennst mich wirklich besser als ich mich selbst«, gab sie zu.

Er musterte sie mit zusammengekniffenen Augen.

Lizanne sah seine Unentschlossenheit und nutzte ihren Vorteil. »Bitte«, flüsterte sie.

Er blickte zu Robyn hinüber, der sie beobachtete, und fragte dann: »Wirst du dann aufhören, dich gegen mich zu wehren?«

Die Ungeheuerlichkeit seiner Bedingung ließ sie nach Luft schnappen. »Das kann ich nicht versprechen. Es ist zuviel geschehen.«

Er nickte. »Also gut. Dann findet dieses Duell statt.« Er schob sie von sich.

»Nein, nein, ich werde es versuchen«, rief sie verzweifelt und legte ihre Hände auf seine Brust. »Ich werde mich bemühen, keinen Widerstand mehr zu leisten.«

»Und du wirst keinen Fluchtversuch mehr unternehmen!«

Sie wurde blaß, gab dann aber doch nach. »Gut, keinen Fluchtversuch mehr. Aber wenn Gilbert ...«

»Du bleibst bei mir, egal was geschieht.«

Sie schloß die Augen, nickte dann aber doch. »Du hast mein Wort.«

Ranulf konnte es fast nicht glauben. Er wandte sich Robyn zu. »Ich ziehe die Herausforderung zurück. Laßt uns jetzt allein.«

Schweigend gehorchte der junge Ritter.

Lizanne ließ sich auf die Bank fallen und vergrub das Gesicht in den Händen.

Ranulf betrachtete sie lange. Schließlich ging er auf sie zu und zog die Rose aus ihrem Haar. »Hat er sie dir gegeben?«

»Nein«, fuhr sie ihn an und versuchte, ihm die Blume aus der Hand zu reißen. Aber dann fiel ihr das Versprechen wieder ein, das sie ihm gegeben hatte. Sie biß die Zähne zusammen und legte die Hände in den Schoß. »Ich habe sie selbst gepflückt.«

»Wie bist du in diesen Garten gekommen? Was ist mit den Wachen, die ich vor die Tür gestellt habe? Du willst mir doch nicht erzählen, daß du sie einfach so ...« Er unterbrach sich, denn ihm fiel wieder einmal ein, daß sie ganz anders war als alle Frauen, die er bisher kennengelernt hatte. »Oder vielleicht doch?« fragte er vorsichtig.

Sie schüttelte den Kopf. »Ich glaube nicht, daß sie überhaupt wissen, daß ich verschwunden bin.«

»Du bist aber wohl kaum aus dem Fenster geklettert.« Aber es hätte ihn ganz und gar nicht überrascht, wenn sie sich an zusammengeknoteten Bettlaken heruntergelassen hätte.

»Nein, ich habe einen Geheimgang entdeckt.«

Natürlich. Ranulf verfluchte sich, daß er daran nicht gedacht hatte. In fast allen Schlössern befanden sich solche Geheimtüren als Fluchtmöglichkeit für den Fall einer Belagerung, aber meistens wurden sie für ein geheimes Stelldichein genutzt. Er ärgerte sich über seine Nachlässigkeit.

»Und du wolltest fliehen?«

Sie zuckte mit den Schultern. »Zuerst habe ich mich eigentlich nur gelangweilt.«

»Aber dann ...«, drängte er.

Sie nickte. »Ja, dann ist mir eingefallen, daß ich dir so entkommen könnte.«

»Unsere neue Vereinbarung schließt weitere Fluchtversuche aus, Lizanne.«

Sie blickte zu Boden. »Das ist mir klar.«

Nachdenklich legte Ranulf seine Arme um sie und zog sie an sich. »Beweise mir, daß du die Wahrheit gesprochen hast.«

Er beugte sich hinunter und fuhr mit seiner Zunge über ihre Unterlippe. »Zeige mir, daß du mich willst«, befahl er.

Gehorsam schloß sie die Augen und küßte ihn, wie er es ihr gezeigt hatte. Und ihr neuerwachtes Verlangen wurde dabei immer größer, bis sie vor Sehnsucht am ganzen Körper bebte. Sie klammerte sich an ihn, und der Beweis seiner ständig wachsenden Leidenschaft erregte sie nur noch mehr.

Aber auf einmal schob er sie von sich. »Ich glaube dir«, sagte er. »Aber leider ist hier nicht der Ort, um das noch zu vertiefen.« Er stand auf. »Und jetzt zeigst du mir den Geheimgang.«

Lizanne riß sich zusammen und zeigte ihm den versteckten Eingang. »Unsere Kammer ist drei Stockwerke höher«, erklärte sie, als Ranulf hinter ihnen die Tür schloß und sie in absoluter Dunkelheit standen.

»Hast du keine Fackel mitgebracht?«

»Nein, daran habe ich gar nicht gedacht. Aber ich habe keine Angst vor der Dunkelheit.«

»Das meine ich nicht. Du hättest dir den Hals brechen können!«

Er nahm ihre Hand und ging als erster die Stufen hinauf.

Als sie den ersten Treppenabsatz erreicht hatten, zog sie an seiner Hand. »Geh noch nicht höher, Ranulf. Ich möchte so gerne wissen, was hinter der Tür ist. Es dauert auch nicht lange.«

Er wollte ihr die Bitte eigentlich abschlagen, aber irgend etwas an ihr – vielleicht war es ihre kindliche Neugierde – ließ ihn seine Meinung ändern. »Also gut.«

Lizanne tastete suchend nach der Türklinke. Vorsichtig öffnete sie die Tür einen Spalt. In diesem Augenblick vernahmen sie Stimmen.

Ranulf legte eine Hand auf ihren Arm. »Das reicht«, flüsterte er.

Sir Hamils Stimme war laut und deutlich zu hören. »Du bist mit einem anderen verlobt, Elspeth.«

»Dieser alte Kauz!« schimpfte Elspeth.

»Er wird dir ein guter Ehemann sein. Er ist reich ...«

»Genau wie Ranulf Wardieu. Er ist noch eine viel bessere Partie.« Ihre Stimme wurde schrill. »Ich will ihn heiraten.«

Lizanne zuckte zurück und stieß gegen Ranulf.

»Er wird mir einen Antrag machen, Vater, das weiß ich.«

»Nein, Elspeth, das glaube ich nicht. Er scheint mir ganz zufrieden mit der Lady, die sein Bett teilt.«

»Diese Hure! Sie ist keine Lady, sondern eine Schlampe. Das hat er selbst gesagt. Siehst du nicht, wie sie ihn mit ihren Augen verschlingt?«

Lizanne hatte das Gefühl, als ob ihr jemand eine Ohrfeige gegeben hatte. Tränen stiegen ihr in die Augen.

»Elspeth«, sagte Sir Hamil tadelnd, »du weißt nicht, was du sagst.«

»Nein? Sie ist für ihn nur ein Bettwärmer. Bald wird er sich wieder eine Frau nehmen und sie wieder dahin zurückschicken, wo sie hergekommen ist.«

»Genug, Elspeth. Um Himmels willen, der Mann ist gerade erst Witwer geworden. Ich bezweifle, daß er sich gleich wieder eine neue Frau aufbürden wird. Ich jedenfalls würde es nicht tun.«

»Gut, aber du hast deine Erben. Er nicht.«

Obwohl Lizanne wünschte, diese Unterhaltung nie mitangehört zu haben, mußte sie sich dennoch eingestehen, daß sie in den vergangenen Minuten mehr über Ranulf erfahren hatte als in den letzten vier Tagen. Komisch, sie hatte nie die Möglichkeit in Betracht gezogen, daß er schon einmal verheiratet gewesen war ...

»Schluß jetzt, Elspeth.« Entschlossen beendete Sir Hamil das Gespräch, und gleich darauf knallte eine Tür.

Leise schloß Ranulf die Geheimtür und griff nach Lizannes Arm. »Komm«, sagte er und zog sie die Treppen hinauf.

Lizanne schluckte schwer und versuchte, sich auf die Stufen zu konzentrieren. Aber auf der drittletzten Stufe stolperte sie und wäre beinahe gestürzt, hätte Ranulf nicht aufgepaßt und sie in die Sicherheit seiner Arme gezogen.

»Pscht«, murmelte er beruhigend, denn er hatte bemerkt, wie es um sie stand.

Sie biß sich auf die Lippe und versuchte, die Tränen zurückzuhalten, die in ihren Augen standen.

»Gespräche zu belauschen, die nicht für die eigenen Ohren bestimmt sind – daraus ist noch nie etwas Gutes entstanden«, sagte er sanft und wischte mit seinem Daumen die Tränen fort.

Ein Schluchzen entrang sich ihrer Kehle. »Ich habe gelogen«, gestand sie. »Ich habe doch Angst in der Dunkelheit.«

»Warum? In der Dunkelheit gibt es nichts, was es nicht auch im Hellen gibt.«

»Da irrst du dich. Da gibt es Erinnerungen und Träume, denen ich nicht entkommen kann.«

Träume? Ranulf erinnerte sich an den Alptraum, den sie gehabt hatte. »Was verfolgt dich, Lizanne?«

Sie zögerte, antwortete aber dann doch. »Ich ... ich habe Angst, daß Gilbert mir eines Tages genommen wird.« Sie sprach so leise, daß er sie kaum verstehen konnte. »Und dann bin ich ganz allein.«

Das Gefühl der Eifersucht, das ihn bei diesen Worten überfiel, überraschte Ranulf. Ihr Bruder besaß den Teil von ihr, den er wohl nie bekommen würde – absolutes Vertrauen. Ja, und Liebe. Dieses Eingeständnis erschreckte ihn. War es das, was er von ihr wollte? Ihre Liebe? Sofort verwarf er den Gedanken, aber ohne großen Erfolg.

»Du weißt nie, was im Leben alles geschehen kann, Lizanne«, sagte er schließlich.

Sie schwieg, und er hörte lange Zeit nur ihren Atem. Aber dann murmelte sie mit gepreßter Stimme: »Aber am meisten, Ranulf Wardieu, fürchte ich dich.«

Das war ihm klar, denn er hatte es oft genug in ihren Augen gesehen. Allerdings hatte er bis jetzt nicht gewußt, wie tief dieses Gefühl in ihr verwurzelt war. Es gab dafür keine logische Erklärung. Die Antwort mußte in dem liegen, was sie so hartnäckig vor ihm verbarg.

»Hat es mit der Vergangenheit zu tun?« fragte er, denn er war sich sicher, daß dort der Schlüssel zu ihrem Verhalten lag.

»*Du* bist die Vergangenheit ... die Gegenwart ... die Zukunft. Du bist überall, und ich kann dir nicht entkommen.« Ihre Stimme wurde lauter. »Warum bist du zurückgekommen?«

Er streichelte sanft über ihre Wange. »Auf Penforke hast du gesagt, daß wir uns vorher schon einmal begegnet sind. Welcher Verbrechen beschuldigst du mich? Ich bin sicher, daß ich dich in Lord Bernards Großer Halle zum ersten Mal gesehen habe.«

Sie rang mit sich, aber entschied sich schließlich doch dagegen, ihm reinen Wein einzuschenken. Er merkte, wie sie sich versteifte. »Ich kann nicht, denn wenn ich es dir sagen würde, müßte ich dich nur noch mehr fürchten.«

Geduld, ermahnte er sich, aber er konnte nicht verhindern, daß das so bekannte Gefühl der Wut wieder durchbrach. »Gott im Himmel«, brüllte er, sprang auf und zog sie die restlichen Stufen hinter sich her. Oben angekommen, tastete er nach der Türklinke. Als er sie gefunden hatte, öffnete er die Tür und stieß Lizanne in den Raum.

Sie durchquerte die Kammer und stellte sich vor das Fenster.

Ranulf ging zur Tür und riß sie weit auf. Die beiden Wachen drehten sich überrascht um, und ihr Lächeln verschwand, als sie merkten, daß sie ihrem Herrn gegenüberstanden.

»Mylord«, brachte einer schließlich heraus. »Aber ... wie ...?«

»Holt mir Geoff«, befahl Ranulf mit finsterem Gesicht und knallte die Tür wieder zu.

Dann wandte er sich Lizanne zu. Seine Wut war immer noch nicht verraucht. »Ich habe heute abend noch viel zu erledigen, und du hast dabei nichts zu suchen.Geoff wird bei dir bleiben, um dafür zu sorgen, daß du nicht noch mehr Unheil anrichtest.«

»Aber ich habe dir mein Wort gegeben, daß ich keinen Fluchtversuch mehr unternehme«, protestierte sie.

»Ja, das stimmt, aber ich traue dir erst, wenn du beginnst, mir zu vertrauen. Ist das klar?«

Sie nickte.

»Gut.« Er drehte sich um und ging zu einer Schüssel, die auf einem Stuhl stand. Er tauchte seine Hände ins Wasser und spritzte sich etwas ins Gesicht. »Ich bete darum, daß wir morgen diesen Ort verlassen können«, murmelte er.

»Wohin gehen wir?« fragte Lizanne.

Er wirbelte herum und sah, daß sie direkt hinter ihm stand. Sie hatte ein Handtuch in der Hand. »Das geht dich nichts an«, fuhr er sie an.

Sie nickte und wischte dann mit dem Tuch sein Gesicht trocken.

Er war so überrascht von dieser Geste, daß er sie nur ungläubig anstarrte.

»Fertig«, sagte sie und trat einen Schritt zurück.

Inzwischen hatte er sich von seiner Überraschung erholt. »Denke ja nicht, daß ich deine Unterwerfung will, Lizanne. Ich will dein Feuer, besonders in meinem Bett. Ich möchte nur, daß wir weniger streiten.«

»Ich unterwerfe mich auch nicht. Ich führe nur die Arbeiten eines Dienstmädchens aus. Immerhin bin ich ja keine Lady.«

Er hob die Augenbrauen. Was führte sie nun wieder im Schilde?

»Du solltest dein Haar kämmen«, schlug sie vor.

Wortlos ging er an ihr vorbei und holte seinen Kamm aus der Truhe, die er dann wieder sorgfältig verschloß. Er setzte sich und winkte sie heran. »Noch eine Arbeit für einen Dienstboten.«

Mit zusammengebissenen Zähnen kam sie auf ihn zu und nahm ihm den Kamm aus der Hand.

»Vorsichtig«, ermahnte er sie.

Sie stellte sich neben ihn und zog den Kamm durch sein Haar. Im Gegensatz zu ihrem war seines leicht zu kämmen. Diese Aufgabe war schon fast eine Freude.

Als Ranulf sie plötzlich auf seinen Schoß zog, war sein Gesicht so nahe, daß ihr der Atem stockte. »Ich habe mich schon gefragt«, und er nahm ihre rechte Hand und strich über ihren verkrümmten Daumen, »wie das passiert ist.«

Sie versuchte, sich loszureißen, aber er ließ es nicht zu. »Ein Unfall«, sagte sie schließlich und kämpfte gegen die schmerzlichen Erinnerungen an, die sie zu überfallen drohten.

»Erzähle mir von deiner Frau«, wechselte sie schnell das Thema.

Argwöhnisch sah er sie an. »Du weißt schon mehr von ihr, als ich dir je erzählt hätte.«

»Ich weiß nur, daß sie nicht mehr lebt.«

»Und das genügt auch«, murmelte Ranulf, und sein Gesicht verfinsterte sich, als er an die treulose Arabella denken mußte.

»Aber ...«

Jemand klopfte laut an die Tür.

Ranulf hob Lizanne von seinem Schoß und stand dann auf, um die Tür zu öffnen.

»Guten Tag, Mylord«, begrüßte Geoff ihn.

Ranulf winkte ihn herein. »Geoff, du bleibst bei Lizanne, bis ich meine Verhandlungen mit Sir Hamil beendet habe.«

Der Knappe blickte ihn verblüfft an.

»Sie hat«, fuhr Ranulf fort, »einen Geheimgang entdeckt, der von hier nach unten zu den Gärten führt. Ich will nicht, daß sie noch weitere Ausflüge unternimmt.«

Lizanne verzog finster das Gesicht.

Geoff nickte. »Ich werde dafür sorgen, Mylord.«

Ranulf warf Lizanne noch einen warnenden Blick zu und verließ die Kammer.

»Nun gut«, durchbrach Lizanne ein paar Minuten später das unbehagliche Schweigen. »Soll ich dir beibringen, wie man mit einem Dolch umgeht?«

Grinsend umfaßte Geoff seine Waffe. »Ich glaube, Schach spielen wäre weniger gefährlich.«

»Schach?« Sie verzog das Gesicht. »Lustige kleine Figuren auf einem Brett hin- und herschieben? Meiner Meinung nach ein vollkommen sinnloses Spiel.«

Geoff lächelte wissend. »Ihr kennt das Spiel nicht, oder?«

»Die Regeln sind mir bekannt«, erwiderte sie leichthin. »Ich habe mich nur nie für Schach interessiert.«

»Dann wede ich es Euch beibringen«, verkündete der Knappe. Er ging zur Tür und sprach mit einer der Wachen. »Ich denke, Aaron wird in der Lage sein, ein Brett für uns zu organisieren.«

»Also gut«, sagte Lizanne. »Aber ich warne dich. Ich lerne schnell.«

13. Kapitel

Im Morgengrauen des nächsten Tages verließen sie Killian und schlugen am späten Nachmittag des dritten Tages ihrer Reise in der Nähe von London ihr Lager auf. Sofort waren sie von Hausierern umlagert, die eifrig ihre Waren anboten – Wein, Nahrungsmittel, Stoffe, Bänder und noch vieles andere mehr.

Eine große Frau näherte sich Lizanne, hielt eine Handvoll farbenfroher Bänder hoch und lächelte bittend. Lizannes Augen leuchteten auf, als sie die Bänder betrachtete, aber sie hatte kein Geld, um sich eins zu kaufen.

Bedauernd schüttelte sie den Kopf und richtete ihre Aufmerksamkeit auf Ranulf und Walter, die neben den Pferden standen. Obwohl sie zu weit weg war, um etwas zu verstehen, war doch deutlich zu sehen, daß die beiden über Dinge von größter Wichtigkeit sprachen. Walter war gerade eben aus der Hauptstadt zurückgekehrt – sicherlich hatte er Nachricht vom König.

»Mylady«, die große Frau gab nicht auf, »dies hier paßt so schön zu Eurem wundervollen schwarzen Haar.«

Lizanne riß ihren Blick von den Männern los und wandte sich wieder der Frau zu. »Ich habe kein Geld.«

Die Frau musterte sie von Kopf bis Fuß und ging dann schulterzuckend davon.

Lizanne stieg von ihrem Pferd und ging zu Ranulfs Zelt. Dankbar sank sie auf das Bett. Nach dem langen Ritt war das ein wunderbares Gefühl.

Die Dunkelheit war bereits hereingebrochen, als Geoff

mit dem Abendessen zu ihr kam. Nachdem sie gegessen hatten, holte er ein Schachbrett hervor, und sie spielten auf dem Boden eine Partie. Lizanne verlor wieder einmal, was aber keinen von ihnen überraschte.

»Ihr werdet besser«, lobte der Knappe sie, als er die Figuren einsammelte.

Sie zuckte mit den Schultern. »Eigentlich ist es doch ein einfaches Spiel. Ich verstehe gar nicht, warum ich mit den Zügen noch so viele Schwierigkeiten habe. Ich finde, es sind viel zu viele Figuren!«

Lachend erhob er sich und half ihr beim Aufstehen. »Übung«, sagte er. »Übung und nochmals Übung, das ist das ganze Geheimnis.«

Sie lächelte ihn an. »Eines Tages werde ich dich schlagen.«

»Dann werdet Ihr also bei Lord Ranulf bleiben?«

Sie reagierte schnell, aber Geoff war der Ausdruck der Verblüffung auf ihrem Gesicht nicht entgangen. »Ich habe da wohl kaum eine Wahl, oder?«

»Ich glaube, Ihr habt mehr Mitspracherecht als Ihr ahnt.«

Schweigend dachte Lizanne über diese Worte nach, fand sie aber mehr als beunruhigend und verbannte sie sofort aus ihrem Gedächtnis. »Dann werde ich dich eben bald schlagen müssen.«

Geoff lachte laut. »Das traue ich Euch glatt zu«, rief er und verließ das Zelt.

Lizanne verschränkte die Hände hinter ihrem Rücken und ging in Gedanken noch einmal die Züge durch, mit denen er sie schachmatt gesetzt hatte. Er hatte es wirklich schlau angestellt!

Erschreckt fuhr sie auf, als Ranulf ein paar Minuten später das Zelt betrat.

»Du hast schon gegessen«, stellte er fest, als er das Tablett bemerkte.

»Ja, zusammen mit Geoff, aber wir haben noch genug

für dich übriggelassen.« Sie wandte sich ab und ging zu der bereitstehenden Schüssel mit Wasser.

Ranulf setzte sich, zog die Stiefel aus und nahm sich etwas zu essen. Er konnte den Blick nicht von Lizanne wenden, die sich gerade anschickte, ins Bett zu gehen. Sein Puls beschleunigte sich, als sie ihr Kleid auszog und sich danach vergeblich bemühte, Ordnung in ihr wirres Haar zu bringen. Mit einem erstickten Fluch riß sie den Kamm heraus.

Ranulf schob seinen Teller beiseite und ging zu ihr.

Fragend sah sie ihn an. Er streckte die Hand aus, und sie gab ihm den Kamm. Er setzte sich aufs Bett, zog sie zwischen seine Beine und begann, sie zu kämmen.

Sanft ließ er den Kamm durch das Haar gleiten, bis es glänzend und in großen Locken herunterfiel. Dann legte er den Kamm zur Seite und band das Haar in ihrem Nakken erst mit einem hellgrünen, dann weiter unten mit einem blauen und danach mit einem roten Band zusammen.

Lizanne hielt die Augen geschlossen und genoß seine Berührungen. Sie hatte gar nicht gewußt, wie sehr ihr das gefehlt hatte!

Seine plötzliche Reglosigkeit brachte sie wieder in die Gegenwart zurück. Mißtrauisch sah sie ihn an.Er lächelte, beugte sich vor und gab ihr einen kurzen, warmen Kuß auf die Lippen.

Sie verstand das Gefühl der Leere nicht, das sie hatte, als der Kuß endete und er sie losließ. Sie faßte in ihr Haar, und ihre Finger ertasteten sofort die drei Bänder. Die Seide fühlte sich kühl an. Eifrig zog sie das Haar über ihre Schulter nach vorn und ließ die Bänder durch ihre Hände gleiten.

»Oh, Ranulf«, flüsterte sie, »sie sind wundervoll.« Impulsiv umarmte sie ihn, so daß beide das Gleichgewicht verloren und hintüber fielen.

Lizanne stützte sich auf die Unterarme und lächelte ihn an. »Vielen Dank, Ranulf.« Sie räusperte sich. »Das war sehr nett.« Dann befeuchtete sie ihre Lippen, senkte den Kopf und küßte ihn.

Er erwiderte ihren Kuß voller Leidenschaft. Seine Männlichkeit richtete sich auf und drückte gegen das Dreieck zwischen ihren Schenkeln. Gott, wie er sie brauchte! Seine ganze Zurückhaltung löste sich in nichts auf, und die Flut der Leidenschaft überwältigte ihn.

Er griff mit einer Hand in ihr volles, schwarzes Haar, ließ die Finger hindurchgleiten und legte sie dann auf den Rücken. Seine Erregung wuchs, als er sie an sich preßte.

Lizanne ließ die Hand über seine Brust bis hin zu seiner Hüfte wandern. Sanft nahm er sie und legte sie auf sein hartes Glied. Ohne zu zögern umfaßte sie es, und ein leises Stöhnen entrang sich ihrer Brust, als es bei ihrer Berührung noch härter wurde.

Noch nie hatte er bei einer Frau ein solches Verlangen verspürt. Jede Faser seines Körpers brannte vor Verlangen. Mit einem lauten Stöhnen rollte er sich herum und zog sie unter sich.

Mit allergrößter Beherrschung hob er den Kopf und sah sie fragend an. Er wollte ihrer sicher sein, bevor er sie endgültig nahm.

Lizanne spürte seinen Blick und öffnete die Augen. »Bin ich jetzt erwachsen genug?« flüsterte sie heiser.

Er nickte. «Ja», antwortete er keuchend, »in dieser Nacht wirst du mir gehören, Lizanne, mit Körper und Seele.« Er erhob sich und zog sich schnell aus.

Als er sich Lizanne wieder zuwandte, bemerkte er zu seinem Erstaunen, daß sie mit weitaufgerissenen Augen seinen Unterkörper anstarrte. Ungläubig schüttelte sie den Kopf.

»Lizanne, was ist?« fragte er, legte sich wieder auf das Bett und nahm, sie in seine Arme. Er merkte, wie ihre Leidenschaft verebbte. Ihr Körper versteifte sich. »Ich verstehe das nicht«, flüsterte sie mit tonloser Stimme. »Ich kann mich doch nicht so geirrt haben ...«

Ranulf versuchte erst gar nicht, das Geheimnis hinter diesen Worten zu entschlüsseln. Sein Verlangen war einfach zu groß. Er zog sie noch näher an sich heran und suchte ihre Lippen.

Zuerst drehte sie den Kopf weg und schlug mit den Händen gegen seine Brust, aber ihr Körper gewann schließlich die Oberhand über ihren Geist.

Ranulf nutzte ihre Schwäche sofort aus. Er küßte und streichelte sie überall, bis sie schließlich am ganzen Körper vor Begehren zitterte.

Geschickt zog er sie aus und warf ihre Sachen auf den Boden. Zärtlich fuhr er mit der Hand über die sanften Rundungen ihres Körpers bis hinunter zu ihren Beinen. Er sah ihr dabei unverwandt ins Gesicht, in dem sich eine Vielzahl von Gefühlen widerspiegelte. Schließlich strichen seine Finger über die weichen Innenseiten ihrer Schenkel und wanderten hinauf zu dem glänzenden schwarzen Haar zwischen ihren Beinen.

Sie keuchte und erbebte unter seinen Berührungen. Mit aufreizender Langsamkeit strich er mit seinen Händen über ihren Bauch bis zu ihren Brüsten. Er nahm sie in beide Hände und ließ seine Daumen sanft über die harten Brustwarzen gleiten.

»Ranulf«, stöhnte sie, »ich will dich.«

»Ganz sicher?« vergewisserte er sich.

»Ja«, flüsterte sie.

Das war genau das, was er hören wollte. Er schob ein Bein zwischen ihre Schenkel und preßte seine voll aufgerichtete Männlichkeit gegen sie. Aber er zwang sich, nicht die sofortige Befriedigung zu finden, nach der sein Körper verlangte.

»Wir müssen langsam vorgehen. Du mußt besser vorbereitet sein. Dann tut es nicht so weh.« Seine Stimme war nur ein Krächzen.

Verständnislos blickte sie ihn an. Aber dann stöhnte sie vor Lust auf, als er eine harte Brustwarze in den Mund nahm und mit ihr spielte. Geschickt wanderten seine erfahrenen Finger und Lippen über ihren Körper. Sie bäumte sich auf und stöhnte voller Verzückung.

Schließlich legte er seine Hand auf ihren Venushügel. Sanft zogen seine Finger die Blätter auseinander, die den Eingang zu ihrem Innersten verdeckten. Sie war feucht und zitterte erwartungsvoll. Vorsichtig schob er sein Glied in sie, bis er zu dem dünnen Häutchen kam, das ihm zeigte, daß sie noch Jungfrau war. Eine große Erleichterung überkam ihn. Er hatte es zwar gehofft, aber es hätte immerhin möglich sein können, daß sie bereits andere Männer vor ihm gehabt hatte. Lizanne war schon achtzehn, und die meisten Mädchen wurden mit vierzehn verheiratet.

Lizanne wollte nicht länger warten. Sie stieß nach oben. Voller Überraschung schrie sie auf, als ein schneidender Schmerz sie durchzuckte. Er war so groß, daß es ihr vorkam, als ob sie in zwei Teile zerrissen würde. Sie versuchte, seiner mächtigen Männlichkeit zu entkommen, aber er folgte ihrer Bewegung und drang noch tiefer in sie ein.

Dort verhielt Ranulf sich ganz ruhig und bemühte sich trotz des brennenden Verlangens, ihr die Zeit zu geben, sich an ihn zu gewöhnen. Langsam gelang es ihr auch. Sie entspannte ihre Muskeln, und er nahm sie ganz in Besitz.

Keuchend flüsterte er ihren Namen, legte dann seine Lippen auf ihren Mund und begann zu stoßen – zuerst langsam, aber dann immer schneller. Als er merkte, daß sie reagierte, verdrängte er alle Zurückhaltung und Zweifel, faßte sie an den Hüften und half ihr, den gleichen Rhythmus zu finden wie er.

Lizanne fühlte keinen Schmerz mehr, sondern nur noch ein süßes, alles umspannendes Verlangen. Sie paßte sich sofort seinen Bewegungen an. Von der Leidenschaft überwältigt, fuhr sie mit ihren Fingernägeln über seine Brust und seinen Rücken, und kleine Freudenschreie kamen über ihre Lippen.

Mit geschlossenen Augen sah sie sich immer höher klettern. Ihr Körper verlangte nach etwas, das so wundervoll war, daß es die Reise wert sein würde. Immer höher und höher kam sie, bis das Verlangen in ihr eine andere Dimension annahm – wild, verführerisch, beharrlich ... etwas, was gleich den Höhepunkt erreichen würde.

Auch Ranulf stand kurz vor dem Höhepunkt, als er ihren Schrei der Erfüllung hörte und das rhythmische Zusammenziehen ihrer Muskeln fühlte, die ihn umgaben.

Er stieß schneller zu und erreichte ebenfalls den Gipfel. Er schrie seine Erlösung heraus, warf den Kopf zurück und ergoß seinen Samen in ihren warmen, willigen Körper.

Noch nie zuvor hatte er eine solche Erfüllung bei einer Frau gefunden. Es war mehr als nur Begierde, wie sein Verstand ihm einreden wollte. Es war Lizanne, eine Frau, an der er sich eigentlich rächen wollte, aber der er sich jetzt mit Haut und Haaren ausgeliefert hatte. Was für eine Macht hatte sie bloß über ihn?

Keuchend senkte er seinen Oberkörper und vergrub den Kopf in ihrem Haar.

Lizannes Leidenschaft begann abzuebben, und die Bedeutung dessen, was soeben geschehen war, kam ihr langsam zum Bewußtsein. Ranulf hatte sie gerade geliebt, und sie hatte es genossen – trotz des unerwarteten Schmerzes, den sein Eindringen verursacht hatte. Stirnrunzelnd zog sie die Unterlippe zwischen die Zähne.

Was waren das für fremde Gefühle, die ihr Herz ergriffen und ihren Verstand völlig ausgeschaltet hatten? Und überhaupt, wieso hatte Ranulf nicht diese häßliche Narbe?

Er mußte es aber sein, denn so ein außergewöhnliches Äußeres gab es nicht noch einmal auf der Welt. Alles an ihm war besonders: seine Größe, sein Körper, seine Augen und vor allem das Haar!

Hatte vielleicht ihre kindliche Vorstellungskraft die Narbe nur erfunden? Sie sah sie aber trotzdem ganz genau

163

vor sich, und ihr stockte der Atem, als die Erinnerungen an die Nacht sie, wie schon so oft, überwältigten. Als sie ihren Blick wieder auf Ranulf richtete, ergriff sie von neuem das Entsetzen. Tränen der Reue traten in ihre Augen, und Schuldgefühle umklammerten ihr Herz.

Ranulfs sechster Sinn sagte ihm, daß irgend etwas nicht stimmte. Er hob den Kopf und sah in Lizannes tränenblinde Augen.

Sie unterdrückte ein Schluchzen und drehte den Kopf zur Seite.

Ranulf konnte es nicht fassen. Nach diesem, für beide so befriedigenden Liebesspiel, fing sie an zu weinen und verdarb alles! Er richtete sich auf. »Warum weinst du?« fragte er und faßte unter ihr Kinn, so daß sie ihn ansehen mußte.

Sie wandte den Blick ab und starrte vor sich hin.

Er verlor die Geduld und schüttelte sie. »Was ist bloß los mit dir? Erst bist du wie Feuer in meinen Armen und gleich darauf wie Eis.«

Arabella. Er zwang sich, jeden Gedanken, an die wunderschöne, wenn auch betrügerische Frau zu verdrängen, die einmal seine Ehefrau gewesen war. Genauso war es bei ihr gewesen – sie hatte mit seinen Gefühlen nur gespielt. »Gott«, flüsterte er, »du erinnerst mich an meine Frau.«

Lizanne sah ihn mit schmerzerfüllten Augen. »Jetzt, wo du hast, was du wolltest – läßt du mich nun gehen?«

Zorn stieg in ihm auf. »Du warst mehr als einverstanden«, erinnerte er sie barsch. »Ich habe dich nicht vergewaltigt.«

Der Gedanke an die Erinnerung ließ auch bei Lizanne die Wut wieder aufsteigen. »Aber du hättest es getan!«

»Wenn dich das beruhigt, dann glaube daran. Aber eins solltest du wissen: Diese Nacht der Liebe war nur die erste von vielen anderen, die noch folgen werden.« Er stand auf und zeigte auf das Blut, das sie vergossen hatte. »Du gehörst mir, Lizanne, aber wenn ich dich nehme, dann nur mit deiner ausdrücklichen Zustimmung.«

»Dann hoffe ich, daß du heute genug bekommen hast, denn du wirst mich nie wieder besitzen. Nie wieder werde ich bei deiner Berührung schwach werden.«

Sie wollte die Bettdecke hochziehen, aber Ranulf riß sie ihr aus der Hand. Sie griff wieder danach, aber Ranulf hielt sie so, daß sie sie nicht erreichen konte, und ließ seine Blikke gnadenlos über ihren Körper schweifen.

»Ich hasse dich!« schrie sie und verschränkte die Arme über ihren Brüsten. »Ich hasse dich. Ich hasse dich. Ich hasse dich.«

»Das hast du mir ja schon oft genug deutlich zu verstehen gegeben«, sagte er und strich mit seiner Hand über ihren Bauch. »Aber dein Körper haßt mich nicht.« Zu ihrer Bestürzung mußte sie zugeben, daß er recht hatte. Ihr Körper begehrte ihn und hatte sich ihm bedenkenlos hingegeben. Aber das würde sie ihm nie sagen. Sie schob seine Hand zur Seite und rollte sich auf den Bauch. »Du hast sicher nichts dagegen, auf dem Fußboden zu schlafen«, murmelte sie ins Kissen.

Ranulf blickte auf ihren nackten Rücken. »Und ob. Ich schlafe bei dir im Bett«, erwiderte er und löschte die Kerzen. Gleich darauf kam er zurück, gab ihr einen kleinen Schubs, um Platz für sich zu haben, und legte sich neben sie. Dann packte er sie und zog sie an sich.

Sie versuchte sich loszureißen, aber ohne Erfolg.

Ranulf hielt sie fest umklammert, bis sie ihren Widerstand aufgab und ruhig dalag. Jetzt, dachte er und zog die Decke über sie, jetzt wird sie wieder weinen.

Aber sie tat es nicht, denn sie wollte ihm nicht noch einmal Einblick in ihre aufgewühlten Gefühle geben. Er war ihr Feind, und sie würde ihm ihre Schwäche nicht mehr zeigen, denn das war eine Waffe, die er ohne Zweifel gegen sie benutzen würde.

»Schlaf, Lizanne.« Die Müdigkeit war deutlich aus seiner Stimme herauszuhören. »Morgen sind wir beim König.«

Sie versteifte sich. »Wir?«

»Ja, du wirst mich begleiten.«

»Du willst mich dem König als deine Gefangene vorführen?« fragte sie ungläubig. »Das würdest du wagen?«

»Nein, das habe ich nicht vor. Ich hätte dich gar nicht mitgenommen, aber der König besteht auf deine Anwesenheit.«

Sie schnappte nach Luft. »Woher weiß er, daß ich hier bin? Du hast es ihm doch sicher nicht gesagt.«

»Nein, aber die Stadt hat viele Augen und Ohren. Daß du mit uns reitest, ist sofort bemerkt worden. Ich hätte dich verstecken sollen.«

»Und du glaubst, daß der König meine Entführung gutheißen wird?«

Ranulf preßte sie näher an sich. »Meinst du etwa, daß er meine Entführung und Gefangenschaft gutheißen würde, Lizanne – oder die Verletzungen, die du mir zugefügt hast?« Sie schwieg. »Glaube ja nicht, daß du mir entkommen wirst, auch wenn du ihn noch so inständig darum bittest. Ich bin sicher, daß er sich für dein ungebührliches Verhalten eine angemessene Strafe ausdenken wird. Er läßt nicht alles durchgehen!«

»Wie willst du dann meine Anwesenheit erklären?«

»Darüber mache dir keine Sorgen. Ich werde mir schon etwas einfallen lassen. Du bleibst bei mir. Denk an das Versprechen, das du mir gegeben hast. Sogar der König kann dich davon nicht befreien.«

Sie konnte sich des Gefühls nicht erwehren, daß großes Unheil auf sie zukommen würde.

»Ich werde mich bemühen, daran zu denken«, brummte sie. »Aber du solltest dich daran erinnern, daß man dem Befehl des Königs Folge leisten muß.«

»Das gilt auch für dich«, erwiderte Ranulf.

✻

Am nächsten Tag ritten eine schlechtgelaunte, mürrische Lizanne und ein düster vor sich hinbrütender Ranulf zum

Westminster-Palast. Sie hatten kein Wort mehr miteinander gesprochen, und das bohrende, selbstauferlegte Schweigen zwischen beiden schien undurchdringbar zu sein.

Auch Geoff, der neben Lizanne ritt, bemerkte es und hielt es ebenfalls für besser, kein Wort zu sagen. Er wußte zwar nicht, was diese Entfremdung hervorgerufen hatte, aber ihm war klar, daß es ernster war als sonst, und er wunderte sich, warum ihn das so bedrückte. Wenn er es genau überlegte, mochte er die Geliebte seines Herrn. Vielleicht sogar ein bißchen zu sehr, wie er beschämt zugeben mußte.

Lizanne kümmerte sich nicht um die neugierigen Blicke der Schloßbewohner. Hochmütig hob sie den Kopf und setzte sich kerzengerade in den unmöglichen Damensattel, auf den Ranulf bestanden hatte. Der Druck des harten Leders gegen diese hartnäckig schmerzende Stelle zwischen ihren Beinen war beinahe unerträglich.

Ranulf stieg ab und kam dann zu ihr, um sie aus dem Sattel zu heben. Sie funkelte ihn finster an, ignorierte seine ausgestreckten Arme, hob blitzschnell die Röcke und stieg auf der anderen Seite ab, noch bevor er protestieren konnte.

Sie glättete ihr Kleid und warf ihm einen bitterbösen Blick zu, als er um das Pferd herumging und ihren Arm packte.

Obwohl er kein Wort sagte, sprachen seine Augen Bände. Dann führte er sie die Treppen zum Palast hinauf.

Oben angekommen, wechselte Ranulf ein paar Worte mit dem wachhabenden Soldaten. Gleich darauf folgten sie dem Mann einen langen Gang entlang, an dessen Ende der Soldat eine Tür öffnete, zur Seite trat und sie eintreten ließ. Ranulf schob Lizanne in den kostbar eingerichteten Raum, sprach noch kurz leise mit der Wache und schloß dann die Tür hinter sich.

Lizanne hatte den großen Raum durchquert und stand mit dem Rücken zum Kamin. »Was ist das hier?« fragte sie und blickte sich um.

»Hier wirst du während unseres Aufenthaltes bei Hof wohnen.«

»Aufenthalt? Werden wir denn lange in Westminster bleiben?«

Er zuckte mit den Schultern. »So lange der König es für notwendig hält.«

Bei seinen letzten Worten überlief sie ein Schauer. »Notwendig?« wiederholte sie und ein Verdacht überkam sie. Warum hatte König Henry auf ihrer Anwesenheit bestanden? Sie war schließlich nur eine Adlige von niedrigem Rang. Was war der Grund für diese bevorzugte Behandlung?

Sie musterte die Einrichtung genauer. Sie war viel zu luxuriös. Mit Furcht im Herzen mußte sie sich eingestehen, daß sie den Grund für ihr Hiersein nur allzu gut kannte.

»O nein«, stöhnte sie und suchte fieberhaft nach einem Ausweg aus diesem neuen Dilemma.

Ranulf ging auf sie zu und packte sie an den Schultern. »Was ist los?«

»Der König plant eine Heirat.«

Verständnislos schüttelte er den Kopf. »Heirat? Mit dir?« Er lachte. »Der König ist doch schon mit Eleanor verheiratet.«

»Nein, so habe ich das nicht gemeint. Er will mich verheiraten – mit einem anderen.« Sie riß sich los und ging zu dem großen Bett. »Verstehst du denn nicht?«

»Lizanne, deine Worte ergeben keinen Sinn.« Mit einem Schubs beförderte er sie auf das Bett.

Sie verbarg das Gesicht in ihren Händen. »Letztes Jahr wollte er mich mit Sir Arthur Fendall verheiraten«, erklärte sie mit erstickter Stimme. »Ich wollte ihn nicht zum Mann, und der König war mehr als wütend.«

»Du hast dich ihm widersetzt? Dem König?«

Laut seufzend ließ sie die Hände sinken und richtete sich auf. »So kann man das eigentlich nicht sagen.«

»Genug jetzt, Lizanne. Was genau ist geschehen?«

»Ich habe dafür gesorgt, daß es Sir Arthur war, der die Ehe mit mir ablehnte. Es war eigentlich ganz einfach ...«

Ungeduldig bedeutete ihr Ranulf, weiterzusprechen.

»Ich habe mit ihm gerungen«, gab sie offen zu und stand auf.

»Du hast was?« Er konnte sich doch nur verhört haben.

»Ich habe mit ihm gerungen«, wiederholte sie und ging an ihm vorbei.

Ranulf packte sie am Arm und zwang sie, ihn anzusehen. »Das mußt du mir genauer erklären.«

»Da gibt es nicht viel zu erklären.« Sie sah, wie sich sein Gesicht ärgerlich verzog, und zuckte ergeben mit den Schultern. »Gleich nachdem König Henry verkündet hatte, daß er mich mit Sir Arthur vermählen wollte, hat sich dieser schreckliche kleine Mann in aller Öffentlichkeit damit gebrüstet, was er mit mir im Bett alles anstellen wollte. Ich war zufällig Zeuge einer besonders widerlichen Darstellung ... Na ja, und da habe ich ihm eins auf die Nase gegeben – übrigens ein bedauerlicher Unfall ...« Der Spott in ihrer Stimme war nicht zu überhören.

Das Entsetzen auf Ranulfs Gesicht brachte sie fast zum Lachen. Sie strich mit einer Hand über seine gerunzelte Stirn. »Sieh nicht so besorgt aus. Er konnte ja schlecht in Anwesenheit des Königs zurückschlagen, und deswegen wartete er einen – wie er glaubte – günstigen Augenblick ab. Was ihm aber nichts einbrachte, denn ich habe ihn zu Boden geworfen.«

Ranulfs Kinnlade fiel herunter. »Du hast wirklich mit ihm gerungen?«

Jetzt konnte sie das Lachen nicht mehr zurückhalten. »Ja.« Für einen Moment vergaß sie ihre Probleme, als sie daran dachte, wie überaus peinlich das dem alten Mann gewesen war. Er war aufgeblasen und hochnäsig, und sie hatte ihn ohne große Anstrengung geschlagen. Darauf war sie heute noch stolz.

»Es ging auch ganz fair zu. Er war nicht so groß wie du,

Ranulf. Er war sogar ziemlich schmächtig. Es war keine große Herausforderung.«

Ranulf schüttelte den Kopf. »Das kann ich mir denken.«

»Danach war mir klar, daß er mich nicht mehr heiraten konnte, und er hat seinen Antrag zurückgezogen. Glücklicherweise hat Gilbert mich noch am gleichen Abend mit nach Hause genommen, so daß der König keinen zweiten Versuch machen konnte.«

»Und jetzt glaubst du, daß er wieder einen Mann für dich im Sinn hat?«

»Das befürchte ich.«

»Das war es, woran du gestern abend gedacht hast?«

»Ja. Und jetzt bin ich mir ganz sicher. Warum sonst sollte er mich in einem Brautgemach unterbringen?«

Zum ersten Mal nahm Ranulf den Raum richtig wahr. Er murmelte etwas, was Lizanne nicht verstand, ging zur Tür und zog sie auf.

»Wohin gehst du?«

»Es ist nicht schicklich, wenn wir beide im selben Raum schlafen.«

»Das weiß ich. Das war auch gar nicht der Grund meiner Frage.«

»Meine Unterkunft ist gleich dort hinten, am anderen Ende des Ganges. Wenn du mich brauchen solltest: Ich bin da.«

»Ich brauche dich nicht.«

Er zuckte mit den Schultern. »Ich habe befohlen, daß dir heißes Wasser für ein Bad gebracht wird. Mach dich frisch, ich hole dich dann zum Essen ab.«

Sie sah auf ihre Hände und nickte. Als er die Tür hinter sich geschlossen hatte, war sie sehr nachdenklich. Was würde er tun, wenn der König sie einem anderen Mann zur Frau gab? Er konnte ja wohl kaum hoffen, sie für sich beanspruchen zu können, ohne ihr die Ehe anzubieten ...

14. Kapitel

Lizanne und Ranulf betraten nebeneinander die Große Halle, in der das Mittagessen aufgetragen werden sollte. Lizanne trug die geliehenen Sachen, die Ranulf ihr hatte schicken lassen. Am anderen Ende des Raumes saß König Henry zusammen mit der Königin auf einem Podest. Der König bemerkte sie und winkte sie zu sich.

Lizanne richtete ihren Blick als erstes auf Königin Eleanor. Sie war Anfang Dreißig und zwölf Jahre älter als ihr Ehemann, der vor knapp zwei Jahren zum König von England gekrönt worden war. Obwohl sie erst kürzlich Prinzessin Matilda, Henrys drittem Kind, das Leben geschenkt hatte, sah Eleanor immer noch unbeschreiblich schön und weiblich aus. Lizanne konnte nicht anders, sie mußte sie einfach beneiden.

Sie erwiderte Eleanors Lächeln und richtete ihre Aufmerksamkeit dann auf Henrys breites, bärtiges Gesicht. Sein kurzgeschorenes, rotes Haar paßte genau zu seinem mit Sommersprossen übersäten Teint. Er war ein gutaussehender Mann.

Nur widerwillig blickte sie in seine grauen Augen, und die Mißbilligung, die in ihnen stand, ließ sie zusammenzucken. Er hatte ihre letzte Begegnung also noch nicht vergessen.

Nervös wandte sie ihre Augen ab und richtete den Blick auf die lange Tafel. Sogleich fiel ihr der Mann auf, der sie und Ranulf unverwandt anstarrte. Es war Philip Charwyck. Röte stieg ihr ins Gesicht – nicht weil sie verlegen war, sondern weil die Wut langsam in ihr aufstieg.

Es war eine reine Ironie des Schicksals, daß sie sich gerade hier in der Gesellschaft von Ranulf und Philip befand – ihren bestgehaßten Feinden. Sie hatte ihren ehemaligen Verlobten vor sechs Jahren das letzte Mal gesehen – zwei Jahre vor der geplanten Hochzeit, die niemals stattgefunden hatte. Sie wunderte sich selbst, daß sie sein Gesicht noch so gut in Erinnerung hatte. Seine Schläfen waren ergraut, aber sonst sah er noch genauso aus wie früher.

Ob er sie wohl auch erkannt hatte? Doch bevor sie noch weiter darüber nachdenken konnte, hatten Ranulf und sie das Königspaar erreicht und knieten nieder.

Der König bat sie, sich zu erheben. »Baron Wardieu und Lady Lizanne, seid willkommen an meinem Hof«, sagte König Henry und wandte sich erwartungsvoll an Ranulf. »Ich hoffe, Ihr bringt gute Nachrichten.«

»Ja, Euer Majestät, die habe ich.«

Henry lächelte. »Dann sollten wir uns darüber unterhalten.« Er zeigte auf zwei leere Stühle zu seiner Rechten. »Setzt Euch neben mich.«

Lizanne und Ranulf mußten an den anderen Gästen vorbeigehen, um zu den angebotenen Plätzen zu gelangen, und Lizanne begegnete unerschrocken Philips anzüglichem Blick, mit dem er sie von Kopf bis Fuß musterte.

Ranulf war das nicht entgangen. Er griff nach ihrem Arm und zischte: »Vielleicht willst du dich auch noch auf seinen Schoß setzen?«

Sie wich seinem mißbilligenden Blick nicht aus, hätte jedoch am liebsten laut herausgeschrien, was Ranulf ihr angetan hatte. Sie hoffte, daß er dankbar dafür war, daß sie keine Szene machte.

»Benimm dich«, warnte er sie, als er den Stuhl für sie zurückzog. Dann setzte er sich neben sie und begann sofort eine lebhafte Unterhaltung mit dem König.

Lizanne unterdrückte das Verlangen, in Philips Richtung zu blicken. Statt dessen hob sie ihren Becher, der bis zum Rand mit Wein gefüllt worden war. Es war ein guter Wein, und bevor überhaupt das Essen serviert worden war, hatte sie ihren Becher geleert. Sofort schenkte ein Diener nach.

Sie nahm noch einen Schluck. Irgendwie konnte sie sich des Gefühls nicht erwehren, daß man sie beobachtete. Und sie täuschte sich nicht. Ohne Zweifel war ihr Verhältnis zu Ranulf ein interessantes Gesprächsthema für den ganzen Hof.

Lizanne beugte sich vor, blickte den Tisch hinunter und bemerkte sofort den Mann, der sie besonders unverschämt anstarrte.

Sie hob das Kinn und beobachtete Philip Charwyck mit zusammengekniffenen Augen. Er hatte sie nicht erkannt, denn, noch nie hatte er sie *so* angesehen. Nein, früher war kein Verlangen in seinen Augen gewesen.

Ranulf legte seine Hand auf ihre, und erschrocken fuhr sie herum. Sie spürte, wie der Wein zu wirken begann, aber ihre Sinne waren noch nicht so betäubt, daß sie nicht merkte, wie zornig er war. Er beugte sich an ihr vorbei und richtete einen wutentbrannten Blick auf den angeblichen Rivalen. »Denk immer daran, Lizanne, du gehörst mir.«

»Im Augenblick vielleicht«, gab sie kühn zurück und hob den Becher.

Mit einem Brummen zog Ranulf die Hand fort und richtete seine Aufmerksamkeit wieder auf den König.

Als das Mahl endlich beendet war, hatte Lizanne das Gefühl, sie würde schweben. Sie hatte zwei – oder waren es sogar drei? – Becher Wein getrunken und nur wenig gegessen. Schweigend ließ sie sich von Ranulf zum anderen Ende der Halle führen, wo Geoff schon auf sie wartete.

Ranulf gab Lizanne in die Obhut seines Knappen und ging zurück zum König.

In einer dunklen Nische verborgen, hatte Philip das Geschehen beobachtet. Auch das besitzergreifende Verhalten des Barons dieser Lady gegenüber, die ganz sicher nicht seine Frau war, war ihm nicht entgangen.

Genau wie alle anderen war auch er brennend daran

interessiert zu erfahren, was für eine Beziehung zwischen den beiden bestand. Aber seine Neugierde hatte einen ganz anderen Grund. Es war die Lust, die in seinen Lenden brannte.

Schon als sie die Halle betreten hatte, war er zu dem Entschluß gekommen, daß er sie besitzen mußte – egal, was sie und diesen Baron, der beim König in so hohem Ansehen stand, verband. Ihre wilde Schönheit unterschied sie von allen anderen Hofdamen, ja, sie verblaßten geradezu neben ihr. Ihre festen, runden Hüften waren verlockend, ihre Brüste verheißungsvoll. Er freute sich jetzt schon darauf, sie zu reiten.

Seine Gedanken kehrten wieder zu Baron Wardieu zurück. Die verblüffende Ähnlichkeit, die dieser mit einem anderen Mann hatte, erstaunte ihn. Er hatte dieses blonde Haar, diese Augen und diesen kräftigen Körper schon vorher gesehen ..., und er wußte auch genau, wo.

Diese Ähnlichkeit konnte kein Zufall sein, da war er sicher. Und diese Erkenntnis würde er zu seinem Vorteil nutzen. Er wußte zwar noch nicht, wie, aber das war nur noch eine Frage der Zeit.

Er riß sich aus seinen Gedanken und folgte mit großen Schritten der Lady und dem Knappen. Als die beiden die Treppe erreicht hatten, überholte er sie und baute sich mit gespreizten Beinen vor Geoff auf.

»Ich bin Sir Philip Charwyck«, sagte er hochmütig. »Und du bist ...«

Geoff richtete sich zu seiner vollen Größe auf und entgegnete: »Ich bin Geoff, Baron Wardieus Knappe.«

»Hmmm«, murmelte Philip und richtete seine Aufmerksamkeit dann auf Lizanne.

Sie sah die unausgesprochene Frage auf seinem Gesicht und hätte beinahe laut losgelacht. Es war so, wie sie vermutete: Er hatte sie nicht wiedererkannt. Hatte sie sich wirklich so verändert?

»Hättet Ihr die Güte, mir Euren Namen zu verraten,

Mylady?« fragte er mit honigsüßem Lächeln, zog ihre Hand an die Lippen und wollte sie küssen. Aber zu seinem Erstaunen entriß sie ihm ihre Hand. Er betrachtete sie genauer. Ihre grünen Augen kamen ihm irgendwie bekannt vor. Kannte er die Lady vielleicht doch? War er ihr schon einmal begegnet?

Lizanne ließ ihn nicht lange im unklaren. »Wir kennen uns«, sagte sie mit eiskalter Stimme und rieb sich demonstrativ die Hand sauber.

Philip runzelte die Stirn. »Das kann nicht sein.«

Mit zusammengepreßten Lippen machte Lizanne einen kleinen Knicks. »Ich bin Lady Lizanne Balmaine von Penforke.« Bei diesen Worten blickte sie ihn unverwandt an.

Philip schoß die Röte ins Gesicht. Sein Mund stand offen, und die Augen waren so rund wie Kieselsteine.

»Lady Lizanne?« wiederholte er ungläubig und machte unwillkürlich einen Schritt zurück.

»Ja, Eure frühere Verlobte, Sir Philip. Obwohl es mich schmerzt, daß Ihr mich so schnell vergessen habt, muß ich doch sagen, daß ich davon eigentlich nicht besonders überrascht bin.«

Geoff stockte der Atem, als er diese Worte vernahm. Auch in seinem Gesicht spiegelte sich die Verblüffung wider.

»Ich glaube, ich schulde Euch noch etwas«, fügte Lizanne hinzu und hob die Hand.

Da Lizanne durch die Wirkung des Alkohols nicht so schnell war wie sonst, schaffte es Geoff noch rechtzeitig, ihr Vorhaben zu vereiteln. Gerade als sie den Ritter schlagen wollte, erwischte er noch ihr Handgelenk.

Wutentbrannt fuhr Lizanne herum. Ein Ausdruck der Enttäuschung erschien auf ihrem Gesicht, als sie den Mann ansah, den sie für ihren Freund gehalten hatte.

»Nein, Mylady«, sagte er und drückte sanft ihren Arm nach unten, »das wäre nicht klug.«

Sie wollte ihm widersprechen, aber der Wein hatte ihre

Zunge schwer gemacht. Nach kurzem Zögern nickte sie wortlos und begann, von Geoff gestützt, die Treppe hinaufzugehen.

Sie waren erst ein paar Stufen weit gekommen, als Lizanne sich noch einmal umdrehte und auf den Mann hinunterblickte, der am Fuß der Treppe stand. »Ich kann nicht behaupten, daß ich mich darüber freue, Euch wiederzusehen«, sagte sie und wandte sich ab.

Als sie nicht mehr zu sehen war, lehnte Philip sich an die Steinmauer und dachte über die Begegnung nach.

Lady Lizanne hatte Glück gehabt, daß dieser Knappe sie noch rechtzeitig festgehalten hatte, denn wenn sie ihn geschlagen hätte, hätte er es ihr heimgezahlt. Offensichtlich hatte sie ihm das gebrochene Eheversprechen nicht verziehen.

Mit viel Mühe erinnerte er sich wieder an das hoch aufgeschossene, schwarzhaarige Kind, das ihn betört hatte, als er auf dem Schloß ihres Vaters zum Knappen ausgebildet worden war. Er hätte nie gedacht, daß sie so eine Schönheit werden würde.

Verwundert schüttelte er den Kopf. Sein Verlangen erwachte erneut. Er war glücklich gewesen, daß er sie nicht hatte heiraten müssen, aber jetzt war er gar nicht mehr so sicher, ob es wirklich die ganzen Mühen wert gewesen war, die er auf sich genommen hatte, um der Ehe zu entkommen, zu der sein Vater ihn zwingen wollte.

Aber noch war es nicht zu spät, versicherte er sich. Wenn sie Baron Wardieus Geliebte war, was hielt ihn dann davon ab, sich ebenfalls mit ihr zu amüsieren? Dieser Gedanke hob seine Laune beträchtlich.

✳

Als Ranulf ihre Kammer betrat, lag Lizanne bäuchlings auf dem Bett. Vorsichtig setzte er sich auf die Matratze, beugte sich über sie und sah ihr ins Gesicht. Sie schlief. Ihr Gesichtsausdruck war entspannt. Sie schien nicht geweint zu haben. Sie sah sogar ganz zufrieden aus – wahrscheinlich wegen des Weines, den sie getrunken hatte.

Er seufzte erleichtert. Geoff hatte ihm von ihrer Begegnung mit Charwyck erzählt und sehr zu Ranulfs Beunruhigung berichtet, daß die beiden früher einmal verlobt gewesen waren. Aber die Feindseligkeit, die Lizanne dem Mann entgegenbrachte, hatte seine Befürchtungen etwas zerstreut.

Er streckte die Hand aus und strich über das Band, das ihr frisch gewaschenes Haar zusammenhielt. Er freute sich, daß sie trotz ihrer letzten Auseinandersetzung sein Geschenk trug. Vielleicht wurde sie wirklich langsam erwachsen.

Sie bewegte sich, wachte aber nicht auf.

Vorsichtig, um sie nicht zu stören, legte er sich neben sie. Er starrte an die Decke und dachte an sein Gespräch mit dem König.

Henry war mehr als zufrieden damit gewesen, wie er den Streit zwischen Lord Bernard und seinem Vasallen geschlichtet hatte. Aber sehr zu Ranulfs Erstaunen interessierte er sich dafür weniger als für die Umstände, die zu Lizannes Anwesenheit geführt hatten.

Obwohl Ranulf nur das Wichtigste erzählte, verschwieg er auch nichts. Als er die Blicke bemerkte, die Henry und Eleanor sich während seiner Ausführungen zuwarfen, keimte ein Verdacht in ihm auf.

Henrys direkte Frage, ob er Lizanne in seinem Bett gehabt habe oder nicht, hatte Ranulf schwer erschüttert. Er hatte sich geweigert zu antworten, und zu seiner Überraschung hatte der König auch nicht weiter auf eine Antwort gedrängt.

Aber der größte Schock für Ranulf kam am Ende der Audienz beim jungen König. Henry hatte schelmisch gelächelt und dann gefragt, ob Ranulf die Lady heiraten wollte oder nicht. Ranulf hatte sofort mit nein geantwortet.

Der König sah enttäuscht aus, erholte sich aber schnell wieder und begann, die Namen von Rittern aufzuzählen, die für eine Ehe mit Lizanne in Frage kamen. Dabei war auch der Name Charwyck gefallen.

Die Erkenntnis, daß Lizanne recht gehabt hatte, und der Gedanke, sie bald an einen anderen zu verlieren, hatten Ranulf schwer mitgenommen.

Und ganz am Ende der Unterredung hatte Henry ihm allen Ernstes vorgeschlagen, seine Entscheidung noch einmal zu überdenken. Wenn er Lizanne nicht bald die Ehe anbieten würde, dann würde er, der König, eben einen Ehemann für sie finden.

Wenn er nicht der König gewesen wäre, dann hätte Ranulf ihn sicher erwürgt.

In diesem Augenblick rollte Lizanne sich auf den Rücken, legte einen Arm über seine Brust und sah ihn durch halbgeschlossene Augen an.

»Ach, du bist das«, murmelte sie.

»Hast du Sir Philip erwartet?«

»Was?« Sie zwinkerte und zwang sich dann dazu, die Augen ganz zu öffnen. »Oh.« Sie schüttelte den Kopf, als ihr wieder einfiel, was geschehen war. »Geoff hat es dir also erzählt.«

»Natürlich.«

»Natürlich«, wiederholte sie. Sie strich mit einer Hand durch ihr zerzaustes Haar und richtete sich dann auf. Ein stechender Kopfschmerz durchzuckte sie, der von dem starken Wein herrührte.

»Wie war das mit dir und Charwyck? Wieso wurde die Verlobung gelöst?« hakte Ranulf nach, und sein Gesicht verhärtete sich.

»Das geht dich gar nichts an.«

»Da irrst du dich.« Ranulf setzte sich auf und wunderte sich, daß er so ruhig blieb. »Der König will dich verheiraten, und dieser Charwyck gehört zu den Kanidaten. Da du immer noch unter meinem Schutz stehst, habe ich ein Recht darauf, es zu erfahren.«

»Und hat der König dich auch als möglichen Eheman in Betracht gezogen?«

Ihre direkte Frage überraschte ihn. »Ja«, gab er zu, »aber ich habe abgelehnt.«

Es war, als hätte er ihr eine Ohrfeige gegeben. Sie zuckte zurück, stand auf und wandte das Gesicht ab, damit er ihre Tränen nicht sah.

»Bist du enttäuscht?« fragte er und folgte ihr durch den Raum bis zum Fenster.

»Enttäuscht?« Sie lachte, drehte sich um und sah ihn an. »Glaubst du wirklich, daß ich dich heiraten möchte? Glaubst du wirklich, daß ich überhaupt heiraten möchte?« Sie begann zu zittern und drehte ihm wieder den Rücken zu. »Vielleicht hast du es immer noch nicht verstanden: Ich mag die Männer nicht. Für mich sind sie wie die Pest.«

Sanft umfaßte Ranulf sie und drehte sie herum. »Was ist mit Gilbert? Haßt du ihn auch?«

»Nein! Gilbert ist anders ...«

»Anders als die anderen Männer? Wieso das?«

»Er ist mein Bruder ... Und er ist ein guter Mann.«

»Aha. Und was ist mit Geoff?«

»Er ... Nun, er ist ...«

»Und mit Roland? Ihn haßt du doch auch nicht.«

Sie riß sich los und ging ein paar Schritte zurück. »Das sind doch Jungen! Sie kennen noch nicht die Heimtücke der Männer!«

Ranulf bemühte sich weiter um Geduld. »Heimtücke ... Und gilt das nur für Männer, Lizanne? Was ist mit den Frauen?« Wieder fiel ihm die Frau ein, mit der er fünf unglückliche Jahre verheiratet war. Mit entschlossenen Schritten ging er auf Lizanne zu, die zurückwich, bis sie mit dem Rücken gegen die Wand stieß.

»Ich glaube«, er legte seine Hände rechts und links auf die Wand, »daß Frauen viel heimtückischer sein können als Männer.«

»Ich spreche nicht von Herzensangelegenheiten, sondern von Raub und Mord«, erklärte sie. »Und Vergewaltigung«, fügte sie leise hinzu.

Vergewaltigung? Wieso kam sie immer wieder darauf zurück? Ranulf blickte in ihr schmerzverzerrtes Gesicht, sah die Angst in ihren Augen und versuchte, sich einen Reim auf ihr Verhalten zu machen. Und plötzlich, ganz plötzlich gab alles einen Sinn. Jetzt verstand er, warum sie ihn und alle Männer ablehnte.

»Darum geht es also«, murmelte er. »Jemand wollte dir deine Unschuld rauben.«

Sie riß die Augen auf, und Röte schoß in ihr Gesicht.

»Wer war es?« Ranulf ließ nicht locker.

Sie begann zu zittern.

»War es Charwyck?« Allein der Gedanke drehte ihm schon den Magen um.

»Philip?« rief sie und schüttelte heftig den Kopf. Ihr Atem kam in schnellen Stößen. »Nein, er war ein ehrenhafter Mann, ganz im Gegensatz zu dem, der versucht hat, mich zu vergewaltigen. Philip war derjenige, den ich heiraten wollte.«

Ranulf zuckte zusammen. Sie hatte Philip also geliebt – oder zumindest geglaubt, in ihn verliebt zu sein. »Und warum hast du ihn dann nicht geheiratet?«

Sie starrte ihn an und hob trotzig den Kopf. »Er glaubte, daß ich meine Unschuld verloren hatte, und wollte mich deshalb nicht mehr.«

Ranulf biß die Zähne zusammen. Philip Charwyck war ein Bastard – genau wie er ihn eingeschätzt hatte. Er hätte Lizanne gerne in die Arme genommen, aber er hielt sich zurück, weil er wußte, daß sie seine Berührung im Augenblick nicht ertragen konnte. »Wenn es nicht Philip war, wer dann?« drängte er. Er mußte es wissen.

Lizanne hielt es nicht länger aus. »Du warst es – du, Ranulf Wardieu!« schrie sie.

15. Kapitel

Wie vom Blitz getroffen taumelte Ranulf einen Schritt zurück. Das erklärte soviel: die Falle, die sie ihm gestellt hatte, ihren Haß, ihr Entsetzen über die Reaktion ihres Körpers auf seine Berührungen ...

Wie durch einen Schleier hörte er sie weitersprechen und zwang sich zur Konzentration. Nur wenn er ihr jetzt zuhörte, würde er das Rätsel ganz lösen können.

»Weißt du eigentlich, was du zerstört hast?« Sie stieß sich von der Wand ab, jetzt nicht länger die Beute, sondern der Jäger. »Alles, was mir lieb war, hast du mir genommen ... Meinen Vater, Philip ... Und Gilbert wird nie wieder richtig gehen können, du hättest ihn auch gleich töten können!«

Sie preßte die Hände gegen die Schläfen. »Und jetzt will ich wissen, ob du es zugibst oder nicht.«

Ranulf hatte sich von seiner Verblüffung erholt. »Nein«, antwortete er. »Glaub mir, Lizanne, so etwas würde ich nie tun.«

Sie hob die Hand und schlug ihm ins Gesicht. Er rührte sich nicht. »Du warst es!« schrie sie.

Sein Gesicht verhärtete sich. »Nein, es war ein anderer.«

Sie lachte bitter. »Ich kann es dir nicht verdenken, daß du es leugnest, denn es ist bestimmt peinlich, einer Frau zu unterliegen.«

»Ich weiß schon wieder nicht, worauf du anspielst.«

»Das hier«, zischte sie und hob ihre rechte Hand. »Du wolltest doch wissen, was mit meinem Daumen geschehen ist. Es war reine Dummheit. Ich hätte den Daumen nicht in der Faust haben dürfen, als ich dich niedergeschlagen habe. Aber ich kann mich eigentlich nicht beschweren, denn das Ergebnis war das gleiche, und es hat dich davon abgehalten, dir etwas zu nehmen, was ich nicht geben wollte. Erinnerst du dich jetzt?«

Er schüttelte den Kopf. »Nein. Ich habe dich auf der Burg von Lord Langdon zum ersten Mal gesehen, das schwöre ich.«

Lizanne griff mit ihrer Hand in sein Haar und zog ein paar Strähnen vor seine Augen.

»Es gibt keinen anderen Mann mit solch hellem Haar. Und auch keinen mit so schwarzen Augen.« Sie ließ ihre Hand sinken und trat zurück.

»Und dann deine Größe«, flüsterte sie. »Nein, das ist kein Irrtum. Du warst es.« Sie wandte sich ab.

»Du irrst dich«, gab er zurück und drehte sie wieder zu sich um. »Ich bin nicht der Mann, von dem du gesprochen hast.«

»Du hast zwar die Narbe nicht, aber du bist es trotzdem.«

Ranulf horchte auf. »Welche Narbe? Wovon sprichst du?«

Mit einer schnellen Bewegung riß sie ihr Knie hoch. Ihr Ziel war offensichtlich, aber Ranulf war schneller. Er wich aus, ergriff sie, trug sie zum Bett und ließ sie auf die Matratze fallen. Als sie sich aufrichten wollte, drückte er sie zurück. Sein Gesicht war dem ihren ganz nahe, und sie konnte seinen Atem auf ihrer Haut spüren.

Sie gab ihren Widerstand auf und sah ihn an.

»Der Mann, der dich vergewaltigen wollte, würde mit Sicherheit nicht soviel Geduld haben, Lizanne«, sagte er sanft. »Er würde nicht warten, bis du unter seiner Berührung weich wirst.«

Er sah die Verwirrung, die sich in ihren Augen widerspiegelte, und Hoffnung keimte in ihm auf. Sie schien sich nicht sicher zu sein.

Er kam ihr noch näher und blickte ihr tief in die Augen.

»Und du würdest ihn auch nicht so begehren wie mich.« Um es ihr zu beweisen, preßte er seine Lippen auf ihren Mund.

Lizanne schloß die Augen und lag bewegungslos da. Sie versuchte, die Wärme seiner Lippen zu ignorieren, die zärtlich eine Antwort forderten. Fieberhaft bemühte sie sich, an etwas anderes zu denken, aber seine Berührung und seine Zunge, die ihre Lippen liebkoste, holten sie immer wieder in die Gegenwart zurück.

Das verräterische Gefühl der Leidenschaft begann von ihr Besitz zu ergreifen. Obwohl ihr Verstand schwach protestierte, achtete ihr Körper nicht darauf, sie wurde von der Flut der Leidenschaft davongetragen. Wimmernd ergab sie sich und zog seine Zunge in ihren Mund.

Sofort hob er den Kopf und blickte sie an.

Sie öffnete die Augen und erwiderte seinen Blick.

Er lächelte bitter. »Du willst es zwar nicht wahrhaben, aber dein Körper kennt die Wahrheit. Der Mann, für den du mich hältst, würde dich jetzt auf der Stelle nehmen – mit oder ohne deine Einwilligung.«

Er richtete sich auf und ging zur Tür. »Denk darüber nach«, sagte er und verschwand.

✳

Wie Ranulf vorausgesehen hatte, schützte Lizanne Unwohlsein vor, um nicht am Abendessen in der Großen Halle teilnehmen zu müssen. Walter hatte ihren Platz eingenommen und berichtete seinem Lehnsherrn leise, was er über Charwyck herausgefunden hatte.

»Er zahlt Schildsteuer, damit er seinen Ritterpflichten nicht nachkommen muß.«

»Dann ist er auch noch ein Feigling?« murmelte Ranulf und richtete seinen Blick auf die Person, über die sie sich unterhielten. Charwyck bemerkte ihn nicht, denn er war damit beschäftigt, einer besonders üppig gebauten Magd hinterherzustarren.

»So sieht es aus«, gab Walter zurück. »Aber mir ist zu Ohren gekommen, daß er nicht unerfahren ist. Nachdem er zum Ritter geschlagen worden war, hat er drei Jahre lang seine Pflichten erfüllt. Erst in den letzten Jahren hat er sich freigekauft.«

»Was noch?«

»Gleich nachdem er das Eheversprechen, das er Lady Lizanne gegeben hatte, gebrochen hatte, heiratete er eine adelige Witwe. Die Ländereien seiner Familie hat er damit fast verdoppelt.«

Mit hochgezogenen Augenbrauen dachte Ranulf über diese Worte nach. »Sie lebt nicht mehr, nehme ich an?«

»Sie starb vor zwei Jahren unter mehr als verdächtigen Umständen. Laut Sir Philip ist sie die Treppe hinuntergefallen und hat sich dabei das Genick gebrochen, aber Gerüchte besagen, daß sie schon tot war, als sie fiel.«

Ranulf umfaßte sein Messer so fest, daß seine Knöchel weiß wurden. »Haltet Ihr das wirklich nur für böse Nachrede?«

Walter schüttelte den Kopf. »Ich habe die Befürchtung, daß es stimmt. Die Berichte über seine Grausamkeit sind erschreckend. Sicher ist nicht alles erlogen.«

Ranulf hob seinen Becher, blickte Sir Philip über den Rand an – und sah genau in dessen stahlblaue, eiskalte Augen. Ohne den Blick abzuwenden, nahm er einen Schluck und stellte den Becher dann auf den Tisch. Äußerlich unbewegt beobachtete er, wie sich Charwycks Lippen zu einem bösen Lächeln verzogen.

Sie verstanden sich also. Hervorragend. Er richtete seine Aufmerksamkeit wieder auf Walter. »Ich kann nicht zulassen, daß Lizanne ihn heiratet.«

Es war genau, wie Walter gedacht hatte. Vorsichtig schlug er vor: »Dann wollt Ihr sie selbst zur Frau nehmen?«

Ja, überlegte Ranulf, ich habe Lizanne in diese Situation gebracht und werde sie jetzt auch wieder herausholen – ob es ihr nun gefällt oder nicht. Es war ihm auch egal, daß sie ihm am Nachmittag noch deutlich zu verstehen gege-

184

ben hatte, daß sie ihren früheren Verlobten vorzog. Sie war sein und würde sein bleiben.

»Also gut. Ich werde um ihre Hand anhalten.«

Zu seiner Überraschung grinste Walter über das ganze Gesicht. »Obwohl diese Frau Euch wahrlich verhext hat, Mylord, bin ich sicher, daß Ihr ihrer nicht so bald überdrüssig werdet.«

»Ich dachte immer, Ihr würdet sie nicht mögen.«

»Das stimmte auch«, gab Walter zu. »Aber seitdem wir Killian verlassen haben, habe ich sie beobachtet. Ich glaube, ich habe sie falsch eingeschätzt – aber nur, weil sie falsch eingeschätzt werden wollte.«

»Ranulf«, mischte der König sich in die Unterhaltung ein.

»Euer Majestät?«

Henry beugte sich vor. Seine Augen glänzten verschwörerisch. »Ich habe meine Wahl getroffen, und ich bin sehr damit zufrieden.«

Ranulf wußte genau, was der König meinte – Lizannes Eheschließung. »Ich wollte sowieso noch mit Euch darüber sprechen«, entgegnete er schnell. »Ich habe es mir überlegt. Ich möchte Lady Lizanne doch zur Frau nehmen.«

Überraschung und dann Bedauern zeichneten sich auf Henrys Gesicht ab. »Ich fürchte, daß Euer Angebot zu spät kommt, Ranulf. Ich habe bereits mit Charwyck gesprochen, und er hat sich bereit erklärt, sie zu heiraten. Ihr solltet wissen, daß die Ländereien von Balmaine und Charwyck aneinandergrenzen. Und was noch interessanter ist: Ich habe herausgefunden, daß Lady Lizanne mit dem Mann früher schon einmal verlobt war.«

Es war das zweite Mal, daß Ranulf den König am liebsten erwürgt hätte, aber wieder beherrschte er sich. »Ich bitte Euch, Eure Entscheidung noch einmal zu überdenken.«

Der König hob seinen Becher und nahm einen tiefen Schluck. »Es gibt nichts zu überdenken. Meine Entscheidung steht.«

Mit einem gewinnenden Lächeln beugte Eleanor sich vor und legte beschwichtigend eine Hand auf den Arm ihres Mannes. »Vielleicht sollte Lady Lizanne in dieser Angelegenheit das letzte Wort haben. So wie es aussieht, wären beide Männer eine passende Partie für sie.« In diesem Augenblick war deutlich zu spüren, welche Macht die Königin über ihren Mann hatte.

Henry dachte darüber nach und sagte schließlich: »Also gut. Das ist bestimmt eine interessante Abwechslung.« Er schenkte Eleanor ein Lächeln. »Lady Lizanne wird sich morgen entscheiden.« Plötzlich brach er in Gelächter aus. »Vielleicht ist sie diesmal etwas zahmer!«

*

»Laßt mich los, ihr Unmenschen!« schrie Lizanne und wehrte sich mit Händen und Füßen gegen die beiden Männer, die sie festhielten. Sie ignorierten ihren Protest und schleppten sie in die Große Halle, wobei sie nicht gerade zimperlich mit ihr umgingen.

»Wir dachten, daß Ihr vielleicht plant, uns heute morgen in aller Frühe zu verlassen, Lady Lizanne.« Die laute Stimme des Königs ließ sie erschreckt zusammenfahren. Mit einer Vorahnung drohenden Unheils richtete sie ihren Blick auf König Henry, der auf einem kunstvoll verzierten Stuhl thronte. Neben ihm saß die Königin in einem wundervollen Kleid in der Farbe von blauen Saphiren. Zur Rechten der Königin stand ein untersetzter Priester mit einer Bibel in der Hand, links neben dem König standen Ranulf und Philip.

Mißtrauisch betrachtete Lizanne die Versammlung. Schließlich blieb ihr Blick an Ranulf hängen. Obwohl er weit von ihr entfernt war, konnte sie sein finsteres Gesicht erkennen. Ihre schlimmsten Befürchtungen schienen sich zu bewahrheiten.

»Kommt näher, Lady Lizanne«, befahl der König. »Ihr habt uns schon viel zu lange warten lassen.«

Zweifellos. Sie hatte einen Morgenspaziergang im Garten gemacht, als die Soldaten gekommen waren und sie ohne weitere Erklärungen vor den König gezerrt hatten.

Sie straffte die Schultern und ging kampflustig auf Henry zu. Sein wütender Gesichtsausdruck verwies sie allerdings sofort in ihre Schranken. Sie versank in einer tiefen Verbeugung.

»Erhebt Euch«, befahl der König.

Lizanne warf Ranulf einen Blick zu und richtete sich wieder auf.

»Es ist Zeit, daß Ihr heiratet, Lady Lizanne«, begann Henry. Er klang genau wie ihr Vater, wenn er sie ausschalt, weil sie sich ungehörig benommen hatte. »Ihr seid schon viel zu lange eine Bürde für Euren Bruder. Es ist an der Zeit, daß die Bürde weitergereicht wird.« Er lächelte bei diesen Worten.

Lizanne runzelte die Stirn. Sie fand das überhaupt nicht komisch, wagte es aber nicht, etwas zu sagen.

»Ich habe es noch einmal auf mich genommen, einen passenden Mann für Euch zu finden. Und dieses Mal«, er zeigte warnend mit dem Finger auf sie, »werdet Ihr mir nicht mehr entkommen. Ich will Euch heute noch verheiratet sehen, und danch will ich nie mehr hören, daß Ihr Euch undamenhaft benehmt. Ist das klar?«

Sie richtete ihren Blick auf den Priester. Jetzt war ihr auch klar, warum er hier stand. Der König wollte sie auf der Stelle verheiraten. Es gab keine Möglichkeit zur Flucht mehr.

Wieder sah sie zu Ranulf und Philip hinüber, und eiskalte Furcht überfiel sie. Er wollte sie Philip zur Frau geben, und so wie es schien, wollte Ranulf selbst sie in Philips Obhut übereignen.

Sie wurde leichenblaß, und Übelkeit kam in ihr hoch. Warum sollte Philip gerade jetzt in eine Ehe einwilligen, die er vor Jahren nicht hatte eingehen wollen? Sie war jetzt viel weniger rein als damals.

»Aber ... Euer Majestät ...«

»Habt Ihr das verstanden, Lady Lizanne?« brüllte Henry los, und sein Gesicht lief rot an.

Mit gesenktem Kopf nickte sie.

»Ihr seht mich gefälligst an, wenn ich mit Euch rede!« Er stampfte mit dem Fuß auf den Boden, um seine Worte noch zu unterstreichen.

Lizanne atmete tief durch und gehorchte. »Ja, Euer Majestät, ich habe verstanden.«

Zufrieden lächelte der König und lehnte sich in seinem großen Stuhl zurück. »Das ist gut.« Mit einem lauten Seufzen sah er erst Ranulf und dann Philip an, ehe er sich wieder an Lizanne wandte.

»Trotz Eures Verhaltens, das Ihr in der letzten Zeit an den Tag gelegt habt, habe ich beschlossen, großzügig zu sein. Die Königin und ich sind der Meinung, daß wir Euch die Wahl lassen sollten, wen Ihr zum Manne nehmen wollt. Ihr könnt Euch zwischen den beiden Rittern hier entscheiden.«

Verständnislos starrte Lizanne den König an. Aber als ihr die Bedeutung seiner Worte aufging, schlug sie die Hände vor den Mund und wirbelte herum, um Ranulf und Philip anzusehen. Auch Ranulf wollte sie heiraten? Aber hatte er ihr nicht gesagt, daß er abgelehnt hatte? Sie konnte es kaum glauben. Sicherlich hatte der König ihn gezwungen. Mit schwerem Herzen blickte sie in seine dunklen Augen.

Er erwiderte ihren Blick. Sie las Spannung in seinen Augen – und unterdrückte Wut. Nein, er nahm sie nicht freiwillig zur Frau.

Sie richtete ihren Blick auf Philip. Er machte einen selbstsicheren Eindruck und hatte ein gewinnendes Lächeln aufgesetzt. Obwohl er früher für sie einmal der bestaussehendste Mann der Welt gewesen war, konnte sie nicht anders, als ihn mit Ranulf zu vergleichen. Und dieser Vergleich fiel für Philip sehr ungünstig aus.

»Also?« drängte der König.

Sie schüttelte den Kopf. »Ich ... ich kann nicht«, flüsterte sie. Sie hörte, wie Philip scharf die Luft einzog.

Henry beugte sich vor. »Ich habe Euch die Wahl gelassen, Lady Lizanne. Ich warne Euch, reizt mich nicht noch mehr. Entweder Ihr heiratet einen dieser Männer oder Ihr geht ins Kloster.« Er deutete auf Ranulf und Philip. »Und beeilt Euch. Ich bin ein vielbeschäftigter Mann und habe andere, dringendere Angelegenheiten zu erledigen.«

Ein Kloster? Verzweifelt klammerte sie sich an diesen letzten Rettungsanker. »Dann wähle ich das Kloster.«

Henry sah jetzt beinahe aus wie eine Tomate. Es war schwer zu sagen, wo sein Gesicht aufhörte und das Haar begann.

Nervös richtete Lizanne ihre Aufmerksamkeit auf die Königin, aber die war nicht bereit, ihr zu helfen. Sie starrte sie streng an.

Langsam beruhigte sich Henry wieder. »Hmmm«, sagte er nachdenklich und rieb mit der Hand über seinen Bart. »Ich streiche das Kloster.«

Zögernd machte Lizanne einen Schritt auf ihn zu. »Aber das könnt Ihr doch nicht!«

»Was?« Er schoß aus seinem Stuhl hoch. »Ihr wollt meine Autorität in Frage stellen? Ich kann mit Euch nach meinem Belieben verfahren, und das schließt auch Eure Hinrichtung wegen Majestätsbeleidigung ein.«

Sie zuckte zusammen. »Bitte vergebt mir, Euer Majestät. Es ist nur so – weder die eine noch die andere Möglichkeit sagt mir zu.«

Henry warf einen finsteren Blick auf die beiden Männer. »Vor mir stehen zwei gestandene Männer, die eine gute Partie sind, und denen Ihr Kinder gebären könnt, Lady Lizanne. Wenn Ihr Euch nicht entscheiden könnt, dann werde ich es für Euch tun – und ich kann nicht garantieren, daß Ihr mit meiner Wahl zufrieden sein werdet.«

Lizanne wußte, daß sie verloren hatte. Sie zwang sich zur Ruhe und musterte Ranulf und Philip eingehend. »Groß ist die Auswahl ja nicht«, murmelte sie.

»Habt Ihr etwas gesagt?« wollte der König wissen, und der Ärger war seiner Stimme deutlich anzuhören.

»Nein, Euer Majestät. Ich werde jetzt meine Wahl treffen.« Aber sie würde dafür sorgen, daß die beiden Ritter genauso gedemütigt wurden wie sie. Sie straffte die Schultern und ging zu Ranulf. Sie stemmte die Hände in die Hüften und brachte ihr Gesicht ganz nahe an seins. »Du kannst mir jetzt gar nichts mehr befehlen«, flüsterte sie so leise, daß nur er es hören konnte.

Er kniff die Augen zusammen, bewegte sich aber nicht. Nachdenklich trat sie einen Schritt zurück und ließ ihren Blick über seinen muskulösen Körper wandern. Dann ging sie um ihn herum, einmal, zweimal, dreimal, und musterte ihn in der gleichen Weise wie Gilbert ein Pferd vor dem Kauf.

Sie streckte die Hand aus, faßte in sein Haar und drehte eine Locke um ihren Finger. Dann drückte sie die Muskeln seines Armes. »Hmmm«, murmelte sie und umrundete ihn noch einmal. Und als allerletzte, größte Demütigung beugte sie sich herunter und kniff in seine Wade.

Obwohl Ranulf Folterqualen litt, zwang er sich doch zur absoluten Reglosigkeit. Nur seine Augen verrieten, was er wirklich fühlte.

Lizanne lächelte dünn. Sie schüttelte den Kopf, ging zu Philip und unterzog auch ihn der gleichen Musterung wie Ranulf. Auch er rührte sich nicht, aber sein ganzer Körper versteifte sich vor Wut über diese Beleidigung.

Sie umrundete Philip ein letztes Mal und baute sich dann vor ihm auf. »Könnt Ihr ringen?« fragte sie laut.

Bei diesen Worten fiel Ranulf die Geschichte mit Sir Arthur wieder ein, und er wäre fast erstickt vor Wut. Mit zusammengepreßten Lippen warf er einen Blick auf den König und die Königin. Henry sah zornig aus, aber Eleanor schien Lizannes unverhohlenen Spott zu genießen, denn sie kicherte leise hinter vorgehaltener Hand.

Schließlich verlor der König endgültig die Geduld und sprach ein Machtwort. »Schluß mit Euren Spielchen«, brüllte er. »Trefft Eure Wahl!«

Mit einem lauten Seufzer legte Lizanne eine Hand auf Philips Arm und wandte sich dann Ranulf zu. Sie lächelte ihn entschlossen an und zuckte mit den Schultern.

Ranulf konnte sich nicht erinnern, daß sie jemals anziehender ausgesehen hatte. Seine Wut stieg ins Unermeßliche. Sie hatte sich entschieden. Genau wie er befürchtet hatte, war ihre Wahl auf diesen Bastard Philip Charwyck gefallen.

Lizannes nächste Worte überraschten nicht nur ihn.

16. Kapitel

»Ich wähle«, sagte Lizanne laut und nahm ihre Hand von Philips Arm, »Ranulf Wardieu.« Sie blickte ihm direkt in die Augen und ging zu ihm.

Wenn die ganze Situation nicht so unerfreulich gewesen wäre, hätte sie wahrscheinlich sogar die Verwirrung und die Ungläubigkeit genossen, die sich auf seinem Gesicht widerspiegelten. Aber so konnte sie ihn eigentlich nur bedauern. Er wollte sie genausowenig wie sie ihn, aber auch er hatte keine andere Wahl gehabt. Sie legte ihre Hand auf seinen Arm und richtete ihren Blick auf Henry und Eleanor.

»Eine gute Wahl«, lobte der König.

Ranulfs anfängliche Wut über die Demütigung wich seiner Verblüffung, als er in Lizannes entschlossenes Gesicht blickte, die sich wieder ihm zuwandte. »Ich habe mein Wort gehalten, das ich dir gegeben habe«, sagte sie sanft. »Ich hoffe nur, daß es dir nicht genauso leid tun wird wie mir.«

In Gegenwart von Gott, König Henry, Eleanor und einem Großteil von Ranulfs Männern standen Lizanne und Ranulf eine Stunde später vor dem Priester und legten das Ehegelübde ab. Eigentlich hätte sie sofort heiraten sollen, aber die Königin hatte sich entschieden dagegen gewehrt, denn Lizanne trug keine dem Anlaß angemessene Kleidung.

Drei Näherinnen hatten schnell eines von Eleanors eigenen Kleidern so geändert, daß es Lizanne paßte. Es war ein cremefarbenes Seidenkleid, das mit Gold- und Silberfäden bestickt war. Bedrückt hatte sie dagestanden, als ihr Haar mühsam gekämmt und ihr ein leichter Schleier aufgesetzt wurde, der von einer Blumenranke gehalten wurde.

Während der ganzen Zeremonie starrte Lizanne auf ihre geballten Hände und blickte nur auf, als sie ihr Gelübde ablegte. Sie wußte nicht weshalb, aber der Gedanke, Ranulf zu dieser Ehe gezwungen zu haben, bereitete ihr immer größeren Schmerz. Es war falsch von ihr gewesen, das wußte sie, aber Philip hätte sie nicht zum Mann nehmen können. Sie hatte ihn gestern durchschaut und etwas gesehen, was die schwärmerischen Augen eines Kindes damals nicht hatten wahrhaben wollen.

Als Ranulf ihr Kinn hob, um sie zu küssen, gab er ihr keine Gelegenheit, den Kuß zu erwidern, sondern zog sich sofort zurück. Sie taumelte, riß sich dann aber doch zusammen und richtete ihre Aufmerksamkeit auf die lächelnden Gesichter um sie herum.

Geoff war der erste, der ihr gratulierte. Mit einem breiten Grinsen drückte er ihr die Hand. »Jetzt seid Ihr wirklich eine Lady«, stellte er fest.

Sie versuchte zu lächeln, aber es gelang ihr nicht. Ihre Augen füllten sich mit Tränen, die langsam die Wangen herunterliefen. Und plötzlich kam eine Hand aus der Menschenmenge hervor und reichte ihr ein Tuch. Sie sah genauer hin und erkannte Walter. Sie erstarrte. Obwohl seine Mundwinkel nur ein wenig verzogen waren, konnte sie doch ein leises Lächeln erkennen.

Er lächelte ihr zu? Aber warum, um Himmels willen? Sie hätte nie gedacht, daß er sich über diese Hochzeit freuen würde. Er war doch ganz sicher nicht ihr Freund.

Walter machte eine aufmunternde Geste mit der Hand, und das holte sie aus ihren Gedanken. Dankbar nahm sie das angebotene Tuch an und wischte die Tränen fort. Dann ließ sie die Hand sinken, hielt das Tuch aber immer noch fest umklammert.

Ranulf hatte das Wechselbad ihrer Gefühle bemerkt, sich ihr zugewandt und ihre andere Hand ergriffen. Sanft zog er sie an sich.

Lizanne schluckte krampfhaft und sah ihm ängstlich ins Gesicht. Zu ihrer Überraschung lächelte er. Ihr Herzschlag beschleunigte sich.

Ranulf beugte sich zu ihr und berührte mit seinen Lippen ihre Schläfe. »Laß uns das Beste daraus machen, in Ordnung?« flüsterte er.

Sie nickte. »Ich werde es versuchen ..., mein Ehemann.«

Er lächelte, denn das Wort aus ihrem Mund gefiel ihm.

Gleich darauf wurden sie getrennt und begaben sich mit den anderen Gästen in die Große Halle, in der ihnen zu Ehren ein eilig zubereitetes, aber deshalb nicht weniger üppiges Festmahl aufgetischt wurde.

Überwältigt betrachtete Lizanne die vielen Leute, die bereits auf sie warteten. Es schien fast so, als ob halb London auf den Füßen wäre, um ihre Hochzeit zu feiern.

Ranulf wurde sofort von den Männern umringt, die ihm gratulierten, ihm auf den Rücken klopften und ihm Worte ins Ohr flüsterten, die Lizanne nur erahnen konnte.

Die Frauen hingegen schienen weniger begeistert zu sein – besonders die jungen Damen, die dem gutaussehenden Bräutigam scheue Blicke des Verlangens und des Bedauerns zuwarfen.

Stirnrunzelnd betrachtete Lizanne ihren Mann und versuchte mit zusammengekniffenen Augen, ihn in einem anderen Licht zu sehen als bisher – ungetrübt von Wut und Haß. Und so sah sie zum ersten Mal das, was alle anderen bereits wußten: Ranulf war nicht nur gutaussehend, sondern er war auch jung und sprühte vor Energie. Und er war ein Baron, der beim König in hohem Ansehen stand. Er war ehrenhaft ... geduldig ... gut ...

Ja, es war die Eifersucht, die die anderen Frauen davon abhielt, ihr von ganzem Herzen zu gratulieren. Ohne Zweifel hielten sie sich alle für eine bessere Partie, als sie es war, mit ihrem ungebändigten, schwarzen Haar und ihrer Größe, die alle anderen Frauen klein neben ihr erscheinen ließ.

Plötzlich fiel ein dunkler Schatten auf ihr Glücksgefühl. Was hatte sie eben gedacht? Ehrenhaft? Geduldig? Gut? Woher um alles in der Welt konnte sie so etwas glauben? Der Mann, der sie vergewaltigen wollte, war nichts dergleichen. Sie wußte nicht, was sie glauben sollte.

»Lizanne?« Ranulfs Stimme unterbrach ihre Gedanken.

Aufgeschreckt sah sie ihn an.

»Ist alles in Ordnung?«

Sie nickte und lächelte halbherzig. »Ja.«

Er glaubte ihr nicht, aber er konnte nicht weiterfragen, denn in diesem Augenblick tauchte der König neben ihnen auf.

»Baron Wardieu«, sagte er, »ich muß Euch sprechen.«

Als der König sah, daß Ranulf Lizanne nur sehr ungern alleinlassen wollte, begann er zu lachen. »Ich werde Euch auch nicht lange aufhalten. Es ist nur so, ich möchte gerne Eure Meinung in einer Angelegenheit hören, die mich sehr beschäftigt. Kommt mit.«

Ranulf lächelte Lizanne entschuldigend an und folgte dem König.

Bestürzt beobachtete Lizanne, wie die beiden Männer in der Menschenmenge verschwanden. Sie war allein und immer noch den prüfenden Blicken der anderen schutzlos preisgegeben. Nervös blickte sie sich um in der Hoffnung, ein freundliches Gesicht zu erblicken – Geoff oder Roland vielleicht. Sie mußten hier noch irgendwo sein.

Aber es war Walter, der sie ansprach.

»Mylady, Euer Mann hat Euch doch nicht etwa schon verlassen?« Ein mitfühlendes Lächeln spielte um seine Mundwinkel.

Lizanne war dankbar, wenigstens ein bekanntes Gesicht

gefunden zu haben, auch wenn es dem furchteinflößenden Sir Walter gehörte. »Der König hat ihn abberufen«, erwiderte sie bedauernd.

Er verzog das Gesicht. »An seinem Hochzeitstag?« Als er ihr Nicken sah, seufzte er. »Vielleicht darf ich Euch dann ein paar Minuten Gesellschaft leisten?«

Große Erleichterung überkam Lizanne, und sie schenkte ihm ihr bezauberndstes Lächeln.

»Traut Ihr mir denn überhaupt?« scherzte sie, als Walter sie in eine ruhige Ecke führte.

Er hob die Augenbrauen, lächelte aber immer noch. »Da Ihr das Thema schon angeschnitten habt – ich würde gerne wissen, ob Ihr meinem Herrn auch nach der Hochzeit das Leben schwermachen wollt.«

Ihr Lächeln erstarb. »Auch wenn Ihr es mir nicht glauben wollt, Sir Walter, damals dachte ich, daß meine Handlungen mehr als gerechtfertigt waren.«

»Hmmm«, murmelte er nachdenklich. »Und wie ist es jetzt?«

Sie senkte die Augen und starrte zu Boden. »Jetzt bin ich mir nicht mehr so sicher. Vielleicht habe ich mich geirrt, obwohl die Logik mir etwas anderes sagt.«

»Und wem werdet Ihr jetzt folgen, Mylady? Eurem Herzen oder Eurem Verstand?«

Diese unerwartete Frage überraschte Lizanne. Sie sah Sir Walter an und versuchte, ihre Gefühle zu ordnen. »Vielleicht beidem.«

Es war offensichtlich, daß er mit ihrer ausweichenden Antwort nicht zufrieden war. »Dann versucht wenigstens, als erstes immer Euer Herz zu befragen.«

Seine Besorgnis rührte sie. Irgend etwas an seinem Verhalten zeigte ihr, daß der Rat, den er ihr gegeben hatte, für ihn sehr wichtig war. »Ich werde darüber nachdenken. Aber sagt mir, Sir Walter, befragt Ihr auch immer zuerst Euer Herz?«

Unbehaglich blickte er zur Seite. »Möchtet Ihr etwas trinken?« wich er schließlich aus.

Lizanne lacht. »Euer Herz oder Euer Verstand, Sir Walter? Ihr habt mir nicht geantwortet.«

»Ich weiß, und das werde ich auch nicht.«

Unzufrieden verzog sie das Gesicht, gab dann aber doch nach. »Gut, aber Ihr könnt nicht erwarten, daß ich von Euch einen Rat annehme, den Ihr selbst nicht befolgt.«

»Ich habe nicht gesagt, daß ich nicht ...« Er verstummte, denn ihm wurde klar, daß sie beinahe etwas aus ihm herausgelockt hatte, das er auf gar keinen Fall preisgeben wollte.

»Ihr habt noch nichts gegessen, oder?« wechselte er das Thema.

»Gestern das letzte Mal.«

Walter rollte mit den Augen und zeigte auf die vollbeladenen Tische. »Da hinten ist genug zu essen. Wartet hier, ich bringe Euch etwas.«

Nein, dachte Walter, als er Lizanne verließ, die Frau seines Herrn war doch nicht so übel wie er befürchtet hatte. Er konnte nur hoffen, daß sie und Ranulf ihre Schwierigkeiten überwinden und ein friedliches Leben zusammen führen würden. Ranulf brauchte einen Erben für seinen großen Landbesitz, und Lizanne würde ihm bestimmt viele kräftige Söhne und Töchter schenken.

Als Sir Walter sie alleingelassen hatte, blickte Lizanne sich suchend um. Keine Spur von Geoff oder Ranulf. Plötzlich ertönte eine honigsüße Stimme hinter ihr: »So ganz allein?«

Sie wirbelte herum und starrte in Philip Charwycks kalte Augen. Sein Gesichtsausdruck zeigte deutlich, wie wütend er war.

Eine unerklärliche Furcht überkam sie. »Nein«, brachte sie heraus. »Sir Walter holt mir gerade etwas zu essen.«

Obwohl ihre Worte deutlich als Warnung zu verstehen waren, geruhte Philipp, das zu überhören. »Nicht Euer Mann?« fragte er, und seine Stimme troff vor Ironie. »Seltsam. Aber vielleicht hat er genauso wie ich etwas gegen gebrauchte Ware. Sucht er vielleicht gerade sein Vergnügen woanders?«

Empört starrte Lizanne ihn an. Seine Worte schmerzten sie zutiefst und waren an Grausamkeit nicht mehr zu überbieten. Instinktiv wollte sie auf ihn losgehen, aber sie ballte nur die Fäuste und zwang sich zur Ruhe.

Es war klar, daß es zu einer unerfreulichen Auseinandersetzung kommen würde, wenn sie noch länger blieb, und so wollte sie sich abwenden.

Sofort packte er ihr Handgelenk und hielt sie zurück. »Glaubt Ihr wirklich, daß ich eine Frau heiraten würde, die sich so schamlos einem anderen hingegeben hat?« zischte er. »Nein! Ich bin sehr dankbar, daß Ihr dieses große, blonde Tier geheiratet habt.«

»Ihr scheint von Euren Worten nicht besonders überzeugt zu sein«, gab Lizanne zurück und starrte zornig in seine blutunterlaufenen Augen. »Ihr wolltet mich nur zu gerne zur Frau nehmen und wart doch wohl mehr als enttäuscht über meine Wahl.«

Er schäumte vor Wut. »Ich begehre zwar Euren Körper, aber mehr auch nicht. Nur weil Ihr verheiratet seid, heißt das noch lange nicht, daß ich Euch nicht in mein Bett nehmen kann – und in mein Bett werde ich Euch bekommen.«

Sie versuchte, sich loszureißen, aber ohne Erfolg. »Laßt mich los«, befahl sie und unterdrückte den Impuls, laut zu schreien.

Seine Finger gruben sich nur noch tiefer in ihr Fleisch. Fieberhaft blickte sie sich um, aber die anderen Gäste beachteten sie gar nicht. Sollte sie es wagen und einen unangenehmen Zwischenfall heraufbeschwören?

»Keiner würde es bemerken, wenn wir beide einfach verschwinden«, flüsterte er, und sein widerlich riechender Atem streifte ihr Ohr. »Kommt mit, und ich werde Euch die Freuden der Liebe lehren.«

Ihr kam die Galle hoch, und sie schluckte krampfhaft. »Ihr begehrt mich? Nachdem ich mich durch ganz England gehurt habe?«

Seine Augen weiteten sich. Ihre Worte hatten ihn getroffen. »Dann ist es also wahr. Ihr wart Baron Wardieus Geliebte.«

Wieder schluckte sie, aber sie zwang sich, seinen Blick ruhig zu erwidern. Wut, Ekel und schließlich Angst stiegen in ihr auf, aber ihr Stolz verbot es, ihm eine Schwäche zu zeigen. »Warum sollte ich es leugnen?« Sie lachte bitter. »Nein, ich bin stolz darauf, mit ihm das Bett geteilt zu haben. Er ist ein hervorragender Liebhaber. Glaubt Ihr wirklich, ich würde mich von Euch anrühren lassen, wenn ich ihn zur Befriedigung meiner Bedürfnisse habe?«

Er lief dunkelrot an, aber sie ließ ihn nicht zu Wort kommen. »Nein«, sagte sie, »ich werde nie so tief sinken, daß ich mich Euch freiwillig hingebe, Euren tierischen Gelüsten. Und selbst wenn ich es müßte, bezweifle ich, daß Ihr mir noch etwas beibringen könnt, das mein Mann mir nicht schon gezeigt hat.«

Philip brauchte einige Zeit, um diese Worte zu verdauen. »Ich werde Euch bekommen, Lizanne Wardieu«, sagte er schließlich, und sein Atem kam in schnellen Stößen. »Und wenn ich mich erst Eures Mannes entledigt habe, wird es sicher keine Hochzeit sein, die ich Euch anbiete.«

Obwohl seine Drohung sie erschreckte, zwang sie sich doch dazu, nach außen hin ganz ruhig zu bleiben. Er sah sie allerdings nicht länger an, seine Aufmerksamkeit war durch etwas abgelenkt, das hinter ihrem Rücken geschah.

»Laßt mich los«, befahl sie wieder, und zu ihrer Überraschung gehorchte er. Sie blickte über die Schulter und stellte fest, daß Walter auf sie zukam. Und neben ihm ging Ranulf. Mit finsterem Blick musterte er erst sie und dann Philip.

»Euer Mann«, sagte Philip schnell, bevor die beiden

Männer sie erreicht hatten, »erinnert er Euch nicht zufällig an irgend jemanden – einen gewöhnlichen Schurken vielleicht?« Mit einem bösen Lächeln auf den Lippen wandte er sich ab und verschwand in der Menge.

Ein gewöhnlicher Schurke – Darth. Lizanne starrte ihm hinterher und hatte das Gefühl, daß sie ersticken müßte. Sie legte eine Hand auf die Kehle und atmete keuchend ein. Der Boden begann auf einmal zu schwanken, und sie schien in ein großes, schwarzes Loch zu fallen.

Nein, sie durfte nicht ohnmächtig werden – nicht hier. Ihr brach der Schweiß aus, als sie sich umdrehte und Ranulf und Walter entgegenblickte.

Trotz des unwirklichen Gefühls sah sie doch, daß die beiden Männer sie fast erreicht hatten. Ihre Mienen spiegelten Besorgnis wider. Sie zwinkerte, um Ranulf besser sehen zu können, aber er war verschwommen und verschwand dann ganz aus ihrem Blickfeld. Sie stellte fest, daß sie fiel und versuchte noch, ihre Hände auszustrekken, um sich abzufangen.

Kurz bevor sie von einer tiefen Dunkelheit umhüllt wurde, fühlte sie, wie zwei starke Arme sich um sie legten.

17. Kapitel

»Eine gute Nacht für einen Überfall, Mylord«, sagte der Knappe Joseph. Seine Stimme klang aufgeregt, als er an das dachte, was bevorstand.

Es ist wirklich eine gute Nacht, dachte der Herr des Jungen. Aber trotzdem, sie würden vorsichtig sein müssen, denn die Burg schien gut bewacht zu sein. Sie konnten sich keinen Fehler erlauben.

Mit wachsender Erregung beobachteten die vielen Soldaten, die unruhig in ihren Sätteln saßen, wie einige von ihnen ihre letzten Anweisungen erhielten, ihre Gesichter schwärzten und ihre Waffen festbanden, um unnötigen Lärm zu vermeiden.

Sie machten sich auf den Weg, als der Mond hinter einer großen Wolkenbank verschwunden war. Als er wieder hervorkam, hatten sie schon die Hälfte des Weges zurückgelegt. Sofort warfen sie sich bäuchlings in das lange Gras und warteten wieder auf die schützende Dunkelheit. Sie mußten lange warten, aber schließlich erreichten sie dann doch den Burggraben.

Am offensichtlich schwächsten Punkt der Burg, an der südlichen Mauer, verbargen sie sich am Rand des Grabens im dichten Gestrüpp. In diesem Augenblick kam der Mond wieder hervor. Während sie warteten, suchten sie zwischen den Zinnen nach irgendwelchen Bewegungen. Dann sahen sie die Wache.

Als die Dunkelheit erneut hereinbrach, war es der Lord selbst, der sich als erster in das kalte, schmutzige Wasser gleiten ließ. Sie kamen nur langsam voran, denn sie sanken tief im Schlamm ein. Als sie den Graben zur Hälfte durchquert hatten, verloren sie den Grund unter den Füßen und mußten schwimmen.

Kurz vor der großen Mauer wurde das Wasser wieder flacher. Sie bewegten sich so leise wie möglich und warteten, bis sie über sich die Fußtritte der Wache hörten, die auf ihrem Rundgang war. Als die Tritte verklungen waren, hoben zwei der Bewaffneten den jungen Knappen hoch.

Mit einer geschmeidigen Bewegung nahm Joseph seinen Bogen und legte den vorbereiteten Pfeil ein, an dem sich ein Haken befand. Darin hing ein leichtes, wenn auch nasses Seil, das sich einer der Soldaten über den Arm legte, damit es sich nicht verhakte.

Keiner konnte besser mit dem Bogen umgehen als Joseph. Das war auch der Grund dafür, weshalb gerade er für diese wichtige Aufgabe ausgesucht worden war. Er hob den Bogen, prüfte den Wind und betete leise darum, daß seine Hand ruhig sein und er treffen möge. Der Pfeil schnellte von der Sehne und flog höher und höher, bis er mit einem eleganten Bogen die Mauer überwand und mit einem dumpfen Geräusch auf der anderen Seite niederfiel.

Wieder war es der Lord, der sich als erster auf den Weg machte. Er erklomm die Mauer und hatte schon bald die Brüstung auf der anderen Seite erreicht. Dort befestigte er das Seil, das sich gleich darauf straffte, als der erste seiner Männer nach oben kletterte.

Die Fackeln, die im Außenhof angebracht waren, erlaubten ihm eine gute Sicht auf das Schloß, obwohl er das Wichtigste schon von dem Mann erfahren hatte, den er früher am Tag zusammen mit ein paar Bauern in die Burg eingeschleust hatte. Die Nachricht, daß der Baron immer noch nicht zurückgekehrt war, hatte ihn überrascht. Gleichzeitig bot sich ihm jedoch die seltene Gelegenheit,

202

die Festung einnehmen zu können, ohne mit großer Gegenwehr rechnen zu müssen.

Einer nach dem anderen überwanden die Soldaten die Mauer und nahmen die zuvor festgelegten Positionen ein. Der Knappe Joseph war der letzte. Er ließ sich neben seinen Herrn fallen, und die beiden schlichen gleich darauf von der Brüstung hinunter in den Hof. Das war bei den vielen Wachen keine einfache Aufgabe, und dreimal mußten sie einen Soldaten, der sich ihnen in den Weg stellte, zum Schweigen bringen. Aber schließlich hatten sie den Hauptturm erreicht.

Der Lord ließ den Knappen draußen Wache halten und betrat allein mit gezücktem Dolch die Große Halle. Die Geräusche der schlafenden Männer, Frauen und Kinder führten ihn über den nur spärlich beleuchteten, mit Binsen belegten Boden bis zur Treppe. Sich immer wieder umschauend, stieg er leise die Stufen hinauf. Am ersten Treppenabsatz befand sich ein langer, von Fackeln erhellter Flur. Wachsam lauschte er.

Nichts war zu hören.

Eigentlich ist es zu still, dachte er, als er zu der Tür schlich, hinter der, wie er wußte, die Herrin dieser Burg schlief. Er legte sein Ohr auf das Holz und lauschte. Alles war ruhig, und so öffnete er vorsichtig die Tür. Er betrat den Raum, der nur spärlich von einem fast erstorbenen Feuer beleuchtet wurde. Er richtete seine Aufmerksamkeit auf das große Bett, auf dem seine Beute regungslos lag. Leise schloß er die Tür hinter sich, überblickte kurz den Raum und bewegte sich geschmeidig auf das Bett zu, vor dem die Zofe der Lady auf dem Boden schlief. Sie überwältigte er zuerst. Er knebelte sie mit einem Tuch, bevor er ihre Hände und Füße fesselte. Mit weitaufgerissenen Augen, in denen das Entsetzen stand, starrte sie ihn an. Spöttisch lächelte er, gab ihr einen Klaps auf ihr Hinterteil und erhob sich dann.

In diesem Augenblick richtete sich die Lady unter der Decke ruckartig auf und sah ihn mit verschlafenen Augen an. Dann holte sie Luft und wollte schreien.

Er reagierte blitzschnell, warf sich auf sie und preßte sie auf die Matratze zurück. Sein kraftvoller Körper nahm ihr die Luft. Sie keuchte, als er seine Hand über ihren Mund legte.

Plötzlich wurde draußen Alarm geschlagen. Er hoffte, daß sich seine Männer alle auf ihren Positionen befanden und seine Verstärkung bereits über die inzwischen heruntergelassene Zugbrücke ritt. Wenn alles nach Plan verlief, dann würde die Burg bald in seiner Gewalt sein.

Die Lady unter ihm hatte sich von ihrem Schrecken erholt und begann, sich mit allen Kräften gegen ihn zu wehren.

Er fluchte, als sie ihr Knie zwischen seine Beine rammte. Wutentbrannt ließ er sich vom Bett rollen und zog sie mit sich. Seine Hand verschloß immer noch fest ihren Mund. Er preßte sie gegen seinen noch feuchten Körper und umfaßte sie mit seinem freien Arm. Aber immer noch wehrte sie sich.

Als sie schließlich den Widerstand aufgab, zog er sie in den Schein des Feuers. Trotzig hob die Frau den Kopf und starrte ihn an. Ihre Augen funkelten wie schwarze Kohlestücke, in denen Zorn stand ... und ihre Angst.

Für ihr Alter ist Baron Ranulf Wardieus Mutter immer noch eine wunderschöne Frau, dachte der Lord. Ihre Haut war makellos, und sie war sehr schlank, aber nicht knochig, sondern mit den richtigen Rundungen an den richtigen Stellen. Ihr langes Haar war fast so hell wie das ihres Sohnes, allerdings an manchen Stellen schon mit Grau durchsetzt. Hier aber endete bereits die Ähnlichkeit mit diesem Bastard, denn ihre Gesichtszüge waren sanft, und sie hatte auch überhaupt nichts von seiner Größe und seinem kraftvollen Körperbau.

Es war nur schwer zu glauben, daß diese kleine Frau einen solchen Sohn geboren hatte. Aber ihr Haar war Beweis genug.

»Wenn Ihr vernünftig seid, Lady Zara, habt Ihr nichts zu befürchten«, versicherte er ihr und fragte sich im gleichen Augenblick, wieso ihn das eigentlich kümmern sollte. »Ich will mir nur das holen, was mir gehört ... und mit Eurem Sohn eine alte Rechnung begleichen.«

Die Augen der Frau weiteten sich fragend, aber er machte sich nicht die Mühe, sie weiter aufzuklären. Statt dessen legte er ihr seinen Dolch an die Kehle und nahm langsam die Hand von ihrem Mund.

Er griff ihren Arm und zog sie zur Tür. Zusammen betraten sie den langen Korridor. Die anderen Mitglieder des Haushaltes liefen wie gehetzt hin und her oder kamen aus ihren Kammern gestürzt. Sie konnten nur voller Entsetzen zusehen, wie der große Mann mit dem geschwärzten Gesicht ihre Herrin an ihnen vorbei die Treppe hinunterzerrte.

Die Große Halle war eilig mit Fackeln erhellt worden. Dort blieb der Eindringling stehen und wartete, bis alle Augen auf ihn gerichtet waren. Draußen war das Geräusch von vielen Pferden zu hören. Es würde Widerstand geben, darüber war er sich im klaren, aber seine gutausgebildeten Soldaten würden ihn schnell im Keim ersticken. Daß er Lady Zara als Geisel hatte, würde dazu beitragen.

»Informiert den Anführer der Wache, daß ich Lady Zara in meiner Gewalt habe«, befahl er mit lauter Stimme, als ihn schließlich alle schweigend anstarrten. »Wenn sich alle bedingunglos ergeben, dann wird ihr nichts geschehen.«

»Mein Sohn wird Euch dafür töten«, zischte die Lady.

»Wohl kaum, denn ich werde ihn vorher töten«, gab er zurück.

Die Waffe an ihrer Kehle hielt sie nicht davon ab, sich zu wehren. »Laßt mich los, Schurke!« Sie hob die Hand und schlug ihm ins Gesicht.

Obwohl die Wut in ihm aufflammte, beherrschte er sich und schlug nicht zurück. »Schurke?« Seine Stimme war gefährlich sanft. »Ich bin Baron Gilbert Balmaine von Penforke.«

Mit flammendem Blick sah sie zu ihm auf. »Ja, ich habe mir gedacht, daß Ihr es seid«, fauchte sie, »obwohl mir nicht klar ist, wie jemand wie Ihr zu so einem erlauchten Titel gekommen ist.« Verächtlich musterte sie ihn von Kopf bis Fuß.

Gilbert lachte hart. »Es stimmt also, daß man Euch gewarnt hat. Allerdings überrascht es mich dann, daß die Burg so leicht einzunehmen war. Es war ein Kinderspiel.«

»Ihr seid abscheulich«, beschimpfte sie ihn empört. »Wärt Ihr auch nur einen Tag früher gekommen, wäre Euer Angriff abgewehrt worden.«

»Dann war es dumm von Euch, Eure Wachen so schnell abzuziehen.«

»Ich hätte nicht erwartet, daß ein kampferprobter Ritter wie Ihr sich soviel Zeit läßt«, gab sie zurück. »Ihr seid doch kampferprobt, oder? Oder habt Ihr dieses Humpeln zurückbehalten, weil Ihr Euch hinter den Röcken Eurer Mutter versteckt habt?«

Sie hatte keine Ahnung, wie nahe sie ihn mit diesen Worten an den Abgrund gebracht hatte. Zum Glück für sie fand Gilbert noch tief in sich die Kraft, die Beherrschung nicht zu verlieren.

18. Kapitel

Ranulf beugte sich nach vorne und sah durch das Fenster hinaus in die sternenklare Dunkelheit. Es war schon einige Stunden her, daß Lizanne in der Halle ohnmächtig geworden war. Inzwischen schlief sie.

Er machte sich Vorwürfe, daß er sie überhaupt alleingelassen hatte. Verdammt, er hätte es besser wissen müssen! Sie war nicht in der Lage gewesen, es mit diesen Leuten aufzunehmen.

Als er sie zusammen mit Philip Charwyck gesehen hatte – ihre Körper so nahe beieinander –, war er von einer brennenden Eifersucht gepackt worden. Das plötzliche Verschwinden des Mannes und Lizannes darauffolgende Ohnmacht gaben ihm Rätsel auf, die er bis jetzt noch nicht gelöst hatte.

Seine Leute konnten Charwyck nirgends finden, aber Ranulf hatte erfahren, daß der Mann gleich nach dem Zwischenfall das Schloß in Begleitung seiner Männer verlassen hatte. Zuerst wollte Ranulf ihn verfolgen, hatte dann aber doch beschlossen, bei Lizanne zu bleiben.

Königin Eleanors Arzt hatte seine Besorgnis mit einem Achselzucken abgetan und ihm erklärt, daß Lizanne bald wieder aufwachen würde. Die Gründe für die Ohnmacht waren Erschöpfung und Aufregung – ganz zu schweigen davon, daß sie so lange nichts gegessen hatte.

Letzteres beunruhigte Ranulf am meisten. Obwohl er befohlen hatte, daß ihr letzte Nacht ein Tablett mit Speisen gebracht worden war, hatte die Zofe berichtet, daß Lizanne nichts angerührt hatte. Er machte sich Vorwürfe, daß er nicht selbst dafür gesorgt hatte, daß sie etwas zu sich nahm. Aber irgendwie hatte er das Gefühl, daß mehr hinter der ganzen Angelegenheit steckte. Er war sicher, daß ihre Ohnmacht in direktem Zusammenhang mit ihrem Gespräch stand, das sie mit Charwyck hatte.

Müde strich er sich mit der Hand über das Gesicht, ging zu Lizanne hinüber und ließ sich auf den Stuhl nieder, den er neben das Bett gezogen hatte. Er beugte sich vor und strich ihr eine Haarsträhne aus dem Gesicht. Ihre Lider zuckten, und er glaubte ein Stöhnen zu hören, aber er war sich nicht ganz sicher.

»Lizanne?« fragte er und berührte mit dem Handrücken ihre kühle Haut. Sie atmete schneller, drehte den Kopf und schmiegte sich gegen die Hand.

Ranulf stand auf, beugte sich über sie und strich mit seinem Daumen über ihre leicht geöffneten Lippen. Sie schlug die Augen auf.

»Ranulf«, seufzte sie, und ihr Mund verzog sich zu einem Lächeln. Sanft hob sie die Hand und berührte sein Gesicht.

Erleichterung überkam ihn. Er legte seinen Kopf in ihre Handfläche und küßte die kühle Haut.

»Fühlst du dich besser?« Er setzte sich neben sie auf das Bett, und sein Bein berührte dabei ihre Hüfte.

»Ich bin müde«, erwiderte Lizanne. Doch plötzlich fiel ihr die Auseinandersetzung mit Philip wieder ein, und sie runzelte die Stirn. »Erinnert Euch Euer Mann nicht an jemanden?« Einen gewöhnlichen Schurken vielleicht?« ... Entschlossen schob sie diesen Gedanken beiseite. Sie wollte jetzt nicht darüber nachdenken.

»Es tut mir leid, wenn ich dir Sorgen bereitet habe«, murmelte sie. »Ich weiß nicht, warum ich ohnmächtig geworden bin.«

Ranulf nahm ihre Hand in seine und tastete mit dem Daumen nach ihrem Puls. »Wirklich nicht?«

»Ich ... ich hätte wohl mehr essen sollen«, gab sie zu und

wußte selbst, daß es eine lahme Ausrede war. »Und ich habe letzte Nacht nicht sehr gut geschlafen.«

»Hmmm. Und dann natürlich die Hochzeit.«

Dankbar für sein verständnisvolles Lächeln nickte sie. »Das auch.« Ein schmerzvoller Ausdruck erschien auf ihrem Gesicht. »Ich bedauere es zutiefst, Ranulf.«

»Wirklich?« Sein Lächeln erstarb. Aber natürlich tat es ihr leid – wäre sie nicht sogar lieber ins Kloster gegangen, als einen von ihnen zu heiraten?

Sie schlug die Augen nieder, nickte und richtete sich mit Ranulfs Hilfe auf.

»Ja«, seufzte sie und lehnte sich mit dem Rücken an einen Bettpfosten. »Ich hätte mich dir nicht aufzwingen dürfen, aber ich hatte keine andere Wahl. Das verstehst du doch, oder?«

Nein, das verstand er nicht, aber er würde herausfinden, was sie meinte. »Keine Wahl? Aber der König hat dir doch die Wahl gelassen – entweder Charwyck oder ich.«

Sie lachte bitter. »Die Wahl? Nein, Ranulf, ich hatte nie eine Wahl. Ich hätte Philip nie geheiratet, auch wenn der König es befohlen hätte. Ich wäre lieber gestorben.«

»Warum?«

Sie zögerte, denn sie wußte nicht, wieviel sie ihm erzählen sollte.

Ranulf nahm ihre Hände. »Ich bin dein Mann, Lizanne. Wenn wir gemeinsam in Frieden leben wollen, mußt du es mir erzählen. Du mußt mir vertrauen.«

Ihm vertrauen? Das ist ja eigentlich gar nicht so schwer, überlegte sie verwundert, und es war auch ihr sehnlichster Wunsch.

Sie holte tief Luft und nickte dann. »Wenn es jemanden gab, den ich genauso haßte wie dich, dann war es Philip. Ich habe ihn geliebt. Ich habe ihn meine ganze Kindheit lang vergöttert und bin ihm überallhin gefolgt. Ich sah ihn nur mit meinen kindlichen Augen – er war so perfekt, so gutaussehend.« Sie legte den Kopf in den Nacken und kau-

209

te auf der Unterlippe, während sie versuchte, die Tränen zurückzuhalten.

»Eigentlich war er nie nett zu mir«, fuhr sie schließlich fort. »Ich war groß für mein Alter, dünn wie eine Bohnenstange – und dann dieses wilde schwarze, nicht zu bändigende Haar. Ohne Zweifel fand er mich alles andere als reizvoll.« Sie seufzte. »Obwohl er mit mir verlobt war, traf er sich mit den weiblichen Bediensteten unserer Burg. Obwohl es mir sehr weh tat, nahm ich es doch gelassen, denn er gehörte mir. Es war von Anfang an klar, daß ich seine Frau werden und ihm Kinder gebären würde. Es war meine Bestimmung, und ich klammerte mich mit kindlicher Leichtgläubigkeit an diesen Gedanken. Zwei Jahre lang hatte ich ihn nicht nur gesehen, sondern auch jeden Tag an ihn gedacht. Und dann befand ich mich endlich auf dem Weg zu meiner Hochzeit. Gilbert begleitete mich, und dann ... ja dann wurde unser Lager überfallen. Wir wurden im Schlaf überrumpelt.«

Sie biß die Zähne zusammen und zwang sich, weiterzusprechen. »Als ich Gilbert daliegen sah, war ich sicher, daß er tot war. Überall war Blut ...«

»Aber er lebte«, warf Ranulf ein.

Sie nickte. »Ja, er hat einen starken Willen – einen viel stärkeren als ich.« Ein schwaches Lächeln erschien auf ihrem Gesicht, das gleich wieder erstarb.

»Als Philip sich weigerte, mich zu heiraten, wollte mein Vater nicht länger leben.«

»Und du glaubst immer noch, daß ich derjenige bin, der deinen Bruder für sein Leben gezeichnet und der versucht hat, dich zu vergewaltigen?« Ranulfs Stimme klang bitter.

Sie konnte den Schmerz auf seinem Gesicht nicht ertragen. Sie schlug die Hände vor ihr Gesicht. »Ich weiß es nicht«, sagte sie mit erstickter Stimme. »Ich war so sicher, daß du derjenige warst, aber jetzt ...«

Hoffnung keimte in Ranulf auf.

Lizanne schüttelte den Kopf, ließ die Hände sinken und sah Ranulf direkt in die Augen. »Es ist nicht leicht für mich, Ranulf. Ich habe so lange mit diesen furchtbaren Erinnerungen leben müssen, daß ich sie nicht so einfach verdrängen kann ..., so sehr ich es auch möchte.«

Es war zwar nicht viel, was sie ihm versprach, aber doch immerhin ein Anfang. Wortlos erhob sich Ranulf und ging zum Tisch. Kurz darauf kam er zurück und stellte ein Tablett mit kalten Speisen neben sie auf das Bett.

»Du ißt jetzt alles auf«, befahl er und setzte sich wieder auf seinen Stuhl.

Gehorsam griff Lizanne nach einer Fleischpastete.

Ranulf wartete, bis sie fertig gegessen hatte. Dann stellte er die Frage, die ihn am meisten beschäftigte. »Was hat Sir Philip gesagt, das dich so aufgeregt hat?«

Sie schwieg.

»Lizanne.« Langsam wurde er ungeduldig. »Erzähl es mir. Und versuch nicht, mir weiszumachen, daß er gar nichts gesagt hat. Das glaube ich dir nämlich nicht.«

Sie biß auf ihre Unterlippe und starrte auf ihre Hände. »Es war nichts Wichtiges.«

Ranulf verschränkte die Arme über seiner Brust und funkelte sie böse an. »Ich entscheide hier, was wichtig ist und was nicht. Also, was hat er gesagt?«

Lizanne erkannte, daß Ranulf nicht nachgeben würde. »Er war aufgebracht«, begann sie und ihre Hände strichen ruhelos über die Decke. »Er sagte, daß es ihm egal wäre, daß ich jetzt mit dir verheiratet bin. Er würde mich trotzdem ... in sein Bett bekommen.« Sie blickte auf, um zu sehen, wie er auf ihre Worte reagierte, aber sein Gesicht blieb ausdruckslos.

»Weiter«, drängte er, denn er wußte, daß das noch nicht alles sein konnte.

»Er sagte, er würde sich deiner entledigen.«

»Sich meiner entledigen?« Ranulf lachte. »Er hat vor, mich umzubringen?«

»Ja, da bin ich sicher.«

»Was noch?«

Philips letzte Worte würde sie nie vergessen. Sie wußte zwar nicht, warum sie Ranulf nichts davon erzählen wollte, aber sie konnte es einfach nicht. Erst mußte sie allein darüber nachdenken. Sie blickte zur Seite.

»Das war alles.«

Nein, das war nicht alles, aber Ranulf drängte nicht weiter. Er beugte sich vor, küßte sie auf den Mund und erhob sich dann. »Leg dich wieder hin und versuch, noch etwas zu schlafen.« Er wandte sich ab.

Mit weitaufgerissenen Augen streckte sie die Hand aus und hielt ihn zurück. »Du bleibst nicht bei mir?« fragte sie ungläubig. Immerhin war es doch ihre Hochzeitsnacht. Er hatte jetzt jedes Recht auf sie. Und außerdem wollte sie nicht, daß er sie allein ließ.

Er blickte auf sie hinunter. »Wenn du gesund wärst, würde ich mir das nehmen, was deine Augen so verheißungsvoll versprechen. Aber da das nicht der Fall ist, habe ich beschlossen, dich für den Augenblick nicht anzurühren. Wenn wir in Chesne sind, werden wir unsere Hochzeitsnacht nachholen.«

»Aber ... Ich ... ich möchte jetzt nicht allein sein«, flüsterte sie unglücklich. »Könntest du nicht bei mir bleiben?«

Daß sie ihren Stolz hinunterschluckte und ihn um seine Gesellschaft bat, kam für Ranulf so überraschend, daß er einen Augenblick lang keine Worte fand. Aber dann faßte er sich. »Und wo soll ich schlafen?«

Sie errötete, sah auf den leeren Stuhl, strich dann aber doch mit der Hand über das Bett. »Hier.«

Ranulf konnte nicht anders, er mußte lächeln. »Meinst du, daß du bei mir sicher bist?«

»Du könntest mich ja einfach nur in den Arm nehmen«, schlug sie vor und wartete voller Spannung auf seine Antwort.

»Was für eine Folter«, stöhnte Ranulf. »Ist es das, was du mit mir vorhast, Frau?«

Sie blickte zu ihm auf und sah das unterdrückte Lachen in seinen Augen. »Das hatte ich nicht vor«, erwiderte sie. »Ist es denn wirklich so schlimm?«

Er nickte. »Also gut. Du mußt nur versprechen, mich nicht wieder an die Wand zu ketten.«

Verstohlen lächelnd zog Lizanne die Decke zur Seite und ließ ihren Mann zu sich ins Bett.

19. Kapitel

»Chesne«, verkündete Ranulf, und in seiner Stimme war deutlich die Liebe zu hören, die er für das Land empfand, das sich vor ihnen erstreckte. Der Drei-Tage-Ritt von London war ihm wie Jahre vorgekommen – nicht nur, weil er sich freute, wieder zu Hause zu sein, sondern weil er dann auch endlich seine ehelichen Rechte von Lizanne einfordern konnte. Auf Chesne würde sie endlich ihm gehören, und ihr gemeinsames Leben konnte beginnen.

»Was siehst du, Lizanne?« fragte er.

Lizanne runzelte die Stirn über diese unerwartete Frage. »Land«, antwortete sie schließlich, »fruchtbares Land.« Sie zuckte mit den Schultern.

Mit dieser Antwort gab er sich nicht zufrieden. »Was noch?« drängte er.

Sie kaute an ihrer Lippe und blickte sich noch einmal um. »Das ist alles. Was soll ich denn sehen, Mylord?«

Er faßte sie unter das Kinn und zwang sie, ihn anzusehen. »Das hier ist nicht Penforke. Aber trotz allem ist es jetzt deine Heimat. Das ist es, was du sehen sollst.«

Sie erwiderte seinen Blick. »Das weiß ich, mein Mann. Ich habe es begriffen.«

»Dann ist es gut«, murmelte er. Er senkte den Kopf und preßte kurz seine warmen Lippen auf ihre.

Die Sonne stand bereits im Zenit, als einer der Männer, die Ranulf vorausgeschickt hatte, im Galopp auf sie zugeritten kam und unverständliche Worte rief.

Ranulfs Soldaten zügelten die Pferde und zogen ihre Schwerter.

»Mylord«, keuchte der Mann atemlos.

»Was ist los, Mann?« wollte Ranulf ungeduldig wissen. »Hast du meine Mutter gesehen?«

»Nein, Mylord.« Er atmete tief durch und fuhr dann fort: »Chesne ist überfallen worden. Alle Bewohner sind gefangen.«

Ranulf bemühte sich, ruhig zu bleiben. »Und wo sind die anderen Männer, die ich losgeschickt habe?«

»Wir gerieten in einen Hinterhalt, Mylord, und wurden zur Burg gebracht. Man hat mich mit einer Botschaft für Euch losgeschickt.«

Ranulf befahl dem Mann, weiterzusprechen. Er bemerkte nicht, daß Lizanne sich versteifte.

»Ich soll Euch sagen, daß Baron Gilbert Balmaine Chesne eingenommen hat und daß ...«

»Gilbert?« rief Lizanne.

Ranulfs Augen verengten sich, und er wandte sich ihr zu. »Das ändert gar nichts«, stieß er wütend hervor und richtete seine Aufmerksamkeit wieder auf den Mann.

»Er läßt Euch ausrichten, daß Ihr auf der Stelle seine Schwester freilassen und Euch bedingungslos ergeben sollt. Nur dann werdet Ihr Eure Mutter lebend wiedersehen.«

Diesen Worten folgte ein langes Schweigen, das Ranulf schließlich brach. »Was noch?«

Der Mann schluckte, holte dann ein Tuch aus der Tasche und übergab es Ranulf. »Er sagte, daß das hier Euch überzeugen wird, daß er es ernst meint.«

Mit fest zusammengepreßten Lippen wog Ranulf das Tuch abschätzend in seiner Hand. Es war sehr leicht. Irgend etwas sehr Kleines, dachte er, und sein Unbehagen wuchs. Mit finsterem Gesicht wandte er sich an Lizanne. »Was ist dein Bruder für ein Mann?«

Lizanne hatte schon davon gehört, daß manchmal Körperteile von geliebten Angehörigen dem Feind übersandt wurden, um mit Nachdruck auf den Ernst der Drohung hinzuweisen, aber sie glaubte nicht eine Sekunde lang, daß Gilbert zu so etwas fähig war. Allein der Gedanke war schon absurd!

»Er ist kein Tier«, entgegnete sie.

Ranulf bedachte sie mit einem eiskalten Blick. »Wenn er eins ist, dann werde ich ihn auch so töten.«

Seine Worte taten Lizanne in der Seele weh, und ohne nachzudenken, zischte sie: »Gilbert wird dir keine zweite Chance mehr geben!«

»Ich will keine zweite Chance, die erste reicht mir«, gab er mit wuterstickter Stimme zurück.

Egal was geschieht, dachte Lizanne, ich werde auf jeden Fall dabei verlieren. Und endlich stellte sie sich der Tatsache, die sie schon seit ein paar Tagen verdrängte: Sie liebte Ranulf.

Es war reiner Wahnsinn, aber die Gefühle, die sie für ihn hatte, konnten gar nichts anderes sein. Noch nie in ihrem Leben hatte sie so für jemanden empfunden. Vom Schmerz überwältigt schloß sie die Augen. Als sie sie wieder öffnete, standen sie voller Tränen.

Ranulf blieb ungerührt.

»Öffne es«, flüsterte sie.

Es war, als ob die Welt stillstehen würde, als er langsam das Tuch auseinanderfaltete. Alle starrten wie gebannt auf Ranulf.

Walter war der erste, der reagierte. »Gott sein Dank«, flüsterte er, aber nur wenige hörten ihn, denn alle warteten auf Ranulfs Reaktion.

Es war nur Haar – eine lange, blonde Locke, die sich hell von dem dunklen Tuch abhob. Ranulfs Erleichterung hielt nicht lange vor. Unermeßliche Wut überkam ihn. Wie konnte der Mann es wagen, Hand an seine Mutter zu legen! »Dafür werde ich ihn töten!« brüllte er.

216

»Aber das sind doch bloß Haare«, protestierte Lizanne und legte beschwichtigend eine Hand auf seinen Arm. »Er ist mein Bruder!«

»Und sie ist meine Mutter!« Er schlug ihre Hand weg und bedeutete Geoff, der hinter Lizanne ritt, zu ihm zu kommen. »Nimm sie vor dich auf den Sattel.«

Mit verzweifelter Stimme fragte Lizanne: »Was hast du vor, Ranulf?« In diesem Augenblick wurde sie auch schon aus dem Sattel gehoben und vor Geoff gesetzt.

Sie zuckte unter Ranulfs stechendem Blick zusammen. »Du bist meine Frau, Lizanne ..., und das wirst du auch bleiben.«

»Was ist mit deiner Mutter?«

»Mach dir deshalb keine Sorgen. Ich werde sie bald befreit haben ... und Chesne dazu.«

Sie schüttelte den Kopf. »Laß mich mit Gilbert sprechen. Wir brauchen darüber doch kein Blut zu vergießen. Ich kann ihn zur Vernunft bringen.«

»Nein. Ich bin mir nicht sicher, auf welcher Seite du stehst.«

»Ranulf, sag so etwas nicht!«, rief sie, aber er hatte sich schon abgewandt.

Mit Tränen in den Augen beobachtete sie, wie die Männer sich auf die bevorstehende Schlacht vorbereiteten. Sie waren gut ausgebildet, und so dauerte es nur ein paar Minuten, bis sie sich, von Ranulf geführt, auf den kurzen Ritt zur Burg machten, wo sie außer Schuß-, aber in Sichtweite des Feindes ihre Pferde zügelten.

Lizanne starrte gebannt auf die beeindruckende Festung. Chesne war ganz aus Stein gebaut, und der große Hauptturm erhob sich hoch über die Mauern, die von einem großen Burggraben umgeben waren. Die Zugbrücke war heruntergerissen, aber das Fallgitter war fest geschlossen.

Sie richtete ihren Blick auf die Männer, die auf den Zinnen standen. Gilbert befand sich bestimmt unter ihnen, aber sie war zu weit weg, um Gesichter erkennen zu können.

Sie mußte einfach mit ihrem Bruder sprechen. Er mußte erfahren, daß es ihr gutging und daß sie aus freien Stükken bei Ranulf bleiben wollte. Wenn er von ihrer Hochzeit erfuhr, dann würde er doch sicher wieder abziehen ...

»Geoff«, sagte sie und drehte sich zu dem Knappen um. »Bitte bring mich zu Lord Ranulf. Ich muß dringend mit ihm sprechen.«

»Nein, Mylady, er möchte, daß Ihr hierbleibt. Es ist sicherer so.«

»Sie werden sich umbringen«, schluchzte sie. »Kannst du das denn nicht verstehen?«

Er sah sie mitleidig an. »Das müssen wir Lord Ranulf überlassen. Euer Bruder hat ihm ein großes Unrecht zugefügt, als er Chesne überfallen und seine Familie bedroht hat. Er hat ein Anrecht darauf, beides zu verteidigen.«

»Und was ist mit dem Unrecht, das Gilbert zugefügt worden ist?« Verzweifelt rang sie die Hände.

Geoffs Gesicht verhärtete sich. »Ich kenne die Einzelheiten nicht, Mylady, aber ich weiß, daß Ihr es wart, die das Ganze begonnen hat. Ihr habt den ersten Schritt getan.«

Sie hätte diese Behauptung gerne widerlegt und ihm erklärt, warum sie es getan hatte, aber sie wußte, daß es sinnlos war. Geoffs Treue gehörte seinem Herrn, egal wie gerne er sie hatte.

Niedergeschlagen richtete sie ihre Aufmerksamkeit wieder auf die Soldaten. Sie konnte Ranulf und Walter erkennen, die die Köpfe zusammengesteckt hatten und eifrig miteinander sprachen. Gleich darauf ritt der Bote, der ihnen die Nachricht vom Überfall gebracht hatte, die Zugbrücke entlang bis zum Fallgitter. Dort übermittelte er seine Botschaft und wartete auf eine Antwort. Danach wendete er sein Pferd und ritt zurück zu Ranulf.

»Was geht da vor?« fragte Lizanne.

»Das weiß ich nicht, Mylady«, entgegnete Geoff mit angespannter Stimme. Es war ihm deutlich anzumerken, daß er viel lieber vorn gewesen wäre, und als der Bote Ranulf erreicht hatte, konnte Geoff seine Neugier nicht mehr zügeln. Er schloß mit der letzten Reihe der Soldaten auf.

Die Stimme des Boten war von da klar und deutlich zu hören. »Er ist bereit, mit Euch zu kämpfen, Mylord, und zwar mit Schwertern.«

»Nein«, schrie Lizanne voller Verzweiflung. Geoff verstärkte seinen Griff, denn inzwischen war er an ihre Launen gewöhnt und rechnete mit Ärger. Und er hatte sich nicht geirrt. Sie begann zu schluchzen und wehrte sich mit Händen und Füßen gegen den armen Knappen, der sich kaum noch auf dem Pferd halten konnte.

Lizannes Kummer und Geoffs schwierige Lage waren Ranulf nicht entgangen. Er lenkte sein Pferd neben das seines Knappen, stieg ab und hob Lizanne vom Pferde. Geoff fiel ein Stein vom Herzen.

Es dauerte einen Augenblick, bis Lizanne merkte, daß es nicht mehr Geoff war, der sie hielt, sondern Ranulf. Sofort hörte sie auf, sich zu wehren. »Nein, Ranulf«, bat sie, »bitte kämpfe nicht mit Gilbert. Er ist ein hervorragender Schwertkämpfer.«

»Du machst dir Sorgen um mich?« Sein harter Gesichtsausdruck wurde weicher.

Sie legte ihre Handfläche an seine Wange. »Ich sorge mich um euch beide«, gab sie zu.

»Das ist doch die Gelegenheit für dich, mich endlich loszuwerden«, erinnerte er sie. »Und das auch noch, ohne deine Hände zu beschmutzen.«

»Ranulf, ich möchte deinen Tod nicht mehr. Ich glaube sogar, daß ich ihn nie gewollt habe.«

Seine Augenbrauen hoben sich, aber er sagte kein Wort.

»Verstehst du es denn nicht? Gilbert rächt sich doch nur dafür, daß du mich von Penforke entführt hast.«

Ranulf strich sich mit einer Hand durch das Haar. »Die Herausforderung zum Duell ist bereits ausgesprochen, Lizanne. Ich habe deiner Familie nie etwas getan, sondern bin für die Taten eines anderen zur Rechenschaft gezogen worden. Und jetzt, jetzt ist es an Gilbert, für seine Missetaten zu bezahlen.«

»Laß mich zuerst mich ihm sprechen. Ich bin doch jetzt deine Frau. Er kann es nicht mehr ändern. Ich kann ihn überzeugen.«

»Nein, Lizanne, es ist zu spät.« Er drehte seinen Männern den Rücken zu, zog sie an sich und küßte sie. Es war ein flammender Kuß, atemberaubend in seiner Heftigkeit – und dann war er vorüber. Er ließ sie los, sah ihr noch einmal in die Augen und wandte sich dann ab.

Wie betäubt beobachtete Lizanne, wie er sein großes Pferd bestieg und, dicht gefolgt von Geoff, durch die Reihen seiner Soldaten nach vorne ritt. Als sie außer Sichtweite waren, blickte sie sich nach Roland um. Er saß auf seinem Pferd und bedeutete ihr, zu ihm zu kommen.

Lizanne unterdrückte die aufsteigende Panik. Langsam ging sie auf ihn zu und überlegte dabei fieberhaft, wie sie einen Ausweg aus dieser beinahe aussichtslosen, furchtbaren Situation finden konnte. Und gerade in dem Augenblick, als Roland ihr die Hand reichte, um ihr beim Aufsteigen behilflich zu sein, kam ihr eine Idee.

Sie setzte sich vor Roland und suchte Ranulf mit den Augen. Er befand sich ganz am Rand seiner Truppen.

Das ist alles nur eine Zeitfrage, überlegte Lizanne, während sie die Entfernung bis zur Burg auszurechnen versuchte. »Roland, können wir nicht etwas näher heranreiten?«

»Nein, Lord Ranulf hat es verboten.«

»Aber doch wenigstens bis zum Waldrand, damit ich das Duell besser verfolgen kann«, schlug sie einen Kompromiß vor. »Ich möchte selbst sehen, ob es auch fair ausgefochten wird.«

Roland zögerte, schüttelte dann aber doch den Kopf. »Ihr könnt auch von hier gut sehen, Mylady.«

Er war unschlüssig, und Lizanne nutzte diesen Vorteil sofort. »Bitte Roland.« Mit flehenden Augen sah sie ihn an und drückte seinen Arm.

Er seufzte und nickte dann. »Also gut.« Langsam ritt er nach vorne.

Lizanne verrenkte sich den Hals, um Ranulf besser sehen zu können. Er war bereit zum Kampf.

Lizannes Herz schlug schneller. Er sah genauso aus wie an dem Tag, als er sie von Penforke entführt hatte. Ja, er war ein würdiger Gegner für Gilbert ..., vielleicht sogar ein überlegener, denn obwohl Gilbert gelernt hatte, mit seinem Humpeln zu leben, konnte es bei einem so mächtigen Gegner wie Ranulf durchaus sein Ende bedeuten.

In diesem Augenblick hob sich das Fallgitter, und ein Reiter überquerte die Zugbrücke.

Es war Gilbert, Lizanne wußte es. Hatte er sie gesehen? Wahrscheinlich nicht. Sie drehte den Kopf und sah, daß Ranulf sein Pferd antrieb und langsam auf seinen Gegner zuritt.

Jetzt!

Sie keuchte so laut, daß der Knappe sie hören mußte, ließ sich dann nach vorne auf den Hals des Pferdes fallen und konnte nur hoffen, daß ihr Ohnmachtsanfall überzeugend genug gespielt war.

»Lady Lizanne!« rief Roland und versuchte, ihren schlaffen Körper zu sich heranzuziehen.

Lizanne gab ein Stöhnen von sich und verlagerte ihr Gewicht zur rechten Seite. Langsam begann sie, vom Pferd zu rutschen.

Roland murmelte einen Fluch und begann abzusteigen, um sie auf die Erde zu legen.

Lizanne nutzte ihre Chance, ohne zu zögern. Sie hob ihr Bein und trat Roland gegen die Brust. Die Wucht ihres Trittes schickte ihn zu Boden.

»Es tut mir leid«, sagte sie entschuldigend und griff nach den Zügeln. Sie trieb das Pferd zum Galopp und ritt an Ranulfs überraschten Soldaten vorbei nach vorne.

Ranulf hörte den Tumult hinter sich und wandte den Kopf, um den Grund dafür herauszufinden. Die Formation seiner Truppe hat sich aufgelöst, denn einige seiner Männer galoppierten jemandem hinterher.

Es war Lizanne – und sie ritt direkt auf ihren Bruder zu!

»Nein«, brüllte er. Er stieß einen wütenden Fluch aus und trieb sein Pferd an.

Obwohl er stetig aufholte, war ihm klar, daß er gefährlich nahe an die Burg herankam. Bald waren sie in Reichweite der Pfeile.

Obwohl Lizanne ihre Aufmerksamkeit auf ihren Bruder gerichtet hatte, der jetzt schnell auf sie zuritt, war ihr nicht entgangen, daß Ranulf sie verfolgte. Sie warf einen Blick zurück, sah, daß er immer näher kam, und wußte, daß er sie vor Gilbert erreichen würde. Rolands Pferd war viel langsamer als Ranulfs Schlachtroß, und ihr Bruder war noch zu weit weg.

Trotzdem gab sie nicht auf. Sie mußte den tödlichen Kampf zwischen ihrem Mann und ihrem Bruder verhindern.

Aber es war zu spät. Plötzlich ritt Ranulf neben ihr und zog sie aus dem Sattel.

Sie schrie und wehrte sich mit Händen und Füßen, aber er ignorierte ihren Widerstand. Rauh warf er sie vor sich über den Sattel. Aber noch bevor sie lautstark protestieren konnte, vernahm sie ein lautes Zischen. Ranulf wurde nach hinten geschleudert, und beide flogen durch die Luft.

Ranulf schlug als erster schwer auf dem Boden auf. Immer noch hielt er sie fest umklammert.

Es dauerte lange, bis Lizanne aufging, daß es ein Pfeil war, der Ranulf getroffen hatte.

Benommen hörte sie, wie sich Pferde näherten. Sie versuchte, sich aus seinen verkrampften Fingern zu winden. Obwohl er sie nicht ganz losließ, gelang es ihr doch, sich von ihm herunterzurollen und neben ihm niederzuknien. Sie blickte in sein schmerzverzerrtes Gesicht und dann auf den Pfeil, der ihn direkt unterhalb der linken Schulter getroffen hatte. Blut färbte bereits das Kettenhemd dunkel.

»Ranulf«, rief sie und nahm sein Gesicht in beide Hände.

Er öffnete sie Augen und starrte sie mit einem gepeinigten Blick an. »Lizanne!« Sein Atem kam in kurzen Stößen. Er hob den Kopf, sah erst auf den Pfeil und dann wieder sie an. »Warum?«

Tränen liefen ihr über die Wangen und tropften auf sein Gesicht. »Das wollte ich nicht.« Sie schluckte schwer, um zu verhindern, daß ihre Stimme versagte. »Ich wollte nur mit Gilbert sprechen, es ihm erklären. Du wolltest es doch nicht ...«

Er blickte an ihr vorbei Gilbert entgegen, der sie schon fast erreicht hatte. Mit einem erstickten Stöhnen richtete er seinen Oberkörper auf, stieß sie zur Seite, um sich den Pfeil aus der Wunde zu ziehen.

Lizanne wollte ihn aufhalten, aber wieder wehrte er sie ab.

»Nein, Ranulf«, bat sie verzweifelt. »Wir müssen nach deiner Wunde sehen. Du verlierst sonst zuviel Blut.«

Als Ranulf sich taumelnd aufrichtete und nach seinem Schwert griff, zischte noch ein Pfeil durch die Luft, der ihn nur knapp verfehlte.

»Nein!« schrie Lizanne und stellte sich schützend vor ihren Mann, der mühsam mit der linken Hand sein Schwert aus der Scheide zog.

Sie wußte, daß Gilberts Männer nicht schießen würden, wenn sie im Weg stand, und deshalb legte sie ihre Arme um seine Hüften und verschränkte die Arme hinter seinem Rücken.

Ranulf wollte sie abschütteln, aber dazu hätte er sein Schwert aus der Hand legen müssen. »Geh zurück«, brüllte er. »Ich verstecke mich nicht hinter Frauenröcken!«

Sie schüttelte heftig den Kopf. »Ich will nicht, daß du für mich stirbst, Ranulf. Bitte nicht!«

Er musterte ihr blasses, ängstliches Gesicht. Es stimmte, sie hätte jetzt zu ihrem Bruder laufen können, tat es aber nicht.

»Ich ... ich möchte nicht, daß dir etwas passiert, Ranulf. Frag mich nicht warum, es ist einfach so.«

»Lizanne.« Gilbert war vom Pferd gestiegen und hatte sein Schwert gezogen. »Geh zur Seite!«

Ranulf blickte dem großen Mann entgegen und richtete seine Aufmerksamkeit dann wieder auf die Frau, für die er alles geben würde. »Ich habe mich geirrt«, flüsterte er und seine Stimme war so leise, daß sie ihn kaum verstehen konnte. »Du *bist* es wert, daß man für dich stirbt.«

Mit einem leichten Humpeln überwand Gilbert die letzten Meter bis zu seinem Gegner. Ein Hagel von Pfeilen verhinderte, daß Ranulfs Männer ihrem Herrn zu Hilfe kommen konnten.

Lizanne sah die beiden Männer an und entschied sich dann für die Flucht nach vorn. Sie ließ Ranulf los und warf sich in Gilberts Arme.

Er erwiderte ihre Umarmung, schob sie aber gleich darauf zur Seite. Er hob das Schwert und wollte sich auf Ranulf stürzen.

»Gilbert!« schrie Lizanne und hielt seinen Arm fest, der das Schwert hielt. »Hör auf damit! Ranulf hat nichts Unrechtes getan!«

Ihre Worte hatten die gewünschte Wirkung, denn Gilbert erstarrte. Verwirrt starrte er seine Schwester an.

»Ist das nicht der Mann, der dir deine Unschuld rauben wollte, Lizanne?« Er zeigte mit dem Kopf auf Ranulf.

Lizanne zögerte nur den Bruchteil einer Sekunde. »N... Nein.«

Gilbert fuhr zurück, als ob sie ihm eine Ohrfeige gegeben hätte. »Was?« schrie er. »Sieh ihn dir doch an! Hat er nicht dieses helle Haar, das du mir beschrieben hast? Und er ist genauso groß und kräftig, wie du gesagt hast.«

»Ja, das stimmt«, gab sie zu. »Aber er kann es trotzdem nicht gewesen sein.«

Ungeheure Erleichterung überkam Ranulf, als er diese Worte hörte. Glaubte sie ihm doch?

Gilbert zögerte, und sein Blick wanderte von seiner Schwester zu dem Mann, den sie verteidigte. Was geht hier vor, fragte er sich. Hatte er sich vielleicht auch geirrt?

Lizanne schien seine stille Frage gehört zu haben – aber ihre Antwort erschütterte ihn zutiefst. »Er ist mein Ehemann, Gilbert.«

Unwillkürlich trat Gilbert einen Schritt zurück und senkte das Schwert. »Du hast diesen ... diesen ...«, er suchte nach dem passenden Wort, »Mörder wirklich geheiratet?«

»Ja, ich bin Ranulfs Frau.« Sie biß sich auf die Lippe, als sie die Wut auf Gilberts Gesicht sah.

»Bist du zu dieser Hochzeit gezwungen worden?« Er erinnerte sich noch sehr gut daran, wie eifrig der König sich bemüht hatte, ihn am Hof festzuhalten.

Sie zögerte, gab dann aber doch zu: »Der König wünschte es. Aber ich hatte die Wahl«, fügte sie schnell hinzu. »Und ich werde bei ihm bleiben, Gilbert. Ich werde nicht nach Penforke zurückkehren.«

Er sah, daß sie ihre Entscheidung getroffen hatte. Er sah an ihr vorbei zu dem Mann, den sie jetzt »Ehemann« nannte.

Ranulf erwiderte seinen Blick mit dem gleichen harten, herausfordernden Gesichtsausdruck, obwohl er durch den Blutverlust schon sehr geschwächt war und ein scharfer Schmerz seinen Arm durchzuckte.

»Sagt mir eins, Baron Wardieu«, richtete Gilbert schließlich das Wort an Ranulf, »habt Ihr vor vier Jahren einen Überfall auf ein Lager in der Nähe von Penforke unternommen und dabei fast alle getötet?«

»Nein«, erwiderte Ranulf ohne zu zögern. Er umklammerte den Griff seines Schwertes fester, denn er begann, das Gewicht der Waffe zu spüren. Noch nie war es vorgekommen, daß er sein Schwert als zu schwer empfand.

»Hat meine Schwester Euch diese Tat vorgeworfen?« drängte Gilbert weiter. Er wußte, daß es nicht mehr lange dauern würde, bis Ranulfs Kraft aufgezehrt sein würde.

»Ja, das hat sie.«

Lizanne sah, wie Gilbert rot anlief und die Hände zu Fäusten ballte. Diese Unterhaltung führte zu nichts.

»Kann das nicht warten, Gilbert? Du siehst doch, daß er verletzt ist«, mischte sie sich ein. »Bitte laß uns zur Burg reiten. Dort kann ich nach seiner Wunde sehen.«

»Also gut«, gab er nach. »Das letzte Wort darüber ist aber noch nicht gesprochen, Baron Wardieu, und tot seid Ihr nicht von Nutzen für mich – im Augenblick jedenfalls nicht. Steigt auf.«

Ranulf hätte sich am liebsten rundweg geweigert, aber seine Schwäche ließ ihn zögern. Er sah Lizanne an, sah ihren liebevollen Blick und traf seine Entscheidung. Er ließ das Schwert sinken und winkte seinen Männern, zu ihm aufzuschließen.

»Nein«, befahl Gilbert. »Nur Ihr.«

Mit zusammengekniffenen Augen musterte Ranulf seinen Gegner. Die aufsteigende Wut ließ ihn – wenn auch nur für kurze Zeit – seine Schwäche vergessen.

»Das ist meine Burg«, zischte er, »und ich suche mir meine Begleitung selbst aus.«

»Dann kann ich Euch nicht erlauben, die Burg zu betreten«, gab Gilbert mit finsterem Gesicht zurück.

Schließlich war es Lizanne, die eine Lösung fand. Sie

führte Ranulfs Schlachtroß am Zügel, weil das Tier sie allein nicht hätte aufsitzen lassen, und stellte sich zwischen ihren Mann und ihren Bruder.

»Ich werde nicht ohne Ranulf gehen. Es kann doch wohl nicht so schlimm sein, wenn er sich von ein paar Männern begleiten läßt, oder?«

Am liebsten hätte Gilbert ihr die Bitte abgeschlagen, aber er wußte, daß Lizanne nicht nachgeben würde. Und ihre Sicherheit war für ihn das wichtigste.

»Also gut«, murrte er und saß auf. »Zwei Männer.«

»Zwölf«, gab Ranulf zurück.

Gilbert verzog das Gesicht und schüttelte den Kopf. »Sechs oder keiner.«

Ranulf nickte und bedeutete Walter, an seine Seite zu reiten. Dann steckte er das Schwert wieder in die Scheide, stieg mühsam auf sein Pferd und half Lizanne beim Aufsteigen.

»Lizanne, du reitest mit mir«, befahl Gilbert.

»Nein.« Sie weigerte sich und legte ihre Hand auf Ranulfs Arm. »Ich reite mit meinem Mann.«

Gilbert preßte die Lippen zusammen, enthielt sich aber jeden Kommentars.

Auf dem äußeren Burghof wurde die kleine Gruppe von Gilberts Männern empfangen, die Ranulfs Eskorte sofort entwaffneten.

Eine kleine blonde Frau löste sich aus der wartenden Gruppe von Menschen und kam auf sie zu. Lizanne erkannte sofort, daß es sich nur um Ranulfs Mutter handeln konnte.

»Ranulf!« Lady Zaras Augen weiteten sich erschrocken, als sie das Blut auf seinem Hemd sah. Sie schien Lizanne, die vor Ranulf im Sattel saß, gar nicht zu bemerken.

»Mutter«, sagte Ranulf und legte seine Hand auf ihre Schulter, »geht es dir gut?«

»Ja. Aber was ist mit dir ... Was ist geschehen?«

»Nur eine Fleischwunde, nichts Ernstes«, versicherte er, obwohl er wußte, daß das nicht der Wahrheit entsprach.

»Wir müssen ihn hineinbringen«, mischte Lizanne sich ein. »Er hat sehr viel Blut verloren.«

Zara nahm zum ersten Mal die junge schwarzhaarige Schönheit zur Kenntnis, die vor ihrem Sohn saß. Ihre Augen verengten sich, denn sie wußte, daß diese Frau für die ganzen Schwierigkeiten verantwortlich war.

»Ihr steigt sofort ab«, befahl sie. »Ich kümmere mich schon um ihn.«

Lizanne zuckte zusammen, ließ sich aber nicht einschüchtern. »Nein, ich kenne mich mit Wunden aus – und außerdem bin ich seine Frau. Ich werde mich um ihn kümmern.«

Lady Zara taumelte einen Schritt zurück, allerdings mehr wegen der Tatsache, daß sie jetzt eine Schwiegertochter hatte als wegen der Frechheit des Mädchens, das sich so rundweg weigerte, ihrem Befehl Folge zu leisten. Aber plötzlich war Walter an ihrer Seite. Er beugte sich aus dem Sattel und legte eine Hand auf ihre Schulter.

»Wir werden Euch alles später erklären. Zuerst sollten wir uns um Ranulfs Wunde kümmern.«

Walter und Geoff halfen Ranulf beim Absteigen. Er war schon so schwach, daß er ihre Hilfe ohne zu protestieren annahm.

Zara beschloß, das unverschämte Mädchen, das behauptete, Ranulfs Frau zu sein, einfach links liegenzulassen, und führte die Gruppe in Ranulfs Raum. Ohne sich um die feine Bettwäsche zu kümmern, legten die Männer Ranulf vorsichtig aufs Bett. Lizanne drängte sich nach vorn, gab den Männern ein paar Befehle und beugte sich dann über Ranulfs Wunde.

Lady Zara begann zu protestieren, und wieder war es Walter, der sie zum Schweigen brachte. Er zog sie aus der Kammer, bevor sie noch mehr Unruhe stiften konnte.

»Sobald der Pfeil aus der Wunde entfernt ist, brauche ich ein Brenneisen.« Lizannes Stimme war ganz ruhig, eine Ruhe, die sie angesichts der schwierigen Aufgabe, die vor ihr lag, nur vorgab. »Zündet ein Feuer an.«

»Du bist wirklich eine gefährliche Frau«, murmelte Ranulf. Er öffnete die Augen und sah sie an. »Vielleicht sterbe ich ja doch noch für dich.«

Sie lächelte schwach, und ihr Herz pochte laut in ihrer Brust. »Jetzt noch nicht.«

Er versuchte ein Lächeln, schloß die Augen und fiel in eine tiefe, schwarze Ohnmacht.

20. Kapitel

»Wo ist dein Sohn?« wollte Philip von der Frau wissen, die in den Jahren, in denen sie für die Charwycks hart gearbeitet hatte, weit über ihre fündundvierzig Jahre hinaus gealtert war.

Verängstigt hockte Mary an dem schäbigen Tisch, auf dem sie gerade Brotteig geknetet hatte, als Philip, der Sohn von Baron Edward, die Tür aufriß und ihre kleine Hütte betrat. Obwohl es schon viele Jahre her war, seit sie ihm so nahe gewesen war, mochte sie ihn immer noch nicht. Er war verantwortlich für das wilde und oft bösartige Wesen ihres Sohnes. Er hatte zu viele Jahre seiner Jugend in der Gesellschaft von Philip Charwyck verbracht.

Und jetzt, seit Philip Besitzer der Ländereien seines Vaters geworden war, obwohl der Vater noch lebte, war das Leben in Medland für die Bewohner unerträglich geworden. In den letzten zwei Jahren hatte es Hunger und Krankheit unter den einfachen Leuten gegeben. Felder, die eigentlich genügend Nahrung für den Winter hervorbringen sollten, lagen brach. Nur diejenigen, denen der Baron ein Stück Land gegeben hatte, mußten nicht hungern. Aber auch sie waren oft der Verzweiflung nahe, denn Philip Charwyck scheute sich nicht, sich das von seinen Leuten zu nehmen, was durch seine Nachlässigkeit in seinem Haushalt fehlte. Nein, der Sohn des Barons hatte kein Gewissen.

»Auf ... auf dem Feld, Mylord«, stotterte sie.

Mit finsterem Gesicht kam er näher. »Dann hole ihn«, zischte er.

Sie nickte, sprang auf und verließ fluchtartig die Hütte.

Philip lächelte, als er beobachtete, wie sie taumelnd den Weg zum Feld entlanglief. Als sie nicht mehr zu sehen war, lehnte er sich an den Tisch und nahm eine Handvoll Teig. Als Mary mit ihrem Sohn zurückkam, hatte er die Hälfte des Teigs aufgegessen.

Wenn man den Mann mit Namen Darth, der die Hütte vor seiner Mutter betrat, ansah, konnte man nicht glauben, daß er Marys Sohn war. Er war riesig, und er hatte hellblondes, schmutziges Haar, das er im Nacken zusammengebunden hatte.

»Mylord wollten mit mir sprechen?« fragte er und baute sich mitten im Raum auf.

Philip wischte sich die Hände ab und ging langsam auf ihn zu. Er brachte sein Gesicht ganz nahe an Darths Gesicht und musterte seine vom Wetter gegerbten Züge, denen deutlich die vielen Jahre harter Arbeit anzusehen waren.

Philip lächelte breit. Seine Vermutung hatte sich bestätigt. Er legte seine Hand unter das Kinn des Mannes und drehte seinen Kopf erst nach rechts und dann nach links. Daraufhin brach er in lautes Gelächter aus. Als er sich wieder beruhigt hatte, trat er einen Schritt zurück und nickte.

»Sagt mir, Baron Wardieu«, sagte er, wobei er den Namen genüßlich betonte, »wie kommt es, daß Ihr auf den Feldern arbeitet wie ein Leibeigener?«

Nicht Darth, sondern seine Mutter Mary war die erste, die auf seine spöttischen Worte reagierte. Sie gab einen erstickten Schrei von sich und fiel ohnmächtig zu Boden.

Sofort war Darth bei ihr. »Mutter!« rief er und schüttelte sie. Ungeduldig brummend hob er sie hoch, legte sie auf ihr Bett und setzte sich neben sie.

Überlegen grinsend setzte Philip sich auf einen Stuhl und beobachtete, wie Darth seiner Mutter leicht auf die Wangen schlug und mit rauher Stimme ihren Namen rief. Als sie nicht reagierte, zuckte er mit den Schultern und richtete seine Aufmerksamkeit wieder auf Philip.

»Ihr habt mich Baron War ... dieu genannt. Warum?«

Philip beugte sich vor und zeigte auf die Frau, die bei diesen Worten die Augen aufschlug und die beiden ängstlich anblickte. »Deine Mutter kann dir diese Frage beantworten.«

Darth blickte auf Mary hinunter. »Weißt du, wovon er spricht?«

Mary schüttelte den Kopf.

Philip seufzte angewidert. »Ich kenne die Einzelheiten nicht, ganz im Gegensatz zu ihr. Vielleicht kann ich ihrem Gedächtnis etwas auf die Sprünge helfen ...«

»Sprecht weiter«, drängte Darth ungeduldig, als Philip eine lange, bedeutungsschwere Pause machte.

»Im Norden, auf einer Burg namens Chesne, gibt es einen Baron namens Ranulf Wardieu. Der Name ist dir doch bekannt, oder, Mary?«

Mary schluckte schwer und drehte den Kopf zur Wand.

»Sonderbarerweise«, fuhr Philip fort und verschränkte die Arme über der Brust, »hat der Mann genau das gleiche helle Haar wie Darth und genau die gleichen dunklen Augen. Auch die Größe stimmt. Und wenn Darths Gesicht von den langen, schweren Jahren der Feldarbeit nicht so gezeichnet wäre, könnte man fast glauben, daß die beiden Zwillinge wären. Erinnerst du dich jetzt, Mary?«

Aufgeregt sah Mary ihren Sohn an, der sie mit zusammengekniffenen Augen musterte. »Ich weiß nicht, wovon er spricht!«

Langsam verlor Philip die Geduld. Wenn Darth nicht gewesen wäre, hätte er die Frau mit Schlägen gefügig gemacht. »Ich sage dir, wie ich es mir denke, Mary. Entweder Darth ist von adeliger Abstammung oder sein Bruder ist ein einfacher Bauer. Nun, was stimmt?«

Mary richtete sich auf und griff nach Darths Hand. »Darth, ich muß mit dir allein sprechen.« Ihre Lippen zitterten, und sie war leichenblaß.

Darth sah hinüber zu Philip, und sein Mund verhärtete

sich. »Antworte ihm«, befahl er, und seine Stimme war eiskalt.

»Ich kann es dir erklären, mein Sohn«, flüsterte sie. Tränen liefen ihr über die Wangen.

Er schüttelte ihre Hand ab. »Dann tu es.«

Philip unterdrückte nur mühsam ein Kichern. Das ganze begann ihn zu erheitern.

Mary schüttelte den Kopf. »Es ist schon so lange her.« Sie blickte auf ihre abgearbeiteten Hände. »Ich war gerade sechzehn ...«

»Was ich zuerst wissen will«, unterbrach Darth sie barsch, »bin ich nun von adeliger Geburt oder war mein Vater ein Bauer?«

Mary gab einen wimmernden Laut von sich. »Du bist mein Sohn.«

»Das ist keine Antwort.«

Sie rang die Hände und starrte an ihm vorbei ins Leere. »Du bist von adeliger Geburt ...« Sie schluchzte auf, wußte aber, daß sie weitersprechen mußte. »Du bist der zweitgeborene Sohn von Baron Byron Wardieu.«

Darth sprang auf. »Und wer ist dann meine richtige Mutter? Wer hat mich geboren? Du?« Ungläubig schüttelte er den Kopf.

»Nein«, entgegnete sie mit erstickter Stimme. »Zara Wardieu ist die Frau, die dich geboren hat.«

»Zara? Und wer bist du? Wer ist die Frau, die sich in den ganzen Jahren als meine Mutter ausgegeben hat?« Die Röte stieg ihm ins Gesicht, als ihm langsam bewußt wurde, wie ungerecht er sein Leben lang behandelt worden war.

»Obwohl ich dich nicht geboren habe, Darth, bin ich doch deine Mutter. Reicht dir denn das nicht? Habe ich nicht für dich gesorgt und dich geliebt, wie es nur eine Mutter vermag? Habe ich nicht ...«

»Das will ich gar nicht wissen. Wer bist du?« unterbrach Darth sie ungeduldig.

Gepeinigt schloß Mary die Augen. »Ich bin die uneheliche Schwester von Lady Zara. Und ich war die Geliebte ihres Mannes.«

Eiskalte Wut überkam Darth. Die beiden anderen Personen im Raum fühlten es – die eine voller Angst und die andere voller Vergnügen.

»Und woher hast du mich ... Tante? Hat meine Mutter mich verstoßen?« Wütend trat Darth gegen einen Stuhl, der polternd umfiel.

Schwerfällig erhob sich Mary von ihrem Bett und stellte sich vor ihren Sohn. »Ich habe Lord Byron einen Sohn geboren – eine Nacht, bevor Lady Zara dich und deinen Bruder zur Welt gebracht hat. Mein Kind starb am nächsten Tag. Dieser Verlust hat mir fast das Herz gebrochen, das verstehst du doch, oder?« Flehend blickte sie Darth an, aber sie konnte in seinen Augen kein Mitgefühl entdecken – nur blanken Haß. Verängstigt wandte sie den Blick ab.

»Und Zara hatte zwei gesunde Jungen geboren, wo doch auch einer gereicht hätte, um Byron einen Erben zu schenken. Ich haßte sie. Sie besaß alles, was ich mir immer erträumt hatte. Sie war von adeliger Geburt, war schön – und sie hatte Byron. Und so habe ich meinen toten Jungen gegen eins von ihren Kindern ausgetauscht – nämlich dich, Darth. Es war ganz einfach, denn mein Baby sah fast genauso aus wie du. Dann bin ich fortgegangen. Ich habe dich großgezogen, als ob du mein eigener Sohn wärst ...«

»Und hast mich in dem Glauben gelassen, ich wäre ein Leibeigener!« schrie Darth los und packte sie brutal an den Schultern. »Ich bin adelig! Sieh nur, was deine Eifersucht und deine Selbstsucht aus mir gemacht haben, alte Frau!«

»Du warst doch der Zweitgeborene«, protestierte Mary schwach. »Du hättest sowieso nichts bekommen.«

»Nichts? Das wäre immer noch besser gewesen als das Leben hier. Ich hätte ein Ritter werden können und so mein Glück gemacht.«

»Nein, Darth, du weißt nicht, was du sagst! Du liebst mich doch! Ich bin deine Mutter.«

»Alles Lügen.« Er gab ihr einen Stoß, der sie zurück auf ihr Bett schleuderte. Sie verkroch sich in eine Ecke, und ihre Schultern bebten vor unterdrücktem Schluchzen.

Darth wandte sich wieder Philip zu, der breit grinste. »Warum habt Ihr mir das erzählt? Ihr wollt doch etwas, oder?«

»Vor vier Jahren hast du mir einen Gefallen getan ... Wenn es auch nicht hundertprozentig geklappt hat«, fügte er hinzu, als er sich daran erinnerte, daß Gilbert und Lizanne Balmaine noch lebten. »Ich wollte nur meine Schuld begleichen.«

Darth wußte sofort, worauf der Mann anspielte: auf den Überfall auf das Lager der Balmaines.

»Aber wenn du mich schon fragst: Ich habe dir tatsächlich einen Vorschlag zu machen«, gab Philip zu und stand auf.

»Und was für einen, *Mylord*?«

Philip hob die Augenbrauen. »So brauchst du mich nie wieder anzureden. Schließlich sind wir jetzt ja beinahe gleichgestellt. Du kannst mich Philip nennen.«

»Also gut, Philip, was für einen Vorschlag willst du mir machen?«

Philip ging zur Tür. »Komm mit, wir sprechen woanders darüber. Und nimm deine Sachen mit, denn du wirst nicht mehr in diese Bruchbude zurückkehren.«

»Nein«, schrie Mary und sprang von ihrem Bett auf. »Verlaß mich nicht.«

Grinsend ging Philip nach draußen zu seinem Pferd. Er stieg auf den großen Hengst und wartete. Aus der Hütte erklang lautes Weinen, Bitten und dann das laute Krachen von umfallenden Gegenständen ...

Bald darauf erschien Darth in der Tür. Er hatte einen Sack über die Schulter geworfen.

Mary war nicht zu sehen, tiefes Schweigen lag über der Hütte. Philip fragte sich, wie Darth der alten Frau wohl den Mund gestopft hatte, aber eigentlich interessierte es ihn gar nicht. »Komm mit«, sagte er und ritt voran.

Keiner der Männer sprach ein Wort, bis sie schließlich eine abgelegene Stelle an einem Bach erreicht hatten. Philip stieg ab und setzte sich ans Ufer.

Darth stellte seinen Sack ab und setzte sich neben ihn.

Philip lehnte sich zurück und verschränkte die Hände hinter seinem Kopf. »Willst du dir zurückholen, was dir gestohlen wurde – und vielleicht sogar noch mehr?« fragte er verschlagen.

Darth verzog angewidert das Gesicht. »Das ist eine ziemlich dumme Frage. Glaubst du etwa, ich will mein Leben lang ein Leibeigener bleiben?«

»Natürlich nicht. Deshalb will ich dir ja auch etwas vorschlagen.«

»Und was?«

»Ganz einfach. Du wirst Baron von Chesne.«

»Das kommt mir gar nicht so einfach vor. Was ist mit meinem Bruder? Er ist doch der Baron.«

»Im Augenblick schon.« Philip schloß die Augen und hielt sein Gesicht in die wärmende Sonne.

»Und wie soll ich ihm den Titel entreißen?«

Philip sah ihm direkt in die Augen. »Die Antwort darauf kennst du.«

Ja, dachte Darth, das stimmte. Diesmal hatte er eine dumme Frage gestellt. Er war so lange mit Philip Charwyck zusammengewesen, daß er beinahe jedes Mittel kannte, wie man sich unliebsame Leute vom Hals schaffte. »Mein Bruder ... Du sagst, daß wir gleich aussehen?«

»Ja. Und wenn du nicht unnötigerweise ein so hartes Leben geführt hättest, alter Freund, könnte man euch gar nicht auseinanderhalten.«

»Und wie soll ich ihn töten?«

»Wie willst du es denn tun?«

Darth zuckte mit den Schultern. »Zuerst will ich ihn sehen.«

236

»Ach, wie sentimental ...« Philip seufzte. »Aber gut, du wirst ihn treffen, das kann ich dir versprechen.«

»Wann?«

»Bald. Laß das meine Sorge sein. Ich werde an deiner Seite stehen.«

Darth nickte. »Das habe ich mir gedacht. Und was springt für dich dabei heraus?«

»Du kennst mich gut, alter Freund. Ich will nur eins: die Frau des Barons.«

Darth runzelte die Stirn. »Ist das alles?«

»Ja, obwohl ich sicher bin, daß du mir deine tiefe Dankbarkeit auch in Zukunft immer wieder beweisen wirst.«

Damit hatte Darth gerechnet. »Warum ist diese Frau so wichtig für dich?«

»Ich will sie für mein Bett ... Und außerdem hat sie mich beleidigt, und dafür will ich mich rächen.«

»Ist sie schön?«

»Ja, aber eigentlich hätte ich derjenige sein müssen, der diese Frage stellt.«

Verwirrt starrte Darth ihn an.

»Du kennst sie besser als ich, Darth. Du hast sie doch zuerst genommen. Sag mir, wie war sie?«

Darths Verwirrung wuchs. »Ich weiß nicht, wovon du sprichst.«

»Aber natürlich. Erinnerst du dich nicht mehr an Lady Lizanne Balmaine?« Darths Augen weiteten sich. Philip schlug sich lachend auf die Schenkel und stand auf. »Ja, genau die. Ist das nicht ein Witz? Sie heiratet einen Mann, der genauso aussieht wie der, der sie vergewaltigt hat. Ich freue mich schon darauf, die ganze Geschichte von ihr zu hören ..., und das bald.«

Verlegen schwieg Darth. Er hatte Philip natürlich nie die Wahrheit erzählt – daß das Mädchen ihn bewußtlos geschlagen hatte, bevor er sich mit ihr hatte vergnügen können. »Und warum willst du sie gerade jetzt? Vor vier Jahren konntest du sie doch gar nicht schnell genug loswerden!«

»Hätte ich geahnt, daß sie eine so hübsche Frau wird, hätte ich es mir überlegt.« Er stemmte die Hände in die Hüfte und lächelte böse. »Bist du mit von der Partie, Baron Wardieu?«

21. Kapitel

Die ersten Sonnenstrahlen fielen auf Ranulfs Gesicht und weckten ihn. Zuerst dachte er, er hätte das, was in den letzten Wochen geschehen war, nur geträumt, aber als er den Kopf drehte, entdeckte er Lizanne, die neben seinem Bett saß und schlief. Ein Gefühl der Erleichterung überkam ihn.

Er blickte auf den sauberen Verband, der seine Wunde bedeckte, und fragte sich, warum er keine Schmerzen verspürte, sondern nur ein dumpfes Pochen.

Dann richtete er seinen Blick wieder auf Lizanne, und Samuels lobende Worte über ihre Heilkunst fielen ihm wieder ein. Ja, Samuel hatte nicht zuviel versprochen.

Ein vom Kamin kommender Laut ließ ihn zusammenzucken. Er drehte den Kopf und entdeckte Gilbert Balmaine, der in einem Stuhl saß und ihn aufmerksam beobachtete.

Ihre Blicke trafen sich, und sie starrten sich lange wortlos an.

Schließlich nahm Gilbert sein Bein von der Stuhllehne und erhob sich. Er streckte sich, bewegte den Kopf hin und her und kam dann zum Bett herüber.

Wachsam musterte Ranulf ihn. Gilberts ganze Körperhaltung drückte unterschwellige Wut aus, und sein Gesicht war finster. Ranulf überlegte, mit welcher Waffe er sich verteidigen könnte. Seine Faust würde genügen müssen.

»Dank meiner Schwester«, begann Gilbert mit leiser Stimme zu sprechen, »seid Ihr noch einmal davongekommen und werdet auch keinen Schaden zurückbehalten. Wie schade!«

Ranulf sah Gilbert aus zusammengekniffenen Augen an. »Vertraut Ihr mir so wenig, daß ich nicht einmal mit meiner Frau allein sein kann?«

»Nicht, wenn Eure Frau meine Schwester ist«, zischte Gilbert aufgebracht.

Wieder trafen sich ihre stahlharten Blicke, und der Haß, den die beiden füreinander empfanden, war so fühlbar, daß Lizanne sich bewegte und etwas Unverständliches murmelte. Aber sie erwachte nicht.

Gilbert beugte sich vor und hob seine Schwester sanft aus dem Stuhl, auf dem sie die ganze lange Nacht gewacht hatte, und legte sie neben Ranulf. Fürsorglich deckte er sie zu, ging dann zu dem leeren Stuhl und ließ sich darauf sinken. Er lehnte sich zurück und verschränkte die Arme vor seiner Brust. »Und jetzt, Baron Wardieu, möchte ich von Euch hören, warum Ihr Lizanne entführt habt.«

»Sie hat es Euch nicht erzählt?« fragte Ranulf ungläubig.

»Nein. Aber ich habe von meinen Leuten erfahren, daß es einen Grund für Eure Tat gegeben hat. Sie hat Euch von Burg Langdon entführt, ist das richtig?«

Ranulf war es peinlich, zugeben zu müssen, von einer Frau niedergeschlagen und entführt worden zu sein, aber es war nun einmal die Wahrheit. »Ja, so hat alles begonnen.« Es fiel ihm schwer, leise zu reden. »Aber ich finde, daß jetzt nicht der richtige Zeitpunkt ist, darüber zu sprechen. Wir würden Lizanne stören.«

»Meine Geduld währt nicht ewig, Baron Wardieu«, antwortete Gilbert. »Ich will alles wissen, und zwar sofort.«

Verlier jetzt bloß nicht die Geduld, ermahnte Ranulf sich. »Ich glaube, keiner von uns wird sich beherrschen können, wenn wir die Unterhaltung jetzt weiterführen.«

Zu Ranulfs Überraschung gab Gilbert nach. »Dann werden wir warten, bis Lizanne erwacht ist.«

In diesem Augenblick ging die Tür auf, und Lady Zara betrat in Begleitung Sir Walters den Raum. Gilbert erhob sich und ging zum Kamin, wo er mit gespreizten Beinen stehenblieb.

Ranulf funkelte ihn wütend an. »Ich möchte allein mit meiner Mutter und Sir Walter sprechen.«

Gilbert schüttelte den Kopf. »Wenn wir diese Angelegenheit geregelt haben, werdet Ihr es wieder können – eher nicht.«

Ranulfs Geduldsfaden riß. Er hatte seine Verletzung vergessen und sprang wutentbrannt aus dem Bett. Dabei störte es ihn auch nicht, daß er nackt war. Er schwankte, versuchte aber trotzdem, auf Gilbert loszugehen.

»Ranulf, du gehst sofort ins Bett zurück«, befahl Lizanne, die von den lauten Stimmen geweckt worden war. Sie sprang auf, verhedderte sich aber in der Decke, stolperte und fiel zu Boden. Gilbert und Ranulf eilten beide sofort zu ihr.

Da Ranulf selbst kaum auf seinen Füßen stehen und seinen rechten Arm nur unter Schwierigkeiten bewegen konnte, war es Gilbert, der ihr beim Aufstehen behilflich war.

Lizanne dankte ihm und wandte sich dann wieder Ranulf zu, der sich mit einer Hand am Bettpfosten festhielt.

»Du darfst noch nicht aufstehen«, schimpfte sie, nahm seinen linken Arm und wollte ihn mit sanfter Gewalt wieder ins Bett bringen.

Störrisch weigerte er sich. »Ich will, daß er verschwindet«, fauchte er und zeigte auf Gilbert.

Gilbert hörte ihn kaum, denn er hatte den Blick auf Ranulfs unversehrten Unterkörper gerichtet. »Die Narbe ...«, murmelte er.

»Ich habe es dir doch schon gesagt, Gilbert, er ist es nicht«, sagte Lizanne, die seine Verwirrung allerdings gut verstehen konnte. »Komm, wir unterhalten uns, während Lady Zara ihren Sohn besucht.«

»Was geht hier eigentlich vor?« wollte Lady Zara wissen. »Von welcher Narbe ist hier die Rede?« Aber sie erhielt keine Antwort.

Immer noch sprachlos vor Überraschung nickte Gilbert und ging zur Tür.

Ranulf schüttelte Lizannes Hand ab und legte sich wieder ins Bett.

Lizanne kontrollierte noch einmal den Sitz des Verbandes und stellte zu ihrer Erleichterung fest, daß alles in Ordnung war. Sie hob die Decke auf und deckte Ranulf zu. Er dankte ihr nicht einmal.

Dann verließ Lizanne zusammen mit ihrem Bruder den Raum. Gilbert gab den Wachen vor der Tür noch ein paar Anweisungen, hakte sich dann bei Lizanne ein und führte sie den langen Gang hinunter.

Plötzlich blieb sie stehen, wandte sich zu ihm um und warf sich in seine Arme.

»O Gilbert«, schluchzte sie auf, und die Tränen strömten ihr über die Wangen.

Überrascht hob Gilbert die Hand und strich ihr über das Haar. Es war schon lange her, daß sie das letzte Mal geweint hatte.

Nach einiger Zeit beruhigte sie sich, hob den Kopf und blickte in das bärtige Gesicht ihres Bruders.

»Es tut mir leid. Das ganze ist meine Schuld. So vorschnell zu handeln, war dumm von mir. Ich hätte auf deine Rückkehr warten müssen, und erst dann ...«

»Scht«, unterbrach er sie sanft. »Du kannst mir gleich alles erzählen. Laß uns in den Garten gehen.«

Der Garten, obwohl er nicht sehr groß war, war ein einziges Meer von Rosen, und während ihres langen Spaziergangs erzählte Lizanne ihrem Bruder alles – beginnend von ihrer Begegnung mit Ranulf auf Burg Langdon bis hin zu ihrem Trick, mit dem sie Rolands Pferd an sich gebracht hatte, um das Duell zu verhindern.

Als sie geendet hatte, sah sie Gilbert an und seufzte.

242

»Gilbert, warum hast du eine Locke von Lady Zaras Haar geschickt? Diese dramatische Geste hat Ranulf zur Weißglut getrieben!«

»Das sollte es auch«, brummte er, aber er konnte ein Lächeln nicht verbergen, als er daran dachte, wie er dazu gekommen war. Er hatte sich angeschlichen und die Schere gezückt. Als Lady Zara erkannte, was geschehen war, war es bereits zu spät gewesen. Wie ein Wirbelsturm war sie über ihn hergefallen. Nur ganz knapp hatte er dem tückischen Tritt ausweichen können, der ihn entmannen sollte.

»Das war grausam von dir«, warf Lizanne ihm vor.

Als Gilbert ihre Worte vernahm, blieb er stehen und drehte sie zu sich herum, so daß sie ihn ansehen mußte. »Ich wollte kein Risiko eingehen. Noch einmal sollte er mir nicht entkommen.«

»Aber er ...«

»Ich wollte dich zurück, Lizanne. Der Gedanke, dich ein zweites Mal zu verlieren, war unerträglich.« Er schüttelte den Kopf und schloß voller Schmerz die Augen. »Erneut zu versagen ...« Seine Stimme verlor sich, als er wieder an die furchtbaren Geschehnisse vor vier Jahren dachte. Mit einem lauten Seufzer ließ er sie los und wandte ihr den Rücken zu.

Lizanne legte ihm ihre Hand auf die Schulter. »Du hast nicht versagt«, entgegnete sie sanft. »Es gab nichts, was du hättest tun können. Es war vorherbestimmt, und inzwischen tut es mir auch gar nicht mehr leid.«

Gilbert wirbelte herum. »Was?« rief er, als er sich wieder gefaßt hatte. »Das mußt du mir erklären.« Seine laute Stimme erschreckte die Vögel, die laut flatternd davonflogen.

Sie biß sich auf die Lippe und senkte den Kopf. »Wenn es nicht geschehen wäre, würde ich jetzt mit Philip verheiratet sein.« Sie bemühte sich, die richtigen Worte zu finden. »Und wie ich dir erzählt habe, ist er nicht gerade ein besonders netter Mann. Er hat etwas Abstoßendes an sich.

Und er hat ...« Sie schwieg. Sollte sie ihrem Bruder erzählen, was dieser widerliche Mann ihr enthüllt hatte?

»Was verheimlichst du vor mir?« Gilbert hob ihr Kinn und sah ihr direkt in die gequält blickenden Augen.

»Philip ... Er war es, der den Befehl gegeben hat, unser Lager zu überfallen. Ich weiß es genau.«

Gilbert schüttelte ungläubig den Kopf. »Das kann nicht sein, Lizanne. Wer hat dir diese unglaubliche Lüge in den Kopf gesetzt? Ranulf Wardieu?«

»Nein.« Und dann brach alles aus ihr heraus. Als sie geendet hatte, sah sie ihn erwartungsvoll an. Die eiskalte Wut, die in seinem Gesicht geschrieben stand, erschreckte sie.

»Das hat Philip zu dir gesagt?«

Sie nickte. »Ja. Und er kennt auch den Mann, der ...« Sie schluckte, holte tief Luft und zwang sich zum Weitersprechen. »Es ist ein anderer, Gilbert, jemand, der Ranulf sehr ähnlich sieht. Ranulf ist es nicht gewesen.«

»Hat er einen Bruder?«

»Das weiß ich nicht«, entgegnete sie nachdenklich. »Er hat mir von seiner Familie nur sehr wenig erzählt. Und wenn ich ehrlich bin – diese Möglichkeit habe ich noch gar nicht in Betracht gezogen.« Warum eigentlich nicht, dachte sie beschämt, denn das war doch die einzige plausible Erklärung.

»Dann fragen wir ihn.« Gilbert drehte sich um und ging mit großen Schritten davon. Lizanne lief hinter ihm her.

Als die beiden den Gang entlangkamen, verließen Lady Zara und Walter gerade Ranulfs Zimmer.

Wortlos packte Gilbert Ranulfs Mutter am Arm und zog sie, ohne eine Erklärung abzugeben, in den Raum zurück. Lizanne warf dem verblüfften Walter einen entschuldigenden Blick zu, folgte dann ihrem Bruder und schloß die Tür hinter sich. Sofort brach draußen ein Tumult los, und einen Augenblick später kam Walter hereingestürzt.

Gilbert wirbelte herum. »Raus!« schrie er.

»Was ist hier los?« Drohend erhob Ranulf seine Stimme.

Er lag nicht mehr im Bett, sondern saß angekleidet in einem Sessel vor dem Feuer.

»Was machst du ...« Aber Gilbert ließ Lizanne nicht aussprechen.

»Das hier ist eine private Unterhaltung. Der da hat hier nichts zu suchen.« Bei diesen Worten zeigte er auf Walter, der inzwischen von den Wachen festgehalten wurde, wogegen er sich heftig wehrte.

»Er bleibt«, befahl Ranulf.

»Er geht«, gab Gilbert zurück.

Lizanne beobachtete besorgt, wie Ranulfs Augen sich zu kleinen Schlitzen verengten. »Ich sage, er bleibt.«

Lizanne wußte, daß es nicht mehr lange dauern würde, bis die beiden mit Fäusten aufeinander losgehen würden. Sie ging zu ihrem Bruder hinüber und legte begütigend eine Hand auf seinen Arm.

»Laß ihn hierbleiben«, bat sie. »Wir können Sir Walter vertrauen.«

Der entschlossene Zug um Gilberts Mund zeigte Lizanne, daß er nicht bereit war, nachzugeben. Es war Lady Zara, die ihn schließlich doch noch umstimmte.

»Bitte erlaubt es ihm«, bat sie sanft und berührte Gilberts Hand.

Lizanne sah ihre Schwiegermutter verblüfft an. Aber dann wurde ihr einiges klar. Jetzt verstand sie auch den Rat, den Walter ihr gegeben hatte: Der Mann war in Lady Zara verliebt.

Gilbert befahl den Wachen, sich zurückzuziehen, und ging dann mit Lady Zara am Arm auf Ranulf zu.

Nebeneinander hergehend, folgten ihnen Lizanne und Walter, der immer noch vor Wut und Empörung kochte.

»Was Lady Zara angeht«, flüsterte Lizanne ihm so leise zu, daß nur er es hören konnte, »folgt Ihr da Eurem Herzen?«

Der Mann fuhr so heftig zusammen, daß sie dachte, ihn

hätte der Schlag getroffen. Aber er erholte sich schnell. »Zu oft mit meinem Verstand«, gab er reumütig zu.

Lizanne freute sich, daß sie richtig geraten hatte. Sie nickte Walter zu und stellte sich neben Ranulf.

»Wie fühlst du dich?«

»Den Umständen entsprechend«, antwortete er, aber er sah sie nicht an.

Gilbert führte Lady Zara zu einem Stuhl, der gegenüber von Ranulfs Sessel stand, und stellte sich neben sie. Walter blieb auf der anderen Seite stehen. Er wandte den Blick nicht von Lady Zara ab.

Schließlich brach Gilbert das unbehagliche Schweigen. »Habt Ihr einen Bruder, Baron Wardieu?«

Ranulf warf seiner Mutter einen überraschten Blick zu und schüttelte dann den Kopf. »Nein, ich habe keine Geschwister – jedenfalls soweit ich weiß. Warum fragt Ihr?«

Gilbert verschränkte die Arme vor der Brust. »Da gibt es diesen Mann, der meiner Familie schweres Leid zugefügt hat, und er sieht genauso aus wie Ihr, Wardieu. Meine Schwester hat zwar gesagt, daß Ihr es nicht gewesen sein könnt, aber ihre Beschreibung des Mannes paßt genau auf Euch.«

»Bis auf die Narbe, oder?« gab Ranulf zurück.

Gilbert nickte. »Ja, bis auf die Narbe.«

»Lady Lizanne.« Lady Zara ergriff zum ersten Mal das Wort. »Ihr sagt, es gibt einen anderen, der meinem Ranulf ähnlich sieht?«

»Ja, das stimmt, und er könnte fast sein Zwillingsbruder sein. Ich habe die beiden verwechselt, und deshalb habe ich auch ...«

»Erzählt mir von dieser Begegnung«, drängte Lady Zara.

Lizanne umklammerte die Rückenlehne von Ranulfs Sessel. »Ich ... ich möchte nicht darüber sprechen. Aber es ist die Wahrheit, es gibt einen anderen.«

Lady Zara lehnte sich zurück und schloß die Augen. Als sie wieder sprach, war ihre Stimme voller Schwermut. »Ich habe Zwillinge geboren. Ranulf war der Erst- und Colin der Zweitgeborene.«

Lizanne schwankte und umklammerte die Lehne fester. »Vielleicht ist es Colin ...« Lady Zara verstummte.

»Colin ist tot, Mutter«, erinnerte Ranulf sie mit scharfer Stimme.

Lady Zara schlug die Hände vor ihr Gesicht und nickte. »Ja, er starb ein paar Stunden nach seiner Geburt.«

»Was soll dann dieser Unsinn, daß es Colin sein könnte?« wollte Ranulf wissen.

Seine Mutter schüttelte den Kopf und sah Walter flehend an. Sofort nahm er ihre Hand.

»Ich habe ihn nie im Arm gehalten«, flüsterte Lady Zara, und Tränen standen in ihren Augen. »Byron sagte, daß das Kind gestorben sei, aber vielleicht war es gar nicht Colin ...«

Ranulf konnte den Schmerz auf dem Gesicht seiner Mutter nicht mehr ertragen. Mühsam stand er auf, preßte seine Hand auf die pochende Wunde und ging auf sie zu.

»Was für eine lächerliche Vermutung. Ich will davon nichts mehr hören.«

»Aber es wäre möglich, Ranulf, verstehst du denn nicht?«

Er schüttelte den Kopf. »Ich sehe nur, daß du dich für nichts und wieder nichts aufregst.«

»Nein, nein, vielleicht hat man mir Colin ja gestohlen.«

Müde fuhr Ranulf mit der Hand durch sein Haar. »Wer sollte so etwas tun? Sei doch vernünftig.«

»Wißt Ihr, ob kurz vorher oder kurz nachher andere Kinder geboren worden sind?« mischte Gilbert sich ein.

»Genug!« brüllte Ranulf und stürzte sich auf Gilbert.

Lizanne reagierte sofort. Sie warf sich zwischen die beiden Männer. Gilberts Faust, die eigentlich Ranulf treffen sollte, traf sie an der Schläfe.

Stöhnend faßte sie sich an den Kopf. »Nein, Ranulf«, krächzte sie, als sie die Wut in seinen Augen sah, »es war ein Unfall. Es ist nichts passiert.«

Ranulf knirschte mit den Zähnen und funkelte Gilbert zornig an, der aussah, als ob er am liebsten im Boden versunken wäre. »Ich bin noch nicht fertig mit Euch«, drohte er und zog Lizanne zu seinem Sessel. Trotz ihres Protestes nahm er sie auf den Schoß und untersuchte vorsichtig die langsam anschwellende Beule.

Als er sich überzeugt hatte, daß Lizanne nicht ernsthaft verletzt war, wandte er sich wieder Lady Zara zu. »Also gut, Mutter, laß uns diese Angelegenheit ein für allemal klären: Gab es noch andere Kinder, die zu der Zeit geboren wurden?«

Zara nickte, und der Schmerz in ihren Augen war nicht zu übersehen. »Ja, Byron hat noch ein anderes Kind gezeugt – mit meiner unehelichen Schwester Mary.«

Mit offenem Mund starrten sie alle an.

»Als ich es herausfand, habe ich verlangt, daß sie Chesne für immer verläßt.« Zara seufzte. »Aber wohin sollte sie gehen? Sie hatte keine Verwandten. Byron hat mich überredet, sie bis zur Geburt ihres Kindes bleiben zu lassen. Dann wollte er sie in den Süden schicken.«

Ranulf wußte von seinem toten Zwillingsbruder, aber er hatte noch nie etwas von einer Schwester seiner Mutter gehört. Sprachlos lauschte er den Worten Lady Zaras.

»Sie haßte mich. Aber ich fand das erst heraus, als sie mit meinem Mann das Bett geteilt hatte und von ihm ein Kind erwartete. Sie gab mit ihrer Schwangerschaft überall an und spekulierte in aller Öffentlichkeit darüber, wer von uns als erste von Byron geschwängert worden war ..., wessen Sohn der wirkliche Erbe sein würde.«

Zara schlug die Hände vor das Gesicht und begann zu schluchzen. Walter tröstete sie, und als sie sich beruhigt hatte, schenkte sie ihm ein dankbares Lächeln und sprach dann weiter.

»Einen Tag, bevor Ranulf und Colin geboren wurden, schenkte Mary einem Jungen das Leben. Wie versprochen hat sie Chesne gleich darauf verlassen – noch bevor ich meinem Colin ein anständiges Begräbnis ausrichten konnte.«

Lizanne brach als erste das Schweigen, das diesen Worten folgte. »Lady Zara, bitte vergebt mir, aber wißt Ihr zufällig, welchen Namen Mary ihrem Sohn gegeben hat?«

»Natürlich«, entgegnete Ranulfs Mutter mit großer Bitterkeit, »sie nannte ihn nach Byrons Vater, Da ...«

»Darth«, beendete Gilbert den Satz.

Überrascht blickte Lady Zara ihn an. »Ja, das ist sein Name.«

»Das ist er«, sagte Lizanne atemlos. »Das ist derjenige, der unser Lager überfallen hat – derjenige, der Ranulf so ähnlich sieht.«

»Dann war es nicht Colin, sondern Marys Sohn, den Ihr begraben habt«, folgerte Gilbert. »Und Mary hat Euren Zweitgeborenen mit nach Medland genommen, Charwycks Besitz.«

Die Erwähnung dieses Namens riß Ranulf aus seiner Erstarrung. »Charwyck? Was hat der damit zu tun?«

Gilbert blickte Lizanne an. »Hast du ihm nichts erzählt?«

Ranulf legte seine Hand unter ihr Kinn und zwang sie, ihn anzusehen. »Deshalb bist du also in Westminster ohnmächtig geworden! Was hast du mir verschwiegen?«

»Ich konnte es dir nicht sagen«, entgegnete sie zögernd und wich seinem Blick aus. »Ich mußte erst versuchen, mir selbst einen Reim darauf zu machen.« Sie wandte den Kopf ab und sah auf ihre Hände.

»Philip hat nämlich nur Andeutungen gemacht«, fuhr sie mit so leiser Stimme fort, daß die anderen sich anstrengen mußten, um sie zu verstehen. »Er hat nur erwähnt, daß du einem anderen sehr ähnlich siehst, und dann war er auch schon verschwunden. Der Gedanke, daß er für den Überfall verantwortlich war, hat mich zutiefst erschreckt –

und daß er solche Grausamkeiten begehen würde, nur damit er mich nicht heiraten mußte.«

»Ich werde diesem Bastard mein Schwert in die Brust stoßen«, brüllte Ranulf los.

»Nein, er gehört mir«, protestierte Gilbert und schlug mit seiner Hand gegen den Griff seines Schwertes. »Und diesen Darth erledige ich gleich mit.«

Lady Zara sprang auf. »Wenn es mein Colin ist, dann werdet Ihr ihn verschonen. Er ist mein Sohn und kann nicht verantwortlich gemacht werden für etwas, wozu ein anderer ihn gezwungen hat. Er hat bestimmt ein sehr hartes und entbehrungsreiches Leben führen müssen.«

Sie wandte sich an ihren Erstgeborenen. »Das meinst du doch auch Ranulf, oder?«

Ranulf blickte erst sie und dann die Frau an, die er in seinen Armen hielt. »Das werden wir sehen«, entgegnete er vage. »Manche Dinge können vergeben werden. Aber andere?« Er schüttelte den Kopf und richtete seine Aufmerksamkeit dann auf Gilbert.

»Wir werden es gemeinsam tun. Wenn ich wieder gesund bin, werden wir beide zu Charwyck reiten und Genugtuung fordern für das, was er unseren beiden Familien angetan hat.«

Gilbert schüttelte den Kopf. »Dann solltet Ihr Euch aber schnell erholen, denn ich reite bereits heute nachmittag.« Er wandte sich ab und ging zur Tür.

»Und wie wollt Ihr an meinen Männern vorbeikommen?« rief Ranulf ihm hinterher.

Gilbert blieb stehen und drehte sich um. »Ich werde Chesne wieder in Eure Hände geben. Dann werden Eure Männer doch wohl nichts gegen einen friedlichen Abzug einzuwenden haben.«

Ein kleines, spöttisches Lächeln erschien auf Ranulfs Gesicht. »Nein, das wohl nicht. Aber vorher werden sie Euch an den höchsten Baum hängen.«

Gilbert funkelte Ranulf finster an, aber er fand keine Gegenworte.

»Ihr müßt es so hinnehmen, wie es ist, *Schwager*«, sagte Ranulf, »denn nur so werdet Ihr Chesne lebend verlassen.«

Gilbert lief rot an, sagte aber immer noch nichts.

Lizanne glitt von Ranulfs Schoß, ging zu ihrem Bruder und legte ihre Hand auf seinen Arm. »Bitte, Gilbert«, bat sie, »tu es nicht allein. Warte auf Ranulf.«

»Du vertraust mir nicht«, zischte Gilbert mit zusammengebissenen Zähnen. »Du hast Angst, daß ich noch einmal versage.«

Sie schüttelte den Kopf. »Nein, Gilbert. Ranulf hat das Recht, dich zu begleiten.«

»Also gut«, gab er schließlich widerwillig nach. »Eine Woche.«

»Nein, vierzehn Tage«, gab Lizanne zurück. »Seine Wunde ist tief.«

Gilbert verzog das Gesicht, zuckte dann aber doch ergeben mit den Schultern. »Zwei Wochen also. Mehr Zeit werde ich aber nicht vergeuden. Dann werde ich reiten – mit oder ohne deinen Mann.« Er wandte sich um und verließ das Zimmer.

22. Kapitel

In den nächsten paar Tagen verhielt sich Ranulf Lizanne gegenüber abweisend, denn er ärgerte sich immer noch darüber, daß sie nicht offen zu ihm gewesen war. Er ließ zu, daß sie sich um seine Wunde kümmerte, sprach aber sonst nur das Nötigste mit ihr. Sein Verhalten schmerzte Lizanne, aber sie versank nicht in Selbstmitleid, sondern nahm seinen Zorn als gegeben hin.

Die Spannung zwischen Ranulf und Gilbert verringerte sich in diesen Tagen spürbar. Lizanne beobachtete aus der Ferne, wie die ehemaligen Feinde langsam zu Verbündeten wurden. Obwohl sie über diese Entwicklung sehr froh war, fühlte sie sich doch immer mehr als Außenseiter, denn die beiden unterbrachen ihre Unterhaltung jedesmal, wenn sie dazukam.

Sie schlief auf einer Bank in der Großen Halle mit einer kratzigen Decke als einzigem Gefährten und bekam nur wenig Schlaf – weniger wegen des unbequemen Lagers als wegen ihrer düsteren Gedanken.

Jeden Morgen riß sie sich erneut zusammen, straffte die Schultern und machte sich entschlossen daran, die Burg und ihre Bewohner näher kennenzulernen. Obwohl es entmutigend für sie war, daß die Leute ihr äußerst mißtrauisch und unfreundlich begegneten, war sie nicht überrascht davon, denn immerhin war sie die Schwester des Mannes, der Chesne überfallen hatte.

Auch die Tatsache, daß sie Ranulfs Frau war, schien nichts zu bedeuten. Sogar Lady Zara war kurz angebunden, und oft gerieten die beiden in Streit. Es gehörte nicht viel Menschenkenntnis dazu, um zu erkennen, daß die Burgbewohner sie erst akzeptieren würden, wenn Ranulfs Mutter es tat.

Am Abend des vierten Tages auf Chesne beschloß Lizanne, daß die Entfremdung zwischen Ranulf und ihr lange genug gedauert hatte und machte sich auf den Weg in sein Zimmer.

Leise schloß sie die Tür hinter sich, lehnte sich dagegen und starrte auf Ranulf, der bewegungslos dalag.

Entschlossen nahm sie ihren ganzen Mut zusammen, ging zum Bett und zog sich aus. Nur mit einem dünnen Hemd bekleidet, glitt sie neben ihn unter die Decke.

Als ihr nackter Schenkel seinen berührte, versteifte er sich.

»Was soll das, Lizanne?« fragte er gereizt.

Würdevoll hielt sie seinem wütenden Blick stand. »Ich bin deine Frau«, entgegnete sie tapfer. »Mein Platz ist bei dir.«

»Dann hast du also keine Lust mehr, mit den anderen in der Halle zu schlafen? Ist es zu kalt, zu voll oder einfach nur unter deiner Würde?«

Sie biß sich auf die Lippe, um die Antwort zurückzuhalten, die ihr auf der Zunge lag, sondern sagte nur: »Nein, es ist so einsam.«

Ranulf dachte kurz über ihre Antwort nach und strich ihr dann mit einer Hand das Haar aus der Stirn. »Ich wußte gar nicht, daß du so gerne in meinem Bett schläfst.«

Sie erbebte unter seiner Berührung. »Ja, ich möchte bei dir schlafen, Ranulf.« Diesen Satz auszusprechen, hatte sie viel Stolz gekostet.

»Weshalb?« Seine Stimme war rauh, und seine Hände wanderten tiefer zu ihren verspannten Schultermuskeln, die er sanft massierte.

»Eine ... eine Frau sollte da schlafen, wo ihr Mann schläft. Sonst werden sie nie in Frieden leben können.«

»Und du willst, daß Frieden zwischen uns ist?«

»Ja, das möchte ich.«

Verdammt, er wollte seine Hochzeitsnacht endlich nachholen! In diesem Augenblick wäre es so einfach für Ranulf gewesen, alles zu vergessen und nur seinen Trieb zu befriedigen, aber er hielt sein Verlangen im Zaum. »Was hat dich davon überzeugt, daß nicht ich es war, der das ganze Leid über dich und deinen Bruder gebracht hat?«

Sie seufzte. »Sir Walter hat mir geraten, meinem Herzen zu folgen. Und mein Herz hat mir gesagt, daß du es nicht warst.«

Walter hatte das geraten? Dieser ernste Mann, der nur auf seinen Verstand hörte? Welch einen Zauber hatte diese kleine Hexe auf ihn ausgeübt, um einen so poetischen Ratschlag aus ihm herauszulocken? Ranulf konnte sich keinen Reim darauf machen, bis ihm plötzlich die Aufmerksamkeit wieder einfiel, mit der Walter seine Mutter bedacht hatte. Er runzelte die Stirn. Ganz in seinem Innersten hatte er immer schon gefühlt, daß seine Mutter und Walter durch ein unsichtbares Band verbunden waren, hatte es sich aber bis jetzt noch nicht eingestanden.

»Schon vor unserer Hochzeit hat mein Herz es mir gesagt, aber ich wollte nicht zuhören. Ich hatte zuviel Angst.« Lizannes Stimme war tränenerstickt. »Und als ich sah, daß du die Narbe nicht hast, habe ich immer noch nicht an deine Unschuld glauben wollen, obwohl mein Herz es gewußt hat ... Ach, Ranulf, es tut mir so leid.« Sie schmiegte sich enger an ihn.

»Auch mir tut es leid, daß jemand aus meiner Familie euch soviel Schmerz zugefügt hat. Aber warum hast du mir das nicht schon viel früher gesagt? Es hätte uns eine Menge Kummer erspart.«

»Zuerst war ich sicher, daß du der Schuldige bist.« Sie seufzte. »Der Mörder, für den ich dich hielt, hätte mich nicht weiterleben lassen – nicht mit dem Wissen, das ich über ihn besaß.«

Sie begann zu weinen, und die Tränen, die sie so viele Jahre in sich aufgestaut hatte, durchbrachen alle Dämme und tropften auf Ranulfs nackte Brust.

Ranulf streichelte ihr Haar und flüsterte ihr besänftigende Worte ins Ohr. Es dauerte lange, bis sie wieder ganz ruhig war.

»Nie mehr«, sagte er und strich ihr zärtlich über den Rücken, »nie mehr sollst du deswegen weinen. Hast du das verstanden?«

Sie hob den Kopf. »Du verbietest mir zu weinen?«

»Ich mag es einfach nicht, wenn du weinst. Du hast wegen dieser ganzen Sache schon so viele Tränen vergossen, daß es für zwei Leben reicht.«

Das stimmte, aber es gefiel ihr nicht, daß er ihr befahl, was sie zu tun oder zu lassen hatte. »Ich werde keine Tränen mehr vergießen ..., jedenfalls heute nicht. Ich kann dir nicht versprechen, daß ich nie wieder weinen werde.«

Ranulf bemerkte dankbar, daß ihr altes Feuer wieder brannte. Sie würde darüber hinwegkommen.

»Du wagst es, dich mir zu widersetzen – mir, deinem Herrn und Ehemann?« fragte er mit gespieltem Unglauben.

»Ich widersetze mich nicht«, protestierte sie und kniete sich neben ihn. »Du kannst keinem Menschen vorschreiben, wann er seine Gefühle zu zeigen hat und wann nicht. Es ist viel komplizierter. Ich bin keine Puppe, Ranulf, und wenn du erwartest, daß ich mich so benehme, dann wird es nie Frieden zwischen uns geben.«

Er brach in lautes Lachen aus.

»Warum lachst du?« wollte sie wissen.

Er beruhigte sich und schüttelte den Kopf. »Ich bin zufrieden mit dir, Weib, das ist alles.«

»Zufrieden mit mir? Da der König dich zu dieser Heirat gezwungen hat, kann ich mir nicht vorstellen, daß du jemals zufrieden mit mir sein wirst.«

Er schob seine Hand unter seinen Kopf und sah sie an.

Es war inzwischen sehr dunkel geworden, und er konnte sie kaum noch erkennen. »Der König hat mich nicht gezwungen. Ich habe dich aus freien Stücken geheiratet.«

Aus freien Stücken ... Sie konnte es fast nicht glauben. Nachdem sie sich gefangen hatte, flüsterte sie: »Warum? Du hast doch gesagt, daß du abgelehnt hast.«

Er zuckte mit den Schultern. »Das kann ich dir nicht beantworten, das frage ich mich selbst.«

»Gut. Dann brauche ich mich wenigstens deswegen nicht schuldig zu fühlen.«

Ranulf schwieg lange. Dann griff er nach ihr und zog sie neben sich.

Zögernd schmiegte sie ihren Kopf an seine Schulter und legte ihre Hand auf seine Brust. Unter ihrer Handfläche spürte sie seinen regelmäßigen Herzschlag.

Schließlich fragte er leise: »Wenn du mich ansiehst, wirst du dann jedesmal daran denken, was dieser Mann – mein Bruder – getan hat?«

»Die Erinnerung verschwindet von Tag zu Tag mehr. Als ich dich bei Lord Langdon gesehen habe, hatte ich das Gefühl, daß alles erst gerade eben geschen war, aber jetzt kommt es mir vor, als sei es schon ewig her.«

Das war nicht die Antwort, die er hören wollte, aber er versuchte, sich damit zufriedenzugeben. »Es ist schon tragisch, daß uns solch furchtbare Geschehnisse zusammengeführt haben, Lizanne, aber ich bin sehr dankbar dafür.«

Sie schmiegte sich enger an ihn.

Lächelnd verbarg Ranulf sein Gesicht in ihrem Haar und atmete den süßen Geruch von Rosen und Kräutern ein, der ihm entströmte.

»Ranulf?«

»Scht. Versuch zu schlafen. Wir verschieben unsere Hochzeitsnacht auf später.«

Zu ihrer Bestürzung mußte sie sich eingestehen, daß er sie durchschaut hatte. Woher wußte er, daß sie sich nach seiner Berührung sehnte, daß sie die Gefühle wieder durchleben wollte, die er in ihr erweckt hatte?

Schlaflos lag sie neben ihm. Jedesmal, wenn sie ihn berührte, verspürte sie ein tiefes Verlangen nach ihm. Seufzend schob sie seinen Arm zur Seite, um aufzustehen und damit seiner beunruhigenden Gegenwart zu entkommen. Nur so würde sie in dieser Nacht noch etwas Schlaf finden.

Aber auch Ranulf lag wach. Er zog sie zurück in seine Umarmung.

Er fühlte sich so wundervoll an – sein harter, muskulöser Körper, der so perfekt mit ihren sanften Kurven verschmolz. Sie stöhnte vor Verlangen und bewegte die Hüften.

Aber Ranulf reagierte nicht auf ihre Bewegungen, sondern rückte sogar noch ein Stück zur Seite.

Sie schlug ihm mit einer Hand auf die Brust. »Begehrst du mich denn gar nicht mehr?« Aus ihrer Stimme war deutlich herauszuhören, wie sehr sein Verhalten sie verletzte.

»Lizanne«, antwortete er ernst, »mit dieser Verwundung bin ich wohl kaum in der Lage, mit dir zu schlafen.«

»Dann faß mich auch nicht an!«

»Was?«

»Ich sagte, dann faß mich auch nicht an! Ich kann nicht schlafen, wenn du so nahe bei mir bist.«

Ranulf war überrascht. Er hatte nicht damit gerechnet, daß sie so offen darüber sprechen würde.

»Es ist deine erste Frau.« Ihr Kummer war ihr deutlich anzumerken. »Du liebst sie immer noch, auch wenn sie tot ist.«

»Arabella?« Ranulf versteifte sich. »Du weißt ja nicht, wovon du sprichst, Lizanne.«

»Wirklich nicht? Wir waren nur eine Nacht richtig zusammen – seitdem hast du mich kaum noch angerührt.«

»Ich kann dir versichern, daß es nichts mit ihr zu tun hat. Gott vergebe mir, ich kann noch nicht einmal ihren Tod betrauern.«

»Warum?«

Eigentlich war das ein Thema, über das Ranulf nicht sprechen wollte, aber er wußte, daß er Lizanne eine Erklärung schuldig war. Er seufzte. »Sie ware eine gefühlskalte, hinterhältige Frau und mir mehr als einmal untreu. Sie war keine Jungfrau mehr, als sie in mein Bett kam, obwohl sie behauptete, eine zu sein.«

Lizanne war erleichtert, aber dann fiel ihr etwas anderes ein. »Warst du ihr denn treu, Ranulf?« Gespannt wartete sie auf seine Antwort. Gleich würde sie erfahren, wie ihre eigene Ehe verlaufen würde. Schließlich war sein Vater auch kein treuer Ehemann gewesen.

»Ja«, entgegnete Ranulf, »jedenfalls zuerst.«

Ihr Herz krampfte sich zusammen. Seine Worte schmerzten mehr, als sie sich je hatte vorstellen können.

Ranulf spürte ihre Qual und rückte näher an sie heran. »Ich kann dich nicht anlügen, Lizanne, aber ich kann versuchen, es dir zu erklären.« Er strich sanft mit seinem Finger über ihre Kehle. »Wir haben zwei getrennte Leben geführt. Wir haben noch nicht einmal ein gemeinsames Schlafgemach gehabt. Arabella hatte ihre Liebhaber, und zum Schluß habe ich mich auch mit anderen Frauen getröstet.«

Lizanne hielt seine Hand fest, die tiefer wandern wollte. »Und erwartest du von mir, daß ich dich mit anderen Frauen teile?«

»Nur, wenn ich dich mit anderen Männern teilen muß. Und das habe ich nicht vor, Lizanne. Ich werde jeden Mann töten, der es auch nur wagt, dich anzurühren. Du gehörst mir.«

»Aber Arabella ...«

Er zog seine Hand zurück und legte ihr einen Finger

auf die Lippen. »Ich wollte Arabella nicht, genausowenig wie sie mich. Ich will dich, Lizanne, und nur dich. Hast du das verstanden?«

Sie nickte und ärgerte sich über sich selbst, weil sie gehofft hatte, er würde ihr eine Liebeserklärug machen. Ja, er begehrte sie, aber das war auch schon alles. Tränen stiegen ihr in die Augen, und sie war dankbar, daß es so dunkel war. »Wenn es nicht Arabella ist, die zwischen uns steht, was ist es dann?«

Er senkte den Kopf und küßte sie. »Du bist es.«

»Ich?«

»Ja.« Er schlug die Decke zurück und ließ eine Hand unter ihr Hemd gleiten. »Ich habe auf deine Zustimmung gewartet.« Er umfaßte ihre Brust.

Lizanne erinnerte sich wieder an den Streit, den sie nach ihrer ersten gemeinsamen Nacht gehabt hatten, und als sie an die Worte dachte, die sie ihm an den Kopf geworfen hatte, mußte sie lächeln. »Aber deine Verletzung«, protestierte sie schwach, als Schauer der Erregung sie überliefen.

»Es geht auch anders. Ich werde es dir zeigen.« Wieder bemächtigte er sich ihrer Lippen.

Dieser Kuß war ganz anders – heißhungrig, fordernd, intensiv. Lizanne wurde es ganz schwindlig, als seine Zunge suchend ihren Mund erforschte. Sie stöhnte unterdrückt und erwiderte den Kuß. Als seine Finger ihre aufgerichtete Brustwarze streichelten, keuchte sie und bog sich ihm entgegen.

Unerträglich langsam glitten seine Finger weiter nach unten, vorbei an ihrem flachen Bauch, bis sie schließlich den Haaransatz zwischen ihren zitternden Schenkeln fanden.

»Ja, Ranulf«, keuchte sie und biß sich auf die Unterlippe.

Seine Finger öffneten sie. Vorsichtig schob er einen Finger in ihre nasse Grotte.

Stöhnend warf sie den Kopf zurück. Ihr Unterleib drückte rhythmisch gegen seine Finger. Sie hörte einen lauten Schrei, ohne zu wissen, daß sie selbst es gewesen war, die geschrien hatte, denn sie hatte sich ganz dem Verlangen ihres Körpers hingegeben.

Ranulf nahm eine ihrer Brustwarzen in den Mund und überließ es Lizanne, ihren Rhythmus zu finden. Zu seiner Überraschung glitt ihre Hand nach unten und fand sein aufgerichtetes Glied. Ohne ihre Bewegungen zu verlangsamen, umfaßte sie es, und er stöhnte vor Verlangen.

Schließlich schrie sie noch einmal laut auf, stieß ein letztes Mal gegen seine Hand, und ihre Muskeln zogen sich um seine Finger zusammen. Dann entspannte sie sich langsam, und ihre Hüften senkten sich wieder auf die Matratze.

»Ach, Ranulf«, seufzte sie, »das war wundervoll.«

Lächelnd strich er ihr eine feuchte Haarsträhne aus dem Gesicht. »Und wie fühlt es sich an?«

»Wie ... wie eine Mischung aus ... Hitze, Licht, Atemlosigkeit. Und dann der süße Tod.«

Er lachte leise.

»Und wie ist es bei dir?« fragte sie und umfaßte ihn fester.

Sofort stieß er den Unterkörper gegen ihre Handfläche. »Genau so wie bei dir«, stöhnte er. Er packte sie an den Hüften, legte sich auf den Rücken und setzte sie rittlings auf sich.

Lizanne lachte und zog ihr Hemd aus. Sie warf es zur Seite, beugte sich vor, und ihr langes schwarzes Haar hüllte sie ein wie ein Mantel.

»Küß mich«, keuchte er.

Begierig senkte sie den Kopf, fand in der Dunkelheit aber nicht seinen Mund, sondern nur seine Stirn. Langsam ließ sie ihre Lippen weiter nach unten wandern. Als sie seinen Mund erreichte, fuhr sie mit der Zungenspitze spielerisch über seine Lippen, und sie fühlte, daß er lächelte. Dann drückte sie ihre Lippen auf seine und drängte ihre Zunge in seinen Mund.

Ranulf lag ganz still und lauschte der Musik, die seinen Körper erfaßt hatte, als seine wunderschöne Frau versuchte, ihn zu verführen. Seine vollaufgerichtete Männlichkeit drückte gegen ihre festen Schenkel, und sein Verlangen war fast nicht mehr zu ertragen.

Lizanne löste ihre Lippen und ließ sie weiterwandern, über seinen Hals bis zum Schlüsselbein.

»Hier«, murmelte er und drückte ihren Kopf gegen seine Brust.

Sie nahm eine harte Brustwarze in den Mund, wie er es bei ihr getan hatte, und fuhr mit der Zunge darüber. Als er laut aufstöhnte, widmete sie sich der anderen Warze mit der gleichen Aufmerksamkeit. Diese neue Macht gefiel ihr, und sie fand immer neue Stellen an seinem Körper, die sie küssen, streicheln oder mit der Zunge bearbeiten konnte.

Ranulf konnte es nicht mehr aushalten. Er umfaßte ihre Hüften, hob sie etwas an und senkte sie gleich wieder.

Lizanne wußte sofort, was er vorhatte. Sie nahm sein hartes Glied in sich auf und stöhnte bei dem Gefühl, das das Herabsenken in ihr erweckte. Als er ganz in ihr war, blieb sie bewegungslos sitzen und sah in fragend an.

»Höre auf deinen Körper«, keuchte er.

Verlegenheit überkam sie. Am liebsten hätte sie sich auf den Rücken gerollt, wenn sie dabei nicht Gefahr gelaufen wäre, ihn zu verlieren. »Ich ... ich kann nicht.«

Er umfaßte ihre Hüften und stieß in sie – einmal ... zweimal ...

Lizanne war überwältigt von den Gefühlen, die diese Stöße in ihr wachriefen. Tief in ihrem Inneren entzündete sich ein Feuer, erst war es nur als kleiner Funke, der aber gleich darauf immer größer und größer wurde.

Ihre Verlegenheit war vergessen. Sie überließ sich ganz ihren Instinkten und paßte sich seinem Rhythmus an.

Er erreichte vor ihr den Höhepunkt, aber sie nahm es kaum wahr, weil sie zu sehr damit beschäftigt war, selbst ihre Erfüllung zu finden. Als sie schließlich mit einem lauten Schrei über ihm zusammenbrach, bemerkte sie kaum, daß er sie etwas zur Seite schob, weil sie auf seiner Wunde lag.

Dann ruhten sie dicht aneinandergeschmiegt nebeneinander. Lizanne hatte ihr Bein über ihn gelegt und ließ ihre Fingerspitzen über seine Brust bis hin zu seiner Männlichkeit wandern.

»Hexe«, murmelte er, und sein müder Körper erwachte zu neuem Leben.

In dieser Nacht fanden sie nicht viel Zeit zum Schlafen, aber keiner von ihnen bedauerte es.

23. Kapitel

Kurz vor Ablauf der vierzehn Tage verkündete Ranulf, daß er sich gesund genug fühle, um mit Gilbert nach Süden zu reiten. Die beiden Männer verabredeten, sich in zwei Tagen auf den Weg zu machen.

Mit wachsender Beunruhigung beobachtete Lizanne die Vorbereitungen und das intensive Waffentraining von Gilberts und Ranulfs Männern. All das nur wegen mir, dachte sie, und wünschte sich, daß es einen Weg gäbe, es auf andere Weise zu Ende zu bringen. Obwohl sie sich jetzt keine Sorgen mehr zu machen brauchte, daß Ranulf und Gilbert sich gegenseitig umbringen würden, wuchs ihre Angst vor Philip Charwyck mit jedem Tag. Er war eine Bedrohung, die sie sehr ernst nahm, und sie hätte die beiden gern begleitet. Aber als sie darauf zu sprechen kam, ertönte von allen Seiten ein so wütender Protest, daß sie schnell die Flucht ergriffen hatte.

Jetzt saß sie auf dem Außenzaun der Koppel und streichelte die Nüstern eines großen Hengstes, der sanft in ihre Hand blies. Sie beobachtete so angestrengt die Übungen auf dem gegenüberliegenden Turnierplatz, daß sie das Kommen Lady Zaras gar nicht bemerkte. Erst als die Frau Lizannes Knie berührte, wurde sie auf sie aufmerksam.

»Lady Zara.« Lizanne schluckte und ließ die Hand sinken. Sofort gab der Hengst ihr einen Stoß, der sie beinahe vom Zaun beförderte. Sie konnte sich gerade noch festhalten.

»Du kannst gut mit Pferden umgehen«, stellte Lady

Zara fest. »Der hier ist noch nicht eingeritten, aber trotzdem kommt er ohne Angst zu dir.«

Überrascht registrierte Lizanne dieses unerwartete Kompliment. »Er ist wirklich noch nicht eingeritten? Er ist doch aber ganz zahm.«

Zara lächelte, zwar nur halbherzig, aber es war wenigstens ein Anfang. »Versuch einmal aufzusteigen, dann ...« Sie unterbrach sich und schüttelte den Kopf. »Nein, das sollte ich nicht einmal im Spaß vorschlagen, denn so wie ich dich kenne, wirst du es dann erst recht versuchen.«

Lizanne grinste. »Das stimmt.« Sie sprang vom Zaun herunter. »Wolltet Ihr mit mir sprechen?«

Seufzend legte Zara eine Hand auf Lizannes Arm und führte sie von der Koppel weg. »Ich habe gerade erfahren, daß es in einem Dorf nicht weit von hier ein kleines Kind gibt, das sich das Bein gebrochen hat. Ich dachte, daß du mich vielleicht begleiten möchtest.«

Lizanne blieb wie angewurzelt stehen. »Ihr vertraut mir?«

Zara warf ihr einen Blick zu, der ihr sagte, wie absurd sie diese Frage fand. »Du hast deine Fähigkeiten bewiesen, du bist in solchen Sachen viel begabter als ich.«

Lizanne lächelte. »Natürlich werde ich Euch begleiten.« Aber ihre Freude erlosch schnell. »Glaubt Ihr, daß Ranulf uns das erlauben wird? Er hat mir verboten, die Burg zu verlassen.«

Zara war entrüstet. »Ich brauche keine Erlaubnis, wenn ich meine Leute besuchen möchte. Ranulf hat sich daran gewöhnt, daß ich die Dorfbewohner aufsuche. Außerdem reiten wir nicht allein.«

»Gut«, entgegnete Lizanne. »Ich muß noch schnell meine Sachen holen, dann können wir uns auf den Weg machen.«

»Beeil dich.« Ein Lächeln erschien auf Lady Zaras Gesicht, als sie beobachtete, wie Lizanne eilig davonlief.

Als Ranulf von ihrem Vorhaben erfuhr, bestand er darauf, die Eskorte selbst zusammenzustellen. Er wählte zwanzig bewaffnete Männer aus und ernannte Sir Walter zum Anführer.

Als alle bereit waren zum Aufbruch, kam Ranulf zu Lizanne, die schon auf ihrem Pferd saß. Er strich sich das schweißnasse Haar aus der Stirn, denn er hatte sehr hart trainiert, um wieder in Form zu kommen.

»Lizanne«, sagte er und legte eine Hand auf ihr Bein, »ich möchte, daß du Sir Walter in allem gehorchst. Egal, wie es dem Kind geht, ich bestehe darauf, daß ihr vor Sonnenuntergang wieder hier seid. Gib mir dein Wort.«

»Ja, ich verspreche es«, entgegnete sie und lächelte ihn an.

Ranulf blickte sie nachdenklich an, griff dann an seinen Gürtel, nahm den mit Juwelen besetzten Dolch und reichte ihn ihr.

Sie erkannte ihre alte Waffe sofort. Dankbar nahm sie den Dolch entgegen und drückte ihn an die Brust. »Vielen Dank, Ranulf – Mylord.« Sie hob den Saum ihres Rockes und steckte die Waffe in ihren Strumpf, noch bevor Ranulf sich über ihren fehlenden Anstand beschweren konnte. Ungeachtet der vielen Zuschauer beugte sie sich dann nach vorn, legte ihm die Arme um den Hals und gab ihm einen kurzen, wenn auch süßen Kuß.

»Obwohl du es vielleicht nicht weißt«, flüsterte sie ihm ins Ohr, »ich habe mein Herz an dich verloren.«

Als sie seinen überraschten Gesichtsausdruck sah, lächelte sie und legte ihm einen Finger auf den Mund. »Ich liebe dich, Ranulf Wardieu.« Dann richtete sie sich auf und lenkte ihr Pferd an Lady Zaras Seite.

Diese Worte waren ihr sehr schwergefallen, denn sie glaubte nicht, daß er ihre Gefühle erwiderte. Aber jetzt, nachdem sie ausgesprochen waren, hatte sie das Gefühl, als ob eine Zentnerlast von ihren Schultern gefallen wäre. Als sie unter dem Fallgitter hindurchritt, drehte sie sich noch einmal um. Ranulf stand an der gleichen Stelle, an der sie ihn verlassen hatte und starrte hinter ihr her.

Als sie das Dorf erreicht hatten, half ihr Sir Lancelyn, Gilberts Vasall, beim Absteigen. Erst jetzt fiel ihr auf, daß Ranulf auch einige von Gilberts Männern für die Eskorte ausgesucht hatte. Die neue Allianz zwischen den beiden schien sich zu bewähren.

Sie lächelte Sir Lancelyn an, nahm dann ihre Tasche vom Sattel und lief hinter Lady Zara her, die bereits zu einer etwas abgelegenen Hütte geführt wurde. Im Halbdunkel des Raums erkannte Lizanne einen kleinen Jungen von nicht mehr als vier Jahren, der stöhnend auf einem Haufen Stroh lag. Seine Mutter kniete neben ihm.

»Lady Zara«, rief die hübsche, junge Frau. Sie sprang auf, lief auf Ranulfs Mutter zu und knickste.

Zara legte ihr beruhigend die Hand auf den Arm. »Ich wußte nicht, daß es Lawrence war, der sich verletzt hat.«

»Ihr habt die Heilerin mitgebracht?« fragte die Frau.

»Ja, das ist sie, Becky.« Lady Zara zog Lizanne nach vorne. »Das ist Lady Lizanne. Sie hat auch Ranulf gesundgepflegt.«

Becky starrte Lizanne mit großen Augen an. »Aber sie war auch verantwortlich für seine Verletzung«, sagte sie. »Ihr seid also die Frau, die unser Lord Ranulf geheiratet hat.«

Obwohl sie merkte, daß die Frau sie nicht mochte, ließ Lizanne sich nicht abschrecken. Hier ging es um das Kind. Sie ging an der steif dastehenden Frau vorbei und ließ sich neben dem Jungen auf die Knie sinken.

»Ich brauche mehr Licht«, befahl sie.

Wimmernd sah das Kind sie mit fiebrigen Augen an und hielt mit beiden Händen sein Bein umklammert.

Lizanne lächelte beruhigend und legte ihm eine Hand auf die feuchte Stirn. »Du wirst wieder gesund«, versicherte sie ihm und holte dann eine kleine Flasche aus ihrer Tasche.

Der Junge war zu schwach, um zu protestieren, als sie ihm das bitter schmeckende Pulver auf die Zunge schüttete. Innerhalb von Minuten war er in einen tiefen Schlaf gefallen.

Lizanne löste die Finger des Jungen, die immer noch das Bein umklammert hielten, und untersuchte die Wunde. Obwohl es sich um einen offenen Bruch handelte, war das Bein doch nicht in einem so schlimmen Zustand, wie sie zuerst befürchtet hatte. Sie war sich sicher, daß es mit sorgfältiger Pflege wieder heilen und das Kind keinen bleibenden Schaden zurückbehalten würde.

Während der Junge schlief, reinigte sie die Wunde, richtete den Bruch ein, trug eine süßlich riechende Salbe auf und legte schließlich Schienen und einen Verband an. Lady Zara half ihr dabei, während Walter und Becky danebenstanden und zusahen.

Die Sonne begann bereits unterzugehen, als sie sich erhob und Becky einen Tiegel mit einem Pulver in die Hand gab. Sie erklärte ihr eindringlich, daß sie die Wunde sauberhalten mußte, wenn das Bein gerettet werden sollte.

Becky folgte Lizanne zu den wartenden Pferden und lächelte sie dankbar an. »Ich bin sicher, daß Ihr Lord Ranulf eine gute Frau sein werdet.«

Lizanne lächelte zurück. »Ich komme in zwei Tagen wieder, um nach deinem Sohn zu sehen. Bitte denk daran, daß er nicht aufstehen darf. Wenn es sein muß, mußt du ihn festbinden.«

Becky nickte und trat einen Schritt zurück, als Sir Walter den Befehl zum Aufbruch gab.

Lizanne winkte den Dorfbewohnern zu, die sich zum Abschied versammelt hatten, und lenkte ihr Pferd an Lady Zaras Seite.

»Das hast du gutgemacht«, sagte Ranulfs Mutter und lächelte sie zufrieden an. »Ab sofort werden sie dich respektieren.«

Lizanne wußte, daß sie heute die Zuneigung ihrer Schwiegermutter gewonnen hatte, auch wenn Lady Zara es nie zugeben würde, und sie erwiderte dankbar ihr Lächeln.

Sie hatten nur noch ein paar Meilen bis zur Burg zurückzulegen, als Reiter auf sie zukamen. An der Spitze befand sich Ranulf, und sein blondes Haar flatterte im Wind.

»Er macht sich wirklich zu viele Sorgen«, sagte Lady Zara lachend zu Walter.

Lizanne spornte ihr Pferd an und löste sich aus der Gruppe. Die Männer, die sie eskortierten, versuchten nicht, sie aufzuhalten. Atemlos zügelte sie gleich darauf ihr Pferd und strahlte ihren Mann an, der sein Pferd neben sie lenkte.

Er erwiderte ihr Lächeln nicht.

Stirnrunzelnd blickte sie ihn an und öffnete den Mund, um etwas zu sagen, aber sie bekam keinen Ton heraus. Einen Augenblick später zerriß ihr Schrei die Stille.

24. Kapitel

Diese schrecklichen dunklen Augen, an die Lizanne sich noch so gut erinnerte, bohrten sich in die ihren. Seine Lippen öffneten sich, und seine gelben Zähne kamen zum Vorschein.

Als Darth nach ihr greifen wollte, riß Lizanne reaktionsschnell an den Zügeln ihres Pferdes. Das nervöse Tier bäumte sich auf, und seine scharfen Hufe durchschnitten die Luft.

Lizanne klammerte sich mit aller Kraft an der Mähne fest, und es gelang ihr, im Sattel zu bleiben. Als das Pferd schließlich wieder mit allen vier Hufen auf dem Boden stand, trieb sie das Tier an und riß es mit aller Kraft herum.

Walter hatte inzwischen, wenn auch zu spät, Alarm gegeben. Seine Männer hatten die Schwerter gezogen und einen Kreis um Lady Zara gebildet. Angesichts der überlegenen Streitmacht der Feinde gab es nur eine Möglichkeit: die Flucht. Es gab nichts, was sie für Lizanne hätten tun können, die ganz allein auf sich gestellt war.

Die Angreifer preschten nach vorne und versuchten, die kleinere Gruppe einzukreisen. Trotzdem wäre ihnen die Flucht geglückt, wenn nicht auf einmal weitere Reiter vor ihnen aufgetaucht wären.

Dicht über den Hals ihres Pferdes gebeugt, galoppierte Lizanne vorwärts. Ihr Ziel war eine Lücke zwischen zwei Reitern. Wenn sie es schaffen würde, könnte sie nach Chesne reiten und Ranulf warnen. Alles hing von ihr ab.

Als sie zwischen den beiden Reitern hindurchraste, versuchte der Mann auf der linken Seite, sie aus dem Sattel zu ziehen, aber er griff daneben. Was ihm nicht gelang, gelang einem gutgezielten Pfeil, der sich tief in die Flanke ihres Pferdes bohrte. Wiehernd bäumte sich das getroffene Tier auf.

Verzweifelt versuchte Lizanne, sich im Sattel zu halten, aber es war vergeblich. Schwer schlug sie auf dem Boden auf. Ihr Kopf prallte gegen etwas Hartes.

Doch sie hatte keine Gelegenheit, sich zu erholen. Der Soldat, der versucht hatte, sie aus dem Sattel zu ziehen, war schon neben ihr und zerrte sie auf die Beine.

Taumelnd kam sie hoch und blickte um sich. Sie war von unzähligen Reitern umgeben. Es waren zu viele ...

Zitternd berührte sie die Wunde an ihrem Kopf. Blut klebte an den Fingerspitzen, als sie ihre Hand betrachtete.

»Gebt auf, oder die Lady stirbt«, erklang eine ihr sehr gut bekannte Stimme.

Philip Charwyck! Suchend blickte sie sich um, konnte ihn aber nicht entdecken, denn alle Männer sahen in ihren Rüstungen gleich aus.

Sie richtete ihre Aufmerksamkeit wieder auf Ranulfs Mutter, die von Walters Männern beschützend umringt war. Lady Zara saß regungslos auf ihrem Pferd und starrte ihren zweitgeborenen Sohn an.

Lizanne konnte ihren Schmerz förmlich spüren. Das hier war der Sohn, der ihr diese ganzen Jahre vorenthalten worden war, und er war nichts anderes als ein gewöhnlicher Bandit, der ihre Anwesenheit noch nicht einmal zur Kenntnis genommen hatte, obwohl ihr Haar sie ganz eindeutig als seine Mutter auswies.

»Werft die Waffen weg«, befahl Philip, als Walter auf seine Worte nicht reagierte, »oder ich werde sie auf der Stelle töten.« Er lenkte sein Pferd zu Lizanne hinüber.

Lizanne warf den Kopf zurück und funkelte ihn wütend an.

270

Er grinste böse und bedeutete dem Soldaten, der sie festhielt, zurückzutreten. Der Mann gab ihr einen Stoß, der sie nach vorn taumeln ließ.

»Aber, aber, was ist das denn für eine kühle Begrüßung für einen Liebhaber?« spottete Philip und strich ihr über die Wange.

Angewidert riß Lizanne den Kopf zurück.

Philips Gesicht blieb unbewegt, aber das war nur Täuschung, denn plötzlich griff er zu und packte ihr Haar.

Lizanne beschloß, daß es ihr nicht schaden könnte, ein paar Haare zu verlieren. Sie riß den Kopf zurück und schlug nach ihm.

Ohne zu zögern rächte sich Philip und schlug ihr hart ins Gesicht.

Lizanne hörte, wie Walters Leute laut protestierten, aber sie wußte, daß sie von ihnen keine Hilfe zu erwarten hatte. Sie achtete nicht auf den Schmerz, den Philips Schlag ihr zugefügt hatte, und versuchte, ihm mit gekrümmten Fingern das Gesicht zu zerkratzen.

Philip schlug ihren Arm zur Seite und zerrte so stark an ihren Haaren, daß sie beinahe den Boden unter den Füßen verloren hätte. »Ich werde dich schon noch zähmen, du Wildkatze«, drohte er.

»Niemals«, schwor sie. Tränen des Schmerzes traten in ihre Augen, aber sie riß trotzdem das Knie hoch und rammte es seinem Pferd in den Bauch.

Das Streitroß wiehert laut und wich zur Seite aus, aber Philip ließ Lizanne nicht los. Der Schmerz war fast unerträglich, und mit einem lauten Schrei fiel sie gegen das Pferd.

Mit einem zufriedenen Grinsen legte Philip einen Arm um sie und versuchte, sie vor sich in den Sattel zu heben. Aber Lizanne war zu schwer für ihn, und er brauchte die Hilfe eines seiner Soldaten.

Als sie schließlich vor ihm saß, zwang Philip sie, den

Kopf zu drehen, und er bemächtigte sich ihrer Lippen. Triumphierend verkündete er, daß sie jetzt ihm gehörte.

Falls Philip damit gerechnet hatte, daß sie jetzt zornig auf ihn losgehen würde, so hatte er sich geirrt. Sie lächelte nur, wischte sich mit dem Handrücken über den Mund, drehte dann den Kopf und spuckte auf seine Stiefel.

»Du stinkst, Philip.« Ihre mutigen Worte brachten ihr eine weitere Ohrfeige ein.

Gott, dachte sie, und legte die Hand auf ihre schmerzende Wange, wenn sie ihm entkam, würde sie kein schöner Anblick sein – falls es ihr überhaupt jemals gelingen sollte ...

»Wenn es sein muß, töte ich sie«, warnte Philip, zog seinen Dolch aus der Scheide und hielt ihn an ihre Kehle. »Jetzt werft die Waffen weg, dann lasse ich Baron Wardieus Frau am Leben!«

Lady Zaras Stimme kam klar und deutlich zu ihnen herüber. »Tut, was er sagt.«

*

Als es Nacht wurde, erreichten Charwycks Männer und ihre Gefangenen einen dichten Wald, doch sie gönnten sich keine Pause. Erst kurz vor Morgengrauen trafen sie auf eine Lichtung, die für ein Lager geeignet war.

Philip zügelte sein Pferd in der Mitte der Lichtung und stieß Lizanne aus dem Sattel. Sie landete der Länge nach mit dem Gesicht nach unten im Gras.

»Das«, sagte er, »war dafür, daß du mich bespuckt hast.« Seine Männer brachen in lautes Gelächter aus.

Kochend vor Zorn stand sie auf und strich mit wütenden Handbewegungen ihr Kleid glatt. Dabei berührte ihre Hand den Griff des Dolches, der in ihrem Strumpf steckte. Sie hatte die Waffe ganz vergessen!

»Verausgabe dich nicht, Lizanne«, spottete Philip. »Ich will, daß du hellwach bist, wenn du zu mir kommst.«

Wieder brachen die Männer in lautes Gelächter aus.

»Bernard«, befahl Philip einem seiner Männer, »bring sie zu den anderen.«

Lizanne hätte sich gern gegen den großen Mann gewehrt, der sie so fest packte, daß es schmerzte, aber ihre Vernunft riet ihr davon ab. Wenn sie Philip noch weiter reizte, würde der Zeitpunkt, an dem er sie für sich beanspruchen würde – nein, vergewaltigen würde –, nur noch früher kommen. Außerdem war es das beste, wenn sie bei den anderen war. Vielleicht würden sie gemeinsam einen Weg zur Flucht finden.

Mit Ausnahme der beiden Frauen wurden allen Gefangenen die Hände auf dem Rücken gefesselt. Dann wurden sie zwischen eine Gruppe Bäume getrieben, die mit Seilen verbunden waren. An jedem Baum postierte Philip mehrere Wachen. Er ging wirklich kein Risiko ein.

Mit angezogenen Beinen saß Lizanne neben Zara. Sie hatte die letzte halbe Stunde vergeblich versucht, mit ihrer Schwiegermutter zu sprechen, aber die war zu sehr damit beschäftigt, ihren Sohn zu beobachten, der mit der Errichtung des Lagers beschäftigt war. Also versuchte Lizanne lieber, die verschiedenen Fluchtmöglichkeiten zu durchdenken.

»Sie sind sich so ähnlich«, sagte Zara schließlich, und tiefer Kummer sprach aus ihrer Stimme, »aber doch so verschieden.«

Lizanne sah ihre Schwiegermutter an. Im flackernden Licht der Fackeln sah sie auf einmal sehr alt aus. »Einer ist gut ..., der andere schlecht«, entgegnete sie.

Seufzend schloß Zara die Augen und nickte.

Lizanne legte eine Hand auf ihren Arm. »Hat er immer noch nicht mit Euch gesprochen?«

»Nein, er weicht mir aus, aber er muß doch inzwischen wissen, daß ich seine Mutter bin.« Sie schwieg lange. Dann fuhr sie fort: »Erzähl mir von diesem Philip. Was will er von dir?«

Schnell erzählte Lizanne ihrer Schwiegermutter die ganze Vorgeschichte bis hin zu ihrem letzten Treffen und Philips Drohung.

Wieder seufzte Zara und berührte sanft die größere der beiden Schwellungen auf Lizannes Gesicht. »Du darfst dich ihm nicht hingeben«, flüsterte sie und rückte näher an Lizanne heran. »Hast du noch den Dolch, den Ranulf dir gegeben hat?«

Lizanne nickte.

»Gut. Ich habe meinen auch noch.«

Überrascht fragte Lizanne: »Ihr habt einen Dolch?«

Lady Zara lächelte schwach und legte einen Finger auf die Lippen. »Wir dürfen uns nichts anmerken lassen. Was glaubst du, kannst du dich damit verteidigen, wenn Philip dich holt?«

Lizanne nickte. »Ja.«

»Das ist gut. Und würdest du es schaffen, dich bis nach Chesne durchzuschlagen?«

Lizanne hatte sich während des ganzen Rittes genau eingeprägt, welche Richtung sie eingeschlagen hatten. »Ja.«

»Du mußt zu Ranulf und ihn hierherführen.«

»Ich brauche ein Pferd.«

Zara schüttelte den Kopf. »Ich glaube nicht, daß du dir eins besorgen kannst, ohne wieder gefangengenommen zu werden. Nein, du mußt laufen. Ich weiß, daß du es kannst.«

Lizanne schluckte und nickte dann.

»Ranulf kann nicht weit weg sein«, fuhr Zara fort. »Ich bin sicher, daß er schon mehrere Suchtrupps losgeschickt hat. Sobald hier alles ruhig ist, werde ich die Fesseln unserer Leute durchschneiden. Wenn wir die Überraschung auf unserer Seite haben, können wir vielleicht alle entkommen. Wenn nicht, mußt du dich allein durchschlagen.«

»Ich werde Ranulf finden und herbringen – und natürlich auch Gilbert«, versicherte Lizanne.

Zara legte eine Hand auf Lizannes Arm. »Ab sofort bist du meine Tochter. Bitte sag Zara zu mir. Ich glaube, ich habe dich zu hart beurteilt. Dafür möchte ich mich entschuldigen.«

Schüchtern lächelte Lizanne ihre Schwiegermutter an.

»Und für das Unrecht, das meine Familie der deinen zugefügt hat, möchte ich mich ebenfalls entschuldigen.« Tränen glitzerten in Lady Zaras Augen. »Hätten wir nur gewußt ...«

Lizanne drückte ihre Hand. »Das konntest du doch nicht.«

Beide Frauen schwiegen. Schließlich sah Zara ihre Schwiegertochter an, und ein Lächeln erschien auf ihrem Gesicht. »Er liebt dich.«

Lizanne schnappte nach Luft. »Ranulf? Hat er dir das gesagt?«

»Nicht mit Worten ... Ich habe es in seinen Augen gesehen.«

Lizanne wandte den Kopf ab und blickte über das Lager. »Du irrst dich, Zara. Er begehrt nur meinen Körper.«

Zu Lizannes Überraschung kicherte Lady Zara. »Nein, du bist diejenige, die sich irrt. So wie für dich hat Ranulf bis jetzt noch nie für eine Frau empfunden – seine erste Frau eingeschlossen. Und – liebst du ihn?«

Lizanne brachte es nicht fertig, die andere Frau anzusehen. »Ja«, gab sie widerstrebend zu. »Kurz vor unserem Aufbruch ins Dorf habe ich es ihm auch gesagt.«

»Und wie hat er reagiert?«

»Gar nicht.« Sie verzog das Gesicht. »Um die Wahrheit zu sagen, er hatte auch gar keine Gelegenheit dazu.«

Zara öffnete den Mund und wollte etwas sagen, schloß ihn aber wieder, als sie hörte, wie die Gefangenen leise tuschelten. Sie sah auf. Ihr zweitgeborener Sohn kam mit großen Schritten auf sie zu.

Mit einer Plötzlichkeit, die Lizanne überraschte, umarmte Zara sie. Als sie sie losließ, spürte Lizanne den kalten, scharfen Stahl des kleinen Dolches, den Zara ihr in die Hand gedrückt hatte. Sie warf Lizanne noch einen bedeutungsvollen Blick zu und richtete ihre Aufmerksamkeit dann auf ihren Sohn.

Er hatte sich breitbeinig vor ihnen aufgebaut und starrte Zara lange Zeit schweigend an.

Lizanne sah sich verstohlen um, aber keiner achtete auf sie. Sie bückte sich und steckte den zweiten Dolch in ihren Schuh.

»Du bist also die Frau, die mich geboren hat«, brach Darth schließlich das bedeutungsschwere Schweigen.

Zara stand auf. »Ja. Du bist Colin.«

Er lachte. »Das ist also mein Name. Colin. Viel schöner als Darth, finde ich. Adelig ...«

»Man hat dich gestohlen«, sagte Lady Zara mit leiser, entschuldigender Stimme.

»Ja, das weiß ich. Und jetzt hast du mich wieder. Das ist doch ein Wunder, oder? Das sollten wir feiern!« Er ergriff Zaras Arm und wollte sie mit sich ziehen. »Komm mit, wir haben noch viel zu besprechen.«

Sofort sprang Walter auf. »Nein«, brüllte er, und stürzte sich ungeachtet seiner auf dem Rücken gefesselten Hände auf Darth.

Darth wirbelte herum, ließ Lady Zara aber nicht los. Ein böses Grinsen erschien auf seinem Gesicht. Er holte aus und schlug Walter so fest ins Gesicht, daß er nach hinten geschleudert wurde.

Walters Männer reagierten sofort. Sie sprangen auf und stürzten sich wie ein Mann auf Darth.

Die Wachen hoben ihre Waffen, aber die Gefangenen ließen sich nicht beirren. Erst ein Pfeil in die Brust des Mannes, der Colin am nächsten war, ließ sie innehalten.

Zara schrie auf und versuchte verzweifelt, die Hand ihres Sohnes abzuschütteln, aber es gelang ihr nicht.

Lizanne kam taumelnd auf die Beine, lief zu dem gefallenen Soldaten und kniete sich neben ihn.

Mit glasigen Augen blickte er sie an. Dann schlossen sich seine Augen, und er starb. Lizanne preßte die Hände auf den Mund und vergoß bittere Tränen. Es war einer der beiden Männer, die Ranulf in den ersten Tagen zu ihrer Bewachung abgestellt hatte. Sie hatten nur ein paar Worte gewechselt, aber sie hatte das Gefühl, sein Tod müßte ihr das Herz brechen.

Doch sie ließ sich nicht vom Schmerz überwältigen, sondern wurde nur noch wütender. Sie stand auf und lief zu Walter, der von einigen seiner Leute umringt war. Mit ihren gefesselten Händen war keiner von ihnen eine Hilfe. Lizanne drängte sich an den Männern vorbei und kniete sich neben Walter auf den Boden.

»Dieser Teufel«, krächzte Walter, aus dessen gebrochener Nase das Blut schoß.

»Legt Euch zurück«, befahl Lizanne. Als er ihr nicht gehorchen wollte, drückte sie ihn mit sanfter Gewalt nach unten. »Ihr könnt nichts tun.«

Sie riß ein Stück von ihrem Unterrock ab, rollte es zusammen und preßte es gegen seine Nase, um die Blutung zum Stillstand zu bringen.

»Wir geben ein gutes Paar ab«, sagte sie etwas später, als sie bemerkte, daß eins seiner Augen dunkel anlief.

Mühsam richtete sich Walter wieder auf und blickte sich suchend nach Lady Zara um. »Wenn er ihr auch nur ein Haar krümmt, bringe ich ihn um!«

*

»Wie konntest du nur?« fragte Lady Zara mit einer Stimme, die vor Wut und Angst zitterte. Sie saß auf einem umgestürzten Baum und hatte peinlichst genau darauf geachtet, daß nicht einmal ihre Röcke den Mann neben ihr berührten.

Darth wußte zuerst gar nicht, wovon sie sprach, aber dann ging ihm ein Licht auf. Seine Mutter meinte die Gewalt – besonders, daß er zugelassen hatte, daß ein Mann getötet worden war.

»Ich bin nicht wie mein Bruder«, entgegnete er schroff. »Obwohl ich bald das Leben genießen werde, das er die ganze Zeit geführt hat, während ich mich auf den Feldern geplagt habe. Es ist doch mehr als gerecht, wenn ich jetzt Baron von Chesne werde, oder?«

Eine eiskalte Hand umklammerte Lady Zaras Herz. »Und was ist mit Ranulf?« fragte sie und zwang sich, in Darths dunkle Augen zu blicken. Jetzt, wo sie ihm so nahe war, stellte sie fest, daß sie mit Ranulfs Augen nicht sehr viel Ähnlichkeit hatten. Es war zwar die gleiche Farbe, aber der Ausdruck in ihnen war ganz untypisch für Ranulf – ein Unterschied wie Tag und Nacht.

Darths Gesicht verhärtete sich, und er richtete seinen Blick auf das Feuer. »Ranulf«, zischte er. »Philip hat seine Pläne mit ihm.«

»Dann wird er versuchen, ihn zu töten – den Mann, der dein Bruder ist.«

Darth blickte sie wieder an. »Wenn er es nicht tut, werde ich diese Aufgabe übernehmen.«

Zara schlug die Hände vor ihr Gesicht. Endlich hatte sie ihren zweitgeborenen Sohn wieder, aber er war grausam und kaltblütig. Er würde Ranulf ohne zu zögern töten, wenn er dadurch Baron werden konnte. Er wollte ihr das nehmen, was ihr am teuersten war.

Darth legte eine Hand auf ihre Schulter. »Dir wird nichts geschehen.« Seine Stimme klang überraschend sanft für einen Mann wie ihn.

Mit tränenblinden Augen sah sie ihn an. »Ich trauere nicht um mich, sondern um Ranulf ... und um dich. Darum, daß ihr nicht beide zusammen Seite an Seite aufwachsen konntet. Daß ihr euch nicht geliebt habt, wie es der Fall hätte sein müssen. Daß dein Herz so kalt und deine Taten so grausam sind.«

»Wenn du als Leibeigener aufgewachsen wärst und dich auf den Feldern abgeplagt hättest, bis dein Körper nur noch aus Schmerzen bestand, würdest du die Welt auch ganz anders sehen.«

»Wie war dein Leben, Darth?« fragte sie sanft.

Er lachte bitter. »Es gab nie genug zu essen, deshalb mußten wir von anderen stehlen. Wir mußten soviel arbeiten, daß wir nie genug Schlaf bekamen. Es war immer zu kalt ... oder zu heiß. Und immer mußten wir dem Lord gehorchen, ganz egal, was er von einem verlangte ...«

»Hast du deshalb das Lager der Balmaines überfallen – auf Geheiß von Philip?« unterbrach Zara ihn.

»Ja. Er hat mir einen großen Anteil an der Beute und mein eigenes Stück Land versprochen.«

»Und du hast ihm gehorcht?«

»Ich bin doch kein Dummkopf«, schnauzte Darth sie an.

»Hat er dir gegeben, was er versprochen hat?«

Darth verzog das Gesiccht. »Ich habe versagt. Nein, er hat mir gar nichts gegeben – bis auf Peitschenhiebe.«

»Und du glaubst, daß er dir Chesne geben wird?«

»Dieses Mal werde ich nicht versagen.«

Zara bekam eine Gänsehaut. Obwohl die Grausamkeit in seinem Charakter eigentlich nicht seine Schuld war, so war ihr Zweitgeborener trotz allem ein Teufel. Philip war derjenige, der ihm das alles angetan hatte ..., und Mary. »Mary ...«, begann sie.

»Ist tot«, unterbrach Darth sie brutal.

Zara starrte ihn an. Sie hatte das Gefühl, es wäre besser, wenn sie die Antwort auf die Frage, die sie gerade im Geist formulierte, lieber nicht hörte, aber sie hatte keine Wahl. Sie mußte es einfach wissen. »Wie ist sie gestorben?«

Verlegen rutschte Darth auf dem Stamm hin und her. Dann aber warf er den Kopf zurück und blickte ihr direkt in die Augen. »Sie ist gestürzt. Sie ist gestürzt und hat sich das Genick gebrochen – glaube ich jedenfalls.«

Zara war entschlossen, die ganze Wahrheit herauszufinden. »Hast du sie getötet, Darth?«

Er fuhr mit der Zunge über die Lippen. Ihre Hartnäckigkeit bereitete ihm Unbehagen. »Ich hätte gedacht, du freust dich, daß diese Hexe endlich tot ist«, erwiderte er ausweichend. »Sie hat mich doch gestohlen.«

»Ja, das stimmt, und das werde ich ihr auch nie vergeben. Aber ich möchte trotzdem wissen, ob du für ihren Tod verantwortlich bist.«

Darths Gesicht verzog sich haßerfüllt. »Ja, ich habe sie gestoßen«, gab er zu und entblößte seine gelben Zähne. »Sie wollte mich davon abhalten, mit Philip zu gehen – ich wäre doch ihr Sohn und ihr etwas schuldig für die ganzen Jahre, die sie für mich gesorgt hat.« Er spuckte auf den Boden. »Ich war wütend. Schließlich war sie daran schuld, daß ich diese ganzen Jahre leiden mußte.«

Zara hätte über die Ungerechtigkeit des Schicksals am liebsten laut geweint. Ihr Sohn war nicht nur ein Dieb und Vergewaltiger, sondern auch noch ein Mörder. Er hatte mit Ranulf nur das Aussehen gemeinsam, und auch das war durch die verschiedenen Lebensweisen stark beeinträchtigt worden. Sie hatte bis jetzt nur ein einziges Mal einen solchen Kummer empfunden – und das war vor fast dreißig Jahren gewesen, als sie von Colins Tod erfahren hatte.

»Ich widere dich an«, stellte Darth fest.

Sie schüttelte den Kopf. »Es tut mir leid, daß du gezwungen warst, so ein Leben zu führen ... und daß du deinen Bruder töten willst, um seinen Platz einzunehmen. Fühlst du denn gar nichts für Ranulf?«

Darth lachte bitter. »Glaubst du etwa, er würde mich auf Chesne willkommen heißen? Nein, er würde genauso versuchen, mich zu töten.«

»Das stimmt nicht«, protestierte Lady Zara. »Ranulf hat nichts dergleichen gesagt.«

»Er braucht es auch nicht zu sagen. Ich weiß, daß es so ist.«

»So ist er nicht.«

»Und was ist mit seiner Frau? Will er nicht ihre Ehre verteidigen?«

»Zwischen dir und Lady Lizanne ist nichts geschehen. Sie hat dich rechtzeitig aufgehalten, erinnerst du dich nicht mehr?«

Darth rieb sich den Kopf. »Ja, daran erinnere ich mich nur zu gut. Und genauso erinnere ich mich, daß ich ihren Bruder niedergestreckt habe.« Wieder sah er das schmerzverzerrte Gesicht des Ritters vor sich. Er hatte ein tiefes Gefühl der Befriedigung empfunden, als er sein Schwert in den Mann gerammt hatte, um ihm das Leben zu nehmen. Aber Gilbert Balmaine hatte überlebt, und Darth hatte für sein Versagen mit vierundzwanzig Peitschenhieben gebüßt. Philip persönlich hatte sie ihm verabreicht.

»Balmaine«, sagte er nachdenklich und wünschte sich nicht zum ersten Mal, daß er ihm den Kopf abgeschlagen hätte. »Er wird sich rächen.«

Zara nickte. »Du hast ihm großes Unrecht zugefügt.«

Darth lächelte hinterhältig. »Wenn ich eine zweite Chance hätte, dann würde ich diesen Fehler nicht noch einmal begehen. Ich würde ihn nicht am Leben lassen – und seine Schwester auch nicht.«

»Nein, sag so etwas nicht«, rief Lady Zara, die immer noch die Hoffnung hatte, ihren zweitgeborenen Sohn auf den rechten Pfad bringen zu können, obwohl sie tief in ihrem Innersten wußte, daß es unmöglich war. Aber so schnell wollte sie nicht aufgeben. »Es ist noch nicht zu spät. Hilf uns zu fliehen, und wir werden eine für alle Seiten gerechte Lösung finden. Das verspreche ich dir.«

»Gerecht! Gerecht wäre, mich für meine Verbrechen, die ich begangen habe, zu töten, und ich will noch nicht sterben. Nein, Philip wird mir Chesne geben, und dann werde ich besitzen, was mir rechtmäßig gehört.«

Rechtmäßig? Zara hätte beinahe laut gelacht, aber sie

riß sich zusammen. »Nein, Darth, Philip wird dich töten. Er will nicht nur Lizanne besitzen, sondern auch Chesne. Er ist nicht der Mann, der sich nur mit einer Frau zufrieden gibt, wenn es Reichtümer zu holen gibt.«

»Du lügst«, fuhr Darth sie an. »Chesne wird mir gehören.«

Zara schüttelte den Kopf, und die Liebe, die sie für ihren Sohn fühlte, begann zu ersterben. Sie hatte ihn geboren, das stimmte, aber mehr auch nicht. Sie verstand ihn nicht – und würde ihn auch niemals verstehen.

»Wenn Ranulf stirbt«, sagte sie, »dann wirst du auch sterben, Darth, denn Philip wird dich nicht am Leben lassen. Du hast nur eine Möglichkeit, dein Leben zu retten: hilf uns.«

Darth lachte. »Du bist genauso hinterhältig wie deine Bastard-Schwester. Ich habe meine Entscheidung getroffen, *Mutter*, und bald werde ich meine Belohnung erhalten.«

Mutlos ließ Zara die Schultern sinken. Hier war jedes weitere Wort verschwendet. Jetzt hing alles von Lizanne ab.

»Und jetzt«, befahl Darth, »wirst du mir alles über Chesne erzählen.«

25. Kapitel

Laute Stimmen ließen die Gefangenen auffahren. Lizanne drehte sich um, um herauszufinden, was vor sich ging, und nackte Angst erfüllte sie, als sie Philip entdeckte, der auf sie zukam. Seine Männer lachten laut und machten anzügliche Bemerkungen.

Er kam, um sie zu holen ...

Ihre Entscheidung war schnell getroffen. Sie wußte nicht, wann Lady Zara zu den Gefangenen zurückkehren würde, und deshalb glitt sie so unauffällig wie möglich hinter Walter. Sie holte Zaras Dolch hervor und hoffte, daß sie ihn in der Eile nicht verletzen würde. Gleich darauf fielen seine Fesseln zu Boden.

»Laßt die Hände hinter dem Rücken«, flüsterte sie. Sie gab dem überraschten Walter den Dolch in die Hand. »Er gehört Lady Zara. Es tut mir leid, daß Ihr meinen nicht auch haben könnt, aber ich brauche ihn selbst.«

Sie preßte die Lippen aufeinander, als Philips Blick auf sie fiel. »Komm«, befahl er und bedeutete ihr, aufzustehen.

»Ich hole Ranulf«, flüsterte sie noch schnell, als sie Philips Befehl Folge leistete. Sie schüttelte den Kopf, als die Männer ebenfalls aufstehen wollten, um sie mit ihren Körpern zu schützen, und ging auf Philip zu.

Als er ihren Arm ergriff und sie durch das Lager am Feuer vorbeiführte, wehrte sie sich nicht.

»Wenn du mir gefällst, Lizanne«, sagte er, »werde ich dich vielleicht für mich allein behalten.«

Sie blieb stehen und sah ihn an. »Ich habe mich in mein

Schicksal ergeben. Du kannst mit mir machen, was du willst. Ich werde mich nicht wehren.«

Mißtrauisch sah er sie an, aber dann verzog sich sein Gesicht zu einem Lächeln. »Das ist gut.« Er berührte die Schwellungen auf ihrem Gesicht. »Es gefällt mir nicht, wenn ich dich bestrafen muß.«

Nur mit Mühe gelang es Lizanne, unter seiner Berührung nicht zusammenzuzucken. »Dann wirst du mich nicht mehr schlagen?« Sie hoffte, daß sie unterwürfig genug klang. Schnell senkte sie ihren Blick, damit er die Wahrheit nicht in ihren Augen erkennen konnte.

Er strich ihr die Haare aus dem Gesicht. »Das liegt ganz an dir.«

Sie versuchte ein Lächeln. »Dann brauche ich mir darüber ja keine Sorgen mehr zu machen.«

Philip war über ihre Unterwürfigkeit mehr als erfreut. Er rief der Wache, die am Rand der Lichtung stand, etwas zu und zog sie tiefer in den Wald.

»Weiter brauchen wir nicht zu gehen.« Er ließ sie los, legte seinen langen Umhang ab und warf ihn auf den Boden. Seine Augen waren starr auf sie gerichtet. »Komm her«, befahl er und legte sein Schwert ab, »ich will sehen, was unter all diesen Kleidungsstücken verborgen ist.«

»Soll ... soll ich ... möchtest du, daß ich sie ausziehe?« fragte sie und beachtete die Hand nicht, die er ihr entgegengestreckt hatte.

Sie war sich fast sicher, daß er lächelte, aber es war so dunkel, daß sie sein Gesicht kaum sehen konnte. »Ja«, antwortete er. »Aber vorher kommst du zu mir.«

Sie wartete, bis er sich auf den Umhang gesetzt hatte, und ging dann auf ihn zu. Langsam löste sie die Verschlüsse ihres Kleides und zog es über den Kopf.

»Du weißt, daß ich dich immer geliebt habe, Philip«, log sie und hoffte, daß er vielleicht nachlässig werden würde. »Als du mich nicht mehr haben wolltest, war ich tief ge-

troffen. Deshalb habe ich Ranulf erwählt und nicht dich.«
Sie ließ das Kleid fallen, kniete sich hin und griff nach seinen Stiefeln.

Er versteifte sich, entspannte sich dann aber wieder, als sie ihm langsam die Stiefel auszog. Sie war dankbar, daß es so dunkel war, und er den Abscheu auf ihrem Gesicht nicht sehen konnte, als sie mit ihren Händen über seine Beine strich.

»Bitte hilf mir dabei, deine Hose auszuziehen«, bat sie. Eifrig kam er ihrem Wunsch nach. »Und jetzt das Hemd.« Sie wollte ihm das Hemd über den Kopf streifen. Dabei berührte sie mit der Hand seinen Dolch, den er nicht abgelegt hatte.

Mit einer schnellen Bewegung packte er ihr Handgelenk. »Versuche nicht, mich hereinzulegen«, zischte er und stieß sie von sich. »Zieh dich jetzt ganz aus.«

Lizanne begann, die Schleifen ihres Hemdes zu lösen. Im ersten Tageslicht, das sich langsam seinen Weg durch die Bäume suchte, beobachtete sie, wie Philip seinen Dolch neben sich auf den Umhang legte und mit einer schnellen Bewegung sein Hemd auszog.

»Du bist zu langsam«, beschwerte er sich und griff nach ihr.

»Nein, ich mache das.« Sie trat einen Schritt zurück, damit sie außer Reichweite war, und strich dann mit der Hand über ihr Hemd. Dann hob sie es langsam hoch.

»Jetzt«, flüsterte sie mit rauher Stimme, »werde ich dir zeigen, was mir mein Mann alles beigebracht hat.« Sie hatte ihr Hemd bis zu den Knien heraufgezogen, hielt dann aber inne und sah ihm in die Augen. »Das möchtest du doch wissen, oder?«

»Ja«, entgegnete er, und die Begierde war ihm deutlich anzumerkèn.

Sie lächelte und zog das Hemd höher. Dabei tastete sie mit ihren Fingern nach dem Dolch. Sie umklammerte den

Griff, zog ihn aus der Scheide und stürzte sich mit der Schnelligkeit einer Wildkatze auf Philip.

Mit voller Kraft stach sie zu. »Für vier Jahre in der Hölle«, schrie sie.

Philips Reaktion traf sie vollkommen unvorbereitet. Stahlharte Finger umklammerten ihr Handgelenk und verhinderten, daß sie ihr Ziel – sein Herz – fand.

Wütend knurrend warf Philip sie auf den Rücken und rollte sich auf sie. Er drückte ihren Arm hoch über ihren Kopf und schlug ihre Hand gegen einen Stein, um sie zu zwingen, die Waffe loszulassen.

Trotz des Schmerzes hielt Lizanne den Dolch fest, denn sie wußte, daß er wahrscheinlich ihre letzte Chance war. Wie durch ein Wunder traf sie mit dem Knie seine Männlichkeit, als sie sich, unter ihm liegend, wehrte. Er stöhnte laut und fiel mit seinem ganzen Gewicht auf sie, ließ ihre Hand aber nicht los.

Lizanne nutzte seine Schwäche. Sie wehrte sich noch heftiger und versuchte, sich unter ihm hervorzuwinden. Aber es gelang ihr nicht.

Als er sich wenig später erholt hatte, war er außer sich vor Zorn. Laut fluchend tastete er nach etwas, was in den Falten des Umhanges verborgen war.

Sein Dolch! Sie streckte ihre freie Hand aus und suchte ebenfalls fieberhaft.

Philip fand die Waffe zuerst und hielt ihr die scharfe Spitze an die Kehle. »Willst du jetzt sterben, Miststück, oder erst später?« zischte er und schlug ihre Hand wieder auf den Stein.

Dieser Schmerz war zuviel für sie, und sie konnte mit ihren blutenden Fingern den Dolch nicht mehr halten. Er fiel zu Boden.

Philip lachte gemein. »Dich zu zähmen ist wirklich nicht einfach.« Mit der Spitze seines Dolches zeichnete er ihre Kehle nach. »Aber es wird mir gelingen ..., warte nur.«

Er richtete sich auf, setzte sich rittlings auf sie und drehte den Dolch in der Hand. »Jetzt werde ich mir erst einmal eine passende Bestrafung für dich ausdenken.« Er legte seine Hand auf ihren Bauch und strich dann über ihre Brüste.

»Und da ich es nicht ertragen könnte, dein Gesicht noch weiter verunstaltet zu sehen, werde ich mir wohl etwas einfallen lassen müssen.«

Mit einer schnellen Bewegung schnitt er ihr das Hemd auf und entblößte ihre Brüste.

»Hast du gar keine Angst?« fragte er, als sie nicht einmal zusammenzuckte.

»Würde dir das gefallen?«

Er gab keine Antwort, denn im gleichen Augenblick wurde im Lager Alarm geschlagen.

Philip sprang auf und zog seine Hose an.

Ranulf! Lizanne hätte vor Erleichterung weinen können. Er mußte es sein. Oder Walter und seine Männer hatten einen Fluchtversuch unternommen.

»Du bleibst liegen«, schrie Philip und richtete seinen Dolch auf Lizanne, die den Versuch gemacht hatte, sich aufzurichten.

Lizanne bemühte sich, ruhigzubleiben, als sie beobachtete, wie er sein Schwert anlegte. Dann zog er es aus der Scheide und riß sie hoch.

Brutal stieß er sie vor sich her. Als er eine Stelle erreicht hatte, von wo er das Lager ungesehen beobachten konnte, hielt er sie zurück und drückte ihr die Spitze seines Schwertes in den Rücken, um sie davon abzuhalten, sich bemerkbar zu machen.

Im anbrechenden Tageslicht sah Lizanne, daß der Aufruhr durch die Ankunft von Ranulfs und Gilberts Männern entstanden war, aber sie hatte keine Gelegenheit, nach den beiden zu suchen, denn Philip zog sie in den Wald zurück.

Laut fluchend zwang er sie zu laufen, aber sie wußte

sich zu wehren: Bei jeder sich bietenden Gelegenheit strauchelte und stürzte sie.

Sie waren noch nicht weit gekommen, als Darth auf sie zugeritten kam. Vor ihm im Sattel saß Lady Zara. Er führte ein zweites Pferd am Zügel.

»Lizanne«, rief Lady Zara.

»Dein Pferd«, brüllte Darth, warf Philip die Zügel zu und galoppierte eilig davon.

Philip verlor keine Zeit. Er zwang Lizanne, das Pferd zu besteigen, und stieg hinter ihr in den Sattel. Dann trieb er das Tier an und ritt hinter Darth her.

*

»Mein Gott, nur das nicht!« schrie Gilbert und hielt ein schmutziges Kleidungsstück in die Höhe.

Ranulf war so mit seinem eigenen Zorn beschäftigt, daß er den Aufschrei seines Schwagers kaum beachtete. Er hatte den Umhang hochgehoben und suchte mit seinen Augen fieberhaft die Umgebung nach einer Spur von Lizanne ab.

Nichts.

Waren sie nach Süden geflohen? Nein, dafür war Charwyck zu schlau ... Nach Osten. Das ebene Gelände würde seine Flucht begünstigen, obwohl es wenig Schutz bot.

Als Ranulf sich umdrehte, fiel sein Blick auf etwas Blitzendes, das im Gras lag. Er bückte sich und hob das juwelenbesetzte Objekt hoch, das neben einem Stein lag.

Lizannes Dolch! Aber es war kein Blut an dem Stahl. Er umklammerte die Waffe und schloß die Augen. Er hatte so sehr gehofft, daß sie den Dolch noch bei sich hätte. Das konnte nur bedeuten, daß Charwyck ihn an ihrem Körper gefunden hatte. Damit waren Gilberts schlimmste Befürchtungen wahrgeworden: Charwyck hatte sie vergewaltigt.

Wenn er es nicht schon vorher gewesen war, so war Philip Charwyck jetzt ein toter Mann. Selbst wenn er sein ganzes Leben damit verbringen müßte, ihn zu finden – Ranulf schwor sich, daß er diesen elenden Bastard zur Strecke bringen und zusehen würde, wie das Blut Tropfen für Tropfen aus seinem Körper rann.

Und endlich gestand er sich das ein, womit er schon seit ein paar Tagen kämpfte: Er liebte Lizanne. Er begehrte nicht nur ihren Körper, wie er versucht hatte sich einzureden, sondern es war ein ganz neues Gefühl, etwas, das weit über das hinausging, was er jemals gefühlt hatte. Wenn er es ihr doch nur gesagt hätte ...

Plötzlich bemerkte Ranulf die dunklen Flecken auf der grauen Oberfläche des Steins. Er strich mit dem Finger darüber. Das Blut war noch feucht.

Er fragte sich gar nicht erst, wie es dorthin gekommen war oder wer es vergossen hatte. Er rannte zu Gilbert, der immer noch seine Flüche in den Himmel schrie, packte ihn am Arm und drängte ihn zu den Pferden, wo ihre Soldaten auf weitere Befehle warteten.

»Sie können noch nicht weit sein«, schrie er und zeigte Gilbert den Beweis.

Gilberts Augen weiteten sich, als er das Blut auf Ranulfs Finger sah. »Verdammt soll er sein!« Er rannte zu seinem Pferd und stieg auf. Ungeduldig wartete er, bis Ranulf seine Männer in zwei Gruppen aufgeteilt hatte, die kleinere nach Süden schickte und die größere in Richtung Osten führte.

Ranulf sah sie zuerst – vier Leute auf zwei Pferden, die gerade über einen Hügel ritten. »Da hinten«, schrie er.

Seite an Seite trieben Ranulf und Gilbert ihre Pferde an, dicht gefolgt von ihren Soldaten. Obwohl ihre Beute noch weit entfernt war, würden sie sie bald eingeholt habn, denn die Pferde mußten zwei Personen tragen.

Es war mehr ein Gefühl, eine Ahnung, die Lizanne dazu brachte, rückwärts zu blicken, und so entdeckte sie die Reiter, die sich schnell näherten.

Ranulf! hätte sie am liebsten gerufen, und ihr Herzschlag beschleunigte sich. Mit neuer Entschlossenheit verdoppelte sie ihre Anstrengungen, sich loszureißen, ungeachtet der Geschwindigkeit, mit der sie ritten.

Philip packte sie noch fester. Dann warf er einen Blick zurück. »Reite schneller, Darth!« schrie er und zog sein Schwert. Er trieb sein Pferd über den Kamm nach rechts auf einen Wald zu. Dort konnten sie sich verbergen und vielleicht so ihren Verfolgern entkommen.

Aber es gelang ihnen nicht. Kurz vor dem Erreichen des Waldes hatten Ranulfs Männer sie eingekreist.

Lizanne blickte zu Ranulf, und ihr Herzschlag beschleunigte sich, als er ihr direkt in die Augen sah – liebevoll und doch zornig, besonders, als er ihre zerrissene Kleidung betrachtete.

Beschämt schaute sie zur Seite und versuchte, sich notdürftig zu bedecken. Dann richtete sie ihre Aufmerksamkeit auf ihren Bruder. Er hatte den gleichen Gesichtsausdruck wie Ranulf. Es war klar, daß keiner der beiden Männer ruhen würde, bis das Blut der Feinde vergossen war.

Es waren das blonde Haar und die glitzernden dunklen Augen, die den Blickkontakt zu ihm suchten, die Ranulfs Aufmerksamkeit von seiner Frau ablenkten. Ja, dieser Mann sah ihm wirklich ähnlich – es konnte nur sein Zwillingsbruder sein. Nackte Wut erfüllte Ranulf, als er sah, daß der Mann einen Dolch an die Kehle seiner Mutter gepreßt hielt, die vor ihm saß.

Sein Blick wanderte zu seiner Mutter. Sie hatte das Bewußtsein verloren. Vielleicht war es das beste, denn es würde ihr das ersparen, was unweigerlich kommen würde.

»Laßt uns durch, oder sie werden sterben«, rief Philip und drückte Lizanne sein Schwert in die Seite.

Ranulf und Gilbert sahen sich an. Wie auf Kommando zogen sie ihre Schwerter, verließen die Reihen ihrer Männer und ritten langsam auf Darth und Philip zu.

»Ich habe dich gewarnt, Wardieu!« schrie Philip.

Gilbert und Ranulf ließen sich nicht beirren.

»Laß sie los«, befahl Ranulf, »und mach dich bereit zum Sterben.«

»Es sind deine Frau und deine Mutter, die sterben werden, wenn ihr uns nicht weiterreiten laßt!«

Zehn Meter vor Darth und Philip zügelten die beiden ihre Pferde und stiegen ab.

»Ich wünschte mir, daß es eine andere Möglichkeit gäbe ..., Bruder«, sagte Ranulf zu Colin. Er bemerkte, daß die beiden Männer keine Rüstung trugen und legte sein Kettenhemd ab. »Es soll ein fairer Kampf werden.« Gilbert folgte seinem Beispiel.

Dann gingen beide Männer mit gezogenen Schwertern auf ihre Gegner zu.

Lizanne bemerkte erschrocken, daß das Humpeln ihres Bruders auffälliger war als sonst. Er hatte Schmerzen. Das war ohne Zweifel von Nachteil für ihn.

»Steig ab, Charwyck.« Gilberts tiefe Stimme hallte von den Hügeln wider. »Oder bist du ein Feigling?« Als er auf seine spöttischen Worte keine Antwort erhielt, fragte er mit schneidender Stimme: »Oder weißt du nicht, wie man ein Schwert führt?«

Zur Überraschung aller war es Darth, der als erster gehorchte. Er legte Lady Zara über den Hals des Pferdes, stieg ab und stellte sich den beiden Herausforderern.

»Elender Feigling!« zischte Lizanne Philip zu.

»Halt den Mund, Frau«, murmelte Philip und kniff sie so heftig, daß sie beinahe aufgeschrien hätte.

»Charwyck, denkst du etwa, daß du dich für den Rest deines Lebens hinter Frauenröcken verstecken kannst?« höhnte Ranulf. »Ich warne dich! Von dem, was jetzt kommt, kannst du dich nicht freikaufen.«

Philip lief rot an und stieg eilig ab. Lizanne blieb auf dem Pferd sitzen.

»Jetzt kannst du dir den Titel verdienen, nach dem du strebst«, sagte Philip zu Darth.

Lizanne sah zu Ranulf herüber.

Er bedeutete ihr, zu Lady Zara hinüberzureiten. Lizanne trieb ihr Pferd an, dann nahm sie die Zügel von Darths Pferd in eine Hand, während sie mit der anderen Lady Zara stützte.

Geoff und Joseph ritten zu den Frauen. Schweigend kümmerte sich Ranulfs Knappe um Lady Zara und führte ihr Pferd hinter die Reihen der Soldaten.

»Geht es Euch gut?« wollte Joseph wissen. Er hielt den Blick starr auf Lizannes verletztes Gesicht gerichtet und vermied es, ihr aufgerissenes Hemd anzusehen, das sie vor der Brust zusammenhielt. Sie nickte. Dann richtete sie ihre Aufmerksamkeit wieder auf die Duellanten.

»Kommt mit«, bat Joseph.

Sie schüttelte den Kopf.

Joseph wußte, wie halsstarrig sie sein konnte, und beschloß, sie nicht weiter zu drängen. Er legte ihr seinen Umhang um die Schultern, aber sie bemerkte es noch nicht einmal. Dann nahm er seinen Bogen vom Rücken, legte ihn in seinen Schoß und schaute nach vorn zu den vier Männern.

»Welchen willst du nehmen?« fragte Ranulf und überließ damit Gilbert die Wahl.

»Darth«, entgegnete Gilbert. Eigentlich hätte er viel lieber mit Philip gekämpft, aber er war sich nicht sicher, ob Ranulf seinen Bruder nicht doch schonen würde. Er wollte kein Risiko eingehen. Der Gerechtigkeit würde Genüge getan werden.

Ranulf nickte. »Gut. Aber zuerst will ich mit ihm sprechen.«

Gilbert verzog das Gesicht, protestierte aber nicht.

»Bruder«, sagte Ranulf und ging auf Darth zu. »Laß uns miteinander reden, bevor wir kämpfen.«

Beide Männer standen sich mit gezückten Schwertern

gegenüber. Keiner traute dem anderen, sondern sie musterten sich gegenseitig. Zuerst hatten beide das Gefühl, in einen Spiegel zu blicken, aber dann bemerkten sie doch die Unterschiede.

Ranulf fühlte einen starken Schmerz des Bedauerns, als er sah, wie die langen Jahre der Entbehrung Darth gezeichnet hatten. Darth hingegen empfand nur Zorn und Eifersucht.

»Wenn ich dich nur früher getroffen hätte, Darth ... Colin«, begann Ranulf, »dann wäre vielleicht alles anders gekommen.«

»Es wird anders kommen«, entgegnete Darth. »Chesne wird mir gehören, und du wirst tot sein.«

Ranulf runzelte die Stirn. Liebe und Mitgefühl schienen diesem Mann fremd zu sein. Er war hart ... und sehr zornig.

Ranulf atmete tief durch. »Nein, Chesne gehört mir. Aber ich hätte es gern mit dir geteilt.«

Darth lachte bitter. »Du lügst genauso wie unsere liebe Mutter.«

Ranulf blickte hinüber zu Lady Zara und dann zu Lizanne, die auf ihrem Pferd saß und zu ihnen herübersah. Ihr schwarzes Haar wehte im Wind. Der Gerechtigkeit mußte Genüge getan werden – für sie, für Gilbert und für all diejenigen, die seinem Bruder in die Hände gefallen waren –, auch wenn Philip Charwyck der Anstifter war.

»Ich sage die Wahrheit. Aber jetzt ist es zu spät.« Mit diesen Worten wandte Ranulf sich ab. Mit großen Schritten ging er zurück zu der Stelle, wo Philip auf ihn wartete.

»Keine Gnade«, sagte Gilbert und ging auf Darth zu.

Ja, dachte Ranulf, heute werden zwei Männer sterben. Die Frage war nur, wer? Er hob das Schwert und griff Philip an.

Die folgenden Minuten waren noch blutiger, als er sich vorgestellt hatte, denn Philip war mehr als nur geübt im Schwertkampf: Er war ein Künstler.

Darth war genau das Gegenteil, aber trotzdem war er kein Mann, mit dem man spielen oder den man auf die leichte Schulter nehmen konnte. Er war stark und unberechenbar, was besonders für Gilbert mit seinem verletzten Bein eine Bedrohung darstellte.

Lizannes Blick flog zwischen Ranulf und Gilbert hin und her. Bei jedem Treffer zuckte sie zusammen. Mit weitaufgerissenen Augen beobachtete sie, wie Gilbert einen Hieb parierte, der ihm den Kopf abgeschlagen hätte, wenn er ihn nicht vorausgesehen hätte. Mit einem lauten Wutschrei schlug er zurück, überraschte Darth und traf seinen Schwertarm.

Darth taumelte zurück und faßte sich an die klaffende Wunde. Das Blut floß in Strömen durch seine Finger, aber immer noch hielt er sein Schwert hoch. Gilbert umkreiste ihn wie ein Raubtier die Beute und schlug dann gnadenlos zu.

Der laute Todesschrei lenkte Ranulfs Aufmerksamkeit von Philip ab. Er hielt inne, um herauszufinden, wer als Sieger aus dem Kampf hervorgegangen war. Als er das blonde Haar im Gras sah, wußte er Bescheid. Gilbert stand über der Leiche von Colin Wardieu, das blutbefleckte Schwert noch in der Hand.

Genauso muß es auch sein, dachte Ranulf, aber er konnte sich des Gefühls nicht erwehren, daß er einen großen Verlust erlitten hatte. Er hatte einen Bruder verloren, den er nie gekannt hatte und nun auch nie kennenlernen würde.

Ein scharfer Schmerz in seiner Seite ließ ihn zusammenzucken, als Philip, der seine Unaufmerksamkeit ausnutzte, zustieß.

Die Wunde war nicht tödlich, das wußte Ranulf ohne hinzusehen, aber sie machte ihn wütend. Knurrend wehrte er den nächsten Hieb ab und trieb seinen Widersacher Schritt für Schritt zurück. Stahl traf auf Stahl, und Ranulf suchte und fand mit neuer Energie das Fleisch des anderen. Jede Beleidigung, die ihm zugefügt worden war, zahlte er Philip zehnfach zurück. Blut spritzte ihm ins Auge, aber er wischte es nicht ab, sondern fügte seinem Gegner noch eine weitere Wunde zu.

Philip schrie auf und taumelte. Er fiel auf die Knie und verlor dabei sein Schwert.

»Sprich ein letztes Gebet«, zischte Ranulf mit zusammengepreßten Zähnen und drückte sein Schwert gegen die Brust des Mannes.

Philip hatte beide Hände gegen seinen Bauch gepreßt. »Ich ergebe mich«, rief er so laut, daß es alle hörten. Dann lächelte er.

Ranulf musterte ihn mit zusammengekniffenen Augen. »Du wirst so oder so sterben«, antwortete er barsch. »Entweder durch mich oder auf Befehl des Königs. Jetzt will ich nur noch eins wissen: Willst du ehrenhaft sterben oder lieber als der Feigling, der du dein ganzes Leben lang gewesen bist?«

»Ich gebe mein Schicksal in Henrys Hände.«

Ranulf drückte sein Schwert fester gegen Philips Brust.

Philip blickte darauf, aber das Lächeln auf seinem Gesicht wurde nur noch breiter. »Du würdest einen Ritter töten, Wardieu, der vor dir auf den Knien liegt und sich ergeben hat?«

Ranulf biß die Zähne zusammen und schloß die Augen. Er kämpfte gegen die beiden Stimmen in seinem Inneren an, die ihn zu zerreißen drohten. Aber schließlich gewann die Ehre die Oberhand. Dieser Bastard hatte sein Leben auf jeden Fall verwirkt.

»Steh auf«, befahl er.

»Ich habe sie besessen«, spottete Philip, als er sich langsam erhob. Seine Hände lagen immer noch auf seiner Wunde. »Zweifellos wird dir gefallen, was ich ihr alles beigebracht habe.«

Zur Hölle mit der Ehre!

Ranulf wollte zustoßen, aber irgend etwas hielt ihn davon ab. Mit verzerrtem Gesicht trat er einen Schritt zurück und ließ das Schwert sinken.

Philip lachte laut.

Ranulf gab ihm einen Stoß. Er war so von Wut erfüllt, daß er völlig überrascht wurde, als Philip plötzlich einen Dolch in der Hand hielt und ihn angriff.

Doch plötzlich überlief Philip ein Zittern, und er blieb wie angewurzelt stehen, die Hand immer noch bereit zum Stoß. Dann fiel er langsam vornüber, und Ranulf sah den Pfeil ihn Philips Rücken.

Ranulf wußte, woher der Pfeil gekommen war. Er sah sich nach dem Meisterschützen um, dessen Genauigkeit und Treffsicherheit ihm das Leben gerettet hatte.

Ranulf stieg über Philips leblosen Körper und ging zu Lizanne, die auf ihrem Pferd saß. Sie senkte den Bogen, den sie fest in der Hand hielt, und er hatte zum ersten Mal Gelegenheit, ihr Gesicht genauer zu betrachten.

Er hatte zwar gewußt, daß Philip sie geschlagen hatte, aber er war dankbar dafür, daß er erst jetzt sah, wie schlimm ihre Verletzungen waren. Hätte er es vorher gewußt, wäre er noch wütender gewesen, das hätte ihm mit Sicherheit beim Duell geschadet. Vielleicht wäre er es dann, der jetzt tot auf dem Boden lag.

Ein erstickter Schrei kam aus Lizannes Mund, als er endlich neben ihr stand. Sie warf den Bogen zur Seite, glitt vom Pferd und warf sich schluchzend in seine ausgestreckten Arme.

Ranulf hielt sie einfach nur fest und strich über ihr Haar. Auch als Gilbert kam und sie trösten wollte, weigerte sie sich, Ranulf loszulassen.

Gilbert ließ sie allein.

»Ist es vorbei?« schluchzte Lizanne.

Er blickte in ihr tränenüberströmtes Gesicht und nickte.

»Können wir jetzt nach Hause?«

Er nahm ihren Kopf in beide Hände. »Auf der Stelle.« Dann bückte er sich und hob sie in seine Arme.

Geoff wartete bereits auf sie. Mit einem breiten Lächeln überreichte er Ranulf die Zügel seines Pferdes. Ranulf hob Lizanne in den Sattel, stieg dann selbst auf und zog sie an sich. »Ich liebe dich, Lizanne Wardieu.« Diese Worte, von denen er geglaubt hatte, daß er sie nie sagen würde, überraschten sie beide.

Lizanne wandte ihm ihr Gesicht zu. Ihre Augen sahen ihn sehnsüchtig an. »Wirklich?«

Er senkte den Kopf und küßte sie sanft. »Ja. Mit jeder Faser meines Körpers.«

Sie lächelte. »Liebst du mich schon lange, Ranulf?«

Er lachte. »Seit einer Ewigkeit.«

»Und wann bist du dir darüber klar geworden?« drängte sie.

Er dachte lange über die Frage nach und grinste dann verschmitzt. »Ich glaube, das war, als du auf diesen verdammten Baum geklettert bist und nicht herunterkommen wolltest. Aber zu der Zeit konnte ich das Gefühl noch nicht einordnen. Ich hatte bis jetzt mit Liebe nur sehr wenig Erfahrung.«

»Du liebst deine Mutter.«

»Das ist etwas ganz anderes.«

Sie legte ihren Kopf an seine Schulter und schmiegte sich noch enger an ihn. »Gut.«

Lächelnd trieb Ranulf sein Pferd an und kehrte mit seinen Männern zu Philips Lager zurück. Er war sicher, daß Walter die Situation dort inzwischen unter Kontrolle hatte.

»Ich habe etwas für dich«, sagte er wenig später zu Lizanne. Er zog ihren Dolch hervor, den er hinter seinen Gürtel gesteckt hatte. »Dafür, daß es eine so wertvolle Waffe ist, verlierst du sie aber ziemlich oft.«

Sie strich mit den Fingern über den Griff. »Ich habe versucht, mich zu wehren«, murmelte sie.

Ranulfs Gesicht verhärtete sich. »Du brauchst mir nichts zu erklären.« Er zog sie an sich. »Das liegt jetzt alles hinter uns.«

Lizanne brauchte einen Augenblick, bis sie verstanden hatte, was er damit meinte. Sie hielt den Dolch hoch. »Obwohl ich leider nicht die Gelegenheit hatte, ihm sein Gesicht zu zerschneiden«, sagte sie sanft, »gelang es mir doch, ihn von seinem Vorhaben abzubringen.«

Ranulf starrte sie an. »Dann hat er nicht ...«

Sie schüttelte den Kopf, und ihre Augen strahlten so hell wie die Juwelen auf dem Dolch.

Ranulf seufzte erleichtert und küßte sie. »Warum unterschätze ich dich bloß immer, Frau?« Er schüttelte verwundert den Kopf. »Du hast mein Leben gerettet ..., dafür werde ich dir ewig dankbar sein. Der Gedanke, daß ich hätte getötet werden können, jetzt wo ich dich gefunden habe, ist furchtbar.«

»Dann hast du nichts dagegen, wenn ich weiter mit Waffen übe ...? Wenigstens ab und zu einmal?« fragte sie schelmisch.

»Wenn es dir gefällt, Frau, dann kannst du allen meinen Männern das Bogenschießen beibringen.«

26. Kapitel

»Ein Mädchen«, sagte Ranulf andächtig und mit großem Stolz, als der Säugling in seine Arme gelegt wurde.

»Sie hat hellblondes Haar«, murmelte Zara, die sich auf Zehenspitzen gestellt hatte, um ihre Enkelin besser in Augenschein nehmen zu können. Vorsichtig legte sie einen Finger auf die Handfläche des kleinen Mädchens und lächelte, als das Kind fest zugriff.

»Glaubst du, daß sie so wunderschön wird wie ihre Mutter?«

»Aber sicher«, entgegnete Zara. »Mit Ausnahme des Haares ist sie ihrer Mutter wie aus dem Gesicht geschnitten.«

»Bringt sie mir bitte«, erklang eine Stimme aus dem Bett.

Ranulf ging zu Lizanne, legte ihr das kleine Bündel in die ausgestreckten Arme und gab ihr einen Kuß.

Mit einer für eine Frau, die gerade eine anstrengende Geburt überstanden hatte, überraschenden Leidenschaft erwiderte sie den Kuß und richtete den Blick dann auf ihre Tochter.

»Oh, sie ist wunderschön«, sagte Lizanne bewundernd. »Gillian. Wir werden sie Gillian nennen.«

Ranulf runzelte die Stirn. »Gillian? Was ist denn das für ein Name?«

Lizanne küßte ihre Tochter, legte sich zurück und lächelte ihren Mann an. »Da ich sie schlecht Gilbert nennen kann, mußte ich eben einen Namen wählen, der wenigstens ähnlich klingt.«

Ranulf warf seiner Mutter einen Blick zu, mußte aber feststellen, daß er von der Seite keine Unterstützung zu erwarten hatte. »Bist du wirklich sicher, daß sie so heißen soll?«

Lizanne wußte, daß sie gewonnen hatte. Sie nickte. »Ja. Sie hat schon deinen Nachnamen, und es ist nur fair, wenn sie einen Vornamen aus meiner Familie erhältt. Aber wenn du möchtest, kannst du ihren Kosenamen aussuchen.«

Sein Gesichtsausdruck zeigte deutlich, was er von ihrer Großzügigkeit hielt. Er setzte sich neben sie und nahm ihre Hand. »Darüber muß ich nachdenken«, entgegnete er mit gespielt ernster Stimme. »Es muß etwas ganz Besonderes sein, falls sie mit ihrem Vornamen nicht einverstanden sein sollte.«

Lizanne kicherte. »Oh, sie wird einverstanden sein, da bin ich ganz sicher.«

»Das muß ich sofort Walter erzählen«, rief Lady Zara und lief zur Tür. »War war genauso aufgeregt wie Ranulf.« Und sie machte sich auf die Suche nach ihrem Mann.

Lizanne seufzte und zog Ranulf näher zu sich heran. »Und jetzt möchte ich einen richtigen Kuß«, befahl sie und kicherte, als er ihrer Aufforderung nur zu gerne nachkam.

»Du bist nicht enttäuscht, daß es kein Junge geworden ist?« wollte Lizanne etwas später wissen, obwohl sie die Antwort eigentlich schon kannte.

Ranulf streichelte die kleinen Hände seiner Tochter. »Überhaupt nicht.«

In diesem Augenblick begann Gillian zu wimmern. Ihr kleines, rundes Gesicht lief rot an, und sie strampelte.

Lizanne und Ranulf sahen sich fragend an. Aber dann wußte Lizanne den Grund dafür. Lächelnd legte sie das Kind an ihre Brust. Nach einigen mißglückten Versuchen konnte Gillian dann schließlich ihren Hunger stillen.

»Hast du Gilbert einen Boten geschickt?« fragte Lizanne.

Ranulf antwortete nicht, denn der Riesenappetit seiner Tochter verblüffte ihn. Lizanne gab ihm einen Stoß in die Rippen und hob fragend die Augenbrauen. Er nickte.

»Ja. Gestern abend.«

»Und glaubst du, er wird kommen?« Besorgt biß sich Lizanne auf die Unterlippe.

Ranulf dachte daran, was er über die Schwierigkeiten, die Philip Charwycks Schwester seinem Schwager bereitete, gehört hatte, und zuckte mit den Schultern. »Vielleicht nicht gleich, aber er wird kommen.«

»Es ist schon wieder diese Charwyck, oder?« schimpfte Lizanne, und ihr Gesicht verfinsterte sich.

»Ja. Es scheint, daß er einen schweren Stand mit ihr hat. Aber ich bin sicher, daß dein Bruder es überleben wird.«

»Aber natürlich. Schließlich ist er ein Balmaine.«

Und dann vergaßen sie alle Probleme und bewunderten nur noch ihre Tochter.

»Bist du wirklich glücklich?« fragte Lizanne später, als Gillian in ihren Armen eingeschlafen war.

Ranulf, der sich neben die beiden gelegt hatte, stützte sich auf einen Ellbogen und strich mit dem Finger leicht über ihren Mund. »Sehr.« Er sah ihr in die Augen und lächelte. »Jetzt habe ich zwei, für die es sich lohnt zu sterben.«

Band 12344

Carol Dawson
**So war es
und nicht anders**

**Eine mutige Frau deckt ein streng gehütetes
Familiengeheimnis auf.**

Bei der Auseinandersetzung mit ihren Kindheitserinnerungen stößt Sarah Grisson auf die Geschichte ihrer Urgroßmutter, einer äußerst vornehmen Dame, die sich, als das Schicksal sie aus dem ihr vertrauten Lebensumfeld in die texanische Wildnis führte, völlig in sich selbst zurückzog. Dieses beharrliche Schweigen wurde zur Lebensphilosophie aller nachfolgenden Frauengenerationen, die in dem hochherrschaftlichen texanischen Haus aufwuchsen. Doch Sarah spürt, daß sich hinter dem eisigen Schweigen der Frauen der sehnliche Wunsch nach einer eigenen Stimme, nach einem selbstbestimmten Leben verbirgt...

Band 12357

Cynthia Wright
Die verschlungenen Pfade der Liebe

Eine kesse Wildwest-Lady und ein britischer Aristokrat entdecken ihre Liebe zueinander

Die impulsive Shelby Matthews benötigt dringend Geld für die elterliche Rinderfarm. Deshalb verkleidet sie sich als Cowboy und überredet Geoffrey Weston, einen britischen Aristokraten, den die Abenteuerlust nach Amerika geführt hat, zu einem Pokerspiel. Doch Geoffrey durchschaut ihre Verkleidung, gewinnt die halbe Sunshine-Ranch – und die Liebe des attraktiven Mädchens.
Aber Geoffrey muß nach England zurück, wo er bereits einer anderen Frau die Ehe versprochen hat. Als er eines Tages in London eine Wildwest-Show besucht, entdeckt er plötzlich Shelby auf der Bühne...

Band 12375

Mary Jo Putney
Ein Spiel um Macht und Träume

Eine ungewöhnliche Abmachung verbindet zwei grundverschiedene Menschen

Ebenso schillernd wie seine Herkunft ist die Aura, die ihn umgibt. Nicholas Davies, Sohn einer Zigeunerin und eines Vagabunden, wird von allen »Teufelsgraf« genannt, weil er über eine unwiderstehliche Macht zu verfügen scheint. Doch nach einem furchtbaren Verrat zieht sich der berüchtigte Lebemann enttäuscht und verbittert zurück. Da bittet ihn eines Tages die zurückhaltende Clare Morgan um Hilfe, weil sie sich um ihr Dorf sorgt und keinen anderen Ausweg weiß. Nicholas willigt ein, aber er fordert einen hohen Preis: Clare soll drei Monate mit ihm unter einem Dach leben...